ミルトン研究

新井　明

選集 1

The Selected Works of Akira Arai: Volume I

LITHON

目次

第一部　ミルトン――人と思想

目次

第二部　ミルトンの世界

第三部　詩に生きる

第一部　ミルトン——人と思想

最晩年のミルトン（パステル画）

はじめに

ミルトンは日本の近代化の過程に、すくなからざる影響をとどめた。明治期はキリスト教詩人としてのミルトン、あるいは革命的思想家としてのミルトンに知識人の関心があつまった。大正期にはいると、やや学究的なミルトン研究が出はじめる。徳富蘇峰の『杜甫と彌耳敦』（一九一七年）などはその代表例であろう。この大正期までは一般にこの詩人－思想家を偉人とする見方が主流であった。

昭和期にはいるや、一気に学問的な業績が続出する。繁野政瑠（まさる）（天来）『ミルトン失楽園研究』（一九三二年）、岩橋武夫『失楽園の詩的形而上学』（一九三三年）、齋藤勇（たけし）『John Milton』（一九三三年）などである。この時期、げんみつには大正末期から昭和初期にかけては、日本はひとつの文化的高揚期にあったのであろう。しかしそのあとは、暗黒の十五年戦争期に突入する。学問的営為は一頓挫（とんざ）をきたした。

筆者がミルトン研究をこころざしたのは、敗戦後一〇年ちかくたってからのことである。戦後の精神的挫折のなかで、不易のものを求めるこころが芽ばえ、文学研究者としては、けっきょくミルトン研究へと導かれたのであった。しかし偉人としてのミルトンに興味があったのではなく、一市井人ミルトンがあの一七世紀の革命期をいかなる灯火をかかげて生きていったのか、そしていかなる道筋をへて大作『楽園の喪失（パラダイス・ロスト）』の制作に到り着いたのか、その足跡が知りたかった。できることなら、日本という国におけるいまとここに生きるよすがを、ミルトンじしんの生涯のなかに探しあてたかったのである。

しかし厳正であるべき学問的仕事は、研究者の個人的願望をこえていなければならない。わたくしも一研究者としては、当時の（「新批評」の方法をふくめた）ミルトン批評のただなかに身をおくことになる。

それから十数年がたったころ、生地（おいじ）竹郎氏が次のように書いてくださることになる。齋藤勇、竹友藻風、平井正穂、「それから新井の諸教授の研究は、宗教への重大な関心をもってミルトンと対決する姿勢をとりながら、なお学問的にミルトンの芸術を攻略せんとするものである」[*1]。三大先達と並べられて、いささか恐縮したが、そのお三人とともにわたくしの仕事が宗教と文芸への双方への関心から成っている事実を認めてくださったことは、ありがたかった。

ミルトンは宗教と文芸に身を挺した人物であり、虚心坦懐にかれを究めんとすれば、そのふたつの視座の一方を欠くことはできないはずのものである。このたびのこの小著も、その立場を外すことなく、一七世紀人であったミルトンの詩人―思想家としての成長の跡をたどったつもりである。

戦後五〇年、ミルトン研究は（わが国の学界をもふくめて）格段の進歩をとげた。それはまことに慶賀すべきことである。しかし一般的に、研究の進歩には、方法論の変化と研究分野の細分化がともなう。ミルトン研究の分野もその例外ではない。

ミルトン学界も、いつかはまた総合化の時節を迎えなくてはならない。その時節を迎えて、この詩人―思想家の全体像が見わたせる地点をさがして、その地点を学界共通の標識とすることが必要である。一木一草はもちろん大事だ。が、ときには森の全容を確かめなくてはならない。そのことは高山登攀（とうはん）の経験者なら、だれしも承知していることである。頂きを指して森のなかを行く道をたどる小さな地図――そのような案内図をわたくしは書きたかった。ガイドブックであるから、専門家の難とする問題には深入りはしない。また筆者がかつてどこかに発表した文章でも、また訳文でも、入門書として役立ちそうなものは、臆せずに再利用することにした。その点、いくつかの出版社のお許しをいただきたい。
後進の皆さんの、そして一般読書子各位のご参考になればと願いつつ、この小著を世に送る次第である。

*1 生地竹郎「ミルトンのピューリタニズム」(石井正之助、ピーター＝ミルワード監修『英国ルネッサンスと宗教』荒竹出版、一九七五年)、一七二ページ。なお一六六ページ。

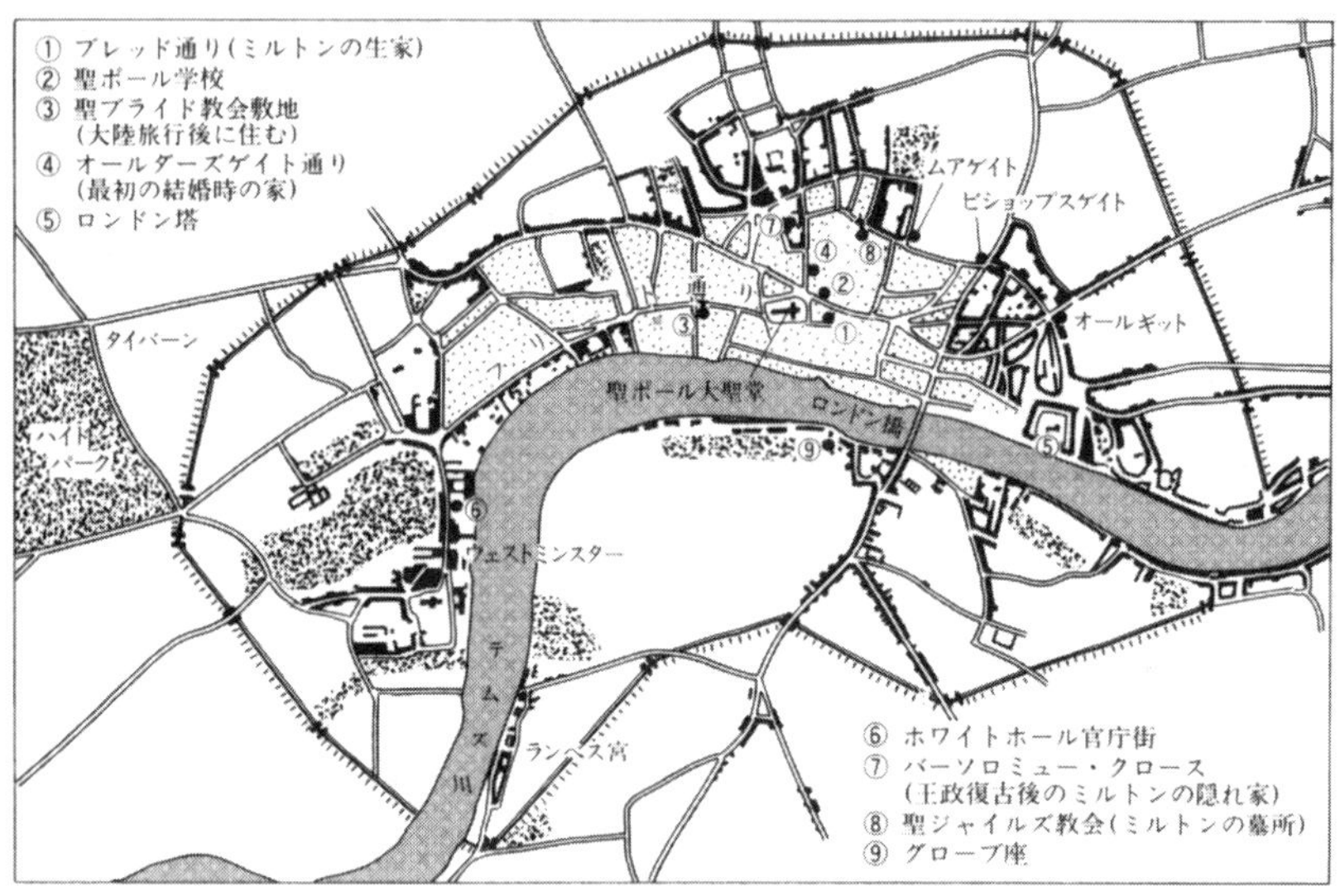

「ミルトン時代のロンドン」

第1章　ミルトン略伝——デッサンふうに

田園詩から出発して

ミルトンは富裕な公証人を父として、一六〇八年の暮れにロンドンに生まれる。この父から思想的にも情操的にも、多くのものを受けついでいるらしい。聖ポール学校を経て、ケンブリッジ大学のクライスツ・カレッジへすすむ。仲間から「クライスツの淑女」というあだ名をたまわったのは、その目鼻立ちのととのった容姿のためばかりでなく、カレッジを代表するだけの秀才であったからである。ローマの詩人オウィディウス（前四三―後一八ころ）を模して、恋愛詩を書いたりしている。詩作として重要なのは「キリスト降誕の朝に」（一六二九年）や「快活の人（ラレグロ）」、「沈思の人（イルペンセロソ）」の一対の作品（一六三一年ころ）などである。大学卒業後、定職にもつかず、父の世話でロンドン西郊に隠棲（いんせい）した六年のあいだに、「アルカディアの人びと」（一六三三年ころ）など相当数の小品をのこしているが、とくに「コウマス」（一六三四年）、「リシダス」（一六三七年）が代表的なものである。いずれも田園詩ふうの作品である。田園趣味（パストラリズム）は一六三〇年代のイングランドの「のどけき時代」に一般的な風潮であって、ミルトンもその風潮の一翼をになっていたといえる。ただ、かれのばあい、キリスト教的な世界観を基調にしたところに特徴がある。

一六三〇年代のミルトンについて重要なもうひとつのことは、この時期にかれは将来叙事詩人として立つ準備をしていたということである。ミルトンにおいては、叙事詩の模索は、キリスト教的な世界観と一体のもので、両者が連携しあいつつ、将来の叙事詩人を形成してゆく。「リシダス」は一友人の夭折（ようせつ）を悼んだ田園詩であるが、構造的にはピューリタン的峻厳（しゅんげん）の詩行が、その田園趣味（パストラリズム）を押さえる。国教会派の聖職者たちの貪欲（どんよく）を、使徒ペテロが叱責する部分などは、語調がはげしく、次の世紀のジョンソン大博士のひんしゅくを買った。しかしこのピューリタン的な調子は、すでにのちの叙事詩の風（ふう）をそなえている。結びの一行――

　あすはさわやかな森、新しき牧場へ

は、田園詩の世界を出て、別の世界での可能性をさぐろうとする心意気さえうかがわせる。

論争の二〇年

ミルトンは一六三八年から翌年にかけて、イタリアへ旅行する。学問の基礎を身につけた若者が、その仕上げのためにこころみる例の大旅行（グランド・ツア）である。ミルトンは叙事詩の制作のことを胸にひめつつ、異国を歩いたらしい。帰国後、一六四〇年代のはじめには、悲劇の筋書きを九九種も書いている。そのなかに「アダムの楽園追放」“Adam unparadiz'd”という題の筋書きがある。

しかし『楽園の喪失（パラダイス・ロスト）』が出来るまでには、さらに二〇年を経なければならない。ミルトンは、ちょうど革命の時期にあたるこの二〇年間を、おもに議会側の論客として過ごしたのである。かれは宗教論、家庭論、政治論を、さかんに書いた。最初は長老派[*1]の立場であったが、一六四四年にはその派とは手を切り、独立派[*2]に近い立場にたつ。この年には『教育論』、『アレオパジティカ（言論の自由論）』などを書いた。議会が国王チャールズ一世を断罪した一六四九年には、ミルトンはクロムウェル（一五九九―一六五八）の外国語担当秘書官に任ぜられる。論文を書き、外交文書を作成するあいまに、かれはいくつかのソネットをのこした。そして一六五二年の春までには、両眼が失明した。一六五五年ころ大著『キリスト教教義論』を書き、さらに一六五八年ころからは叙事詩『楽園の喪失』の口述にかかる。

ミルトンの散文は特異である。かれは若いころから母国語への愛を告白していた。このこと自体が進歩的プロテスタントの知識人の共通感情といえるものであった。また、スコラ的な思考様式に反発を感じ、ベイコンを尊敬し、「事実」第一主義の立場をとった。こういうかれの文体であるから、簡潔であっていいはずなのだが、そうはいかない。文章そのものがこのうえなく長く、難解である。『スメクティムニューアス弁明』（一六四二年）をみると、ミルトンはセネカふうを排し、「純粋な文体（ピュア・スタイル）」を推奨しているが、これはキケロふうのことなのである。議会派の論客の弁としては、奇異にさえ感ぜられる主張である。しかしミルトンの実際の文章は、装飾体ではない。事実をあからさまに描きだし、それを濃厚な感情をこめて語る。キケロふうといっても、これはジョン＝リリー（一五五四ころ―一六〇六）のユーフュイズムとよばれる装飾文体などとは異なるものである。

＊１　カルヴァンの預定説のふかい影響をうけ、長老会による統一的教会統治を実行した改革派。イギリス革命期のスコットランド教会は長老主義であり、この期のイングランド議会もはじめは長老派議員が優位を占めた。

＊２　個別教会の自治権を尊重しつつ、教会同士の協力をもとめたプロテスタントの一派。改革派やイングランド教会の主張する統一的な教会統治に反対した。この派は革命が勃発した一六四〇年代のはじめは少数派であったが、クロムウェルにひきいられ、やがて軍隊と議会の中核を占め、革命遂行の中心勢力となる。

「ミルトン時代のロンドン」

ミルトンは散文を書くばあいも、詩人であった。しかもその詩人が具体的問題をつかまえて、具体的な論敵を脳裏に描いて、語るがごとくにペンを走らせている。だからかれの文体は、かりにかれが議員であったならば、議政壇上において実際に用いたであろう語り口であると思えばいい。詩的な弁論口調（オラトリカル）の文体なのである（『楽園の喪失』第一巻、第二巻の堕落天使たちの討論も、議会の討論の模様をほうふつさせると論ずる評者もいる）。

もうひとつミルトンの文体にかんして考えておくべきことがある。発言の内容が後世にまで伝えられることを望むならば、「ラテン語ふうの文型」にもとづく「学識ある文体」でなければならないという文体観が、かれの同時代にひろくうけいれられていた。ミルトンはこの見方に立っていたと考えることもできるのである。

論争の二〇年は無駄ではなかった。この間にミルトンは、神との契約関係に立ちつつ「正しき理性」に拠（よ）り、おのが「選択者」として節制と忍耐の歩み方をする人間像に思いいたったからである。これは「全体」よりも「個」を重視する態度であり、ここにミルトンが長老派との関係を断つ原因があった。かれはこの人間像を、現実に生きようとつとめる。それが、一六三〇年代のかれじしんの田園詩の時代以来、かれがさぐってきた叙事詩的英雄の生き方である、とかれには思えた。またこの論争時代に、いわゆるミルトン的な文体を完成している。だからさきの人間像を、この文体をもって表現する時は、刻一刻と近づきつつあったのである。

『楽園の喪失』の特異性

一六六〇年に王政復古がなり、ミルトンなどが支持した共和政は潰（つい）え去る。かれはそれ以前から『楽園の喪失』の口述にかかっている。その完成には数年を要し、一六六七年に出版される。ミルトンはそれを、「神の道の正しさを人びとに明らかにする」（第一巻二六行）ために書いた。素材としては旧約聖書の「創世記」第一章から第三章までの、天地創造と人間の追放の物語である。本来は悲劇である物語を、叙事詩として書いた。

叙事詩にはいろいろと文学的仕来りがある。詩神（ムーサ）への呼びかけ（インヴォケイション）とか、戦争の場面とか、旅行とか、それから物語を「中ほどから」はじめるといった、形式上のならわしである。しかしこういう形式上の仕来り以外に、叙事詩を叙事詩たらしめる要因がある。それは要するに、叙事詩は一民族を代表するに足る崇高な歴史的人格を、荘重体（グランド・スタイル）でうたいながら、その民族の栄光をたたえるものである、ということである。

しかしミルトンはアダム物語を選択するにあたり、一英国民をこえた、全人類のための神の栄光の証言という雄大な構想に思いいたった。この点がすでに特異である（アダムの物語は、当時、歴史的事件と考えられていた）。ミルトンはそのアダムを、堕罪にもかかわらず、神との契約に立ち帰り、神の意思を信じきって楽園を出てゆく崇高な範例(モデル)の人間像に仕立てた。それを詩人は、論争時代の二〇年間に体得した弁論口調(オラトリカル)の荘重な文体を駆使して語った。武勇にたけた英雄を主人公とすることが定石の叙事詩の伝統を考えると、神の摂理を信じつつ歩みゆく普通人アダムに真のヒロイズムを認め、かれを主人公にしたこの叙事詩は、破格の作といえよう。

サタン

しかしこの叙事詩のなかに従来の英雄的主人公に匹敵する登場人物(キャラクター)がいないかといえば、いる。サタンである。かれは「天の専制」（第一巻一二四行）に反抗し、戦いに敗れ、天使の三分の一を引きつれて地獄へおとされた。あたり一面が火を吹く「恐ろしき牢獄」である（第一巻六一行）。かれは「地獄での君臨は天国での隷従よりは増(ま)しじゃ」（第一巻二六三行）と豪語する。堕落天使軍の会議で、復讐(ふくしゅう)にもえたかれは、天から垂れ下がる宇宙の、その中心の地球へひとりで行き着き、最近になって造られたばかりの人間を堕落させてやると、決意のほどを披瀝(ひれき)する。地獄門を出て、混沌界(カオス)を通る危険にみちた苦しい長途の旅。やがてエデンをみはるかすことができたときに、複雑な感情にとらわれ、「あわれ、わが身!……いずこへ逃れても、地獄。わしこそ地獄」（第四巻七三―七五行）と嘆く。一軍の将たるものの、あの英雄的長征とこの愁嘆。これはもう、ホメロスの英雄譚(たん)の雰囲気である。しかし、大役を果たして地獄に帰還し、堕落天使軍を前にして、「われ勝てり」と演説をぶつ。歓呼の声を期待するかれの耳にとどいたのは、あたり一面の、無数のヘビの舌から発する叱声であった（第一〇巻五〇四行以下）。これは典型的な急落(ベイソス)のシーンであり、このシーンひとつで、さしものサタンのヒロイズムも頓死(とんし)する。サタンのヒロイズムは、ミルトンの考える真のヒロイズムのパロディでしかない。ミルトンは伝統的な英雄の姿を拒否している。

「個」としてのアダム

ミルトンの時代が「全体」よりも「個」を重視する時代となっていたことは、すでにのべたところである。一六四〇年代のミルトンは、「正しき理性」に依拠する自律的な「選択者」である「個」を、理想的な人間像の原型として確定した。『アレオパジティカ（言論の自由論）』が描く「真の戦えるキリスト者」とは、それを指している。アダムの堕落は、かれが「女の魅力」（第九巻九九九行）に敗けたところに成立する。しかしその堕落も、かりにかれが「神の声」に従うならば、修復されうるものなのである。天使の教えをとおしてアダムはそれを学ぶ。

　　真の愛は理性に座を占め、
思慮に富む。愛を階段（きざはし）として行けば、
肉の快楽に沈むことなく、やがて天の愛にも
昇りつけよう。
（第八巻五九〇―五九三行）

この叙事詩は雄大な構想の作ではあるが、基本的には、「コウマス」以来の「善」と「悪」との戦いのテーマ、つまり誘惑のテーマを継承している。「個」自体の内省の問題に発した作である。

「自由共和国」

この叙事詩はたしかに「個」の倫理を問題としている。しかし小宇宙としての「個」の倫理は「全体」の倫理に

「照応する」はずである。第一二巻で天使ミカエルはニムロデ物語にふれる。ニムロデとは、「創世記」の伝えるところによれば、「世の権力者となった最初の人である。かれは主のまえに力ある狩人であった」（一〇の八—九）。ミルトンの脳裏では、じつにニムロデはサタンと、さらにはチャールズ一世と結びついている。そのニムロデについて、ミカエルは語る——

やがて心たかぶれる
ひとりの野望家が起こり
…………
調和と自然の法とを
大地から除去せんとする。
（第一二巻二四—二五、二八—二九行）

「自然法」に反する専制君主は、「正しき理性」にもとる暴君だ、といっているのである。理性の喪失が圧政を生む（第一二巻七九—一〇一行）。『楽園の喪失』は「個」が「自然法」、「正しき理性」へ帰順することにより、「全体」の「調和」が回復されることを希求した作品である。古き秩序が崩れ、道徳のみならず、政治・社会の諸相における価値観にバベルの乱れの現出した時代にあって、ここにミルトンは新しい秩序のありかを見いだすことができた。このことは、じつは、かれが王政復古のまさに直前にいたるまで固執した「自由共和国（フリー・コモンウエルス）」の倫理面での主張と重複してくる。この叙事詩は「個」への興味に発しながら、「個」に照応する政治体（ボディ・ポリティック）の理想像を主張する作品でもあるといえる。

スペンサーの流れの完成者

ミルトンはやがて消えてゆくべき古き秩序に恋々としていなかった。かれの目ざした秩序の世界は、中世以来の位階（ヒエラルキー）の回復ではなかった。

安息のところを選ぶべき世は、眼前に
ひろがる。摂理こそ彼らの導者（しるべ）。
手に手をとって、さ迷いの足どりおもく、
エデンを通り、寂しき道をたどっていった。
（第一二巻六四六―六四九行）

叙事詩の最後の四行である。アダムの眼前には行くべき荒野がひろがっている。かれは歴史の荒野のなかへ、自然の法に拠りつつ、出立する。「摂理」を導者（しるべ）と信ずる「理性」のなかに新しい秩序のありかを認めている。ここに同時期の詩人アンドルー＝マーヴェル（一六二一―七八）のばあいのように、小さな庭のなかを歩くか、庭の外へと出るか、という迷いはなかった。ミルトンの世界では「囲われた庭」への信頼は崩れている。

失明の詩人は、「国民にとって教訓的な」叙事詩をつくりおえた。かれじしん「アクイナス以上の師」とまで尊敬したエドマンド＝スペンサー（一五五二ころ―九九）以来の「公的な」詩人の系譜は、ここに完成した。田園詩から出発して叙事詩に終わる道程そのものも、そもそもスペンサーの歩みの跡であった。

晩年のミルトン

『楽園の回復（パラダイス・リゲインド）』と『闘技士サムソン（サムソン・アゴニステイーズ）』とは一六七一年に合本で出た。前者は「マタイ福音書」と「ルカ福音書」（双方ともその第四章）に記される「キリストの荒野の誘惑」を素材にした叙事詩であり、後者は「士師記」第一三章以下のサムソン物語に資料を仰いだギリシア悲劇ふうの作品である。いずれも一七世紀の聖書解釈学を背景にして、「忍耐」の徳をたたえた作である。ミルトンの最後の作とみられる『闘技士サムソン』では、主人公は妻にそむかれ、民族解放の戦いに敗れて、生きて虜囚のはずかしめをうけている。両眼はえぐりとられている。

おお暗黒（やみ）、暗黒、暗黒。ま昼の光りのなかで、
医やしがたき暗黒（やみ）、皆既（かいき）の蝕（しょく）。
陽光に接するの希望（のぞみ）など、あらばこそ！

（八〇—八二行）

サムソンの嘆きはミルトンの体験を伝えている。この主人公は神の栄光のために神への従順を喜びとして、従容（しょうよう）として殉教する。劇の結びの四行——

しもべらに神は、この偉（おお）いなる結末から
真の経験を新たに学びとらせ、平安（やすらぎ）と
慰安（なぐさめ）と、心の静けさとを授け、かれらを

立ち去らせた、激情はすべて鎮（しず）めて。

は、サムソンの最後の心境ばかりでなく、ミルトンの生涯と芸術の完成の境地をいいつくしている。共和政府の一員であった詩人の晩年は身辺不穏であったが、その心境は明鏡止水のごとくであったといえるであろう。
一六七四年一一月の、たぶん八日、三番目の妻エリザベスに看取られて逝く。痛風の発作であった。行年六五歳。

第2章　一六二八年の夏――叙事詩への志向

青年ミルトンの教育

ミルトンの父ジョンは若いころプロテスタント――それも長老派――に改宗し、その父リチャードと別れてロンドンで自立した人物といわれている。公証人として成功した。しかし文学・音楽を愛好し、芸術一般についてひとかどの見識をそなえていた。この人文主義的雰囲気のただようピューリタンの家庭に、われわれのジョン＝ミルトンは生まれ、育った。ブレッド通りの自宅の近くには、すぐれたピューリタン説教家リチャード＝ストックの牧する万聖教会（All Harrows）があり、ミルトン家はこの牧師とも親しい間柄であった。ストックは、長老派の指導者ウィリアム＝パーキンズの時代にケンブリッジ大学で教育をうけた人物である。若いミルトンは知的にも情緒的にも、改革派の空気のなかで時をすごしたといっていい。

父親のミルトンは幼い息子に有能な家庭教師をつけたが、その青年教師を紹介したのは、おそらくこのストックであった。トマス＝ヤングが幼いミルトンの教育にあたったのは、ミルトンが一六二〇年ころに聖ポール学校に入学する、かれの一〇歳前後までの数年間のことである。ヤングは、のちにケンブリッジ大学のジーザス・カレッジの学寮長に推されるほどの人物であるし、また神学者リチャード＝バックスターが「学問、判断力、信仰、またその謙虚さにおいて卓越した人物」とまで評した人柄だけあって、ミルトンに及ぼした影響は深かった。ミルトンはその後も、この長老派のスコットランド人学者に師事し、この師から文芸にたいする愛と改革派プロテスタンティズムのエートスとを学んだ。若きミルトンの人格形成にあずかった人物は他にもあるが、トマス＝ヤングはなかでも最重要の人格である。ミルトンは「わが魂の半分以上の存在」とよんだこの師に、一六二八年の夏にも、思慕にみちた書簡を送っている。

「より厳粛な主題」

「権利請願」が国王チャールズ一世に提出され、その後バッキンガム公が暗殺される一六二八年の夏、ミルトンは一九歳の夏を、ケンブリッジ大学のクライスツ・カレッジで送っている。トマス＝ヤングあての書簡のなかで、「ミューズの僧院」にこもって「文学的余暇」を楽しんでいます、と書いているのだが、それはこの七月につくった「宿題として」"At a Vacation Exercise"という作品をふくむ仕事をさしていっているのであろう。「幸あれ、母国語よ」ではじまる全体一〇〇行の、二行連句の詩である。

〈母国語〉によびかけながら、詩人は「より厳粛な主題」"some graver subject"を追求したいとねがう。この「より厳粛な主題」とは何なのか。それに答えてくれるのが、次の一節である。

　悦惚の心が、めぐる天球を
　高く越え、天の門から
　なかをのぞき、至福の神が

雷とどろく王座にいまし、
ひげをのばしたアポロが金の
琴線にあわせてうたい、女神ヘーベーが
父王ゼウスに不滅の酒を捧げるのを、見る。
…………
うたえ、秘密の出来事を、老いた女神〈自然〉が
まだ生まれたばかりのころ起こった事柄を。
最後に、賢者デモドコスがアルキノオス王の
饗宴(きょうえん)で、歌おごそかに語り、
悲しきオデュッセウスや居並ぶものの心が、
その妙なる調べにこころよく
囚われた、あの王、女王、
英雄たちのいにしえの物語を、うたってくれ。

（三三―三九、四五―五二行）

ここでミルトンが、三種類の詩をかぞえあげていることはたしかである。第一は、天上の神々やアポロンの頌栄(しょうえい)の詩である。天体の音楽や天上の音楽が、キリスト教的色彩にいろどられた調べをもっていたことは、ルネサンス期の文学においてきわめて一般的なことであったし、ミルトンじしんのケンブリッジ時代の「第二弁論原稿」――「天体の音楽について」と題される――を見ても、明らかである。出てくるのはアポロンやゼウスであっても、キリスト教

的な意味づけがなされているとみていい。第二は、〈自然〉以前の「秘密の出来事」、つまり天地創造にかんする興味をみたす詩である。紀元前八世紀の詩人ヘシオドスの『神々の起源』や、オウィディウスの『転身物語』、とりわけデュ＝バルタスの『聖週間』（一五七八年）などに範をとった作品である。当時のいわゆる自然哲学（ナチュラル・フィロソフィ）への関心の高まりと、それに触発された「創世記」への異常なまでの興味が、創世物語の叙事詩を数多く生む原因のひとつとなっていた。最後に、第三は、「王、女王、英雄たちのいにしえの物語」、つまり古典英雄詩である。

母国語

主題についての考察はこれくらいにしておいて、次にこの詩のことばがラテン語でなく、英語であったという点に注目しなければならない。この詩が母国語で書かれたということは、ミルトンにとって画期的な意味をもっていたと思われる。そのことを四点に絞って考えておきたい。第一に、ラテン語が「世界のことば」として権威と効用を誇っていた時代に、ミルトンが、あえて母国語にたいする関心と愛着とを告白することにかんしては、英語の礼賛者であり、みずから『英語文典』（一六一九年）の著者でもあった、聖ポール学校時代の恩師アレグザンダー＝ギルの影響が考えられる。それはともあれ母国語による作詩ということが、作者の愛国心の自覚ということと無関係ではなかったことも事実であったろう。ミルトンの「宿題として」という作品は「幸あれ、母国語よ」という、呼びかけにはじまり、牧歌ふうのイングランド賛歌で終わっている。

第二として、母国語であからさまに表現できるだけの倫理的内容を詩人がつかんだということが考えられる。外国語で詩をつくるかぎりは、才気煥発（かんぱつ）な俊才にとっては、一種の隠（かく）れ蓑（みの）的な気安さがあったにちがいない。もしそうとすれば、外国語から母国語へ、という表現手段の変化は、詩人じしんの倫理観の変化を要求する事柄であったといいうるであろう。じじつ、表現手段としての古典語からの独立は、ミルトンのばあいも、かれのピューリタン的自覚の強化と並行して、はじめておこなわれうることであった。この作品の冒頭を飾る「幸あれ、母国語よ」という呼びかけは、詩人の主体的変容の宣言ともみられるわけである。

第三に、その「より厳粛な主題」というのが叙事詩であったという点である。叙事詩制作の意欲は母国語への愛と無関係ではありえない。そのことは、ダンテの『神曲』（一三〇七―二一年）、アリオストの『狂えるオルランド』（一五一六年）、タッソーの『エルサレム解放』（一五七五年）、それにエドマンド＝スペンサーの『妖精の女王』（前半一五九〇年、後半一五九六年）などの例をみれば明らかである。愛国心は叙事詩を成立させる重要な背景となっている。ミルトンにとっても、母国語への愛の覚醒（かくせい）と叙事詩制作の意欲とは切り離せないものであった。

第四に考えるべきことは、古典叙事詩の作者たちは当時絶大な名声を博していたということである。とくにホメロスとウェルギリウスとは最高位にくらいし、その権威を凌駕（りょうが）するものは聖書をおいて他になかった。この二大叙事詩人の作品は、ルネサンス期のタッソーやスペンサーなどの作品とともに、キリスト教的倫理観の目で、宗教書としてさえ読まれた。それゆえにこそ、ピューリタンでもあり、ケンブリッジ・プラトン学派のひとりにかぞえられるピーター＝ステリは、上記四人のつくった叙事詩を、「聖書による聖なる作品」とまでよんだ。[*1] だから、とうぜんのこととして、叙事詩の制作をこころざすほどのものは、みずから汚れなきもの、道徳的に全きものたることを決断する必要があった。一六二八年七月という時点において、一九歳のミルトンの意識のなかに、「宿題として」にみられる叙事詩制作の意図と、ヤングあて書簡にみられる厳しい倫理観とが、ふたつともども前面に押しだされてきたということは、偶然ではないのである。「より厳粛な主題」を追求するという宣言は、じつはそれじたいのなかに、叙事詩制作の意図はもとより、あらゆる誘惑にうち勝たんとする道徳的決意が含まれているはずのものなのである。じじつ、ミルトンはこの翌年に書くことになる「第六エレジー」では、叙事詩人たらんとすれば、節制につとめ、人格廉直でなければならないと、友人チャールズ＝ディオダティへ告白することになるのである。

この角度からも一六二八年夏という時点は、ミルトンにとって決定的な意味をもつといえる。かれはプラトン的エートスをそなえた長老派のトマス＝ヤングに理想的な人間像を見いだしつつ、叙事詩人たらんとする意図を固めるのである。この翌年一六二九年の春にはケンブリッジの学部を卒業し、つづいて大学院へすすむ。その年末につくる二四四行の作「キリスト降誕の朝に」は、内容の大きさといい、文体の荘重さといい、その前年に告白した「より厳粛な主題」を追う詩人の文学的こころみとみなしてさしつかえのない出来ばえである。

＊1　Vivian de Sola Pinto, *Peter Sterry: Platonist and Puritan* (Cambridge University Press, 1934), p.164.

第3章　牧歌の時代

「キリスト降誕の朝に」

一六二九年の春には、ミルトンはケンブリッジ大学のクライスツ・カレッジを卒業する。その後、かれは一六三二年七月には同じカレッジで修士課程を終え、その年から三年ほどは、ロンドン市外（当時）のハマスミスにあった父の家で過ごしている。つづいて一六三五年から三八年にかけては、さらに西のホートン――現在のヒースロー空港付近――で月日を送っている。ここも父の仮寓であった。その年の初夏には、イタリアへ向けて大旅行（グランド・ツアー）にでかけている。

この一六三二年から三八年までは、都塵（とじん）をさけての、田園生活の六年であった。この時期は、作品でいえば「快活の人（ラレグロ）」――「沈思の人（イルペンセロソ）」（双方とも一六三二年ころ）、「アルカディアの人びと」（一六三二年ころ）、「ソネット・第七番」（一六三二年）、「コウマス」（一六三四年）、「リシダス」（一六三七年）その他を生む、実り豊かな六年であった。この時期をミルトンの牧歌の時代とよぶことができよう。

ここでは、この牧歌の時代にミルトンが「一六二八年の夏」のあの決断を、いかに継承し、いかに展開させるのかという問題に、われわれの関心を集中させることにする。

一六二九年一二月一三日にチャールズ＝ディオダティは、チェスターの在からミルトンへ韻文書簡を送る。どんちゃん騒ぎをして日を送っている、と書いている。ミルトンの「第六エレジー」はこれにたいする返信として、クリスマス休暇に書かれたものだ。ユーモラスなうたい方ではじまる。いわばオウィディウスふうの陽気な調子は、しかし、全体のなかばを越したところの「だが」（五九行）にいたって、一変してしまう。詩人が（とミルトンは書く）高邁な事柄、英雄たちの事績、神々の協議などについてうたおうとするならば、「彼の青年期は罪とがのないもの、／行為は非難の余地のないもの、手は汚れなきものでなければならぬ」（六三―六四行）。

ひとつの書簡のなかに、こうしてあい反するふたつの雰囲気が混在し、「より厳粛な」エートスが、いわばバッカス的な放縦の思いをうち消すということは、ミルトンじしんの心のなかに倫理的葛藤のあることを物語っている。

21歳のミルトン

そしてこの書簡をしめくくる一節において、「キリストの降誕を祝うささげもの」を制作したと伝えているのである。それが「キリスト降誕の朝に」を指していることは、論をまたない。

「キリスト降誕の朝に」は、「序詩」と「賛歌」からなる。序詩において、人間のかたちをとった神の子、いわば受肉のキリストを指して「あの栄光の形相、あのたえがたき光」（八行）と表現する。「形相」とは、がんらい、ギリシア語（とくにプラトン）の「イデア」、もしくは「エイドス」の翻訳であることは、ルネサンス期の知識人には周知のことであった。マルシリオ＝フィチノ以後のプラトニストたちは、この語をもってキリスト教の神、もしくはキリストを表現してきた。

「賛歌」はピンダロスふうの頌歌（オード）である。この作には構造的に、光のイメージが顕著の、三つの頂点がある。第七スタンザ、第一五スタンザ、第二七スタンザが、それである。それにしたがって、「賛歌」は第一部（第一―七スタンザ）、第二部（第八―一五スタンザ）、第三部（第一六―二七スタンザ）の三部分からなるとみていい。

その三重構造にかんしてであるが、「第六エレジー」の結びをみると、「キリストの降誕を祝うささげもの」の内容を、ミルトンじしんで解説している一節に出あう（七九―八六行）。

1. 平和の主なるキリストの降誕と、聖書に約束された幸いの時代のこと。
2. 星に輝く大空と天の軍勢のこと。
3. 異神（あだしがみ）の追放のこと。

こう観察してくれば、詩人が「賛歌」に三重の構造をあたえたことも、容易に理解のできることであろう。

「賛歌」の第一部の主役は〈自然〉（ナツーラ）である。そして〈平和〉の到来によって〈自然〉が変容することをうたっている。〈自然〉は神のみ子を恐れ、かの女のいつものはでな衣装を着けず、放縦の風（ふう）を断つ。最後に、太陽は、「より偉大な太陽」――キリスト――の到来を認める。

第二部には〈人間〉が登場する。かれらはキリスト降誕の報に接して驚く羊飼いたちである（ルカ福音書二の八―一一）。かれらは「天体の音楽」をきく。これはこの人びとにとっては、天使のことばである。そのうえ、かれらは

「球とも環とも思える光」を目撃する。こうして、人間の世界をこえるものの力に打たれて、羊飼いたちは罪なき世の到来を期待するこころを懐くようになる。

「賛歌」の第三部は〈神々〉――より厳密には、異神(あだしがみ)――の遁走(とんそう)の図である。ここは限りなく暗い世界である。しかしその暗黒も「ベツレヘムの光輝にくらむ」(二二三行)。終末の時には、闇は光に呑まれる。異神遁走の図は、神の子の支配の力をあらわしている。

これまで地獄に逃れる暗黒の異神たちの姿にそそがれていた読者の目は、最終スタンザにおいて、光そのものにいます神の子の受肉を凝視する。

　だが見よ祝福されたおとめが
　幼な子を横たえたもうを。
　……………
　王宮の馬屋のまわりには、天使たち、
　甲冑(かっちゅう)をきらめかせ、命令を待ちわびる。
　(二三七―二三八、二四三―二四四行)

「序詩」にうたわれた「あの栄光の形相」を間近に迎えた図である。

「賛歌」の三部分は、それぞれに〈自然〉〈人間〉〈神々〉の世界の、神の子の到来による変貌の図を示している。この三世界は、ルネサンス期において考えうる全世界であった。つまり「賛歌」は、全世界における神の力の確立をうたった雄大なオードであり、神の子の顕現(エピファニー)をたたえる頌詩なのである。

「快活の人」と「沈思の人」

〈快活の人〉は「こんもりとした森に抱かれている」塔や胸壁を見る（七八行）。やがてかれはその塔に近づく。一一七行以下では、かれは「塔のそびえる都市」の「喧噪」のなかを逍遙（しょうよう）する。〈快活の人〉は田園から都市へと足を踏みいれる。〈沈思の人〉は〈憂うつ〉に訴えていう――「悦惚の魂」、「聖（きよ）い情熱」にとらえられて、「大理石に化したまえ」（三七―四二行）と。これはプラトン的なエクスタシス――肉体からの霊魂の脱出――の願望である。〈快活の人〉は水平（ホリゾンタル）の歩みをする。それにたいして、〈沈思の人〉は垂直（ヴァーティカル）の意識をもつ。「どこか孤高の塔」（八六行）の一室にこもって、沈思黙考の生活をしたいとねがう。

わが夜のともしびを
どこか孤高の塔にともして、
三重に偉大なヘルメスをひもときつつ
大熊座とともに夜を明かし、
プラトンの霊を呼びもどして、
肉体の館（やかた）を脱した不滅の霊魂は
いま、どの世界に、どの領域にいるのかを
説き明かさせようではないか。
（八五―九二行）

「弧高の塔」とは、疑いもなく、プラトニックな秘儀のおこなわれる場として設定されている。真理をみるために、いわば「倫理的な階段」を登りつめようというプラトニックなねがいは、同時代のジョン＝ダンにもみられるものである。「物見の塔に昇り、／万物が誤謬（ごびゅう）を解かれるのを見よ」（『第二周年追悼詩』一六一二年）。当時流行の思考の様式であった。

〈沈思の人〉の上昇のねがいは、天の高みへ昇って、神との合一を図りたいという、ネオ・プラトニックなねがいであることがわかる。その心情をあらわす行が、「沈思の人」の最後を飾る、ゴシック的荘重の二〇行である。その一部を引用すれば、

だがわたしは、真理の追求にいそしむ
僧院の聖域を歩みつづけよう。
わたしは好きだ——高い丸屋根、
どっしりとした支えの古い柱、
聖画あざやかなステンドグラスの窓、
そこから差し込む信心ぶかい暗い光。
ここで、オルガンの音響は、
合唱隊の豊かな音量に和し、
敬虔（けいけん）な礼拝、美しい聖歌の
うるわしさが耳にひびかい、

わたしをエクスタシスの境地にとけこませ、
眼前に天国のすべてを彷彿（ほうふつ）させる。
（一五五―一六六行）

〈沈思の人〉の目を追っていけば、それが上に向き、最後にはエクスタシスの境地にとけこむことをねがう目であることは明らかである。この一節は、イングランド国教会（アングリカニズム）にたいする詩人の忠誠心をあらわすものとるべきではなく、至高の存在とのエクスタティックな合一へのねがいをあらわしているとみるべきである。このことは同時期の作「荘厳な音楽に」（一六三三年ころ）、「時間に」（一六三三年ころ）などにかんしてもいいうることである。

〈沈思の人〉の上昇のねがいは、ルネサンス期のクリスチャン・プラトニストたちが追求してやまなかった目的――この世を生きつつも神との合一をねがうという倫理的欲求――の詩化であったといえよう。

「コウマス」

仮面劇「コウマス」が上演されたのは一六三四年のミカエル祭（九月二九日）、場所はシュロプシャーのラドロウ城であった。ブリッジウォーター伯エジャートンが、ウェールズ総督に着任した、その祝いのために、依頼をうけてミルトンが書いたものである。

これより三年ほどまえの話である。この劇を演じた伯爵家の三人の姉弟たちの義理のおじにあたるカースルヘイヴン伯が淫乱きわまるスキャンダルのかどで、処刑された。一六三一年五月のことである。ブリッジウォーター伯爵家がこの事件を苦慮したことは、想像にかたくない。とくに幼い三人の子女たちの将来を思えば、心安からざるものがあったろう。仮面劇の制作を依頼された作曲家ヘンリ＝ローズとミルトンとは、伯爵家の苦哀を察して、劇のテーマを選定したにちがいない。〈淑女（レイディ）〉の貞節を守るために守護天使から力を借りた〈兄〉と〈弟〉とが、魔神コウマスの館（やかた）におどりこみ、コウマスの魔杯をたたき割る。守護天使は神の恩寵（おんちょう）の象徴たるセヴァーン川の精サブライナをよびだして、〈淑女〉を魔法の座からぶじ救出させる、という筋書きは、親族の醜聞を苦慮するラドロウ城の新主人にとってこのうえない祝辞となったはずのものである。

〈淑女〉が魔神の誘惑にかかったことに気づいたその弟二人、〈兄〉と〈弟〉とは、救出の方策を検討する。〈弟〉は、姉が淫乱の魔神のきばにかかっている、と悲観的な見方をして、ただちに実力をもって彼女を助けだそうと提案する。彼はすべてを人間的レベルでしか考えられない実際家である。それにたいして〈兄〉のほうは理性を信じ、楽観的・哲学的であり、次のような答え方をする――

〈徳〉はみずからの光輝によって
なすべき事柄を見きわめることができる
……………
曇りなき胸に光をもつものは
地中にいても、白日をたのしむものだ。
（三七二―三七三、三八〇―三八一行）

一七世紀の知識人にとっては、〈兄〉のこのことばは紋切型のセリフであった。〈兄〉が信ずるのは姉じしんに「秘められた力」（四一四行）である。

ラドロウ城

〈兄〉にとっては、姉の「貞潔」“chastity”は、あらゆる不純をきよめる自足・固有の力なのであって、これさえあれば、かの女の感覚は理性の支配に服せしめらるべきものである。しかし、これは〈淑女〉じしんの考え方とは別なのである。かの女は危険におちいれば守護天使の庇護を仰ぎ、「恵み豊かな摂理」の助力を求める以外にない（三二八行）。魔法の椅子に釘づけにされたとき、かの女は「私を憐れみたまえ！」と祈らざるをえないのである（六九四行）。

〈淑女〉のことばに、「信仰」、「希望」、「貞潔」“chastity”を信頼する、という一節がある（二一三—二一五行）。ふつう基本的三徳にはいるのは、「愛」“charity”であって、「貞潔」ではない。しかし、〈淑女〉のもうひとつのことばとして「太陽（サン）を着る貞潔の力」を軽蔑することはゆるされない、という一行がある（七八二行）。ルネサンス期の文人たちにとっては、フォイボス（太陽神）ということばを用いて、キリスト教の神の「子（サン）」をあらわすことは日常のことであったから、右の〈淑女〉のことばは、「神の子に守られた貞潔の力」という意味をもっと考えていい。とすれば、〈淑女〉の貞潔観は神の力の庇護を前提とする美徳観であることがわかるのである。これは、人間そのもののうちに「秘められた力」の存在を信じきれない、かの女の基本的態度と軌を一にした考え方であるといえるであろう。

誘惑者コウマスの手からの解放を待つこの〈淑女〉としては、〈弟〉の現実主義に期待することはできない。しかしまた、自己義認の哲学をもつ〈兄〉にも頼れない。〈兄〉の理性第一主義は、かの女の人生観とは違う。〈淑女〉がもつのは、摂理にたいする信頼である。それは信仰と言い換えてもいい。じじつ、かの女は、ほかならぬ守護天使からヘモニー草を授けられた兄弟の手によって救出され、「天のキューピッド」――つまり天的愛――の世界を約束されるのである。感覚の世界を凌駕するのが理性の世界であるとすれば、理性の世界をさらに凌駕し、それを保証するのは信仰の世界であることを、この仮面劇の作者は知っていたのである。「コウマス」の倫理観は重層的な展開――感覚から理性へ、理性から信仰へ――を示しているといえよう。

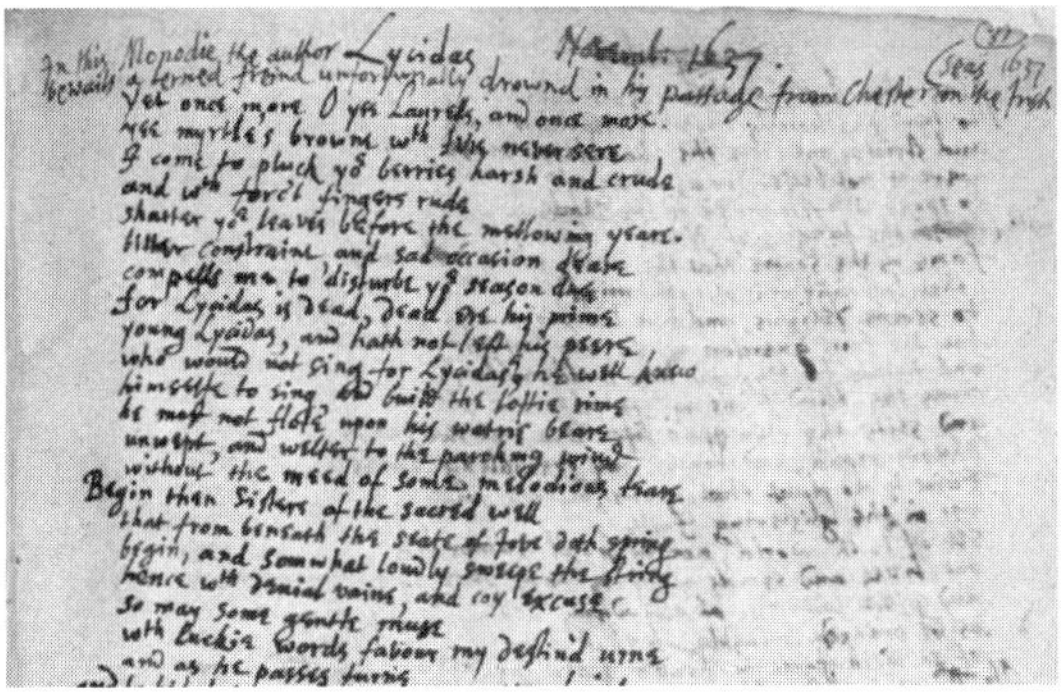

「リシダス」の自筆原稿（ケンブリッジ大学トリニティ・カレッジ蔵）

「リシダス」

クライスツ・カレッジにダブリンの出身のエドワード＝キングという秀才がいた。ミルトンより三学年下であった。卒業後のミルトンがハマスミスにこもって、気ままな勉強にいそしんでいたころ、この後輩は母校クライスツの教授陣の座に連なる地位をしめていた。一六三七年の夏、キングは帰郷のため、チェスターを出港した。ディー川がアイルランド海峡にさしかかって程なく、船は岩礁に突きあたり、やがて沈没した。八月一〇日のことであった。キングは惜しい生涯を二五歳で閉じた。

その翌年、知友はこの夭折の秀才に追悼文集を献じた。ミルトンの「リシダス」は、その文集に収められた作品である。原稿がのこっていて、それには「一六三七年一一月」と記してある。

「リシダス」の構造を考えるばあい、考慮にいれなければならないのは、アーサー＝バーカーの説である。[*1] かれによるとこの作は導入部と結論部を除けば、それぞれ詩神への呼びかけ（インヴォケイション）ではじまる三部分からなる（一五―八四行、八五―一三一行、一三二―一八五行）。この三部分はそれぞれが「詩的高まり」で終わり、その三回にわたる「累積的効果」が主役リシダスの神格化の美を生みだす、というのである。

ところで各部分の牧歌ふうの呼びかけと「詩的高まり」とのあいだに、イングランドの、しかも〈水〉に関連をもつ地名をともなう中間部が挿入されている。牧歌は、大まかな議論として、「現実からの分離」の意識をもつ。それが牧歌のひとつの特徴である。とすれば、ここにイングランドの地名を挿入することによって、作者が時間・空間の限界をともなった現実の世界を導入することには、たんなる牧歌のわくを越えた特別の意図が介在するに相違ない。〈水〉は主役リシダスの生命を奪った元凶として、冷酷な現実を象徴する。そしてこうした緩衝的挿入部があればこそ、各部の最終部、つまり「詩的高まり」の部分において、およそ牧歌ふうからは遠い、別種の声の導入が可能となるのであろう。

第一部では牧歌ふうの導入部のあとで、詩の神オルペウスがトラキアの女たちの怒りにあい、八つ裂きにされ、ヘブロス川に投げこまれ、やがてその溺死体がレスボス島にうちあげられるという伝説にふれる。これは〈水〉が、詩人志望のリシダスの生命をもてあそぶことを寓意化しているのである。フォイボスがあらわれ、超人間的な声をもって、詩人としての名声を最後に授けるのは、「裁き主ユーピテル」――神――なのだ、とさとす。現実を超越する世界の存在を暗示しているのである。

第二部では牧歌ふうの呼びかけのあと、海神トリトンと、イングランドのカム川の守護神カムスがあらわれて、リシダスの死因について〈水〉に詰問する。つづいてペテロが登場し、預言者的な語勢で、聖職者階級の堕落を糾弾する。ペテロはガリラヤ湖上を（不完全ながら）歩いたという話の持ち主である（マタイ福音書一四の二二―二三）。つまり「リシダス」の文脈にそくしていえば、〈水〉に象徴される時間支配の現実に、不完全ながらもうち勝ったという伝説の持ち主である。ペテロは、〈水〉が象徴する現実の世界を詰問する。このばあいの現実の世界は、宗教界であるが、その世界がどうしてリシダスを容れなかったのか、とペテロが詰問しているのである（エドワード＝キングは聖職につくはずであった）。ペテロは、リシダスを容れるにたる完き教会は、神の裁き――「あの両手の大剣」（一三〇行）――のあとに到来する、という考えなのである。

第三部はリシダスが黙示録的な救いの世界に迎えいれられる部分である。コーンワル西南端の聖ミカエル山におよびかけて、その付近の海底を訪れているやも知れぬリシダスのために、嘆きたまえ、とうたわれる。

天使よ、いまこそ目を故郷に向けて、悲しみにとけてくれ、
そして、ああ、いるかたちよ、幸うすき若者を運んでくれ。
（一六三―一六四行）

この第三部では、現実を象徴するイングランドの地名が言及されても、船乗りの守護者とされたミカエル山であり、その直後には、溺死体を浜へ運び上げてくれるいるか――キリストの象徴――が登場する。

「リシダス」は詩と宗教の世界から放逐された魂が、神の国に迎えいれられる、その彷徨の図である。エドワード＝キングは詩人＝祭司をこころざして、夭折。初志を貫徹できずに果てた。この挽歌は、その亡き友にたいする真摯

＊1　Arthur E. Barker, "The Pattern of Milton's *Nativity Ode*" (*University of Toronto Quarterly*, X 1941), 170-172.

とよぶことができる。

の頌詩なのである。われわれは、ミルトンの甥エドワード゠フィリップスとともに、この詩を「最高の気品の挽歌」

牧歌のなかの叙事詩性

ルネサンス叙事詩の特性にかんしては、本書第一部の第8章でやや詳しくのべることになる。ここでは牧歌的雰囲気を楽しみ、おもに田園詩ふうの詩作にふけった時代のミルトンが、じつはかなりな叙事詩的手法をこの期の作品に投入していた事実を指摘するにとどめる。

「キリスト降誕の朝に」の「賛歌」は読者をルネサンス人の全世界——自然、人間、神々の三世界——に案内する。三世界をへめぐりつつ、最後に神の子の誕生の場面にいたりつく。それを、頌歌（オード）としては、むしろ崇高な文体をもって叙述する。このように要約してみれば、とくにその構成の雄大さ、旅——つまり聖子生誕の場への探求の旅——などのモチーフの存在を重視すれば、この作品は相当に英雄詩的な要素をそなえていることがわかる。

「賛歌」の第三部の、異神（あだしがみ）遁走の図は、それが異教の神託の停止をうたうかぎりにおいて、キリスト降誕詩の定石にのっとったものということができる。しかしそれと同時に、ここでは異教の神託の停止を、異神の遁走として描き、全体やく九〇行のなかに、異神のやく二〇名を並べたことは、オードとしては異例のことである。これは明らかに叙事詩の目録（カタログ）の手法なのである。一七世紀の読者は、きびしい文体によって描きだされる異神のカタログのなかに、かれらを放逐するキリストの力の偉大を感ずるとともに、叙事詩のカタログが意図するところの、劇的に雄大な背景、耳なれぬ異名がかきたてるエグゾティシズムなどを、感じとったにちがいない。

「快活の人」—「沈思の人」においても、読者は、ミルトンの主役たちとともに田園、都市、聖域という、空間的にはミルトンの時代として考えうる全領域を遍歴することになる。ここに「探求の形式」が認められ、全知識の「要約」*compendium* の詩となっている。しかも主役は終局において神との合一の場を求める「範例」*exemplum* 的人物である。文体上も、第一作の軽妙なタッチが、第二作の荘重さへと変容してゆく。田園詩から叙事詩へ、というウェルギリウス以来の文学的伝統の型が、この一対の作の文体のなかにも認められるのではないか。

感覚・理性・信仰の三世界は、中世とルネサンス期をとおして、神の世界へ達するための形而上学的三段階とされていた。その最適の例はダンテの『神曲』である。そこにみられる三世界、「地獄」・「煉獄」・「天国」が、それぞれ感覚・理性・信仰の三世界に正しく対応していることは、言をまたない。「コウマス」はそのスケールにおいて『神曲』に遠く及ばない。形式も仮面劇である。ただ〈淑女〉という「範例」*exemplum* 的人物が登場し、超越的実在者の助力をえて、試練の果てに、ついにキューピッド（愛）の世界に迎えいれられるという構成は、感覚・理性・信仰の三世界――それゆえにこの作品は全知識の「要約」*compendium* となっている――を背景とした「探求の形式」であるだけに、一七世紀の文芸観に立つばあい、叙事詩性を含みもつ構図になっていたといえるのではないかと思われる。

「リシダス」のなかに、牧歌からキリスト教的な叙事詩への傾斜を認めてきた。リシダスが叙事詩的な高まりを三たび体験しながら、最後に黙示録的な世界に迎えいれられるとされるのは、叙事詩ふうの表現によってリシダスを最大級にたたえうることを、詩人がよく意識していたことをあらわしているといえよう。〈水〉の完全支配の世界に発して、〈水〉の支配を不完全ながら脱する世界を通り、最後に〈水〉の支配を全く受けない世界へと、リシダスはこの三世界を遍歴し、じょじょに上昇する。「海浜の守護神」エドワード＝キングは、かくして「コウマス」における守護天使の地位を占めることになる。それはウェルギリウスにおけるメルクリウス、ダンテにおけるウェルギリウスとベアトリーチェ、スペンサーにおける巡礼（パーマー）の地位である。「リシダス」は叙事詩がもつ「探求の形式」を、ひとつの作品でありながら三回までも繰り返す構成を示している。

牧歌の時代のミルトンは、叙事詩そのものを書いてはいない。しかしかれは、ルネサンス期の基準でいえば、「叙事詩的」とよびうるいくつかの特性を、かれの牧歌的作品のなかに盛りこんでいることは、まぎれもない事実である。一六二八年ころのミルトンが、叙事詩人たらんとする決意を固めたという見方からすれば、それにつづくやく一〇年、それはおもに牧歌の時代ではあったが、その時期に、叙事詩性にとむ作品をつくったとしても、なんの不思議もなかった、ということになりはすまいか。このことは、ここでとくに取り上げなかった小作品——いずれもラテン語作品たちなるがゆえに、この種の入門書では取り上げなかった——「父へ」"Ad patrem"（一六三三—三四年ころ）、「マンソウ」"Mansus"（一六三九年一月?-）、「ダモンの墓碑銘」"Epitaphium Damonis"（一六三九年末か）などには、明白にあらわれる傾向なのである。

第４章　イタリア旅行——ひとつの幕間

文芸のメッカへ

バッキンガムシャーのホートンの父の家で、牧歌的雰囲気を楽しみつつ、古典の勉強や詩作にふけっていたミルトンは、幸せであった。ケンブリッジ卒業後、こうした数年をすごしているうちに、修業の時期は熟しつつあった。一六三七年四月初めに、母を失う。このことも、ミルトンには、ひとつの時期を画する出来事として自覚された可能性がある。父の理解があって、その翌年、一六三八年の五月には、従僕ひとりを伴って、イタリアをめざす旅に出た。学問の基礎を身につけた青年が、その修業の仕上げのために、文芸の中心地へと巡行する大旅行（グランド・ツア）である。

出発の準備期に、ヘンリ＝ローズ——「コウマス」の作曲を担当した——が、ミルトンたちの旅券の手配をしてくれた。イートンの学寮長サー＝ヘンリ＝ウォトンは大陸各国でミルトンが訪ねる先々で会うべき人びとを推薦し、実際にそれを可能にしてくれた。旅行にかんする支度がこうして万事スムーズに運んでいくその背後に、父の配慮があった。

ロンドンを出て、まずパリに立ち寄り、そこで訪ねたのはスカダモア卿であった。卿の世話で、ミルトンは著名な国際法学者ヒューゴ＝グロティウス——当時の、パリ駐在スウェーデン大使——に面談している（スカダモアは

「イタリア旅行（1638年5月より1639年7月）

ウィリアム・ロードの配下であったが、ミルトンの行く先々の地でのイギリス商人たちにコネをつくってくれた）。フランスのニースからイタリアのジェノバまでは船旅であった。あとは陸路をピサを通って、フィレンツェにはいった。六、七月のことである。

フィレンツェはミルトンに深い印象をきざむことになる。いくつかの学院や文芸サロンに出入りをゆるされ、芸術各分野の実力者たちとの交友をふかめた。ミルトンの自作のラテン詩が、現地の知識人たちの称賛をえている。幽閉中のガリレオ＝ガリレイを訪ねたのも、おそらくこの折りのことである。真理のための犠牲者「トスカナの科学者」に会えたことは、終生の思い出となった（『楽園の喪失』第一巻二八七—二九一行、第五巻二六二行、その他）。スヴォリアッティ学院には、「イングランド人ジョン＝ミルトンがすぐれたラテン自作詩を朗唱した」という記録がのこっている。

ローマにはいったのは、一〇月末のことである。ここでも人びとの厚遇にあった。フランチェスコ＝バルベリーニ枢機卿にまで会っている。一〇月二〇日（か三〇日）にはイングランド・イエズス会学校を訪問した。かれが従僕ひとりを伴っていたことは、この学校側の記録でわかる。著名な歌手レオノーラ・バロニの独唱をきいたのも、ローマである。その感銘はよほどのものであったらしく、翌年の初めには、「ローマにて歌えるレオノーラへ」と題するラテン詩を、三篇も書いている。

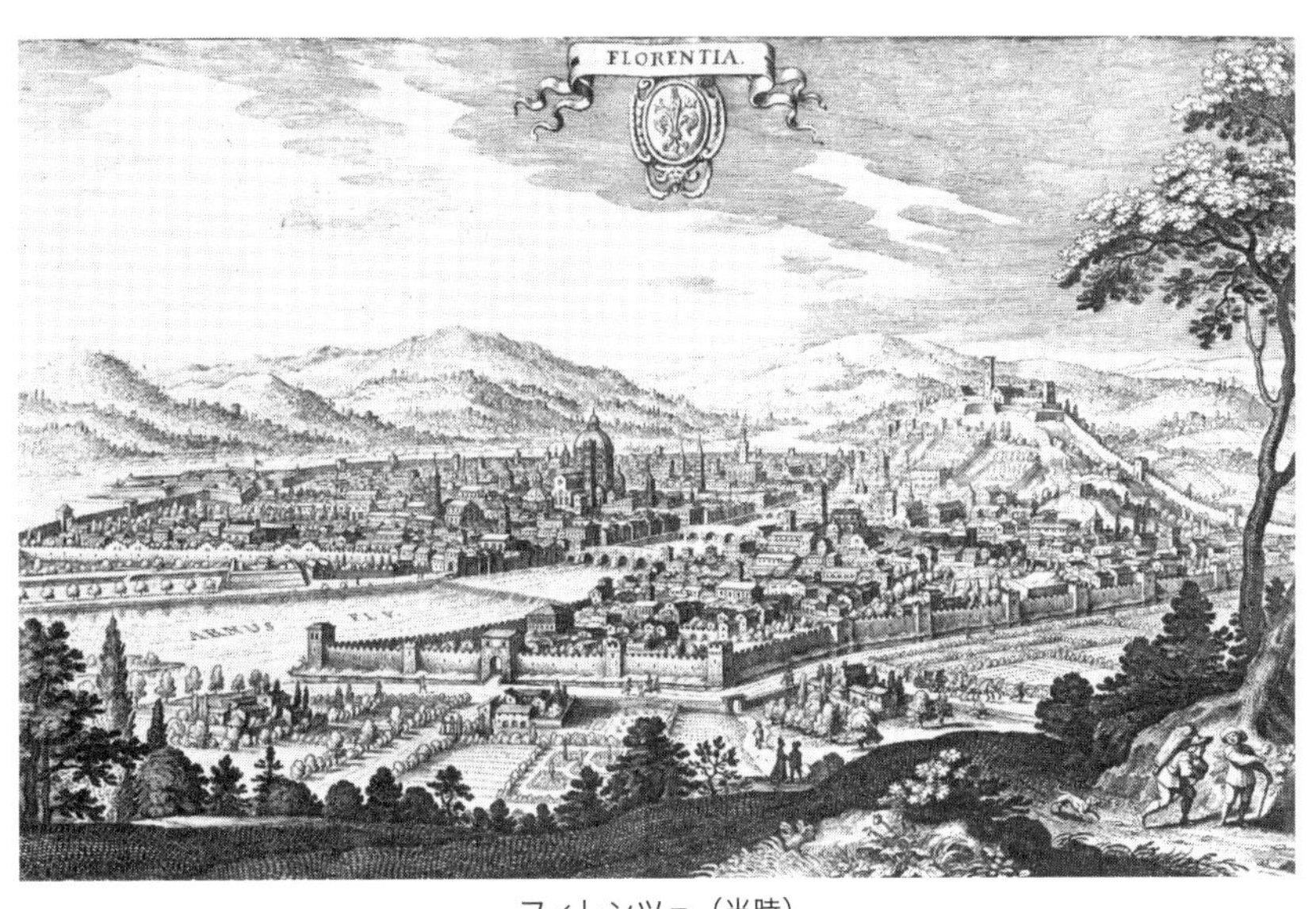

フィレンツェ（当時）

ナポリに着くのは、おそらく一二月のことだ。さっそく貴族ジョヴァンニ＝マンソウを訪ねている。マンソウはタッソーをふくむ数多くのイタリア詩人たちの後援者であった。ミルトンはこの人物にいたく感心し、なんどか会っているようだ。そして「マンソウ」なるラテン詩を、おそらく翌年の一月に献じている。

心の通じあえる人物を発見し、ミルトンは故国の宗教事情まで、忌憚（きたん）なく話したらしい。かれがのちに一六四六年に『詩集──一六四五年版』を出したときに、ラテン詩部分の冒頭にマンソウから贈られた警句（エピグラム）の二行を印刷している。「そなたの信仰がそなたの知力、姿、優雅、顔立ち、仕草に合っていたならば、／まことそなたはイングランド人（Anglus）ではなく、天使（Angelus）である」。ミルトンがロンドンを出るまえに、サー＝ヘンリ＝ウォトンは、大陸では宗教問題にはふれなさんな、と忠告している。しかし青年はその忠告をときおり忘れることがあったらしい。

ナポリからギリシアへ渡る計画もあったが、ナポリから先へは行かなかった。故国での政情不安の報が、旅の方向転換を決

— if Vertue feeble were
Heaven it selfe would stoope to her.
Cœlum non animū muto dū trans mare
curro.
Joannes Miltonius
Anglus.
Junij 10. 1639.

1639年7月10日にジュネーヴの知人宅にのこした自署
（「イングランド人ジョン＝ミルトン」）がある

定させた一因だ、という言い方をミルトンは、のちの『イングランド国民のための第二弁護論』（一六五四年）でおこなっている。国王チャールズ一世が国教会の祈祷書と儀式をスコットランドにまで押し付けようとして、軍備をととのえたという事件（第一次主教戦争）のニュースが、ナポリのミルトンの耳にまで達していた。国情がそのようなときに、ひとり外遊を楽しむことは「卑怯なこと」と感じたのだ、とも書いている。しかしその後、急遽帰国の途についた気配はなく、ローマに二か月、フィレンツェにも二か月、ヴェネチアに一か月をすごし、ミラノを通りジュネーヴに着いたのは六月であった。ジュネーヴでは毎日ジャン＝ディオダティを訪問した、と回想している。このディオダティは、前年八月に、ミルトンがフィレンツェに着いたころ、ロンドンで逝去したかれの親友チャールズ＝ディオダティの実の伯父であり、この地での神学の教授であった。この人物を相手にすれば、ミルトンは話題に事欠くことはなかった。かれの帰途の旅は、むしろ悠々たるものであった。ロンドンにもどったのは、一六三九年七月末のことであった。

「遍歴の英雄」

大旅行がミルトンにあたえた影響は大きかった。第一にあげられるのは、かれが一イングランド人として、文化的に自信をえたという事実である。たしかにイングランドでは、当時の一流の学問を身につけ、ラテン語、イタリア語にも通じていた。しかし母国にあっては、これという評価はあたえられていなかった。それがイタリアでは、高位の人びとまでふくめて、数多くの著名な人物たちと交わり、むしろ称賛をかちえたのである。これがこの北国の若者の誇りにつながらないはずはない。イタリア旅行はミルトンに、イングランド人としての自覚と自信を植えつけたといえる。のちの『第二弁護論』においてさえ、ミルトンは無理解なイタリア非難にたいして不快感を示し、「イタリアは犯罪者の溜まり場などではない。イタリアは人文学者、芸術家の集まるところだ」と書いている。このイタリア尊敬の言のなかに、古典的・人文主義的教養にたいしてミルトンじしんがいだく敬意の念と自負とが認められなくてはならない。

イタリア旅行の成果として、次に考えられるのは、文芸、とくに叙事詩への傾斜が、この時期に決定的なものになったということであろう。われわれがミルトンの大旅行の経過を知ることができるのは、おもにかの『第二弁護論』の記述によるものであるが、その記述は独特の意図にもとづいている。それは一言でいえば、叙事詩的発想による自己弁護ということである。「わたくしはオデュッセウスのようになりたい。祖国のために功(いさお)あるものとなりたい」。大陸で当代の名のある人物たちに会ったという記述や、帰途のローマはカトリック側から仕掛けられた迫害の可能性があったにもかかわらず、その古都を再訪したという記載や、祖国の政情不安の報に接して早期帰国を決意したと記す愛国的叙述などは、いずれも叙事詩の主人公の姿をみずからに奉っているおもむきがある。

しかし、この叙事詩的な歩みというものは、全くの虚構でもなかったらしく、イタリアでミルトンが会った人びとのなかで、たとえばカルロ＝ダティやアントニオ＝フランチーノは、このイングランドからの旅人を「現代のオデュッセウス」とか、「遍歴の英雄」などと言い表わしているのである。旅行中のミルトンに、なにかヒロイックな気概ともいうべき風があったのであろう。

大旅行以前の、いわば牧歌時代のミルトンが、田園詩に遊びながらも、つねに田園詩のわくを越えようとする作品を書いてきたことは、すでに前章でのべたとおりである。「リシダス」は、その典型で、改革派ピューリタンの厳粛な口吻(こうふん)を、ここに読むことができる。

大旅行はかれのその叙事詩的気風を鮮明にした。文芸の中心地で文芸の士に出あい、「遍歴の英雄」と目されたという自負が、かれに決定的な意味をあたえたのではないかと思われる。かれが書きのこした「ケンブリッジ草稿」によれば、おそらく一六四一年かその翌年の記入のなかに、アダムの堕落にかんする四種類の筋書きが記してある。もっとも詳しい「アダムの楽園追放」“Adam unparadiz’d”にいたっては、のちの『楽園の喪失(パラダイス・ロスト)』の主題にきわめて近い筋書きとなっている。

脱アーサー王物語

ミルトンはやがて書くべき叙事詩の主題として、アーサー王伝説を脳裏に描いた時期があった。ホメロスやウェルギリウスいらいの叙事詩人たち、たとえばルネサンス期のダンテ、アリオスト、タッソー、カモンイスにしても、いずれもそれぞれの祖国の歴史物語を作品の主題として選び、民族を代表する人物を主人公に選んだ。とくにミルトンが「アクイナス以上の師」と仰いだスペンサーが、アーサー王伝説にもとづいて『妖精の女王』を書きのこしているのであってみれば、ミルトンが自分の書く叙事詩の主題として、いったんはアーサー王伝説を考えたとしても、それはむしろ当然のことであろう。

しかし一六四二年までには、アーサー王伝説はすてた。その原因のひとつは、ステュアート王朝が御家(おいえ)の安泰を意図して、みずからをアーサー王の末裔（まつえい）であると強弁したという事実がある。それが一般の改革派の思想家・歴史家の反発を買った。これでは、ミルトンといえども、この伝説を用いて叙事詩を制作するわけにはいかない。

かれがアーサー王と別れたもうひとつの、むしろ積極的な原因として、かれが狭義の愛国心をすてて、全人類の救済を意図する高次のテーマを聖書のなかに見いだしたということがあげられよう。結局、アダム物語が浮上したのである。

ところで、ミルトンは『楽園の喪失』のなかで、

　この英雄詩の主題がはじめてわたくしを捕えてより、
長（なが）の年月を閲（けみ）したが、わが着手するは遅かった。

（第九巻二五―二六行）

と告白している。詩人が英雄詩の主題に捕えられたのは、一六二八年の夏であろうというのが、本著者の見方である。しかし、「リシダス」以降、とくにイタリア旅行の時期のかれには、叙事詩人たらんとする自覚は備えられていた。それも大旅行の直後には、アダムを主題とする叙事詩のプランが練られていた。『楽園の喪失』の口述開始を一六五八年とすれば、このアダム物語の出現時からのみ計算しても、そこには二〇年ちかい歳月が介在することになる。

その歳月の問題は、さておくとしても、ミルトンが田園詩の制作からはじめて、やがて叙事詩の口述にいたったことを、かれが無駄と考えなかったことは、たしかであったろう。というのは、かれの尊敬する叙事詩人たちは、ウェルギリウスにしてもスペンサーにしても、田園詩人として出発して、叙事詩人として終わるという経歴をもつ。ウェルギリウスのばあい、『田園詩』一〇篇をつくったのが紀元前四〇年前後であり、『アエネイアス』の初めの部分を出

すのが、紀元前三〇年である。スペンサーのばあいも『羊飼いの暦うた』の出版は一五七九年、『妖精の女王』前半の上梓は一五九〇年である。田園詩から出発して、叙事詩にいたるのに、いずれも一〇年はへている。しかも、ウェルギリウスにしても、スペンサーにしても、それぞれの叙事詩の完成はみていない。ミルトンのばあい、田園詩に発して、叙事詩に終わる道筋は同じでありながら、いったん叙事詩人たることを決心してから、その後この口述を開始するまでの時間は、たしかに長かった（かれが共和政府の役人として時をすごしたことや、さらに視力障害をきたしたことを勘案しなくてはならない）。しかし、かれのばあいは、いったん口述を開始してからは七年ほどで、作品を完成させている。考えようでは、叙事詩の口述を開始するにいたるまでの二十余年間にたくわえた内容と技法があったればこそ、数年にしてそれを文芸の域で完成させることができたのだ、ということができる。いや、かれのばあい、（これにつづく章で説くように）散文時代の二〇年間がなかったならば、『楽園の喪失』はなかった。「わが着手するは遅かった」かもしれないが、着手してから先の仕事は（すくなくとも、口述の作業は）順風に乗っていたといえよう。

イタリア旅行期をふくめて、アダムを主人公とする叙事詩の制作の意図をかためるにいたる四、五年は、その後のあらしのごとき弁論期のことを思えば、ミルトンにとっては朝なぎのごときひとときであった。いわば「ひとつの幕間」と称してもいい、かれにとってもっとも幸福な数年であった。

第5章　論客として

革命前夜

ミルトンが大陸旅行からもどるのは、一六三九年夏のことである。かれも三〇歳になっていた。ロンドンで私塾をひらき、生計をたてた。

この年はアイルランド総督であったストラッフォード伯がロンドンに召還されて、チャールズ一世の政治顧問に任ぜられた年でもある。このストラッフォード伯と、もうひとり一六三三年にカンタベリ大主教となっていたウィリアム＝ロードとは、国王の「二頭の馬」となって鳳輦（ほうれん）を引く役目をになった。宮廷側としては、こうして議会を中心とする反宮廷派の動きを牽制（けんせい）し、反国王陣営への中央突破をはかる隊形をととのえた。

そして問題の一六四〇年を迎えることになる。その四月には国王は一一年ぶりに議会を召集した。その意図は、イングランド国教会の祈祷書をスコットランドに強要するための出兵費用を捻出するにあった。長老派主導型のロンドン新議会がこれを聞きいれるはずはなく、議会はすぐ解散する。短期議会とよばれるゆえんである。にもかかわらず、五月にはチャールズは北辺に出兵した。この種の軍事行動が成功するはずはない。じじつ国王は、間もなく撤兵せざるをえなかった。国王側はここで政策の変更を、真剣に考えるべきであった。がんらいがエディンバラの出であ

チャールズ一世（ヴァン＝ダイク画）

るステュアート家にしてみると、自分らの父祖の地であるスコットランドはロンドン王家の要請をうけいれるはずであると甘くふんでいた面があったのであろう。

　チャールズは性懲り（しょうこ）もなく、その夏から秋にかけて第二回目のスコットランド征伐を実行する。しかし、これは無益な戦いであった。国王は、しかし高飛車に、一一月に議会を再召集し、戦費の調達をはかろうとした。議会側には、国王の言を聞く耳はなかった。一二月には逆に「根絶請願（ルート・アンド・ブランチ）」を提出する。イングランド国教会の主教制の廃止を求めた議案である。翌年五月にはストラッフォード伯は処刑され、また大主教ロードは投獄される。これはまさに革命であった。この時点は、国王として政策変更を熟慮する最後の機会であった。しかし国王と宮廷側は、ひたすら軍隊の整備にかかった。

　議会運営が思うにまかせない事態に追いこまれた国王側は、それでも軍隊統率権と教会統治権だけは手ばなしたくなかった。これは絶対主義王政としては、当然のことであった。「根絶請願」が提出される事態に直面して、国教会側は黙ってはいられなかった。その代表者はジョゼフ＝ホール主教であった。かれの『神権に立つ主教制』（一六四〇年）に代表される、「主教制こそ国家の支柱なり」という主張は、国教会側一般の願いを代弁していた。

　この主教制擁護論にいちはやく反応し、反駁（はんばく）論を出したのは、かつてミルトンの家庭教師をつとめたトマス＝ヤングたち五人――その五人の頭文字を結び合わせてスメクティムニューアスと署名した五人[*1]――であった。いずれも長老派系の有能な教職者たちであって、この五人の反論に、さらにホール主教が反論をもって応えるという仕儀になった。

ミルトン登場

そこに登場したのがミルトンであった。そもそもかれは父親ジョンから長老派流の家庭教育をうけ、さらにスコットランド直系の長老派のトマス＝ヤングから直接に長老主義的教養を植えつけられた。そのヤングを、すでにのべたように「わが魂の半分以上の存在」とさえよんで尊んだほどである（「第四エレジー」、一六二七年）。主教制にたいする批判は、すでに「リシダス」にもうかがわれたところであった。この種の批判をいだいていたかれは、聖職につくという希望は、すでに断っていた。そのミルトンのことである。主教制批判論は、いつかは出さずにはおけないところであったろう。そこへもってきて、ジョゼフ＝ホール対トマス＝ヤングらの争論が開始され、世の耳目をさらった。ここでミルトンは旧師ヤング擁護の一翼をになって、立ち上がったのである。『イングランド宗教改革論』は、一六四一年五月に匿名で出た。

スコットランド長老派はカルヴァンに学んだジョン＝ノックスが、エディンバラを中心にして長老会による統一的教会統治を実行したのが、その端緒となっている。革命期のイングランド長老派は、その影響下にあった。

ここで長老会による教会統治の仕組みをみておこう。この派は教職者と長老たちが治める教会を小会とさだめる。これが最小単位である。いくつかの小会が中会を構成する。それをクラシスとよんだ。クラシスでは、選ばれた教職

＊1　Smectymnuus は Stephen Marshall, Edmund Calamy, Thomas Young, Matthew Newcomen, William Spurstow の五人の頭文字をつなげたもの。

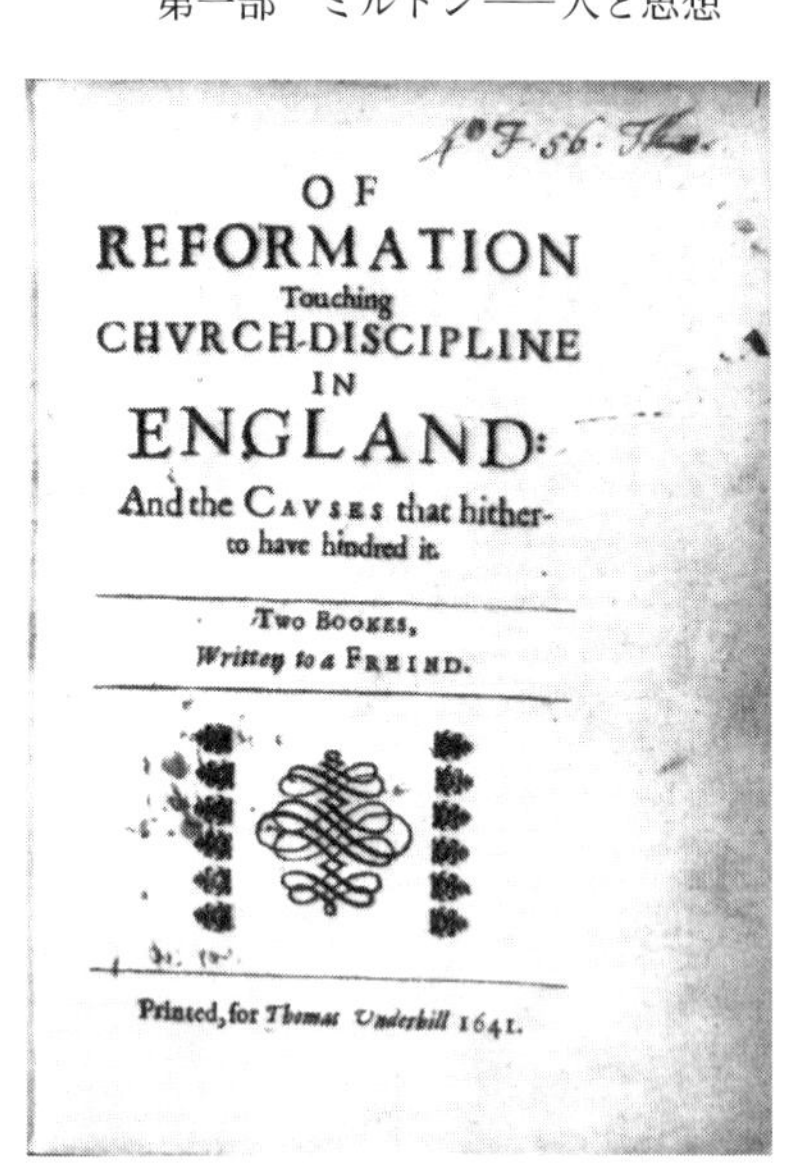
OF
REFORMATION
Touching
CHVRCH-DISCIPLINE
IN
ENGLAND:
And the CAVSES that hither-
to have hindred it.

Two Bookes,
Writtey to a Freind.

Printed, for Thomas Underhill 1641.

『イングランド宗教改革論』（1641 年）

者と長老たちが教師候補者の決定・任職や各教会の監督の任にあたった。中会はさらに大会を構成し、最高決定機関としては総会をもった。このようにして、長老派はクラシスを中軸においた積上げ方式の教会統治法をとる。王権と結びついた主教中心の監督統治には反対であった。ただ長老派も全体としては、国教会内の改革派であり、当初は国王そのものの地位に反旗をひるがえすということはなかった。

　トマス＝ヤングらスメクティムニューアスの議論も、またミルトンの『イングランド宗教改革論』をはじめとする数篇の宗教論も、基本的にはこのような長老主義的教会統治を擁護したものであった。たとえばミルトンが『主教による監督制度について』（一六四一年）で「主教も長老も同一」と主張するとき、かれは聖書に出る「長老」が、まさに主教の立場を占めていることを具申しているのである。『教会統治の理由』（一六四二年）のなかで、「たしかに規律（ディシプリン）は無秩序を除去するばかりか、それは美徳そのものの見えるかたちにほかならない」と書いたのは、会衆の精神的訓練につとめたクラシス運動を代弁しているのである。こうしてミルトンは一六四二年までは純粋な長老派の擁護論者であった。

結　婚

一六四二年の初夏のこと、ミルトンは父ジョンの用事でオックスフォード近郊のフォレスト・ヒルへ出むいた。行く先は王党派のポウエル家であった。所用をすませてロンドンへもどってきたミルトンは、驚いたことに、ポウエル家の娘メアリをめとっていた。一七歳も年下の婦人であった。電撃的ともいえるこの結婚は、当時さまざまの憶測をよんだようだが、ミルトンとして、やや事を急いだうらみがあったことは、たしかである。メアリはロンドンのミルトン家での暮らしになじめなかったらしい。またミルトンのほうも、メアリの母親との関係がうまくいかなかったらしい。結婚後二か月ほどして、メアリはミカエル祭――九月二九日――のころにはもどりますから、といいのこして、オックスフォード近郊の実家へ里帰りした。そしてそのまま、ミルトン家へもどってはこなかった。

離婚論

これはミルトンの味わった、おそらく初めての深刻な挫折であった。これが契機となって、かれは結婚とは何かという問題を考えることになる。妻の同居拒否の申し立てをすれば離婚は法的に認められたはずだが、かれはその措置はとらなかった。再婚をあっせんする友人もいたらしいが、結局はその話も受けなかった。だからミルトンが一六四三年夏に出す『離婚の教理と規律』をはじめとする一連の離婚論は、かれが妻との離婚の意図を正当化しようとしたものだという非難はあたらない。メアリは一六四五年にはロンドンへ帰ってきて、その後三人の娘、息子一人の母親となるのである。

ミルトンの主張したことは、おおよそ次のごとくである。結婚とは神との契約関係に立った者同士の横の――男女間の――関係であり、それはとうぜん聖なる「愛と平和」のかたちとなってあらわれるものである。だからもし当事者の一方の「不品行」が原因でその「愛と平和」の関係にヒビがはいるようなことがあれば、かれ――あるいは、かの女――は、神との契約関係を自ら破るのであるから、結婚そのものも破棄されることになる、というのである。こう主張してかれは、離婚をめぐる「教理と規律」を明確にした（「教理」、「規律」という用語そのものが、当時の長老派の説教家、論客が好んで用いた用語であった。ミルトンは長老派の立場でこの離婚論を書いたつもりであった）。

ミルトンの一連の離婚論は大きな反響をまきおこした。そもそもこの書はその標題が示すように、国教会の教会法――姦淫以外の理由での離婚は認めず、さらに再婚は論外であるとする――に反対をとなえたものであって、長老派を相手にした議論ではなかった。しかし、この書への反論のなかで、もっともきびしかったのは、長老派の側からの反駁であった。この「離婚論者」の議論ほど、長老派のいう「規律」に反するものはない、と映ったのであろう。

ミルトンは翌年二月には再版を刊行して、それを議会およびウェストミンスター宗教会議に向けて提出した。それにまず鋭く反発したのが、ほかならぬ旧師トマス＝ヤングであった。ヤングは独立派五人[*2]による『弁明の物語』を批判したと同じ説教のなかで、離婚・再婚まかりならぬ、という強硬な見解を提出した。ヤングたちは、この匿名の離婚論者は独立派の論客であるにちがいないと確信していたらしい（ミルトンの離婚論は初版は匿名、再版は頭文字のみを印刷した）。同じ年の夏、八月一三日には、長老派の有力者ハーバート・パーマーは、議会とウェストミンスター会議を前にした説教において、この離婚論を「異端と分派の行動」ときめつけて、その焚書（ふんしょ）処分を要求した。

反長老主義

この一連の動きはミルトンに、自分の基盤である（と、かれじしんが思っていたところの）長老主義そのものへの深刻な懐疑をいだかせる結果となった。神との契約関係に立った人格に、結婚という問題についての判断、もしくは選択権があたえられないで、その判断は中会（クラシス）さらには大会、総会に任せるような長老派の教会統治は、国教会の主教制組織と、どれほどの差があるのであろうか、という疑問がミルトンには生じた。

かれが『離婚の教理と規律』初版を出した一六四三年は、スコットランド議会とイングランド議会の双方において「厳粛なる同盟と契約」が批准され、スコットランドはイングランドにおいても長老主義の教会統治が樹立されることを条件に――ということは、主教制廃止を条件に――議会側へ援軍を送る約束をした年である。こうしてイングランド議会はチャールズ一世との戦闘の基盤をたしかなものとすることができた。

ところが、そのあたりから、政治的にいちおうは長老派にぞくし、チャールズの専制に反旗をひるがえしていた人びとのなかから、長老派ばなれの現象がおこる。その相当部分が、当時議会内で力をえてきていた独立派（会衆派）に転ずる。これはクロムウェルがぞくしていた派である。この派は個別教会の会衆の自治権を尊重し、教職者の任命権も独立した個別の教会にぞくするものとし、会衆派教会同士の協力を重視した一派である。長老派とは異なって、国教会からの分離を否まない立場をとった。この派は革命勃発の初期は少数派であったが、革命の進行につれて軍隊と議会内の中核を占めるにいたり、革命遂行の中心勢力にのしあがった。

さきにミルトンが『離婚の教理と規律』の再版を「議会およびウェストミンスター宗教会議に向けて」提出したときに、トマス＝ヤングらスコットランド系の長老派指導者たちが、この著者は独立派にぞくする論客であろうと推しはかったことにふれたが、それは無理からぬ憶測であったといえる。匿名の「離婚論者」も、『弁明の物語』を出した五人の牧師に代表される独立派の人びとも、世俗のこと、宗教のことにかんして人間個人の自律的判断を尊重する立場にあることでは共通した意識をもっていたのであった。長老派――それも、国王の地位の安泰をねがったイングランドの長老派――にとっては、この「離婚論者」と独立派の双方は、やがて共通の敵となるべき立場にいたこと

＊2　Thomas Goodwin, Philip Nye, Sidrach Simpson, Jeremiah Burroughes, William Bridge.

マーストン・ムアのクロムウェル（1644年7月2日）

になる。

宗教改革論

一六四四年七月にはマーストン・ムアの戦いで、クロムウェル軍は王党軍を撃破する。議会内での独立派の勢いは増大の一途をたどる。しかしミルトンは、このころ急に地すべり的に独立派に傾いた多くの人びとのひとりであったわけではない。その前年に初版を出したかれの離婚論のなかに、すでに反長老派的色彩が認められることは、すでにのべたとおりである。この点で、もうひとつ吟味しておかなければならないミルトンの論文があることである。それは、これもすでにふれた『イングランド宗教改革論』である。一六四一年五月の発表で、かれの宗教論文としては第一作である。トマス＝ヤングを擁護する意図で書いた、長老派教会統治論であった。

当然のことながら、ミルトンはこのなかで、第一に主教制廃止を主張する。第二に着目しなければならない点は、コンスタンティヌス帝批判が出ることである。このローマ皇帝はキリスト教の全面寛容令――いわゆる「ミラノ勅令」、三一三年――を布告した人物として、キリスト教世界では評判の高い皇帝である。これがミルトンにかかると、コンスタンティヌスは多額の寄進によって僧侶を堕落せしめ、かつ教会と国家を混同することで、キリスト教堕落の道を用意した張本人である、ときめつけられる。ミルトンは国家と教会の分離案を打ち出しているのである。ミルトンの直接の意図としては、これは国教会批判のロジックであったのだが、このロジックはかれの意識外のこととしては長老派の教会統治法への批判としても作用するはずのものであって、いわば両刃の剣の役目をはたす議論であった。ミルトンがこの教会分離論の刃を長老派にたいして意図的に突きつけるまでに、そう時間はかからなかった。

この宗教改革論には第三の点として、この段階では不明瞭ながら、「理性」尊重の態度がうかがえる。「神がわれわれのなかに植えてくださった知性の光」[*3]とよばれているのは、のちに「神の姿」、「神の声」などともよばれる内なる「理性」の原型である。ミルトンの母体である長老派は、ものごとの選択権を個人にゆるす結果となる「内なる光」の存在を肯定しなかった（だからこの「内なる光」を提唱するジョージ＝フォックスらのクエーカー派にたいしても、長老派はきびしい態度をとった）。

ケンブリッジ・プラトン学派

この関連で考えておいていいことは、一七世紀のケンブリッジ大学では、ベンジャミン・ウィチカットの指導下のエマヌエル・カレッジが「ピューリタンの神学校」とさえよばれる精神的雰囲気をやどしていたという事実である。このピューリタニズムは学問的にはフィレンツェ・プラトニズムの影響を、つよく受けていて、内に「理性」――「神の声」――をさずかるものの自律性を尊び、人間の自由意志、信仰の寛容を説いた。「理性に従うことは神に従うことである」というウィチカットのことばは、このケンブリッジ・グループの最大公約数的宣言であった。これにはミルトンも賛意を表したにちがいない。しかし、このことばは厳格な長老派カルヴィニズムとは反りが合わなかったは

＊3　原田・新井・田中共訳『イングランド宗教改革論』（未來社、一九七六年）、五二ページ。

ずである。[*4]

そのグループに入れられているピーター＝ステリは、ミルトンより四歳下の、エマヌエル・カレッジの出身者であるが、やがてクロムウェルの国務会議づき説教者に選任される。だからミルトンとステリは、（ミルトンは一言もいわないのだが）ひと時、顔を合わせる仲であったにちがいない。

ミルトンは『楽園の喪失』第三巻で、自由意志論にふれている。神はすべてを予知するが、その予知は「預定」とは異なる。人間は神の預定のなかにありながらも、おのが意志でおのが歩みを選びとることがゆるされている――というのが、神の口をとおしてミルトンが説くところである。これは当時の神学思想の流れからみると、オランダの神学者アルミニウスの傾向に、やや傾くところのある思想であったといいうるであろう。[*5] しかしこの傾向が顕著となるのは、ずっと先のミルトンにおいてである。

しかし、長老派擁護の論客として登場した一六四一年においてさえ、ミルトンはこのような反長老主義に通ずる知的傾向をいだいていた。それは一言にしていえば、かれの人文主義的教養の生んだ知的傾向であったといってよいであろう。一六四三年以後の離婚論のなかに、この知的傾向がにじみ出て、それが長老派の牧師たちからの猛反発を買ったとき、ミルトンじしんがすぐさまその知的傾向を自覚し、それを推し進めたのも、もっともなことと思われる。一六四四年にかれが著わしたふたつの書物は、その表現であった。ひとつはその年六月に出版した『教育論』であり、他は一一月刊の『アレオパジティカ（言論の自由論）』である。この二著はミルトンがみずからに内在していた、反長老主義的な知的傾向を離婚論争のただなかで意識し、それを引き出し、論理化した作品といえよう。

『教育論』

『教育論』はひと口でいえば、キリスト教的人文主義の教育を、将来の指導者層にぞくすると思われる青年たちにほどこすばあいの基準をのべたものである。「学問の目的は、神を正しく知りうる状態を回復することにより、始祖の堕落を修復することであり、……できるだけ神に近い存在となることであります」と、冒頭の一節で宣言している。そのためには青年たちに「理性の行動」を教授することをすすめる。そもそもはアリストテレスの『ニコマコス倫理学』にみられる「節制」の倫理を、キリスト教ふうに理解しなおし、神との契約関係、つまり信頼関係に立つ個人は「神の声」――「正しき理性」――にききつつ、中庸の道を歩むことができるようにすることが大切だ、と説く(「節制」は、もと「中庸」の概念から出た)。

『教育論』のなかでミルトンが明瞭に打ち出すもうひとつの概念は「雅量(マグナニミティ)」である(語原的に「大きな心」、「大度」、「寛大」を意味する)。これも、もとはアリストテレスである。ただアリストテレスのいう雅量は人間そのものの偉大性の概念であって、政治指導者に求められる資質である。それにたいしてミルトンのいう雅量は、具体的に旧新約聖書に出る、アブラハム、サムエル、ヨブ、キリスト、パウロなど神への信従をとおした諸人物にたいして、神の側からあたえられた尊厳をさしていうことばである。アリストテレスのいう「雅量」が人間中心的概念であるとすれば、ミルトンのそれはいわば神中心的概念であるということができるであろう。教育の目的は「平時・戦時の分

＊4　新井明・鎌井敏和共編『信仰と理性――ケンブリッジ・プラトン学派研究序説』御茶の水書房、一九八八年。

＊5　W. B. Hunter, "Milton's Arianism Reconsidered", *Bright Essence: Studies in Milton's Theology*, eds. W. B. Hunter, C. A. Patrides, J. H. Adamson (Univ. of Utah Press, 1971), pp.44-51.

かちなく、私的にも公的にも、その課せられたつとめを正しく、たくみにまた雅量をもって果たしうる人物をつくりあげる」ことにある。将来の指導者層と目される青年たちをこの線にそって教育し、その結果かれらが節制の判断力を身につけ、現実の世界を生きることができるとすれば、それはまさにヒロイックな生き方というべきである

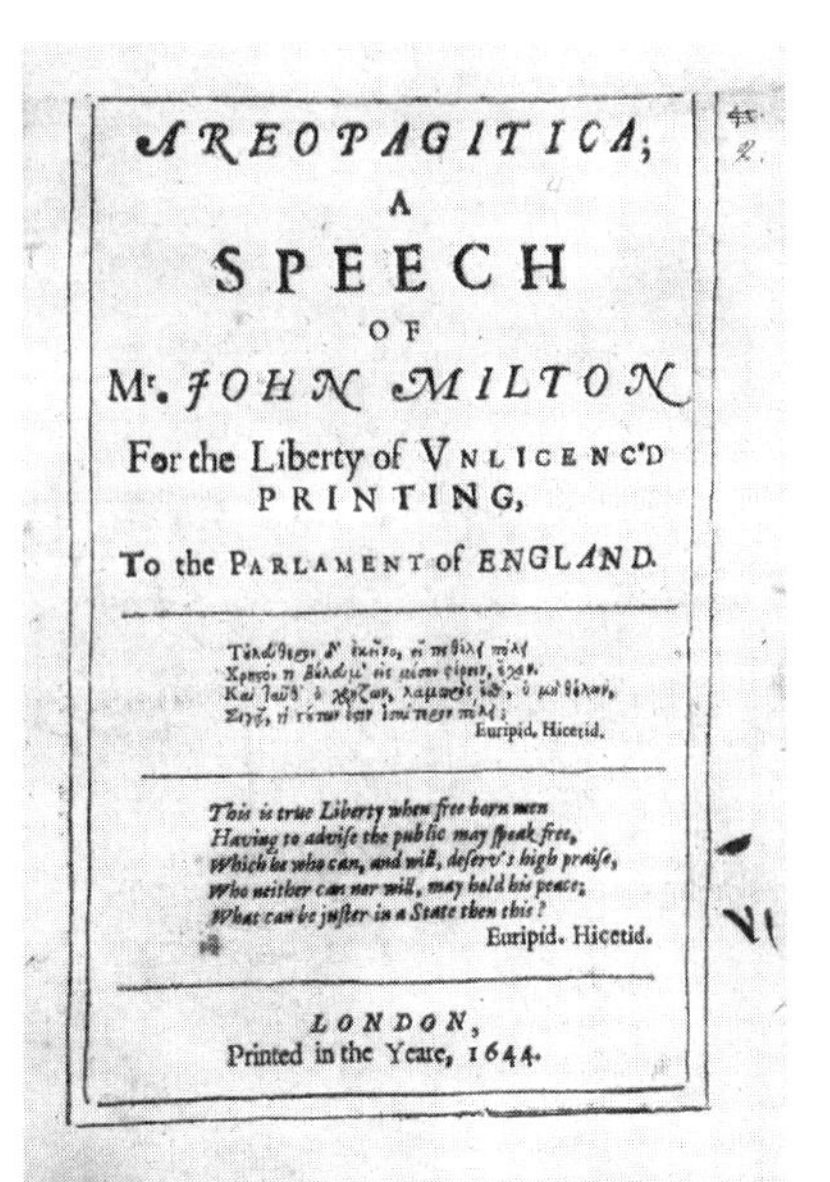
AREOPAGITICA;
A
SPEECH
OF
Mr. JOHN MILTON
For the Liberty of VNLICENC'D
PRINTING,
To the PARLAMENT of ENGLAND.

Euripid. Hicetid.

This is true Liberty when free born men
Having to advise the public may speak free,
Which he who can, and will, deserv's high praise,
Who neither can nor will, may hold his peace;
What can be juster in a State then this?
Euripid. Hicetid.

LONDON,
Printed in the Yeare, 1644.

『アレオパジティカ』（1644年）

『アレオパジティカ』

さきにものべたように、国教会の主教制の時代ならいざ知らず、長老派主導型の議会の時代になってさえ、言論を統制しようとする動きが出てきたことに、ミルトンはがまんがならなかった。そこで書いたのが『アレオパジティカ』であった。「正しき理性」の声にききつつ、この世の荒野を「自分じしんの選択者」として生きようとする態度こそ尊ばれるべきものである。「理性とは選択にほかならない」、「世を避けて僧院にこもった美徳などというものを、わたくしはたたえることはできない」といいつつ、ミルトンは教会法や長老派の「規律」に守られた「あやつり人形のアダム」たることを拒否する。「アダムは堕ちて、悪により善を知るにいたった」と語られる、その「善」とは「真の節制」のことであり、その節制の道を歩む者こそ「真実の戦うキリスト信徒」だというのである。『教育論』にみられるヒロイックな倫理観と、ほぼ同趣旨の議論が、ここではより鮮烈に提出されていることになる。

パトニー討論

クロムウェルのニュー・モデル軍がネイズビイの戦いで王党軍を撃破したのは、一六四五年のことである。これで議会軍は全戦線で絶対の優位を占めることになる（この夏に、メアリはミルトン家へもどる）。議会軍が勢いづくと同時に、各地の最前線で武器をとって闘った軍人、とくに中間指導者的位地に立つ軍人たちの発言力がましてくる。それを示す出来事が、一六四七年秋に、ロンドン西郊のパトニーでおこった。軍幹部と急進派兵卒とのあいだでおこなわれた討論である。このいわゆるパトニー討論で、急進派からは人民協約案が提出され、成人普通選挙法までが討議の対象になった。民主的な、当時として急進的な政治思想が、軍の中・下層部から出てきた。この主張が宗教的には、おもに軍隊内のレヴェラーズ・グループ（民主勢力）からの提案であったことも、革命の進行情況を俯瞰するばあいに、重要である。

国王処刑

その翌年の一六四八年の末には、議会内の主流を占めていた長老派議員を、クロムウェルの意を体したプライド大佐が追放する事件がおこった。長老派議員はネイズビイの決戦いらい危機意識をふかめ、国王との妥協の線を模索していたのであるから、クロムウェルを軸とする独立派議員の反感を買っていたのである。このいわゆる「プライド大佐の粛清」のあと、議会は一〇〇名ほどの独立派議員によって運営されることとなる。これが「残部議員」によって構成される議会である。この議会はこのすぐあと、一六四九年一月末にはホワイトホールに断頭台をしつらえて、国王チャールズ一世を処刑することになる。

国王処刑ということは未曾有の事件であった。王権神授を信じた国王である。死にあたっても、じつに堂々としていた。その態度が同情をひいたことは事実である。国王の専制に反対の者のなかでも、国王を処刑することには賛成できない人びとがいた。議会軍最高指揮官であり、国務会議の構成員であったフェアファックス卿もそのひとりであった。卿はマーストン・ムア会戦やネイズビイ会戦の指揮官であった。卿が一六四八年夏に王党軍の牙城のひとつコルチェスター城を陥落させた折りには、ミルトンはそれを慶賀してソネット（第一五番）をつくった。それほどのフェアファックス卿であったが、国王処刑には、さすがに大きな衝撃をうけた。これが、ひとつの契機となって、一六五〇年にヨークシャーに隠棲することになる。かれが国王個人にたいして寛容であったのは、かれが長老派系であったことと無関係ではなく、それがかれに独立派の対国王感情とは別のものを懐かせたのであろう。フェアファックス卿のあとを襲って最高司令官の任につくのが、クロムウェルである。

ほぼ独立派

ミルトンが一六四四年以後、長老派と手を切ったことは、すでにのべたとおりであるが、一六四六年ころに、「長期議会にはびこる、新しい良心弾圧者たちに」と題するソネットをのこしている。このなかでかれははっきりと例の五人の独立派牧師による『弁明の物語』（一六四四年）の立場を擁護し、当時のスコットランド人長老派の論客たち――アダム＝ステュアート、トマス＝エドワーズ、サミュエル＝ラザフォード、ロバート＝ベイリイ――を名ざして、風刺的な批判を加えた。そして「新しい長老は、古い祭司の大書されたものにすぎぬ」と結んだ。長老主義は国教会の主教制の焼きなおしにすぎないではないか、というのである。ミルトンはほぼ独立派の陣営に立っていた。

政治論

このミルトンのことである。国王処刑の事件によって動揺した痕跡はない。王党派の側から出されたいく多の国王擁護論にたいして、反論を執筆する。第一は『国王と為政者の在任権』というもので、処刑の翌月二月に出版されている。この書をかれは長老派批判ではじめている。ある段階までは国王の専制に反対で、その退位を迫ったほどの長老派が、けっきょくは国王側にまわって、国内世論を紛糾させたといって、その責任を追及する。そして国王にかんしては、「法と公共の福祉を考えない国王は、おのれとおのれの党派のことしか思わない」暴君にすぎない。だから、「自然の法」、あるいは「生まれながらの権利」をもつ国民はこのような国王を糾弾して当然である、とのべている。

これを書いたあと、ミルトンはすぐに共和政府によって外国語担当秘書官に任ぜられる。国王処刑の直後、『国王の書』がばら撒かれていた。それはチャールズ一世が死を待つあいだにしたためた祈禱文（黙想）であるということになっていて、（じつの執筆者は国王づき聖職者ジョン＝ゴードンであることが、のちに判るのだが）これが処刑直後に出版され、逝去した国王への一般の同情をよぶに役立った。これは共和政府にとっては、見のがすことのできない出来事である。そこで共和政府はミルトンに国王処刑合法論の執筆を託し、その結果書かれたのが『偶像破壊者』であった。

このなかでかれは国王の祈禱文なるものはサー＝フィリップ＝シドニーその他の作家から盗(と)って、それを繋(つな)ぎあわせた紛(まが)い物なることを証明して、痛快に笑いとばす。この種の仕事はミルトンの得意とするところであった。『国王の書』の種本の類を時間をとって楽しみに調べあげ、反論をととのえたものであろう。一〇月に出版したというのは、かれにしては悠長な構えであった。ミルトンの筆は故国王の個人攻撃にまでおよび、痛烈をきわめる。

政治論文としてみて大事なことは、ここでミルトンが「理性」を国法の上に位置づけ、「理性こそ最高の仲裁者であり」、それは「巻物や記録以上のもの」であるとした点である。こうした主張の原点をさぐれば、そもそもはかれの第一論文『イングランド宗教改革論』にまでもどらなくてはならない。すでにのべたように、そこには不明瞭ながら「理性」尊重の態度がうかがわれた。長老派弁護の立場からの宗教論においてさえ、長老派が嫌うはずの「理性」尊重論が顔を出しているのである。これが一六四三年以後の一連の離婚論において、とくに離婚論争のさなかに出る『教育論』と『アレオパジティカ』において、個人の理性——「神の声」——のなかにものごとの選択・判断の基点を認めるという態度となってあらわれた。さらに一六四九年にはじまるミルトンの政治論においても、この見解は強化・整理され、国民の理性が「最高の仲裁者」であるという主張を生みだすことになる。法理論的にいえば、これは実定法から自然法へ、という発展傾向が、ここにはみられる。国民の福祉のためならば、国民の益となる国王の処刑は、その執行も止むをえないという内容の論文をミルトンに書かせる理論的基盤は、ここにあった。このことはこの後かれが共和政府の意を体して書くことになる『イングランド国民のための第一弁護論』（一六五一年二月）や『イングランド国民のための第二弁護論』（一六五四年五月）の基幹思想となるものである。

散文時代の特色

これまで、ミルトンが散文をもって論陣を張った十数年の足跡を概観してきた。ここでは、この期のミルトンの足跡なるもののまとめをおこなっておきたい。第一はなんといっても、「正しき理性」を重視する態度である。これが基軸となってかれは国教会の監督主義を拒否し、さらにはかれじしんの出身母体であった長老主義を批判することになる。宗教論ばかりでなく、家庭論においても、かれの理性尊重の主張が、自律的個を擁護する立場を生み、教派的にはかれをクロムウェルの独立派に近づけた。

第二に、離婚論争期に、とくに『教育論』と『アレオパジティカ』において顕在化した「雅量（マグナニミティ）」重視の考え方である。「雅量」の徳を身につけ、「節制」を生きる生き方が、アダムのばあいに「悪のなかから善」を選択する意志を養うことになる。これが「真の戦えるキリスト信徒」のヒロイックな生き方なのだという。かくして「慣習」に「囚われた楽園」から「自然」の荒野へと脱出することをヒロイックとみる主張が、かれの家庭論に出てくることになる。

第三に、ミルトンがこの時期に培った文芸の意識にふれなければならない。これはこれまでふれることの少なかった面である。かれは青少年期をとおしてピューリタン的厳粛とルネサンスふう人文主義の明澄との融合した教養を身につけて成長した。そしてやがては叙事詩を制作することのできる日のくることを願っていた。

晩年につながるもの

ここで、晩年の『楽園の喪失』につらなる文芸的底流の存在に注目しておこうと思う。長老派擁護論としてかれが『教会統治の理由』を書いたことは、すでにふれたとおりである。一六四二年刊のこの書物の第二巻の前書きのなかで、ミルトンはこんな宗教論に費す時間があったら、ほんとうは叙事詩に手をつけたい、と告白する。この島の国人にむかって、とくに「わが国のジェントリーの子弟」のために、教育的意義のある作品を「母国語をもって」書き、「キリスト教的英雄の型」を提示したいと、熱っぽく語る。ここには、やがて叙事詩人として大成するはずの一青年の意欲が顔をのぞかせている。

論争に明け暮れた十数年はむだではなかった。この間にミルトンは、神との契約関係に立ちつつ「正しき理性」に拠り、おのが「選択者」として節制の歩み方をするヒロイックな人間像に思いいたったからである。かれはこの人間像を、現実に生きようと努める。その結果、主教主義や長老主義が囲った「庭」――「楽園」――は、これを脱出すべきものであるとまで考えるようになる。しかも、ここにかれは叙事詩的英雄の生き方を発見したのである。

この主張を詩人としてうたい出すには、その手段としての文体が必要であるが、十数年にわたる論争時代に、すでにのべたとおり（一五―一七ページ）かれはいわゆるミルトンふうの文体――弁論口調の文体――を完成した。こうしてかれがさきの人間像と思想を、この文体を駆使して刻み上げる時は、刻一刻と近づきつつあったということができる。ミルトンにとって散文を書きちらした十数年は徒労であったという見解もあるが、これは間違いである。『楽園の喪失』のアダム一人を描くにも、論客としてのこの時期の介在は不可欠であった。

ピエモンテ・ソネット

論客として歳月を送るあいだに、ミルトンがやがて『楽園の喪失』にもつながっていく主題と文体の双方を身につけていったことは、ここに書いたとおりである。そのいい実例をひとつ掲げておきたい。

イタリア北西部、フランスと境を接するあたりのピエモンテ山岳地帯に、ワルドー派とよばれる一派があり、ローマを本山とするカトリック教会とはその気風を異にしていた。この派はリヨン市の商人ピエール＝ワルドーを祖と仰ぎ、貧困・棄私をモットーとするグループで、一一七〇年代の出発いらい、しばしばカトリック側からの迫害をうけてきた。一六世紀の宗教改革期にはプロテスタント陣営に加わった。

一六五五年にはいるや、この地方の統治者サヴォイ公は兵を繰り出して、ワルドー派一掃作戦を開始した。四月二四日には一七〇〇人以上を殺戮（さつりく）する。この事件は、とくにプロテスタント諸国を震撼（しんかん）せしめた。イングランド共和政府の護民官クロムウェルは、外国語担当秘書官ミルトンに筆をとらせて、各国との連携をつよめた。とくにサヴォイ公へは特使を急派し、対ワルドー派政策の方向転換を要求した。国内では軍隊を待機させ、場合によっては一戦をも辞さない態勢をととのえた。

ミルトンはこのころ、ひとつのソネットをつくっている。

　ピエモンテでおこった最近の大虐殺について
み裁きを、おお主よ、惨殺された聖徒たちのために。かれらの骨は
凍てつくアルプスの山々に散乱している。
われらの先祖たちが木と石を拝んだ昔から、
み教えの清らかな真理（まこと）を守った人びとを
お見捨てなきように。血に飢えたピエモンテ軍は
赤子を抱いた母親を岩山から突き落とし、
よい羊として囲いに安んずるものを殺した。
その人々の呻（うめ）きが、いのちの書にとどめられますように。
渓谷はかれらの嘆き声を山々へ、山々はさらに天へと
　響かせた。その殉教の血と灰をまけ、
三重の冠をいただく暴君がいまなお支配する
イタリアの野に。その血と灰から

百倍のものがふえ、主の道に従いつつ、
　バビロンのわざわいを、すみやかに避けられるように。

おそらくその年の五月の作である。

　信仰のゆえに命を落とした人びとへの熱い同情が詩人の義憤をかきたてて、全英詩中でもっとも力づよく熾烈（しれつ）、と思われる作品を成立させている。原文では各行が「オウ」と「エイ」の音を反復させ、死にゆく信徒たちの慟哭（どうこく）と、詩人の哀悼の声をつたえている。

　このソネットはこの事件にかんしてミルトンがクロムウェル名で発信したいくつかの外交文書に、語調・内容・表現において、よく似ている。またこの事件をとりあげた、当時のいく種類かの回覧紙の記事が、同様の意味で、このソネットにちかい。

　この作品ひとつの成立状況をとりあげてみても、盲目のミルトンは外交文書という散文、あまりにも散文的な散文を口述しつつ、ほぼ同時に、ほぼ同種類のことばを用いて、すぐれてプロテスタント的内容の、そしてむしろ叙事的雰囲気の十四行詩の口述に成功している。詩が演説ふう散文のただなかから生まれている。論客としてのミルトンから、叙事的な「詩」が編み出されているのである。

第６章　ソネットと口述

「左手を」

はやくから叙事詩人たらんとこころざしたはずのミルトンであるが、大陸旅行を終えて一六三九年に帰朝してからは、詩作品はほとんど書いていない。不思議なことである（その年末か、おそらく翌年のはじめに、「ダモンの墓碑銘」なるラテン語の詩――友人チャールズ＝ディオダティへの哀悼詩――をのこしているだけである）。ただ、一六四五年にさいごの離婚論を二篇――『四絃琴（テトラコードン）』と『懲罰鞭（コラスティイーリオン）』――を出したあたりで、論争の時代にはいる以前の詩作品をまとめて出版する気をおこした。一六四六年一月に『詩集』が上梓（じょうし）される（一六四六年一月は当時の数え方では一六四五年であるから、この詩集は一六四五年版『詩集』とよばれる）。

ミルトンが散文を使って――かれ流にいえば、「左手を使って」――宗教、家庭、政治をめぐって論陣をはった時代に、かれがまとまった詩作品をのこさなかったということは、大作を口述するにいたる晩年のミルトンに、いかなるかかわりをもつのであろうか。前章においてわれわれは、この散文時代が思想と文体の両面において、かれを育てた事情をみてはきた。しかし実際の創作上の仕事として、この時期のかれは散文作品以外に、何をこころみていたのであろうか。さして多くもない韻文作品のなかで、いちおう一貫しているのはソネット形式の作品をのこしているという点である。

『詩集』

一六四五年版『詩集』は一六三〇年――ミルトン二一歳――の作、「おお、ナイチンゲール」を嚆矢とする一〇篇のソネットを収めている。うち五篇――第二番から第六番まで――はイタリア語であって、ソネットという形式を生んだそもそもの言語で、ミルトンが創作をこころみたものである。習作の域を出るものではないが、ペトラルカふうの明るさをただよわせた愛の詩である。「ソネット・第七番」は、

青春の盗み手、狡しき〈時〉は翼を駆って
なんと速く、わが二十三の齢をくすねたことか！

で始まる十四行詩である。〈時〉は翼をもつ老人で、手に鎌と砂時計をもつ。人のいのちの玉の緒をはかり、時がくればそれを断ち切る。時が過ぎゆくわりには、自分の才能の芽が出ないという思いは、秀才にありがちの焦りである。だから古来、文学の伝統としてもこの種のうたい方はあったわけだが、ミルトンのばあいは相当ていど自省の実感であったのであろう。

すべてわがことは……
偉いなる監督者の御目のなかに

と結ぶ。ここでいう「監督者」とは「マタイ福音書」第二五章一四―三〇節の「タラントのたとえ話」に出る「主人」に言及しているのであろう。

この第七番ソネットはミルトンが二三歳になったときの作ということになっているので、おそらく一六三二年の作である。まだ「リシダス」をつくる、ずっと以前の作である。このソネットはイタリア語ソネット群に共通の明るく軽い調子とは別の、重い調子と真剣な語調をそなえている。この作品あたりで、われわれは初めて青年ミルトンその人の声に出あうのであろう。そしてその語調が、あの「リシダス」へ引きつがれていくものなのであろう。

「ソネット・第八番」は、原稿では「ロンドン市に攻撃がくわだてられたときに」という題のついている作品である。原稿の余白には一六四二年と記入されている。ただしその年号は、作者の手で消されている。だから執筆年代は確定していない。しかしチャールズ一世麾下（きか）の王党軍が第一次内戦時、一六四二年の一一月にロンドンに迫った、その前後に書かれたととるのが穏当である。

> 指揮官どの、隊長どの、いや甲冑の騎士どの、
> 防備なきこの戸口を奪取なさるやもしれぬ方がたよ、

と始まっている。緊迫した情況をあつかった時事の詩であるが、うたい方は弁論（オラトリカル）ふうで、そのうえユーモアをただよわせてさえいる。

POEMS
OF
Mr. John Milton,
BOTH
ENGLISH and LATIN,
Compos'd at several times.
Printed by his true Copies.
The SONGS were set in Musick by
Mr. HENRY LAWES Gentleman of
the KINGS Chappel, and one
of His MAIESTIES
Private Musick.
——Baccare frontem
Cingite, ne vati noceat mala lingua futuro;
Virgil, Eclog. 7.
Printed and publish'd according to
ORDER.
LONDON,
Printed by Ruth Raworth for Humphrey Mosely;
and are to be sold at the signe of the Princes
Arms in Pauls Church-yard. 1645.

『詩集』（1646 年）年号は当時の数え方では 1645 年となる。73 ページの（　）内を参照のこと。

一六四五年版『詩集』に収められた一〇篇のソネットは、こうしてみると、題材としては愛の詩、自省の詩、時事の詩ということになる。そこに聞こえる声は、ときに軽く、ときに重たく、ときに諧謔（かいぎゃく）を交える。また、ときに弁論ふうである。「ソネット・第九番」は、

　　人生（ひとのよ）の春にいますに、淑女よ、賢くも
　　広き道、緑の道を捨て去りたまい

と始まる。ことによると、これは挽歌である。ひとりの淑女がキリスト教的色彩の濃いことばでたたえられている。

　　花婿が、喜びあう友らを具して、至福の境へと
　　わたらせられる真夜中に、そこへとあなたも
　　おはいりなされたのだ、賢き純潔のおとめよ。

と結ばれる。全体を読んでくると、この最後の一行が、冒頭の一行へともどっていって、ふたたび読まれはじめても、なんの不自然もないことに気づく。いわば循環的構造をもっているといえる。この構造は一般に、一七世紀の英詩にはよく見かけるものなのだが、ミルトンのいくつかのソネットにも、それがある（たとえば、いまのソネットのほかにも、フェアファックス卿をうたった「第一五番」なども）。ただしミルトンは一六五〇年代にはいると、このうたい方を捨てる。[*1]

たしかに、ミルトンは論争に明け暮れた時期にソネットの腕は上げている。数からすると、この一六四五年版『詩集』以後に、全体として一三作をのこしている。もっとも（前章でふれたところの）「長期議会にはびこる、新しい良心弾圧者たちに」と題する全体二〇行のソネットを入れれば一四作となる（ミルトン自身は、この長い「尾のついたソネット」は、全ソネットの番号のなかには入れなかった）。この一四作のうち、はじめの六作は一六四〇年代のものであり、あとの八作品は一六五〇年代になってからの作品である（ミルトンの第二詩集は一六七三年に上梓されたが、ここではソネットとしてその一四作が全部採られているわけではない。それでいて一六四五年版『詩集』のソネットにつづく番号がふってあるので、紛らわしい。本書第一部では第二詩集の番号は採らないことにする）。

五〇年代のソネット

一六五〇年代にはいってからのソネットとしては、第一六番「クロムウェル将軍へ」が最初である。一六五二年五月の作である。クロムウェルは、この作でたたえられているように、ダーウェン会戦（一六四八年）、ダンバー会戦（一六五〇年）、ウスター会戦（一六五一年）に連勝し、革命における議会側の優勢を決定づけた陸の司令官であった。同じ年の七月には「ソネット・第一七番」の「ヘンリ＝ヴェイン卿へ」をつくっている。ヴェインはこの年の五月にオランダ艦隊との海戦で、イングランド海軍を勝利へ導いた主役である。ミルトンは一六五二年には、こうした陸の雄将と海の智将とを対照的にうたう一対の作をこころみたことになる。

*1　一六四〇年代までのミルトンのソネットの詳細については、拙論「ミルトンのソネット演習」（『英語青年』一九八一年四月号―七月号）を参照ねがいたい。

こうしてソネットにおける一対の作という新しいこころみに挑んだミルトンであるが、かれはじつは公私にわたって多忙の身であったはずなのだ。三年前から共和政府の外国語担当秘書官の公務についていた。『偶像破壊者』（一六四九年一〇月）、『イングランド国民のための第一弁護論』（一六五一年二月）を書いている。

いっぽう私人としてのかれは、どうであったろうか。まず注意しておかなくてはならないことは、この一六五二年春には、（ことによるとその前年の末か）かれの両眼は失明した。詩人の人生にとって、このことはこれまでの苦難のなかで最大のものであった。失明は肉体的苦痛であるばかりでなく、天罰とまで考えられた時代のことであるから、王党派側からは、ザマを見ろといった嘲笑（ちょうしょう）さえきこえてきた。つまり失明は精神的に苦痛であったのだ。ミルトンは、だから『イングランド国民のための第二弁護論』のなかで、これはほんらい公的な書き物であるにもかかわらず、いや公的な出版物であればこそ、自分の失明が神からの審判の結果ではなく、神のために尽力した結果なのだ、というふうに、自己弁護しないわけにはいかなかった。そしてそれが天罰ではない証拠を示すためにも、やがては「永遠の摂理を擁護」するための叙事詩『楽園の喪失（パラダイス・ロスト）』を口述しなければならなかった。

この一六五二年の五月二日は三女デボラが生まれているのだが、その産褥（さんじょく）で、たぶん三日あとの五月五日にはメアリ＝ポウエル＝ミルトンが世を去る。さまざまな経験をわけあった妻である。夫としてのミルトンに痛切な寂寥感がなかったはずはない。その痛みのいえぬ間に、翌月には長男ジョンが逝（ゆ）いた。一歳三か月ほどの子であった。どう見ても、この年はミルトンにとって酷であった。おそらくかれはわが身を旧約聖書のヨブになぞらえてみる瞬間があったのではないか。「主は与え、主は奪う」。じっさいに、「ヨブの忍耐」という徳目がかれの関心のなかにはいってくるのは、このころからのことなのである。

さきに、ミルトンは論争に明け暮れした時期になって、かえってソネットの腕を上げている、と書いた。しかも一六五〇年代のソネットのなかに、ミルトンの代表的ソネットと目される作品がふくまれているのだから、おもしろい。人生多事。とくに悲哀のなかから、なんらかの「善」を見いだして、その悲哀を克服していこうとするとき、詩人としてのミルトンに磨きがかけられた、ということなのであろう。一六五〇年代のミルトンのソネットは一般的に上質のものであることは事実である。なかでも「失明にさいして」（第一九番。一六五五年？）、「ピエモンテでおこった最近の大虐殺について」（第一八番。一六五五年。本書七〇―七二ページ）、それからのちにふれる「亡妻キャサリンへ」（第二三番。一六五八年）の三作はミルトンの詩業全体のなかでの代表作といっていいものであるし、この三作はイギリス文学史上、屈指のソネットなのだ。

失明のソネット

ここでは、このなかで第一九番の失明のソネットを取り上げてみよう。この作品の背景をなすものは、新約聖書「マタイ福音書」第二五章に出る「タラントのたとえ話」である。だから、あの「ソネット・第七番」と関連している作だといえる。主人が遠方へ旅立つので、その留守中に充分に財を殖やすようにと、三人の主だった従業員に、それぞれ五タラント、二タラント、一タラントを預ける。一タラントを預かった従業員は、性来の気弱さから、それを融資・投資するばあいにともなう危険を回避したく思って、預かった財を地中にうめて、主人の帰りを待った。自分は一タラントしか預けられなかったのだ、という思いもはたらいたことであろう（一タラントは男子一人の六〇〇〇日分の所得であるから、現在の円貨にして五〇〇〇万円をくだらない）。主人が帰ってきたときに、この男は努力不足を叱責され、預かった一タラントまで取り上げられる。

ミルトンは自らに授けられた詩人としての使命を思い、やり場のない焦燥感にさいなまれている。

When I consider how my light is spent,
E're half my days, in this dark world and wide,
And that one Talent which is death to hide,
Lodg'd with me useless, though my Soul more bent
To serve therewith my Maker, and present
My true accout, lest he returning chide;
"Doth God exact day-labour, light denie'd?"
I fondly ask; But patience to prevent
That murmur, soon replies, "God doth not need
Either man's work or his own gifts; who best
Bear his milde yoke, they serve him best; his State
Is Kingly. Thousands at his bidding speed
And post o're Land and Ocean without rest:
They also serve who only stand and wait."

人生のなかばもおわらないのに、この暗い世のなかで、
わが眼光は失せ、隠しおけば死に値する

一タラントはこの手中にあって増えようとはしない。
預かったものを活かし、造りぬしに仕え、
帰ります日に責められることのないように、
心からの計算書を差し出そうと思ってはいるものの。
ときに、わたくしは愚かにも尋ねる、「神は盲人（めしい）にも
労働を強いたもうのか」。忍耐はそのつぶやきを
察して、すぐに答える、「神は人の仕事をも
神みずからの贈物をも、求めたまわない。
軽いくびきを負うことこそ、神によく仕える道だ。
神は王者の威風をそなえたもう。ちよろずの天使たちは
その命令をうけて、海と陸とのわかちなく、疾走する。
ただ立って待つことしかできなくとも、神に仕えているのだ」。

この作品はいくつかの点において、特異である。イギリスのソネットの伝統を踏みはずしている面がある。だいいち（原文では）上八行は切れ目のない一文章なのだ。一気呵成（かせい）のうたい方である。各行の最後のあたりに、小休止など望まれようもない。事ほど左様に、このソネットの語り手「わたくし」の焦燥感は深刻である。ソネットはふつう上八行と下六行とに分かれてうたわれる。この作品は、たしかに「わたくし」の訴えは上八行で、いちおう終わってはいる。が、その第八行目を充分に使いおおすだけの余裕もない。気持はそれほど逼迫（ひっぱく）している。その深刻な焦燥感

を押さえてくれるのは、第八行の途中で姿をあらわす〈忍耐〉である。さしもの〈忍耐〉も、この「わたくし」の感情の高まりを押さえるには、ふつうの六行では足りず、六行半を要するのであろう。〈忍耐〉はキリストのことば——「すべて重荷を負うて苦しむものは、わたしのもとに来なさい。休ませてあげよう。……わがくびきは負いやすく、わが荷は軽いのだ」(マタイ福音書一一の二八—三〇)——を思わせることばで、「わたくし」をさとす。その語調は上八行——正確には上七行半——とは全く異なり、悠揚迫らざるものである。とくに結び一行の諄々(じゅんじゅん)たる調子が、作品全体に均衡感をあたえている。

ここでひとつ問題としておきたい用語は、その結び一行に出る「立って待つ」という表現である。ひとつ概念を、いちおうふたつの単語でいったものであろう。そこで考えられるのはギリシア語の「ヒュポメノー」ということばである。この語は前記ふたつの語義を兼ねそなえているのである。しかもこのギリシア語はふつうは「忍耐する」の意として用いられる。古典語にくわしかったミルトンのことである。このソネットを結ぶにあたって、ギリシア語の「忍耐する(ヒュポメノー)」を、語原的に「立つ」と「待つ」とに分けて、英語の作品のなかで生かしたものであろう。

両眼失明のあと、かれが口述しはじめたものに『キリスト教教義論』という大部の神学書がある。このなかで「忍耐」にかんして、次のような定義をくだしている。「神の摂理、力、善に信頼をよせつつ、神の約束に従い、避けがたいわざわいにたいしては、これは至高の父のみ心であり、われらのためにこそ賜与されたるものと考え、平静に堪えること」——これが忍耐である、と説く(第二巻三章)。そのばあい、ミルトンが考えていることが三つある。第一は、忍耐とは逆境にあって耐えること。第二に、忍耐はあきらめではなく、終末の近きを信じて、希望をいだいて生きぬくこと。第三に、忍耐の具体例として、ヨブのこと、あるいは「ヨブとその他の聖徒たち」のことを考えているということ。こうなってくると、このソネットはいわばミルトンじしんにヨブ的な人間像を提示して、苦難にうち沈む「わたくし」の焦燥感を鎮めようとした作品とうけとれるのである。

「ソネット・第一九番」と別れるにあたって、どうしても観察しておきたい、もうひとつの点がある。われわれは前章で、一六四四年のミルトンが「正しき理性」に依って、荒野へ歩み出る姿を「節制」の姿ととり、それがキリスト信徒のヒロイックな生き方であると考えたということをみた。それとの関連で、いまの失明のソネットを読んでみると、「わたくし」は逆境の淵に沈んで、「忍耐」の徳を発見しているということに気づく。キリスト信徒の人間像のもつヒロイズム観に、あるいは節制中心から忍耐中心へと、重点のおき方の変化を認めることができるのかもしれない（じじつヨブにたいするミルトンの関心は、失明後に急速にふかまっているのである。コロンビア大学出版局の『ミルトン全集』につけられた索引について調査したところでは、「ヨブ記」への言及やく一七〇例のうち、失明時以前の例は、わずか五例にとどまる）。忍耐の徳への関心のふかまりは、やがて『楽園の喪失』のアダム像へとつながってゆくはずのものであるが、ここではその全体の流れのなかで、この失明のソネットの意義を考える必要があろうということのみを記しておきたい。

それからもうひとつ、最後にふれておきたいのは、このソネットの執筆年代についてである。ミルトンが両眼失明するのは、一六五二年初めである（ひょっとすると、その前年の暮れか）。だからこの作は一六五二年とする説が多いのだが、筆者はその説をとらない。失明の体験のショックに、ある反省と内省の加わるだけの時期が介在して、そのあとにつくられた作とみてもいいのである。かれは失明後、数年たって、自分の失明の体験を、一種の自己分析を加えつつ、友人たちに書き送っている。このソネットはこういう静かな精神状態に達したあとに成立した作とみていいのではないか。一六七三年版の第二『詩集』でも、「ピエモンテでおこった最近の大虐殺について」（一六五五年）のあとに位置づけられているのである。

連作へ

ミルトンのソネットは一六五〇年代のものが秀(すぐ)れている、といってきたのであるが、それをここに並べてみよう。

第一六番　クロムウェル将軍へ（一六五二年五月）
第一七番　ヘンリ＝ヴェイン卿へ（一六五二年七月）
第一八番　ピエモンテでおこった最近の大虐殺について（一六五五年）
第一九番　失明にさいして（一六五五年？）
第二〇番　エドワード＝ロレンスあて（一六五五―五六年冬）
第二一番　シリアック＝スキンナーあて（一六五五―五六年冬）
第二二番　シリアック＝スキンナーあて（一六五五―五六年冬）
第二三番　亡妻キャサリンへ（一六五八年）

これらの作品がそれ以前のものと比べてみて、いちじるしく異なっている点がある。第一は、詩としての文章(シンタックス)が簡易化したということである。単刀直入のうたい方が基本となった。妙なことば遊びは姿を消している。第二は、有声(ヴォーカル)の祈りの調子が出てきたということ。さきにみた第一九番なども、文章(シンタックス)は単純であるうえに、全体が有声の祈りの傾向にある（第一八番もその種のソネットである）。これは一六三〇年代、四〇年代のソネットにみられた弁論(オラトリカル)ふうの調子が発展した結果と考えられるであろう。

もうひとつ第三の、大事な特徴がある。それは一六四〇年代までのソネットにみられた同一作品内の循環的な構造は、五〇年代の作品にはなくなっているということである。その代わりに、二作を連合した作品群が出現してくる。たとえば、すでに言及したように、第一六番と第一七番は同じ一六五二年の作で、前者は陸将クロムウェルにたいする作、後者は海将ヘンリ＝ヴェインにたいする作である。一対の作といえよう。第二〇番と第二一番も、一六五五年から翌年にかけての、同じ冬の作であり、ともにかつての教え子にたいする、晩餐（ばんさん）への招待状である。いずれも軽快な対連（ついれん）である。また第一九番と第二二番は、それぞれヨブ的な忍耐とサムソン的なヒロイズムに立って、失明の苦難を乗り切ろうとする連作とも考えられる。おそらく、いずれも一六五五年の作である。つまり一六五〇年代の作には、一連のソネット、対連への傾向がみられるのであって、これはかつての循環的な作風とは全く違う、いわば直線的な、つまり連作的な志向ともいうべき傾向を示している。

ミルトンは公務多端な日々のなかで、しかも盲目の身で、じつは数多くのソネットをつくっては、口述していたのであろう。そして佳作と目されるもののみをのこしたのであろう。そうであればこそ、内容的・技術的にこれほどの進歩のあとをとどめる作をのこすことができたのであろう。一六五〇年代にはソネット制作を自家薬龍中（じかやくろう）の物としていき、ソネット単位の口述は意のままとなっていた盲詩人に、われわれは出あっているのである。

「詩篇」の英訳

このこととの関連で、ミルトンが旧約聖書の「詩篇」を母国語へ移した訳業を観察することが必要となってくる。かれは一六四八年に「詩篇」第八〇篇から第八八篇にいたる九篇を英訳している。それから五年後の一六五三年の夏に、「詩篇」第一篇から第八篇までの八篇の英訳をこころみている。このほうは盲目の詩人の仕事であった。失明を境にしたこのふたつの作品群には大きな違いがある。最初の訳詩群は原文に比して冗長である。後の訳詩群は簡勁(かんけい)である。しかも後の訳詩群にはソネット単位のうたい方があらわれているのである。「詩篇」第三篇、第六篇、第八篇の訳詩は、ソネット二作分にちかい、二四行の訳になっている。第二篇は三行韻文(テルツァ・リマ)を基本とする、全体二八行の訳詩である。第五篇もソネット三作分に、ほぼちかい訳し方である。この種の傾向は失明前の「詩篇」の訳にはうかがわれなかったことである。一六五三年の英訳「詩篇」は、まごうかたなくソネットの達人となりえた詩人のペンになる訳詩となっているとみられる。

そのうえ、この英訳「詩篇」群には、後の『楽園の喪失』に出てくるフレーズが、すくなくとも三つは使用されている。第三篇一二行の「聖き山」"holy mount"は、『楽園の喪失』の第五巻七一二行、第六巻七四三行、第七巻五八四行に出る。「詩篇」第四篇三〇行の「輝きの顔」"count'nance bright"は、叙事詩の第二巻七五六行に、「詩篇」第七篇一八行の「よごれた恥辱」"dishonour foul"は叙事詩第九巻二九七行にあらわれる。ソネットふうのうたい方の出現する「詩篇」群に、後の叙事詩につながるフレーズが出てくるということは、この時期にミルトンのことばとうたい方（口述）とが、ともども手をとり合って『楽園の喪失』の口述作業の準備をととのえていたということを示しているのであろう。

口述の技法

一六五〇年代の、とくに失明後のミルトンは、口述の技術として、ソネットおよびソネットふうのうたい方と発想とを身につけ、そのうえで叙事詩の口述を開始したものであろう。その推論を支持してくれる、もうひとつの事実がある。ミルトンは再婚の妻キャサリンを一六五八年二月三日に喪(うしな)う。「ソネット・第二三番」は、おそらくその亡妻への愛をうたった作である。妻は産褥の経過が思わしくなく逝いた（生まれた女児も一か月半で逝く）。このソネットでは「聖徒なる新妻」が「産祷の汚れ」を洗われて、

かの女の心のごとく、全身白をまとって、現われた。
　顔には覆い（ヴェール）。だがわが心眼には
　愛、美しさ、優しさとが
――輝いて見える。
だが、なお、わたくしを抱かんとして妻がかがんだとき、
　わたくしは目ざめ、妻は逃げた。そして日はわが夜を連れもどした。

いわば人物の身ぶりまで感ぜられるほどの、劇的な結びとなっている。

　このソネットを、『楽園の喪失』のなかでアダムがおのが肋骨から創造されたエバに初めて出あったときの思い出を、天使ラファエルに語る、ほぼソネット単位の一節とくらべてみよう。

その容貌（みめ）は
未知の甘美をわたくしの心に注ぎいれ、

その立ち居振舞いは万物に愛のこころと
恋のよろこびとを吹きこみました。ふと
かの女の姿は消え、わたくしの心は闇となり、
目覚めても、かの女を追い、いつまでもかの女の、
消滅を嘆き、他の歓びを拒絶するところでした。
折しも、絶望のふちから、かの女を見る。さほど
遠からぬところに。夢に見たかの女が、天地最高の
飾りを身につけて、このうえなく愛らしく、
み姿の見えざる創造主に手引きされ、
そのみ声に導かれ、婚姻の神聖と
夫婦の秘儀とを教えられて、かの女は
わたくしの方へと近づいてまいりました。
かの女のあゆみには優雅、目には天国、
仕ぐさひとつにも威厳と愛とがこもっていました。

（第八巻四七四—四八九行。傍点筆者）

妻があらわれ、それがふと消え、こんどは近づいてくるのが見えるのだ、という。措辞、劇的な描写、官能的な愛の表現、そしてなによりも、この全体の雰囲気——。「ソネット・第二三番」が叙事詩のなかに吸収され、そして再生している。

叙事詩の口述へ

ミルトンはこの一六五八年のソネットを最後として、ソネットの創作は断った。じつは、ソネットの形式をのこす必要はなかった、といったほうが正しいのであろう。ソネット形式に通じた詩人は、それを口述の基礎的単位としながら叙事詩創造の大業へと没入していったからである（『楽園の喪失』冒頭の一節も、第一二巻の結びの一節も、ともに二六行の段落であり、およそソネットの二作分である）。その目をもってすれば、この大作のなかには、いく多のソネットの断片がちりばめられているはずである。

一六五八年九月三日、大あらしの翌日に、クロムウェルは死んだ。護民官の名においてイングランドの政権を掌握した男の死であり、ここに共和政は実質上瓦解（がかい）の一途をたどる。ミルトンは、しかし、おそらくその翌年の秋までは、共和政府の外国語担当秘書官の職にあった。

一〇年にわたる官職であった。失明の身でありながら、長く政府の責任ある文書室勤務をつづけるあいだに、かれはげんかくな口述の技量を身につけた。その技量の進歩の度合いは、具体的には測定のできるものではない。しかし一六五〇年代のソネット作品の卓越さを垣間（かいま）見ただけでも、その技量の進歩は推し量ることはできる。実際のところ、ソネット単位で韻文を口述することは、この盲目の秘書官にとって、比較的に日常のことにぞくしはじめていたのではなかったのか。そしておそらく一六五八年には『楽園の喪失』の口述は、一部開始されていたのであろう。

第7章　王政復古前後

チャールズ二世

国王チャールズがドーバーに上陸したのは、一六六〇年五月二六日のことであった。クロムウェル軍に追われて身のおきどころを失い、死線をこえてイングランドを去り、ノーマンディに落ちのびて以来、大陸での流浪は九年半におよんでいた。そのかれが父祖の地にもどったのである。

シェイクスピアのリチャード二世は、ボリングブルック（のちのヘンリ四世）に追われたのちに、ウェールズの海岸に到着する。そのとき、王は歓喜して、「ふたたびわが国土に立つことをえた。嬉し涙がこぼれるぞ。愛しき土よ、わしはおまえをわが手でなでてやる」というせりふをはく（『リチャード二世』三幕二場）。これは芝居のうえでの話だが、歴史上のリチャードより三〇〇年ちかくもあとのチャールズがドーバーに立ったときの感懐は、まさにこのせりふの心そのままであったろう。そのチャールズはゆっくりと、三日をかけてロンドンにはいる。市民は熱狂的な歓喜の声をあげて、国王を迎えた。国王がホワイトホールに落ちついたのは、五月二九日の夕刻であった。この日はかれの満三〇歳の誕生日であった

「隠退議員」

二年まえ、一六五八年のクロムウェルの死を契機に、早晩、王政の復帰はあるべきものと、事情通には思われていた。九年まえの「プライド大佐の粛清」で追放された王党派と長老派の議員たち――「隠退議員（セクルーデッド・メンバーズ）」――は勢いづき、マンク将軍とあい図って、政権の座への返り咲きの機をねらっていた。その好機は一六六〇年二月二一日に到来した。その日、かれらは長期議会を成功裏に再開させ、四月二五日に新議会を開会する旨を議決してしまう。これは事実上のクーデターであった。

ミルトンはこのことの起こった前年の秋までは共和政府側の官職にあった。その地位を退く以前から、すでに『楽園の喪失（パラダイス・ロスト）』は一部口述を開始していたのであろうから、政治の現場から離れたあとは、かれの文学的使命の達成にむけて、一途に邁進（まいしん）していいはずであったが、実情はそうではなかった。ほんとうに王政が回復されるとなると、これまでの共和政は全く崩壊してしまうのか、どうか。共和政にかかわった中心人物らの処遇は、どうなるのか、というような問題は、ミルトンばかりでなく、多くの人びとの重大な関心の的であった。

チャールズ二世

自由共和国論

ミルトンは一六五九年には『教会問題における世俗権力』や『教会浄化の方法』などの冊子を公刊している。しかしとくに注目に価するのは、『自由共和国（フリー・コモンウエルス）樹立の要諦』である。ここでかれがのべていることは、イングランド各州を「小さな共和国（コモンウエルス）」となし、それを「貴族とおもだったジェントリー」が治め、その政治単位を基盤として、つぎに国家そのものの「基礎たり主柱たる」終身制の中央評議会を設立するという改革案であった。この中央評議会――議会（パーラメント）という表現を故意に避けて――を残部議会（ランプ）で埋めたいとねがっていたらしい。この建議を受けとったマンク将軍が、それをどう扱ったかはわからない。二月二一日には例の隠退議員の巻きかえし事件が起こっているから、ミルトンの建議がいれられるはずはなかった。ミルトンはこの書の改訂版の口述に、すぐにかかったことであろう。三月の第一版の出版をまたずにミルトンの筆耕者は改訂のペンを走らせていたことであろう。なにしろ、四月二五日の新議会開会日以前に、改訂版を出さなくては意味がない。この大幅に増補された改訂版は四月上旬には上梓されたはずである。

改訂・自由共和国論

自由共和国論（フリー・コモンウエルス）の改訂版は、終身制の中央評議会の設立を要請するという大筋においては、初版とかわらない。が、いくつかの変更がある。この時期では、残部議会支持の宣言は無意味であるから、削られている。またマンク将軍にたいしては将軍が隠退議員と結託した事実が明らかであるいじょう、たいへんきびしい態度をとることになる。改訂版ではマンク将軍をローマの軍事独裁者スルラに見たてている。

また新たに大幅な加筆をした箇所が三つある。第一は「自然の法」にかんする部分、第二はアリ社会にかんする部分、そして第三は「終身制の元老院」にかんする部分である。まず、自然法をめぐっては、ミルトンは次のように論じている。イングランド議会は「王政の束縛」を自由な共和国へと変えたのだが、それは「全人類を真に心底から根本的に支える法の法」たる「自然の法」が「倫理的でない」慣習的教会諸法を廃棄した結果だ、と論ずる。イギリス革命の反体制派は、だいたいこの流儀で既成の政治・宗教指導者層を糾弾した。

第二の加筆部分は王政支持派を、神のみわざと人間の努力を評価しない怠けものとこきおろす箇所に加えられた比喩である。旧約聖書の「箴言（しんげん）」第六章六節以下の、「怠けものよ、アリのところへ行き、そのなすところを見て、知恵を得よ。アリは君侯（きみ）なく、支持者なく、主人（おさ）もないが、夏のうちに食物をそなえ、刈り入れのときに食糧（かて）を集める」ということばを、ミルトンは引用する。さらにかれは次のように手を加えるのである。「アリは無分別、無制御の人びとにたいして、倹（つま）しき自制の民主政（デモクラティ）、あるいは共和国（コモンウエルス）の範例となり、一人の専政君主による一支配体制下よりも、多くの勤勉にして平等なる人びとが未来をのぞみ、協議しあいつつ、安全に繁栄してゆく型となる」と記す。アリは明らかに共和政の象徴となっている。「勤勉」、「倹しさ」、「自制」、「平等」、「未来」などの、ミルトンの「共和政」の諸徳目が、ここに並んで出てくる。

ここでいう「民主政、あるいは共和国（コモンウエルス）」を、他の加筆部分で「共同社会（コモナルティ）」と言い換えてもいる。それが「州、もしくは共同社会」という表現であるところをみると、おそらく州レベルの共和政――ミルトンのいわゆる「州会議」――を指しているものと思われる。ミルトンは、「貴族とおもだったジェントリー」による共同社会の構成が政治形態の根底にあるべきだという主張をいだいたのであろう。

加筆の第三として「終身制の元老院」の提唱がある。終身制論は初版にも出る。それはかれの『ある友人への書簡』（一六五九年一〇月）などの文書にもみられるものであり、この考えにかれは固執していた。かれはこの堅牢（けんろう）な寡頭制を敷いて共和政の崩壊をくいとめ、王政の回復を阻止せんとしたものであろう。これはこの緊急時の混乱をくい止めようとする、「さしあたり」の便法案であった。

「元老院」とは国の主柱たる「中央評議会」のことであるが、この思想の背景にはローマやヴェネチアの元老院制のほかに、ユダヤやアテナイの最高法院制の先例があった。また元老院案は、ヘンリ＝ヴェイン、ヘンリ＝スタブ、ジョン＝デズバラなど、共和政支持者たちの主張には多く散見する見解でもあった。ミルトン独特の考え方ではないのだが、ただかれのばあい特異なのは、「終身制の元老院」の加筆部分に、かれの教育思想をもちこんだことである。

すぐれた中央評議会が設立されるためには、選挙人も被選挙人も、「すぐれた教育」をうけた人びとでなくてはならず、そうでなければ国民に「徳力ある信仰、節制、謙虚、謹厳、倹しさ、正義」を教えうる政治体制はつくり上げることはできない。自由共和国の支柱とされる「貴族とおもだったジェントリー」は、社会層そのものへの言及ではなく、すぐれた教育をうけた有徳の、国民の範たりうる人士たちを指して、ミルトンが用いた表現であった。かつての『教育論』の主張が、ここに継承されていることがわかる。

（ミルトンはこの文書の改訂増補版で、「中央評議会」そのものの構成を、より明確にしている。それによると、各州のおもな都市に個別の「通常会議」を設け、それが州単位の「州会議」の選出母体になる。さらに州会議から代表者が選ばれて「中央評議会」を構成する、という仕組みになっている。この三段階機構のアイデアは、すくなくともその基盤は、すでに本書第一部第5章でふれたように、かつての『教会統治の理由』のなかでミルトンが勧めた長老派教会の統治法に酷似している。そこでかれは「教区会議」、「教会会議」、「中央会議」の三段階の統治機構を弁護しているのである。これは長老派から離脱したはずのミルトンに、それでも長老派的な思考方式がのこっている例のひとつとみなしてよいものであるのかもしれない。[*1]）

以上われわれは『自由共和国樹立の要諦』改訂増補版で、ミルトンがおこなった加筆箇所を中心に、三点にわたる著者の主張を観察してきた。「自然の法」の論理も、その論理にのっとった共同社会（コモナルティ）の提議も、「終身制の元老院」制構想の基盤をなすものであるが、その根底に指導者層の教育の問題が提案されていることが特徴であった。ただ、この増補版は初版そのものにくらべると、共和政の瓦解を目前にしているだけに、悲観の度合いのふかまりを示す筆運びである。しかしそれだけに、ミルトンほんらいの理想が、より純粋に前面に押し出される結果となっている。それが端的にあらわれたのが、ここで指摘した加筆三部分であったと思われる。

『楽園の喪失』へ

たしかに、一六六〇年の二月、三月段階のミルトンが、ちょうど同時期に口述を進めていた叙事詩のなかに、改訂版の自由共和国論の主張を、詩的なかたちに生かして嵌（は）めこんでいるかもしれないのである。その可能性に、かんたんにふれておきたい。

まず最初に「自然の法」の問題である。叙事詩の第一二巻二四行以下において、天使ミカエルがアダムに語る数行は、『自由共和国樹立の要諦』の加筆部分でミルトンじしんが論じたことと、ほぼ同一の内容となっている。

　　　　やがて心たかぶれる
ひとりの野望家が起こり、正しき平等、
兄弟相愛（はらから）の状況（さま）にあきたらず、
兄弟のうえに不当の主権を僭称（せんしょう）して、
調和と自然の法とを
大地から除去せんとする。

＊1　拙著『ミルトンとその周辺』（彩流社、一九九五年）、一二二―一二三ページを参照せられたい。

かれの専制政体への屈従をこばむものには
戦闘と敵意の罠を仕かけて、狩りこむ。
（獲物はけものではなく、人間なのだ。）

ここでいう「野望家」は神に逆らう専制暴君ニムロデを指す（創世記一〇の八以下）。ミルトンはかつて『偶像破壊者』*Eikonoclastes*（一六四九年）のなかで、そのニムロデという名称をもってチャールズ一世を指したことがある。だから『楽園の喪失』を口述するミルトンも、ニムロデとチャールズ＝ステュアート――このばあいはチャールズ二世――を、同じサタン的な野望家ととらえたとも考えられる。さらに、「調和」と「自然の法」の尊重が「平等」、「兄弟相愛」の基とされていることや、それへの尊重の念のないところに「専制政体」がのさばりはじめるという図式は、改訂・自由共和国論でミルトンがいっていることと、ぴたりと合致する。とすれば、この「野望家」は、ここでは、ミルトンが「スルラの専制」と野次った、その当のマンク将軍を指す表現とも考えられるのではないか。いずれにせよ、叙事詩における「自然の法」ということばは、明らかに倫理的意味あいをもち、その点、散文の『要諦』で語ったことを、その延長線で、より明確化したものとみることができよう。

第二に、アリ社会の部分に相応する詩行として、われわれは叙事詩の第七巻四八四行以下をあげることができる。

まず備うのは、
未来を心がけ、寛き心を
小さき胸につつむ倹しきあり。

　　ありはこののち、民の共同社会を
　　かたちづくり、正しき平等の
　　　型（かた）となる。

『要諦』の改訂部分のなかで、共和政の象徴とされたアリ社会の諸特徴の一切が、ここに出そろっているではないか。「未来」、「倹しさ」、「平等」という語ばかりでなく、「寛（ひろ）き心」という語が出る。この語が「雅量（マグナニミティ）」の変形であることは、論をまたない。さらにここでは（叙事詩のなかではここ一回かぎりの）「共同社会（コモナルティ）」という重要な語があらわれる。注解家たちはこの語にほとんど目もくれず、ましてや改訂・自由共和国論との関連での説明は、いまのところ皆無といっていい。『要諦』では、すでに観察したように、それが「州会議」を中核とする政治体を指したことを配慮すれば、これはたんに「民主政体」などという漠然たる内容の語ではなく、詩人としてはもっと具体的な内容の実体を脳裏にえがいて用いた語であるととることができる。また叙事詩におけるアリ社会の美徳は、自由共和国の選出母体たる「貴族とおもだったジェントリー」の、あるべき姿を詩的に、より直截（ちょくせつ）にうたいあげたものと考えていい。

重要なことは、このアリ社会の叙述のあとに、人間（アダム）の創造の叙述がすぐにつづくことである。

　　なお欠けるは主要たる作、すでに
　　造られたるものの完成（きわみ）。他の生きものの
　　ごとくにはうつ向かず、愚でもなく、

きよき理性をさずけられて、全身を直立させ、
しずかなるひたいをまっ直ぐにもちあげて、
みずからを知りつつ、他を治める、
ゆえに寛（ひろ）やかなる心をもって天と交わる。
（第七巻五〇五―五一一行）

アダムは「きよき理性」をさずかり、「寛（ひろ）やかなる心」――つまり「雅量」――をもって神と交わり、節制を尊びつつ、他を治める。これらの美徳は、前段の結びで説明したように、明らかに「貴族とおもだったジェントリー」にミルトンが求めた理想的人間像である。つまり創造されたアダムの姿には、ミルトンの考える指導者層の典型が見いだされるのである（この理想型たるアダムが堕落し、悔い改め、神に従順を誓うにいたる過程が、『楽園の喪失』そのもののドラマである）。

最後に、『要諦』改訂版の加筆部で強調されている「終身制の元老院」にかんしてふれておこう。叙事詩の第一二巻で、天使ミカエルはアダムにたいして、エジプト脱出後のイスラエル人が、アラビアの砂漠をさ迷いつつ、

みずからの統治法を確立し、
十二の族（やから）から七十人の元老をえらび、
律法（おきて）にもとづいた統治を始めようとする。
（第一二巻二二四―二二六行）

と述べる。「元老」という語は、叙事詩中ここいちどかぎりのことばである。この行の元本は旧約聖書「出エジプト

記」第二四章一節から九節までで、そこには「イスラエルの七十人の長老」とある。

ミルトンが「長老」という表現を避けて「元老」という語を使ったということは、この箇所が『要諦』の改訂版となんらかの関係のあることを想定させるものである。つまり中央評議会の「元老院」構想をうちだしたミルトンでなければ、叙事詩のこの部分で「元老」という語は使えなかったはずなのである（そもそも叙事詩では、驚くべきことに、「長老」という語はいちども使われていない。そこには、長老派が王政復古期においては「新たに王党化した長老派」として、王政の回復のために暗躍する反動勢力になりさがったという、ミルトン一流の批判が働いていたことが認められる）。共和政府派のジョン＝デズバラ将軍は六〇名構成の元老院制を提唱したが、ミルトンが叙事詩の第一二巻二二五行で七〇人の「長老」という語に代えて「元老」という語を採ったことは、かれが七〇名構成の、とまではいえないにせよ、デズバラ将軍の提唱にほぼ等しい規模の元老院――つまり中央評議会――を構想した可能性をさえ、われわれは推定することがゆるされるのかもしれない。

ミルトンはこの『自由共和国樹立の要諦』の改訂版を出すにあたっては、それ以前のかれのように、なんとしても理想の実現を図ろうとする気持は、もはや捨てて、理想は理想としてそれを書きとどめよう、という心境になっている。それだけに、改訂版においては、未来展望的な表現がずいしょに書き加えられたのであろう。『楽園の喪失』はそのかれの理想を芸術的に整理・彫琢（ちょうたく）したもので、それをときに黙示的に、ときに預言者的に、ときに直截に表現したものであるといっていい。『要諦』でじゅうぶんにいいきれなかったものを、思う存分に吟唱している感がふかい。したがって叙事詩は、アダムの楽園追放という神話を枠組みとしてもちながらも、じつは王政復古期の詩人の願望をいいつくしたものとみていい。詩人は「貴族とおもだったジェントリー」の理想型を創造時のアダムの姿にうたいこみ、自由共和国（フリー・コモンウェルス）の栄光の構造をアリ社会の共同社会（コモナルティ）で象徴しつつ、成（な）るべくして成らなかった自由共和国への挽歌と、それへの新たな展望を、ここにうたいあげたものとみることができる。

ブレダ宣言

チャールズ二世は帰国の日程が決まりはじめたころ、オランダのブレダでひとつの宣言に署名する。四月四日のことである。そのなかで、ロンドン復帰のあとは「自由議会」をゆるすこと、父王の処刑にかんしては直接の責任者で現在生存している七人以外は大赦すること、信教の自由を認めることなどを公約した。しかしこの宣言は、きわめて政治的な含みをもつもので、文字どおりに信用することはできなかった。この宣言は側近のクラレンドン伯エドワード＝ハイドの作文であるかにいう歴史家がいるが、それは誤りである。国王はこの宣言文の作成にあたっては、みずから責任のある討議に加わっていた。

「国王殺し」

前王処刑にあたっての最高責任者はオリヴァー＝クロムウェルであるが、かれはすでにこの世の人ではなかった。国王弾劾裁判所の長であったジョン＝ブラッドショー、その他ヘンリ＝アイアトン、トマス＝プライドらも、すでに故人であった。国務会議につらなった少将トマス＝ハリソンは「国王殺し」の指名をうけた最初の人物であった。それが発表されたのは六月五日であった。あとの六人と目されそうな人びとは、大陸へ逃れたらしい。しかしヒュー＝ピーターズら、むしろ小ものとおぼしきなん人かが次々と逮捕された。ハリソンの公開処刑はチャリング・クロスで執行された。あのサミュエル＝ピープスがそれを目撃し、例の『日記』のなかに書きとどめている。ハリソンは堂々と、笑って死んでいった。その残虐な処刑が終わったとき、「群衆は歓呼の声を上げた」と記している

（ピープスは一一年まえのチャールズ一世の処刑も見に行っている。物見高い男であった）。その後、なん人もの「国王殺し」が処刑されている（クロムウェルはその遺体があばかれて、処刑され、ハイドパークの東北角ちかくのタイバーンにさらされた）。

そういう時節に、八月一三日づけで『偶像破壊者』、『イングランド国民のための第一弁護論』の二書が、正式に国王名で発禁・焚書（ふんしょ）を宣告された（この二書は大陸では、すでに一六五一年から翌年にかけて、焚書処分をうけている）。この二書が問題視されることは、少しまえから、それとなくわかっていたので、ミルトンは聖ジェイムズ公園付近のペティ・フランス（ウェストミンスター区）の自宅から姿をくらましている。甥のエドワード＝フィリップスによれば、「バーソロミュー・クロースの友人の家に」身をよせた。逮捕され、裁判にかけられることを恐れたのである。八月末には大赦令が出て、かれも身の危険のないことを信じて、ホウボン地区に家をもった。しかし一〇月にはいちじ監禁されたらしい。弟のクリストファーが法廷に召喚されている。監禁を解かれたのは一二月半ばになってからのことである。ミルトン釈放のために、友人たち、なかでもアンドルー＝マーヴェルやサー＝ウィリアム＝ダヴナントらが尽力したらしい。

身の危険

一六六〇年はミルトンにとっても多難な年であった。生まれて初めて身の危険を感じた。やがて口述することになる『闘技士サムソン（サムソン・アゴニスティーズ）』の一節で、主人公に次のように嘆かせて——

わたしは光のなかで

暗黒。日夜、詐欺、侮蔑、罵言、虐待にさらされ、
家の内外を問わず、つねに白痴のごとく
他人の思うがまま、こちらの思うにまかせぬ。
半ばも生きてはいず、ほぼ死せるも同断。
おお暗黒、暗黒、暗黒。ま昼の光のなかで、
医しがたき暗黒、皆既の蝕。
陽光に接するの希望など、あらばこそ！
（七五―八二行）

こう綴るミルトンには、おそらく一六六〇年の夏から秋にかけての苦い体験が生きていたものであろう。かれはこれいらい、政治関係の冊子は公刊しなくなる。青年時代このかた、自分の使命と感じていた仕事の達成に、専心邁進すべき秋の来ていることを知らされた年であったにちがいない。『楽園の喪失』の一節で、

この英雄詩の主題がはじめてわたくしを捕えてより、
長の年月を閲したが、わが着手するは遅かった。
（第九巻二五―二六行）

こう書いているが、これはまさにこの時期のミルトンの、いつわらざる実感であったろう。しかしもしかれがここにいたる二〇年間に、議会派の論客として思索をねり、弁論口調の散文をもってあの浩瀚な諸論文を書くという体験を経なかったとするならば、この叙事詩の主題と文体とはありえなかったことも事実である。

第8章　『楽園の喪失』をめぐって

ルネサンスの叙事詩

一六世紀のヨーロッパは大叙事詩人を生んだ。イタリアのアリオスト、トリッシーノ、タッソー、ポルトガルのカモンイス、それにフランスのデュ゠バルタス。このうちデュ゠バルタスはジョシュア゠シルヴェスターの英訳によって、英語世界に大きな影響を及ぼした。またイングランドの叙事詩人としてエドマンド゠スペンサーの名は忘れてはならない。一六世紀の半ばからの、やく一世紀はイングランドにおける叙事詩の世紀とよんでもいいほどの一〇〇年であった。英語圏だけに視野をかぎっても、ゆうに五〇篇にのぼるさまざまの叙事詩——もしくは叙事詩的作品——が作り出されているのである。ミルトンは右にその名を記したどの先輩詩人からも影響をこうむりつつ、この世紀にみずからも名をのこす叙事詩人となった。

それにしても、一般的に叙事詩とはいかなるものと考えられていたのか。まず、ホメロスやウェルギリウスいらいの叙事詩の形式上のしきたりというものが指摘されていい。たとえば、詩神（ムーサ）への呼びかけ（インヴォケイション）。叙述を「事件の中心から」*in medias res* はじめること。登場人物、地名、その他の羅列（カタログ）。戦いの物語。反復表現や明喩（シミリ）の使用。超自然的な仕掛けの導入。文体の荘重なること、などなど。これが叙事詩の特徴であったが、これらはいずれも叙事詩の技法面での慣習であって、ルネサンスの叙事詩にも、原則として踏襲されているものであった。ミルトンのばあいもその例外ではない。

ただ叙事詩の世紀とよんでもおかしくない、つまりルネサンス期の叙事詩を、とくに内面的に特徴づける特質は何か、ということになると、また別の観察を必要とする。[*1] この時代の叙事詩観をひと口でいえば、叙事詩とは一民族を代表するに足る崇高な歴史上の人物を、荘重体（グランド・スタイル）でうたいあげつつ、その民族をたたえる作品である。そのばあい詩人たちは次の諸点を共通に意識した。

第一に、叙事詩はそもそも民族の苦難と栄光を語るものであるから、それは集団的な性格をもつ。第二に、民族の統一精神を象徴する人格を「範例（モデル）」としてうたいあげる。だからことばも（ラテン語ではなく）各地方、各国々のことばを用いることが多く、内容もナショナリズムの色彩がつよい。第三に詩人と聴衆とは過去の歴史を共通に想起することができる関係にある。第四に民族の美徳を代表する「範例」的人物がうたわれるいじょう、作品は教育的目的をになった。第五として、主人公が苦難の旅路をへて目的地に達するという、いわば「探求」の形式をもつ。これが「誘惑とたたかう霊魂の巡礼」の主題をかたちづくることが多かった。第六に、叙事詩は時間的・空間的知識の「要約」でなければならなかった。さいごに、叙事詩人はみずからが倫理的高潔を主張できる人物であることが求められた。

若いころから叙事詩の制作をこころがけたミルトンは、このような文学状況のなかにあったのである。叙事詩の主人公としては民族の栄光をになうはずの「範例」的人物がもとめられ、ミルトンもイングランド人としては（スペンサーの『妖精の女王』と同じように）アーサー王をかれの叙事詩の主人公にすえることを構想したのはとうぜんのことであった。そのアーサー王構想をかれが捨て、その代わりにアダム物語を採用しなければならなかった経緯は、本書第一部第４章でのべたとおりであった。ここでは以下、ミルトンが「より厳粛な主題」の叙事詩化を生涯の目的としてかかげながら、じっさいには何を達成したのか、という問題を取り上げてみたい。

「口述する叙事詩」

『楽園の喪失（パラダイス・ロスト）』はミルトンが共和政府の政庁を退いた一六五八年ころには、その口述が開始されていたと思われる。しかしこの作品は共和政が瓦解するころになって、はじめて構想されたものではない。この作品のなかで重要な主題を構成することになる「正しき理性」観、「雅量（マグナニミティ）」と「忍耐」の人物像、文芸の意識など、どれひとつとってみても、一六四〇年代に詩人が論客として登場していらい、一貫していだきつづけ、醸成しつづけたテーマであることは、すでにのべたことから明らかであろう。それに加えて、失明後のかれが、ウェルギリウス流に「執筆する叙事詩」ではなく、ホメロス流に「口述する叙事詩」の語り手としての技量を、五〇年代後半までには身につけていたことは、すぐれた対連（ついれん）のソネットの口述技術が完成していたことをみても確言できることである。

こうしてみると、一六五八年九月という時期に、クロムウェルが世を去り、その年のうちにミルトンが官職を辞したということは、かれにしてみると、まさに秋（とき）いたれりの感があっての行動であったにちがいない。起こるべき時に起こるべき事が起こる、まさに僥倖（ぎょうこう）をたのむべき時期であったとしかいいようがない。

ミルトンが『楽園の喪失』のどの部分から口述を開始したかということは、わかっていない。叙事詩は詩神への呼

＊1　この問題にかんしては拙著『ミルトンの世界』（研究社出版、一九八〇年）の序章、もしくは拙訳『楽園の喪失』（大修館書店、一九七八年）の「解説」をご覧いただければ幸せである。

Paradise lost.
A
POEM
Written in
TEN BOOKS
By JOHN MILTON.

Licensed and Entred according
to Order.

LONDON
Printed, and are to be sold by Peter Parker
under Creed Church neer Aldgate; And by
Robert Boulter at the Turks Head in Bishopsgate-street;
And Matthias Walker, under St. Dunstons Church
in Fleet-street, 1667.

『楽園の喪失』
（初刊本 10 巻本、1667 年）

びかけで始まるのが通例であるから、この作品のなかでなん度かあらわれるその種の呼びかけのひとつが、ミルトンの最初の口述部分となったかもしれない。第一巻一—二六行、第三巻一—五五行、第七巻一—三九行などである。第九巻一—四七行もこの部類にはいるであろう。このいくつかの段落のなかで、第三巻冒頭での詩神への呼びかけは詩人じしんの失明のことをうたい、第七巻の冒頭は王政復古前後の、かれじしんの逆境に言及していることからみて、個人的色彩のきわめて濃い詩行であるといえる。そしてこの個人的色彩は、これらの部分が、あるいは全体の歌い出しの部分（のひとつ）となっていたのかもしれないという推測をゆるすのである。が、これはどこまでも可能性と推測の域を出るものではない。

いずれにせよ、詩神によびかける箇所では、詩人が一個人として超越的実在へ語りかけるのであるから個人的色彩が濃く出るという特徴がある。しかしそれにとどまらず、その口述部分は詩人が何をうたおうとしているのかを告白し、その実現を乞いねがう部分であるから、いわば詩の主題が言及される可能性の、きわめて高い箇所となっている。

「キリスト教的英雄の型」

ミルトンは詩神への呼びかけの部分で、かれじしんの叙事詩が従来のどの叙事詩にくらべても、「より英雄的」な主題を扱っているのだという確信を宣言している。しかし何を根拠に、かれはそのような宣言をしたのであろうか。

ここでわれわれは、一六四〇年代初頭の、つまりかれが「アダムの楽園追放」に思いをめぐらし、一〇〇にちかい筋書きをのこした時期に立ちもどってみたい。

ミルトンは一六四二年早春――当時の流儀で一六四一年――に『教会統治の理由』を出している。その第二巻の序言はかれの「文学的自叙伝」などとよばれるまでに、まとまった分量の、また質的に重要なエッセイとなっている。このなかでかれがいっていることのひとつは、詩人をこころざすほどのものは、母国語をもって「厳粛きわまることがら」をうたい、「一国民に教義と範例を指し示す」に足る「キリスト教的英雄の型」を指示することを目標とすべきだということである。

ここで考えておかなくてはならないことは、この一六四〇年代初期のかれの諸論文は、長老派擁護論であるという事実である。その文脈のなかで、文人としてのミルトンが以上のことを語っているのである。かれはイングランド国民が長老主義的な「教理と規律」――このことばじたいが長老派固有のことばである――に立って、完成の域へと足早に接近しているという幻想をいだいている。その完成を早めるためにも、かれは「一国民に教義と範例を指し示す」、「キリスト教的英雄の型」をつくりあげなければならないと宣言しているのである。堂々とした語調であることは、一読して明らかである。

「より高い主題」

ところでその「キリスト教的英雄の型」というものが、ミルトンの文学的生涯のどの段階にまで有効であったのか、という問題が出てくる。そのヒロイズム観は、そのままのかたちでは、おそらく一六四四年までのいのちであったろう。というのは、この年を境にしてかれは、長老派とは手を切ることがわかっているからである。長老派の規律のわく内で考えられているヒロイズム観は、この時期以後は重要な変更をせまられるのである。つまり以前にもまして自律性を身につけた人間観が前面に押し出されてくる。じじつ『楽園の喪失』の主人公アダムは、『アレオパジティカ（言論の自由論）』（一六四四年）に出ることばのとおり、「悪のなかから善を」選択できる個として登場してくる。これは当時の教派の図式でいえば、より独立派に近い人間観なのである。したがって詩人がこの作品のなかで、この作品には「より英雄的な」、「より高い主題」がひそんでいると宣言するときに、これが古典叙事詩の主題を凌駕する主題であるとのべていることはたしかとしても、ここではもうひとつ、詩人じしんがやく二〇年前に掲げていた「キリスト教的英雄の型」としてのヒロイズム観の変更を告白し、この作品のヒロイズム観はそれ「より高い主題」のものであると宣明していることも認めなくてはならない。

このことを的確にいっているのは、第九巻の初めの部分であって、ミルトンはここでキリスト教的叙事詩の目的は「忍耐と英雄的受難の／よりすぐれた勇気」であるとうたっている（三一—三二行）。ここで詩人が「忍耐」の徳を押し出している点に、とくに注意しなくてはならない。忍耐は節制と関連する徳である。ルネサンス期の思想界において、人が順境にあって神に従いつつ中庸の道をゆくことが「節制」であるとするならば、逆境におちいったときに神の摂理に服することが「忍耐」であると考えられていた。[*2]

ミルトンにあっては、忍耐観が前面に出てくるのは、かれじしんが両眼失明したり、妻や子を喪（うしな）ったりして、これまでになかった苦難を味わうことになる一六五〇年代前半のことである。そしてさらには、その後、共和政がもろくも崩壊する過程で、逆境に立たしめられた時期のことである。こうしてこの徳がアダムによって体現され、「ヒロイックな忍耐」の徳をたたえる『楽園の喪失』を生むことになる。詩人がこの作品で「より英雄的」な主題をうたうとのべる背景には、おおよそ以上のような思索の発展の過程があった。これこそがかれのいう「より高い主題」の内容であったと思われる。

サタンの英雄性

ここで作品そのもののなかへ分け入りたい。

天国で戦いがあった。神に反逆する天使の一党が、神につく天使軍と戦って敗れ、混沌界(カオス)を通って九昼夜落ち、地獄にたたきおとされる。やがて失神から目覚めた悪天使軍が首領のサタンを囲んで、万魔殿(パンデモニウム)で神への復讐策を模索する。公戦説をなすもの、現状肯定論をとなえるもの、それぞれに議論するが決着をみない。ときにサタンは立って、演説をぶつ。――サタン軍が落ちたあと、神は「別の世界」をつくり、その中心たる地球に天使らに似た「人間(ひと)という新しい種族」(第二巻三四八行)をおいたらしい。この「青二才ども」を堕としてやれば、創造主にたいする間接復讐にはなる、と。しかしその世界への遠征は、混沌界を通っての遠征であるだけに、危険がともなう。しかし、いやそれだからこそ、サタンは自分ひとりでやってのけよう、と語る。「わしたちすべての救いのために、いま／征(ゆ)かんとはする。この企てに、同伴(とも)は／要(い)らぬ」(第二巻四六四―四六六行)。ルネサンス期の武人・指導者には「高位の者にともなう義務」*noblesse oblige* という精神が生きていたが、サタンはその種の英雄性をとどめている。

戦いに敗れたといって、それがなんだ?
すべてを失ったわけではない。見よ、

＊2　このことについては拙著『ミルトンの世界』(研究社出版、一九八〇年)、一八九ページ前後をご覧いただきたい。

不屈の意志、復讐の追求、あくなき憎悪、
敵に降るをいさぎよしとせぬ勇気。これこそ
敵の征服を拒ける心意気というものだ。やつの
怒りや力も、わしからこの栄光は奪えまい。
この腕がかの帝国の安泰をおびやかしたのだ。
それなのに、膝を屈してやつの憐れみを乞い、
やつの力を神としてあがめるなどということは
言語道断、下劣きわまること。そんなことは
この堕地獄にもおとる不名誉、汚辱だ。
（第一巻一〇五―一一五行）

こう演説するサタンには、最高神への反逆の立場にあるとはいえ、たしかに古典的、またルネサンス的な英雄像がみられる（またここには共和政が崩壊し、いわばこの世の地獄に落ちた時期のミルトンじしんの苦渋にみちた声もきかれよう。けっきょく堕落天使軍はこの首領の英雄性に、地獄の命運をかけることになる）。

アダムとエバ

サタンは長途のひとり旅をへて、「世界」へ、さらにその中心に位置する地球へといたる。そこで発見するのは、エデンの園におけるアダムとエバの幸せな愛のいとなみであった。ふたりは神の創造のわざの完成の姿をあらわしていた。

直立して背たかく、神のごとくに直立した
高貴のふたり、裸形ながらに威厳をそなえ、
生まれながらの栄誉をまとい、他を統べ、
また統べるにふさわしくみえた。ふたりの
神々しいまなざしに栄光の創造主のみ姿、
真理、知恵、いかめしくも純なる神聖が輝く。

（第四巻二八八―二九三行）

アダムとエバは他の被造物とは異なる特権をさずけられている。直立した高貴な姿で、他を統御することを託されたふたりの「いかめしさ」に、サタンは驚嘆する。その姿には「創造主のみ姿」さえあらわれている。じつはこの姿こそ、サタンじしんが求めた姿ではなかったのか。かれがこのふたりに羨望を禁じえないのもむりはない。アダムは創造時にはこの統治権のほかに、「きよき理性」と「寛やかなる心」――雅量――をさずけられている（第七巻五〇八、五一一行）。これはアリストテレスの『ニコマコス倫理学』いらい、王者の条件とされていた美徳である。神はサタンなきあとの、いわば神の領域に、サタンに代わる分身をおいたということがいえるであろう。

さきにわれわれはサタンの姿に古典的・ルネサンス的英雄像を認めた。しかしここで、われわれはもうひとり（あるいは、ふたり）の古典的・ルネサンス的英雄像の持ち主に出あうのである。ただしこのほうは、キリスト教的色彩をひめた人物像（半神的）であることは、たしかである。

サタンはまずエバをアダムから切り離し、かの女への謀略に集中する。かの女の心を乱して、誘惑の場を出現させ

る。そこに手を出すことは厳禁とされる「善悪を知る木」に、エバは手をのべて、その「聖なる果実（このみ）」を摘（ちぎ）って、食べる。これは神への、決定的な不従順であった。エバは浮いた様子で、アダムのもとへ帰る。アダムの驚愕とふたりの言い争い。しかしアダムはけっきょく「肉の肉」たるエバとの「自然の絆（きずな）がわたしを引く」ことを強く感じて（第九巻九一四行、九五五―五六行）、エバの轍（てつ）をあえて踏み、創造主への不従順を敢行する。「きよき理性」をさずけられ、さらに「謙虚にして賢くあれ」"be lowly wise"（第八巻一七三行）と教えられていたアダムが、夫として、またひとりの男として、妻を愛するがゆえに、自覚的に堕落の道を選択したのである。その男の責任こそ重大であることを、ミルトンは作品全体でうたっている。

神への不従順をおかしたふたりは楽園にいつづけることはできない。楽園は追われなくてはならない。しかしそのまえに、ふたりはそのおかした不従順の罪の重さに気づき、心をひとつにして、創造主にたいして悔い改めの祈りをささげる（第一〇巻　結び）。ここは、この作品でアダムとエバの心が一致した初めての段階である。アダムのことば――

「裁かれたところへもどり、神のみまえに
虔（つつ）しみひれ伏し、そこで心ひくく
われらの罪を告白し、みゆるしを乞いまつり、
いつわらぬ悔悛と柔和な謙遜のしるしに、
悔いた心の涙で地をうるおし、
われらの呻きで大気を満たそうぞ――

これ以上のことが、われらにできようか。
神はかならずや和らがれて、ごきげんを
なおされよう。神のしずけきみ顔には、
み怒りの、最ときびしく見えるときでさえ、
好意、恩恵、憐れみが光りかがようのだ」
　大父は悔いた心でこう言った。エバも
ともにふかく悔いた。ふたりはただちに、
裁かれたところへもどり、神のみまえに
虔しみひれ伏し、心ひくくおのが罪を
告白し、みゆるしを請いまつり、
いつわらぬ悔悛と柔和な謙遜のしるしに、
悔いた心の涙で地をうるおし、
かれらの呻きで大気を満たした。

エバもともにふかく悔いたのである。その点でふたりのあいだに、なんの差別もない。ふたりは不従順の罪をおかしたことを認め、それを悔い、ともに神への従順へと立ち返る決意をくだしたのである。「悪のなかから善を」「選択」できるふたつの自律的個――『アレオパジティカ』の用語でいえば、「成人」――が、ここに成立したのである。

　その後の人類の歴史が創造主の意思による救済史となることを、天使ミカエルの口から解説されるのは、この自律

的な人格としてのアダムとエバなのである。ふたりはこれによって、こころが安らぎ、「悲しみつつも平和に」（第一一巻一一七行）、楽園をあとにする。作品全体の結び四行――

安息のところを選ぶべき世は、眼前に
ひろがる。摂理こそかれらの導者。
手に手をとって、さ迷いの足どりおもく、
エデンを通り、寂しき道をたどっていった。

この結び四行にみられるふたりの自覚的な信頼関係は堕落行為後の、あの異口同音の悔い改めの祈りを前提としている。『楽園の喪失』という作品のなかで、ふたりが自覚的に「手に手をとる」のは、作品全体をとおして、ここが初めてである。

思えばミルトンはアダムとエバの手の描写を、作品の重要な箇所で意識的に用いた。はじめサタンの目にうつったふたりは「手に手をとって通りすぎ」る姿であった（第四巻三二一、六八九、七三九行）。エバがその手をアダムの手から引くのは、夫にたいする不信頼、はては神への反逆を象徴する行為となっている（第九巻三八五行）。そのあとが、結び部分の「手」である。つまりエバがアダムからその手を引いて、誘惑のさなかでかの女なりの自立をこころみた瞬間に悲劇が起こり、最終部分にいたってふたりの手が結び合うまで、その悲劇は終わらない。ふたりの手が離れ、それからふたりの手が結び合うまでの一サイクルのあいだに、一篇の大きな劇が展開したのである。

「喜劇」の英雄観

それにしても、この一篇の劇が始まり、終わる間に、ふたりの内面に起こったことを、もう少し探ってみたい。まず第一に、ふたりが常春（とこはる）の庭から荒野――歴史そのもの――のなかへ出てゆくことになった、ということがあげられよう。第二には、荒野へのその出立が、神話から歴史――救済史――への出立であることがいわれなくてはならない。第三に、ふたりは神の、いわば「操り人形」的存在たることを止めて、この時点では、荒野のなかで「安息のところを選ぶ」ことのできる人格――自律的個――を獲得しているということである。

この第三の点を、いま少し観察してみたい。この時点のふたりは、サタンが初めて目撃した、あの古典的・ルネッサンス的な英雄像をもったふたりではない。いや、あの人間像を範としながらも、ふたりは、アダムのことばによれば――

いまより知る、従うことはいと善しと、
畏（おそ）れをもって神を愛し、みまえにあるが
ごとくに歩み、摂理を守るということ、
創造物（みわざ）に恵みをたもう神にのみ頼りまつり、
善をもってつねに悪に勝ち、小事を用いて
大事をなし、弱いと思われるものを用いて
この世の強きを、こころ順なるものにより
この世の狡（さか）しきものをくじくことは、いと

善きことと。　　　　　　　　　　　（第一二巻五六一―五六九行）

——という人生観を身につけている。つまりこれは従順に徹して、摂理を守りぬくことを誓う人間であり、神が弱者を用いて強者をくじくことを信ずる人間である。「純なる神聖が輝く」「直立した」アダムらの姿とは、イメージが異なるのである（第四巻二八八―二九三）。不従順という弱さに堕ちて、そのあとで神の摂理に自覚的につらなることの幸いを知ったものの、いわば一個人としての喜びの姿である。

まえにも引用した、作品全体のあの結び四行にみられる雰囲気を察知していただきたい。それは相当に未来展望的な内容である。「摂理」とは、今という時にはたらく神の啓示の力である。それに頼れるということは、神との新しい契約関係にくみこまれた証拠であり、それなればこそこのふたりの男女の、歴史内における個としての男と個としての女の関係も正常にもどることができるのである。いちどは神意にそむいた人間の、これは恵まれた結末というべきである（それを図像化すれば、一五世紀の画家マサッチョが「楽園追放」図で描いた悲嘆の始祖の姿はミルトンのふたりの姿とは、全く別のものをあらわしている）。だからこそアダムの物語は、悲劇ではなく、叙事詩になることができたのである。『楽園の喪失』は「聖なる喜劇」である。

かつて一六四二年にミルトンは『教会統治の理由』を出して、そのなかで（まえにものべたとおりに）「一国民に教義と範例を指し示す」に足る「キリスト教的英雄の型」を提示することを願うと告白している。それから二十余年をへて出来上がった『楽園の喪失』は、それとは全く別の人間像をつくり上げる結果となった。この間に、作者の英雄観の変化があったことがわかる。かれは「キリスト教的英雄の型」をつきぬけて、堕落のゆえに半神話の世界を追放され、しかし神への従順を心にひめて、赤裸々な時間のなかに、れっきとした人間として放り出される始祖の歩み方のなかに、「知恵の／頂点に達した」もの（第一〇巻五七五―五七六行）の姿を認めた。そしてそれにいたる忍苦の過程を「いと高き勝利にいたる勇気」（第一二巻五七〇行）のわざと評価する。ミルトンの英雄観は、ここにいたってきわまったというべきである。それは喜劇の英雄観ともいうべきものであった。

主人公アダム

「ミルトンは真の詩人であって、われ知らずサタンの隊についた」という名言をはいたのは、詩人ウィリアム＝ブレイクであった。ブレイクがこう書いたのは、ミルトンが悪魔軍や地獄を描くときの自由な筆致に感嘆してのことである（『天国と地獄の結婚』一七九〇年ころ）。ミルトンが思想面でサタンの徒であったとは考えられないが、サタンを描くミルトンのペンが生き生きとしていることは、たしかである。

地獄に落とされたのち、まずわれに返ったサタンが、「戦いに敗れたといって、それがなんだ？」にはじまる名セリフをはくその段落は、本章の前段ですでに引用した。そのセリフのなかにある「神」をチャールズ二世と読みかえたとする。すると、とたんにこのセリフは、王政復古期のミルトンのことばへと一変する。

混沌界を通りぬけ、宇宙の外縁に到着し、さらにその中心である地球にたどりついたあとで、楽園のなかに仲むつまじいアダムとエバを発見したときの、嫉妬に苦しむサタンの告白は、サタンの人間性（？）を表現しているといって、さしつかえない。

　憎い光景、悩ましい！　ふたりは
こうしてたがいの腕のなかに楽園を見いだして、

より幸いなるエデンを楽しみ、至福に至福を
重ねるがいい。わしときたら地獄に落とされ、
喜びも愛もなく、いくたの苛責(かしゃく)のなかでも
激しい欲望が、満たされることがないばかりに、
かえって憧れの苦痛でわしをさいなむ。
…………
……生きよ、いまのうちに、幸いの
おふたり。わしがもどるまでのこと。たまゆらの
楽しみを味わえ。そのあとは長い悲しみが――
（第四巻五〇五―五一一、五三三―五三五行）

ここにあらわれる生々しい感受性は、ルネサンスの教養人たるミルトンのものだ。かれはこんなに自由に、神やキリストを描くことはない。このへんの筆づかいだけを観察していれば、たしかにミルトンは「われ知らずサタンの隊(て)についた」といいたくなる。ただ読者は、サタンの声は詩人としてのミルトンがもつひとつの声にすぎないということを弁(わきま)えておく必要がある。サタンが叙事詩全体の主人公であるというような単純な見解に走ってはいけない。

この叙事詩はそもそも――

人間(ひと)がはじめて不従順の心を起こし、禁断の
果実(このみ)を味わった結果、われらは楽園(エデン)を失い、

世に死と、あらゆる苦しみをまねいた。
だがやがて、並ぶものなく偉いなる人間が
われらを贖い、至福の座を取りもどしてくれる——
うたえ、天つ詩神よ、この出来事を。

——とはじまっている。つまり人間の罪は、やがて神の子の死をもって贖われるという救済史的歴史観を宣言することで、この作品ははじまるのである。じじつアダムとエバは禁断の果実をたべることによって、創造主への不従順をおかし（第九巻）、楽園の追放（第一二巻）は決定的となる。

それだけのことであったとすれば、この作品は悲劇に終わったことであろう。つまり叙事詩とはならなかったはずである。しかしこの作品を悲劇にはさせない構造が、作品そのもののなかに仕組まれているのである。それは問題の第一一巻から第一二巻にかけての、天使ミカエルによる歴史叙述である。ミカエルはここで天地創造にはじまり、神の子の受肉、死、復活、昇天、再臨にいたる歴史を語る。これは歴史といっても、人類救済史である。それを聞いたアダムはこの救済の約束に、こころ満たされ慰められ、ミカエルとともに山をくだる。

ああ、限りなき愛、広大なる愛！
悪よりこの一切の善を生み、
悪を善に変えるとは。
……………

み許しがみ怒りのうえに豊かにあふれることを
喜ぶべきなのか、わたくしはただ迷いに迷う。
（第一二巻四六九―四七一、四七七―四七八行）

いわば「幸いの罪」*felix culpa* を知ったものの、喜びの告白である。ふたりはこの喜び——「はるかに幸多き楽園」（第一二巻五八七行）——をうちにいだきつつ、楽園の門を出る。これは楽園の追放であると同時に、神話の世界をあとにしてこの俗世へと出発するふたりの人間の誕生の瞬間でもある。おそらくミルトンはこのふたりのこの瞬間を口述しながら、王政復古の「荒野」のなかへと出てゆかざるをえないわが身と、共和政支持者たちの姿を、「われ知らず」描出する結果となったのであろう。『楽園の喪失』の主人公はアダム（とエバ）である。サタンではありえない。

叙事詩の文体

『楽園の喪失』は全体で、やく一万六〇〇〇行の大作である。大作であるが一七世紀の教養ある読者はこれをけっこう楽しんで読むことができたであろう。またその背後に、これが朗読されるのを耳で聞いて楽しむことのできた層があったことであろう。もっとも次の世紀にはいると、この作はそうとうにむつかしい古典となっていたらしい。かのジョンソン大博士も、皮肉をまじえながら、「この作はこれ以上の長さでなくてよろしい。それを読むことは喜びというよりも義務なのだ」と書いている。博士はまた、読者はこの作に使われた「新しいことば」に驚かされる、とも書いた（『ミルトン』一七七九年）。ジョンソン博士のあと、ロマン派の詩人たち、さきにもふれたブレイクやフランス革命の影響下で詩想をねったワーズワスたちの世代は、たとえばサタンの「地獄での君臨は天国での隷従よりは増しじゃ」（第一巻二六三行）ということばに代表される反逆精神とともに、ミルトンの荘重体そのものを支える、詩人の語りの文体に感銘した。そこにイギリス革命の闘士であった詩人の息づかいを感得したのである。作品が読者をひきつけるのは、その作品の文体に読者がひきつけられるからにほかならない。

それならば、この作品の文体とは何か。この作品の文体の成立過程については、すでにのべたので、ここではこの叙事詩の文体のいくつかの例に、実際にあたってみよう。まず、叙事詩であるからには、ホメロスいらいの伝統による直喩法（シミリ）が用いられている。その一例は、サタンが地球への遠征のはじめに、まずひとりで地獄門へと近づく、そのひとこまである。かれは、

わびしきところ、
凍てついた山々、燃えさかる山々、
岩、洞、湖、沼、沢、穴、死のかげ――
見わたすかぎりの死の世界。のろいつつ
神が造りたもうた死の世界。
（第二巻六一九―六二三行）

を飛んでゆく。引用の第三行目は、

Rocks, Caves, Lakes, Fens, Bogs, Dens, and shades of death

とあって、全作品中、最長の一行である。暗黒の世界をゆく大魔王の苦闘の旅の模様が、切れ切れの単語の、激しい音韻の重畳をとおして読者の心象に、また聴者の聴覚に伝わってくる。

　　　　　　　　ときには
右手を、ときには左手をあさり、
ときには水平に、深淵すれすれに飛び、
それから火の円屋根へと急上昇する。
たとえてみれば、ベンガルより、また商人が
香料をもたらすテルナーテやティドーレの島々より、
彼岸のころ、貿易風にのって船団が進み、
沖合はるか、雲に懸って見え、また
八重の潮路のインド洋を、エチオピアの
沖から喜望峰へ向けて、ぬばたまの夜を
南極の方向へ、波を蹴って急ぐ。遠くを飛ぶ
悪鬼は、そのように見えた。

（第二巻六三二―六四三行）

地獄の暗黒の海をサタンがゆく有様は、いざ叙述するとなると難しい。その難事を、詩人ははるかインド洋上をゆく船団を遠望するという視点を採用して描いてみせる。このホメロスふう直喩法のおかげで、ミルトンはサタンの長途

の旅を視覚化することができた。と同時に、サタンを可能なかぎり矮小化することに成功している。このサタンはどうみても、あの大言壮語に終始した万魔殿での偽英雄的首領ではない。

読者の脳裏でこれほどまでに矮小化されたサタンは、次には地獄門で、大門の前に居すわる二形の異形のものに捕まる。ひとつは〈罪〉という名の妖女。他は〈死〉。〈罪〉はサタンの娘である。その〈罪〉である女の語るところによると、〈死〉はサタンが娘〈罪〉にはらませた子なのだという。これは地獄の、いわば近親相姦的な三位一体であり、天上の三位一体にあい対するところの、いかがわしいパロディをなしている。ここでサタンは倫理的にも矮小化されてしまう。

地獄の門を出たサタンの前には、天国とのあいだに広漠たる淵が立ちはだかる。それは混沌界である。サタンは、しかし、もう戻れない。危険にみちた長途の旅は覚悟のうえであった。

怪獣が丘を越え、湿潤の谷を越え、翼を駆って
荒野を追いさがすように、悪魔は熱心に
沼地・絶壁を越え、狭いところ、
荒いところ、濃いもの、薄いものを通り、
首、手、翼、足をはたらかせて道をひらき、
泳ぎ、沈み、踏みわたり、匍い、また飛ぶ。
（第二巻九四五―九五〇行）

ここでは「高位の者にともなう義務」を感じて、「この企てに、同伴は／要らぬ」（第二巻四六五―四六六行）と豪語

した、あのサタンの姿は想像もできない。まるでミズスマシかゲンゴロウの動きを思わせる、いじましいばかりの仕ぐさの生き物に堕している。

ふたりの人間を欺いて、禁断の果実を口にさせるのは、このサタンなのだ。弁舌さわやかなヘビの形をとるサタンであるとはいえ、このサタンの誘惑に負けるとは！　それだけ人間の愚かさが浮きぼりにされることになる。まず、エバ――

かの女は、禍(わざわ)いの時に、
不覚にも手を果実(このみ)に伸ばし、摘(ちぎ)って、食べた。
大地は痛みをおぼえ、〈自然〉もその座から
万象を通じて嘆きをつたえ、悲しみの徴(しるし)を示した、
万物失われたり、と。狡(さか)しき蛇(へび)は退いて
茂みへ忍びうせた。
（第九巻七八〇―七八五行）

引用の第三行目から原文を引くと、

Earth felt the **w**ound, and Nature from her **s**eat
Sighing through all her **W**orks, gave **s**igns of **w**oe,
That all **w**as lost.

とある。長母音・重母音を基調とするゆったりとした詩行のなかに、沈うつな調子のｗ音が、ヘビの発話を感じさせるｓ音とまざりながら、何回か繰りかえされる。読者（聴者）はことばの意味からばかりでなく、いやそれ以上にことばのもつ音楽的効果によって、「万物失われたり」の感をふかめる。

エバは堕ちた。浮き浮きしたおももちのエバを迎えて、アダムの苦痛は深刻であった。

エバのために編んだ花環は、力の抜けた
手から落ち、ばらはみなうち萎（しお）れて、散った。
（第九巻八九二―八九三行）

From his slack **hand** the Garland wreath'**d** for Eve
Down dropp'd and all the **faded** Roses **shed**.

愛の象徴たるばらの、しかも「花環」――神の完全性のかたち――が、アダムの手から落ちる。その視覚上の落下を、つよく肯定するのが、ｄ音の陰うつな響きの繰りかえしである。アダムの精神的衝撃は烈（はげ）しかった。しかしアダムはエバとの「自然の絆（きずな）」に引かれて（第九巻九一四行、九五六行）、自覚的に禁断の果実を口にする。

地獄へと帰還したサタンは万魔殿（パンデモニウム）の大聴衆を前にして、得意然として「われ勝てり」とばかりに大演説をぶつ。ひとり大遠征をはたして凱旋（がいせん）した将軍のヒロイックな姿が、そこにはあった（チャールズ二世が流浪の一〇年のあとでロンドンに帰還し、ホワイトホールで晴れて大演説をおこなった、そのときの姿はかくもあらんと想像される）。

演説を終えて万雷の拍手、歓呼の声のとよもすのを、サタンは待つ。が、驚くべし。聴衆はすべてヘビと化し、響きわたったのは「あたり一面、かぎりなき舌から発する／怖ろしき叱声、公衆の侮蔑の舌であった」（第一〇巻五〇七―五〇九行）。そのあと、やく八〇行にわたってミルトンはs音もしくはsh音を響かせる詩行を重ねてみせる。それはヘビの発話の世界である。「喝采（かっさい）は歯音の野次と化し」（第一〇巻五四六行）という現実を、音楽的に現出せしめるのである（この場がチャールズ二世の帰還への、それとない言及であるとすれば、これはまたなんという風刺のシーンであることか）。

ヘビの音声の充満する第一〇巻は、しかし、その結びの段落で、アダムとエバが、こんどは創造主にたいして自発的に悔い改めの態度をとり、ゆるしを乞うための祈りをささげる。堕落後は、いったんは自殺を提案したほどのエバであったが、ここでこの祈りのシーンを迎えることができたのであった。ヘビの歯擦音のとよもす暗黒の世界を通りぬけたそのすぐあとで、読者は、地球の中心たるエデンの園でこのふたりの声を合わせた祈りの場に案内される。ふたりの到達した謙虚さが、サタンの尊大さとはまさに相対する方向をとって、叙事詩第一二巻後半の「従うことはいと善し」（五六一行）という告白に直結していく。天使ミカエルはこの態度を「知恵の／頂点（いただき）」（五七五―五七六行）と評する。この知恵の世界に、もはやあの歯擦音はきこえない。

ミルトンは「目」――視覚的想像力――も「耳」――聴覚的想像力――も（その他の感覚とともに）すぐれていた。こういうことをここでいうのは、かつてT・S・エリオットがミルトンの「目」を全く信じなかったということがあるからである。ミルトンの視覚的想像力はその失明によって失われ、かれを聴覚一点張りの詩人とさせた、というのが、エリオットのそもそもの主張であった。[*3] この議論が誤っていることは、これまでのべてきたことによって明らかであろう。この点はロマン派の批評家であったハズリットのほうが正しい。ハズリットはミルトンの音楽的想像力が視覚的想像力を凌（しの）いでいることは認めたうえで、しかしミルトンが個別の事物を描写するときの絵画を重視するのである。この議論はハズリットがミルトンの生気（ガストウ）を主張する文脈のなかでいわれたものである。[*4] ミルトンは視覚的想像力も、持てるものを総動員して、各種の声が共鳴しあう独特の文体を練りあげて、『楽園の喪失』の世界を構築したのである。

文体は文学世界の支柱であるが、それは想像力にのみ頼るものでないこともたしかである。ミルトンの叙事詩に話をもどせば、あのサタンがアダムとエバを罪へ堕として、地球を去るときの模様を観察してみよう。地獄の門守である〈罪〉と〈死〉とは、サタンの大事業が成功裏に終わったことを察知して、混沌界（カオス）に「広き大道」、つまり橋を架けて、首領の帰還をまつ。詩人はその「巨大な構築物」をホメロスいらいの直喩（シミリ）をつかって、堂々と描いてみせる。

クセルクセスがギリシアの自由を束縛せんとして、
メムノンの宮廷のあるスサを出立して
海にいたり、ヘレスポントスの海峡に橋を架け、
ヨーロッパをアジアと結び、怒れる波を
いくたびか鞭（むち）で打った故事にたとえられよう。

（第一〇巻三〇七―三一一行）

＊３　"Milton", 1936. *On Poetry and Poets* (New York, 1957).

＊４　"On Shakespeare and Milton," *The Complete Works of William Hazlitt*, ed. P. P. Howe (London, 1930), V, 61; "On Milton's Versification," *Complete Works*, IV, 39.

紀元前四八〇年のこと、ペルシア皇帝クセルクセスがギリシア攻めを敢行したとき、ヘレスポントスの海峡（ダーダネルス海峡）に橋を架けて渡ろうとした。その橋を強風が壊す。怒ったクセルクセスは、〈海〉に三〇〇の鞭打ちの刑を課した。これは紀元前五世紀の史家ヘロドトスが『ペルシア戦役』第七巻に記した話である。じつに堂々とした英雄的な逸話である。凱旋将軍サタンを迎える橋として、まことにふさわしい「勝利の記念（かたみ）」（第一〇巻三五五行）ではある。

ここまでは、よろしい。問題はその次の数行である。〈罪〉と〈死〉の異形（いぎょう）の二形（ふたなり）――

ふたりは、惑える深淵にかかる隆起岩を、
サタンの足跡をたどりつつ、驚くべき架橋（かきょう）の
術を用いて構築し、サタンがはじめて
飛翔（ひしょう）の翼を休め、混沌（カオス）から安らけく
降（お）り立ったところ、つまりこの円（まる）い宇宙の
外殻（がいかく）の、もの無きところにそれを接（つ）けた。

（第一〇巻三一二―三一七行）

さらっと読み進めてしまえば、どうということのない叙事詩的詩行である。ところが、ここで用いられた「架橋の」という形容詞“pontifical”（“pontiff”の、つまり「主教の」、「ローマ主教の」）が問題なのだ。この語にミルトンは *pons*「橋」― *facere*「つくる」という意味を盛りこんだのである。「橋をつくる」のなら、ほんらいは“pontific”という形容詞を用いるべきであって、じじつミルトンも『アレオパジティカ（言論の自由論）』（一六四四年）では、そ

の意味でこの語を使っているのである。それなのに『楽園の喪失』の第一〇巻では"pontifical"を使った。こういういたずらをした最初の人物は、ミルトンであったかもしれない（『オックスフォード大辞典』では、ミルトンのこの箇所が初出の例）。

同時代のローマ・カトリック教の立場には敵意さえいだいていた詩人の作であるから、全体的にいって反ローマ的傾向をもっていたことはいうまでもない（ただしミルトンがルネサンス期の思想家として、時代の思潮のなかに吸収され共通の文化遺産となっているキリスト教的思潮を引きついでいることは、当然のこととして認めなければならない）。それればかりでなく、ローマにたいして不敬としかいいようのない段落が、いまの「架橋の」以外にも多々出るのである。たとえば万魔殿でのサタンらの討議を、ローマ教皇庁における「コンクラーベの密議」に擬したり（第一巻七九五行）、カトリック修道僧らを「愚者の楽園」の住者とする段落（第三巻四七三―四九七行）などは、その例にはいるであろう。

さらに手きびしいのは、相手がイングランド国教会のばあいである。ローマにたいする風刺は、たしかに痛烈である。しかし、どこかに一種のユーモアを感ぜしめる趣向の風刺である。ところが対国教会の風刺となると、まことに辛らつにして腹にこたえる痛罵となる。たとえば国教会（の聖職者）をおおかみや大盗人にたとえるくだり（第四巻一八三―一九三行。第一二巻五〇七―五二二行）。国教会聖職者を暗示する〈死〉の貪欲の胃袋の叙述（第二巻八四五―八四八行。第一〇巻五九七―六〇一行、九八九―九九一行）。「調和と自然の法」の敵とされるニムロデがステュアート王家を指していることは、すでに言及したところである（第一二巻二四―三七行）。ミルトンは公然と、『偶像破壊者』（一六四九年）のなかで、チャールズ一世を専制独裁者の狩人ニムロデにたとえていた。

第9章　最後の二作品

エルウッド

一六六五年はロンドンに大疫病のはやった年である。ミルトンはその災禍をのがれて、ロンドンの西方バッキンガムシャーのチャルフォント・セント・ジャイルズに居を移していた（現在、ミルトン・コテッジとよばれる家である）。若い友人のトマス＝エルウッドがその仮寓にミルトンを訪れたのは、その年の、おそらく八月のことである。その折りにエルウッドは、詩人から『楽園の喪失（パラダイス・ロスト）』の原稿を見せてもらったという。その作品の感想をのべるついでに、エルウッドは、こんどは「楽園の回復（パラダイス・リゲインド）」をテーマとする作品をおつくりになってはいかがですか、と勧めたところ、次に詩人を訪ねたときに、『楽園の回復』という叙事詩を見せられた。「これが出来たのは、きみのおかげだ」といわれたという。エルウッドが自伝のなかで記していることである。かれの証言をまともに受けとると、この作品は一六六六年には完成していたことになる。しかしこれは、すこし幅をもたせて考えるほうが、エ

チャルフォント・セント・ジャイルズ（バッキンガムシャー）のミルトン邸（ここで『楽園の喪失』を完成）

ルウッドのためにも親切かと思われる。というのは、詩人の甥にあたるエドワード＝フィリップスは、この作品は『楽園の喪失』の出版後に口述が開始されたと記している。おそらくこのほうが当たっている。ミルトンは『楽園の喪失』の出版に相当の神経をつかったはずで、その出版以前に次の叙事詩の完成をみていたとは考えにくい。『楽園の回復』の本格的な口述は一六六七年以後の開始とみるのが穏当である。

『楽園の回復』の「誘惑」

『楽園の回復』は主人公イエスの「荒野の試練」（ルカ福音書四章）を台にした作品である。主人公はパンの誘惑、王国の誘惑、塔の誘惑をうける。しかしミルトンの作品のなかでは、第一の誘惑と第三の誘惑は、いわば導入部と結論部をなすにとどまり、第二の誘惑が中軸となって展開されている。その第二誘惑部を内容的に分析してみると

1．饗宴　　第二巻三〇二行以下
2．富　　第二巻四一一行以下
3．栄誉　　第三巻二五行以下
4．イスラエルの解放　　第三巻一五二行以下
5．知恵（学問）　　第四巻二二一行以下

となるであろう。

これだけの誘惑をキリストは避けたことになるのであるが、この誘惑の種類と内容をみると、ミルトンをふくむルネサンス知識人たちが、当時なにを誘惑と考えていたのか、ということがわかる。誘惑のテーマはミルトンとしては

一七歳の作「一一月五日に」（一六二六年）なるラテン語詩いらいのテーマである。「コウマス」はそのテーマを用いての大作であった。そしてアダムとエバの叙事詩。さらに『闘技士サムソン（サムソン・アゴニスティーズ）』。こうしてみると、このテーマは詩人の生涯をとおしての課題であったことがわかる。

『楽園の回復』のキリストは、しかし、サタンの誘惑にゆらぐことはない。それは『楽園の喪失』のアダムとエバのばあいと異なり、誘惑にあっても、それをそらすだけの論理的かつ倫理的基盤を身につけていたということなのであろう。キリストがサタンからの申し出を誘惑ととるか否かの見きわめは、かれじしんがサタンに答える短いことばに集約されている。「備えるひとに／よりけりだ」（第二巻三二一―三二二行）。つまり饗宴の申し出をうけても、それが饗宴なるがゆえに誘惑なのではなく、サタンが差し出す饗宴なるがゆえに誘惑となるのである。あるものが提供されるばあい、それが「上からの光、光の源からの光」（第四巻二八九行）に照らされているものか否かが、それが神からの賜与か否かの判断の基準となってくる。いま引用したふたつの箇所は、この第二誘惑部全体の初めと終わりの部分に配置されていたイエスのことばであって、いわば全篇の中心部分をくくる額縁の役目をはたしているといえよう。

詩人はこの叙事詩をはじめるにあたり、次のようにうたい出ている。

　ひとりの不従順が原因（もと）で喪（うしな）った幸福（さいわい）の
園（その）のことを、さきにはうたったが、今度（こたび）は
ひとりの人間（ひと）が、堅き従順に拠（よ）り、誘惑（こころみ）の
一切に堪え、誘惑者（こころむるもの）の一切の奸計（たばかり）をくだき、

　　それを撃ち、かつ退け、荒寥たる荒野のなかに
　　楽園を打ち樹てて、人間ことごとくのために
　　楽園を回復したまいしことをうたおうとする。

ここで明瞭な表現をえている主題は「堅き従順」である。『楽園の喪失』の終結部でアダムが到達した「従うことはいと善し」（第一二巻五六一行）の精神が、『楽園の回復』の冒頭に引きつがれているといえる。そしてさらにこのモチーフは、イエスの「謙遜と堅き忍耐」像（第一巻一六〇行）、さらにはヨブを脳裏においた「聖徒の忍耐」（第三巻九三行）の主張へと受けつがれていく。これはいわば神の杖に打たれ、低くされたイエスが、神の側からあたえられる基本姿勢なのであって、この姿勢が備わっていなければ、せっかくあたえられる「光の源からの光」を、そもそも「上からの光」とうけ取ることはできない。「従順」、「忍耐」は、「上よりの光」の、いわば受け皿であるといえる。主人公イエスは、この美徳を身につけることで、三誘惑を避けることができた。

「簡潔な叙事詩」

この作品は『楽園の喪失』にくらべて劣る、という評価は、その出版当初からあった。しかし作者としては、その種の評価は我慢がならなかった。これも甥のエドワードが伝えているところである。しかしそういう評価ばかりではなかった。とくにジョンソン博士が、「これがミルトンの作でなかったとしたら、世界中の称賛をかちえたことであろう」と書いたことは、おそらく正鵠を射ている。ロマン派の詩人ワーズワスにいたっては、この作品を、「ミルトンの書いた最高の作物」とまでたたえている。しかし、たしかに規模においては前の作にくらべられない。前作の

PARADISE
REGAIND.
A
POEM.
In IV BOOKS.
To which is added
SAMSON AGONISTES.

The Author
JOHN MILTON.

LONDON,
Printed by J. M. for John Starkey at the
Mitre in Fleetstreet, near Temple-Bar.
MDCLXXI.

『楽園の回復・闘技士サムソン』（1671年）

もつ規模の雄大さ、そこに登場し活躍するものたちの活力、心の動きの描写、思想の広さと深さ、措辞の巧妙と豊富、なかんずく創造力の大きさは、格別である。しかしこの大作と『楽園の回復』とを、なんらの前提もなしに比較することは、文学史上の常識を無視することになり、公平ではない。つまりミルトンは「浩瀚な叙事詩」と「簡潔な叙事詩」とを、初めから区別している。かれが「浩瀚な叙事詩」として考えているのは、古典叙事詩とその系譜にぞくするもので、近くはスペンサーの『妖精の女王』などはその類いにはいるものであった。「簡潔な叙事詩」のジャンルとしては、たとえば「ヨブ記」のような作品を頭に描いていた。

「簡潔な叙事詩」の世界に、この作品を位置づけてみると、その視点からいくつかの特徴があげられる。第一は、主人公イエスは、ヨブ的な忍耐像の深化の道を歩む。いうなれば「聖徒の忍耐」の完成の域にむかっての旅路を歩むかたちをとっている。ここにはルネサンス叙事詩に共通の「探求の形式」が認められる。第二は、この作品はイエスとその時代にかんして、ミルトンの同時代人のいだいていた知識の総体を要約している（地球上の知識でいえば、こと地球にかんするかぎり、前作にくらべても格段の規模のものである）。第三に、文体にかんしてであるが、この作品にはイエスとサタンの弁論というわく組みがあり、新約聖書の雰囲気を前提としないわけにはいかない。この事情を勘案してみると、文体が全体的に論理的、散文的、厳粛であることはとうぜんである。それでありながら、ふたりの登場人物の語り口が、その場その場に応じて多様に変質し、そのうえ、たとえば饗宴の場、あらしの場などで語り手の文体も変化してゆく様子は、聞き手をじゅうぶんに楽しませる。これらいくつかの特徴は、『楽園の喪失』にも認められた特徴であった。主人公を一七世紀知識人の「範例」に仕立てたこの『楽園の回復』は、「簡潔」とはいえ、叙事詩の資格を有する作品であったことがしられるのである。

サムソン――忍耐像の深化

『楽園の回復』は、主人公イエスを、ヨブに象徴される忍耐の姿を達成した人物としてたたえる作であることは、以上のべたとおりである。その忍耐像をさらに徹底させた姿が『闘技士サムソン』の主人公である。旧約聖書の「士師記」第一三章から第一六章に記されているサムソン物語を台にした話である。ペリシテ人にたいするイスラエル側の闘士として神の召しにあずかったサムソンが、ペリシテ人の娘デリラを愛するにいたる。けっきょく、その女の甘言に惑わされたサムソンはその怪力を抜かれ、ペリシテ人の司直の手にゆだねられる。目を抜かれて失明したサムソンの嘆きのことばで、この作品ははじまる。

サムソン　　もう少し先まで、手を貸してくれ、
盲人（めしい）の歩みのために、いま少し先まで。
向こうの堤には日だまりも日かげもあり、
奴隷の苦役から解かれるようなときには、よく
そこへすわることにしているのだから。
ふだんは雑居の獄屋（ひとや）につながれて、日々、苦役に

服すの身。獄屋によどみ、毒を放つ
不健康の空気さえ、思うように吸うことは
できない。でもここへ来れば、ほっとする。
東雲どきの、さわやかに天が息吹く
清新のそよぎ。ここでひと息いれさせてくれ。

この出だしの部分を謡曲「景清」のシテの出、藁屋のなかでの悲痛な独白に見立てたのは、故福原麟太郎氏の炯眼である（『英文学』一九五一年）。これがこの作品におけるサムソンの心情の最低の状況である。ここから始まって、やがて「なにか心をかきたてる衝動」（一三八二行）を感じとり、ダゴンの神殿に行き、「気高い死」（一七二四行）をとげるにいたる、高揚した精神状況に達して、ひとつの劇が完成する。

ギリシア悲劇ふう

『闘技士サムソン』は、ギリシア悲劇ふうの構造をなしていて、五幕ものである。それを次に図示してみよう（プロロゴスは導入部。パロドスとは舞唱団の入場歌。エペイソディオンは演技の部分。スタシモンは舞唱団の歌舞の部分。エクソドスは、もともと舞唱団がうたいながら退場する部分であるが、のちにはそれが台詞であってもよくなり、また舞唱団のみの役割りではないばあいもある。コムモスはがんらい主役と舞唱団の愁嘆の場である）。ミルトンの形式は典型的なギリシア悲劇からみると、かなり自由である。

プロロゴス	一―一一四行
パロドス	一一五―一七五行
第一エペイソディオン（サムソンとコロス）	一七六―二九二行
第一スタシモン	二九三―三二九行
第二エペイソディオン（サムソンとマノア）	三三〇―六五一行
第二スタシモン	六五二―七二四行
第三エペイソディオン（サムソンとデリラ）	七二五―一〇〇九行
第三スタシモン	一〇一〇―一〇六一行
第四エペイソディオン（サムソンとハラファ）	一〇六二―一二六七行
第四スタシモン	一二六八―一三〇七行
第五エペイソディオン（サムソンと役人）	一三〇八―一四二六行
第五スタシモン	一四二七―一四四四行
エクソドス	一四四五―一六五九行
コムモス	一六六〇―一七五八行

この区分けはこうと決まっているわけではなく、比較的に穏当と思われる線を紹介したまでである。ミルトンがギリシア悲劇ふうの作品を制作したということは、ギリシアの知恵も、それがサタンの奸計に用いられるのではなく、「上からの光」の擁護のために用立てられるものであるならば、詩人の尊敬の対象となりうることを、みごと立証し

ていることになる。

「衝動」への従順

サムソンにたいする試練はマノア、デリラ、ハラファによってもたらされる。前作のイエスにたいする試練が、パン、王国、塔の誘惑にもとづくのと同様に、三重の組み立て方になっていることがわかる。両者のこの三重の試練の背後に、一七世紀における誘惑の神学思想を想定する論者が出てくる所以（ゆえん）である。ただしミルトンは前作においても第二の誘惑を中心に据えた。三つの試練を等価値に扱ってはいないのである。それと同じくこのギリシア悲劇ふうの作品においても、デリラによる誘惑を中心に据えている。行数の振りわけ方からしても、そういえる。『楽園の回復』の第二誘惑部を囲むように、その初めと終わりの部分に、ふたつのことばを配置して、試練にたいするイエスの基本的態度を言明していることは、すでにのべたとおりである。じつはそれとほぼ同じことが、この劇詩にかんしても観察しうるのである。第二スタシモンのコロスは、サムソンに「忍耐こそ、このうえなく真実の勇気なり」ということばを引いてみせる（六五三行）。そしてデリラの誘惑、その後の退場。デリラとの苦しい対決のあとで、コロスが主人公にあたえることばは——「忍耐は聖徒たちを練（ね）るもの、／かれらの勇気の試練たるもの」である（一二八七—一二八八行）。（忍耐の概念は、すでにふれたように、一六五二年の失明後のミルトンにつよまった考えである。）この作品では中心部の誘惑行為の前後に、「忍耐」を勧めることばが控えていることになる。そしてこのふたつのコロスが、第一エペイソディオン以後の全篇をほぼ三分割する構造となっている。このふたつのコロスをふたつの軸として、サムソンは逆境たる世俗のなかで、忍耐の人格として完成され、「心の平安」（一三三四行）を得、やがて「なにか心をかきたてる衝動（うながし）」（一三八二行）に出あう。そしてやがてペリシテ人への復讐、覚悟の死。その行為はコムモスの部分で、勝利の死、英雄の死とたたえられる。神に遺棄されたという悔恨の念にさいなまれていたサムソンが、最後は神に促されて、ひとつの行為に出立する。神との関係が回復されたのである。

この作品には感情がこもっている。その点が『楽園の回復』と違う。感情がこもるだけの理由があった。劇形式なのだから、ことばのやりとりのなかに劇としての高まり、緊張がそもそも要求されている。複数の誘惑者が、それぞれ強靭(きょうじん)な論理をたずさえて、主人公に迫ってくる。それを退けるには、強靭な論理と心の高まりが必要である。それになによりも、主人公は詩人みずからと重要な共通点をもっている。盲目。それもおのが民の擁護の業のあとの失明、という意識。主義を異にする相手側から妻を迎え、その妻に裏切られたという被害意識。おのが身の危険。これだけ条件が整えば、作者として、主人公との共通性を感じないわけにはいくまい。しかもサムソンという人物とは、過去にやく三〇年間にわたるつきあいがある。サムソン物語はこの作者にとって、とっておきの素材であり、この劇詩の制作は、詩人にとってはむしろ楽しかったにちがいない。詩人はみずからとほぼ同規模の主人公に初めて出あって、その主人公を扱いつつ、この「世」のただなかで摂理の「衝動(うながし)」を導者(しるべ)とする生き方の現実とその意義とを、熱誠をかたむけて表現することができたのである。

女性蔑視か?

ここでひとつ考えておかなくてはならないことがある。それはこの作にデリラという女性が登場することと関係がある。その人物にかんしては、ミルトンの扱い方は、すこしひどいのではないか、という非難があり、その流れのはてに、ミルトンは女性蔑視論者ではないのか、という極論までもちだされる。しかし、一般論として、虚構としての作品に出る登場人物の台詞や、人物の扱い方が、ただちに作家個人の思想を表現しているのか、という問題となると、すこし慎重な考慮が要求される。これだけを、まず申しのべておいて、デリラの登場の部分に目をむけてみよう。
コロスがデリラの接近をサムソンにつげる――

だが、これはなんだ、海のものか、陸のものか。
なにか女性（にょしょう）のごとくに見える。
飾りたて、めかしたて、華美（はなやか）に装い、
こちらへとご入港だ。
さながらタルシシの船が堂々と
ヤワンの島々かカディスの港へと
向かうおりしも、美装をこらし
装身具（したく）をととのえ、
真帆（まほ）ゆたかに、吹き流しをひらめかし、
戯れる風に言いよられながら
芳（かぐわ）しき龍涎香（りゅうぜんこう）の香を先触れとして立て、
侍女どもを従えて入ってくるときのようだ。
富裕なるペリシテ人（びと）のご婦人か、あれは。
だが、近づき来たるを見れば、紛（まご）うかたなく
きみのご夫人、デリラだ。

（七一〇―七二四行）

堂々として華麗なご入場である。それを聞いたサムソンの最初のことばは、

　妻、裏切り女め。近づけるな。

である。なんと愛想のない言い方か。

　サムソンの言い草にたいして、デリラは、サムソンの愛を引き留めるために策を弄したのでしたが、それも、もとをただせばわたしの「弱点」のなすわざでした、と弁解する。それにたいして、サムソンは「邪悪は弱点だ」（八三四行）と言い放って、かの女をゆるそうとしない。

「成人」の死

　ここで「弱点」ということばのもつ意味をさぐっておく必要があろう。まずわれわれとして立ちもどらなくてはならない文書は、ここでもまた『アレオパジティカ（言論の自由）』（一六四四年）である。この書でいわれていることのなかで、いまとくに必要なのは、ミルトンは教会法や長老派の規律に守られた「あやつり人形のアダム」たることを拒否して、「正しき理性」に立つ「自分じしんの選択者」たることを主張するくだりである。ミルトンは「アダムは堕ちて、悪により善を知るにいたった」というアダム理解をしめす。この「知る」“knowing”という語は見のがせない。「自由にして見識ある（“knowing”）霊」が大切なのであって、この種の人士こそ、「成人」、“every knowing person”, “every mature man”, “every grown man”とよべる人格である、と説く。この意味での「成人」を言い表わす

ばあいに、ミルトンは「男らしい」という形容詞をもちいる。とうぜん、その反対は「女々しい」ということになる。「悪により善を知るにいたった」人格、つまり「成人」が「男らしい」人格であるとしても、「成人」は男性にかぎったものではない（『楽園の喪失』におけるアダムとエバが、第一〇巻の結びで「成人」として叙述されていることは、前章でのべたとおりである。アダムはここで初めて「男らしい」人格となり、エバも同様に「女々しく」はない人格として生まれかわったのである）。ミルトンが「高位聖職者たちは国内において、われわれすべての女性化effeminateをこころみた」（『イングランド宗教改革論』第二巻、一六四一年）と書くときの用法をみれば、「女々しさ」が、すなわち女性一般のことを指しているものではないことは明らかである。また『偶像破壊者』第七巻（一六四九年）で、国王は「国民の栄誉を剥奪し、女々しいeffeminate為政者の手にわたした」というような表現においても、「女々しさ」は女性一般を指しているのではない。逆に、スウェーデン女王クリスティナのことは、ミルトンは「女々しさ」とはまさに正反対の、「成人」としてたたえるのである（『イングランド国民のための第二弁護論』）。「成人」の資格のない人物とは、つまり、倫理的「弱点」をもった人物ということになる。

サムソンは自分の失敗を反省して――

だが忌まわしい女々しさがわたしに軛をかけて
かの女の奴隷にしたのだ。

（四一〇―四一一行）

とのべている。このばあいの「女々しさ」“effeminacy”は、デリラのなかにある非成人性を指している。デリラが女性であるから、すなわち「女々しい」人物だというのではない。そのような簡単なことではない。このことを、より明白にするサムソンの台詞がある。デリラがあらわれた直後のかの女とのやりとりのなかで、サムソンは次のようにいっている。おまえの詫びは信じられない。それは、

まことの改悛ではない。おもな狙いは、夫を
挑発して、忍耐の度をためし、美点、弱点の
どちらから攻めるべきかを練ることだ。
（七五四―七五六行）

つまり忍耐の度合いの強いことが「美点」であり、その反対が「弱点」なのである。コロスのことばで言い換えるならば――

忍耐こそ、このうえなく真実の勇気なり
（六五四行）

ということになる。ミルトンは『キリスト教教義論』のなかで、「忍耐」の定義をくだしている（第二巻一〇章）。ここでは「非忍耐」"impatience"こそ「女々しさ」の内容であるとされ、「真の忍耐」はヨブやその他の聖徒に見いだされる、と明言している。

こうみてくると、サムソンが「女々しさ」を非難するのは、相手側のそれを指しているばかりでなく、ほかならぬ自分じしんのなかの「弱点」にたいする悔恨の情からであることがわかる。デリラにたいする語気が鋭くなるのは、その「弱点」に、かれみずからがふたたび陥ることのないようにという決断を明白ならしめるがためであるといえよ

う。

もちろん作品は、作家の経験を土台とし、それを反映している。だから、サムソンとデリラの関係が、なに分かのミルトンの実体験を映していることもあるであろう。しかしこのふたりの関係は、旧約聖書いらいの定まった構図のなかの、しかもイギリス・ルネサンス期の虚構であることを承知しておく必要がある。それが批評の常識である（ミルトンは家出をしたメアリ＝ポウエルをゆるし、かの女の没後も、二度妻をめとり、幸福な結婚生活をおくった。再婚の妻キャサリンを喪った折りにつくったソネットでは、かの女をいわば聖女のごとくにたたえていたことは、すでに第6章にのべたとおりである）。

この作品の、ハラファとの対決部において、サムソンが「わたしは生ける神をこそ信ずる」（一一四〇行）という確信に立ちかえり、「神の最後のみ赦（ゆる）しに望みをつなぐ」（一一七一行）と語るときに、かれは神との契約関係の持続を信じえたのである。「わたしは決してわたし個人ではなかった」（一二一一行）ということばは、そのなによりもの証拠である。かれはそれゆえに、「なにか心をかきたてる衝動（うながし）」（一三八二行）を感じて、ダゴンの神の家へとおもむく。この衝動は、つまり神の霊の指図である。そしてその神の霊とは、『キリスト教教義論』（第一巻二五章）にみられるミルトンじしんの表現によれば、「〔契約の〕保証」を意味する。とすれば、それを信じて敵の群れのなかへとおもむくサムソンは、まさに「信仰の戦士」（一七五一行）なのである。父マノアは、息子の死を「英雄的」と表現するが、それも、

心配していたように、
神から離れることもなく、終わりまで、恵み

助けたもう神とともに、すべて行動できたこと　（一七一八―一七二〇行）

を幸いとしているのである。いったん神に棄てられたサムソンが、神との信頼関係を回復しおえたこと、それが幸いとされている。サムソンの「気高い死」は、それゆえに、栄光にみちた死とされるのである。『闘技士サムソン』という作品はペリシテ人にたいする勝利に関心をもつのではなく、サムソンに象徴される一人格が「忍耐」の徳を会得し、「成人」として、世俗のただ中に生涯を終えてゆく過程に関心をもつ。そしてその死を「気高い死」とたたえる作品である。その意味では、たしかにこれは自叙伝的な意図をふくむ作品とることができよう。

両作品の制作年代

『楽園の回復』と『闘技士サムソン』とは一六七一年に合本で上梓された。『闘技士サムソン』は『楽園の回復』のあとに付けられている。だからそれはミルトンの最後の作品と目されてきた。そして実際、この作品はこの詩人の「白鳥の歌」と考えていい。ミルトンという詩人は自分の作品を年代順にならべるのを原則とする（その原則をかれが破るのは、現在でもそれとわかる明らかな理由があってのことである）。よく問題とされるかれのソネット作品の番号づけのばあいも、この原則は基本的には守られている。

しかし『闘技士サムソン』にかんしてはアメリカの批評家のなかに、その制作年代を王政復古以前、それも論者によっては一六四〇年代初期へまで遡らせるものがいる。もちろんそれなりの理由を申し立てている。しかしその理由はひとつひとつが比較的にかんたんに反駁をゆるす底のものであって、従来の判断をくつがえすほどの説得力をもたない。だから現在の最有力の研究家たちは、この種の説に与さない。この点で、ケアリとファウラーの詳注版[*1]がこの作品の制作年代を一六四七年から一六五三年ころと推定し、『楽園の喪失』の前に位置づけたことは、イギリスの学者たちの仕事としては、むしろ奇異に属する事例である。標準本をめざすこの種の版本としては、この版本の解説や注じたいがすぐれたものであるだけに、惜しむべきことである。ただ、この作品の口述年代をめぐっての、やく一世代にわたった論争の結果、作品そのものの言語、韻律、思想、内容、その他の面にかんして、新たにいく多の難点が解明されたことは評価すべきであろう。

『闘技士サムソン』は実際にはいつ制作されたのか、ということになると、まえの大作の出版された一六六七年以後のことと推定するのが穏当である。それも『楽園の回復』以後のことであろう。『楽園の喪失』の口述は一六五八年ころからやく五年間のこととみれば、全体二〇〇〇行ていどの作品を一年で口述することは、いとも容易なペースである。そのことからして、『楽園の回復』と『闘技士サムソン』は、一六六八年ころからまる二年ほどのあいだに口述されたものと推定していい。一六七〇年末か、一六七一年の出版には間に合う勘定になる。

三部作

ミルトンは『楽園の回復』、『闘技士サムソン』を口述しおえたときに、『楽園の喪失』のなかで言明したところの「忍耐と英雄的受難の／よりすぐれた勇気」（第九巻三一―三二行）にかんして、じゅうぶんにいいおおせた、という満足感にひたったことであろう。順境における節制のあり方から出発して、逆境における忍耐のあり方にいたる変遷を、この一種の三部作はうたいあげている。第一作においては、忍耐についてはその指摘にとどまり、じゅうぶんな展開のあとはみられない。第二作において、荒野における誘惑という場面を設定し、逆境における忍耐の徳の勝利が語られる。第三作においては、その忍耐の基盤として神との契約関係の回復が叙述され、神の「証人」の極致としての「殉教」こそ、忍耐の徳の英雄的（ヒロイック）な現実の姿であると説かれる。忍耐論にそくしていえば、第三作は第二作を一歩推し進めた作であるといえる。この三作は、この意味で三部作なのである。

忍耐ということが、神の摂理を信じ、ことの結果は神に任し、「平静に堪えること」、という内実をもつことは、さきにのべたとおりである。これは一種の楽観主義であるといえる。晩年のミルトンが、かれにとって決して住みやすいとはいえなかったはずの世俗に生きつつも、強靭な生活意識をもってその生を全うしえた、その背景には、この忍耐の徳のもつ楽観主義の力が、ものをいっていたのであろう（晩年のミルトンが、むしろ快活な人物であったという証言が、いくつかのこっている）。神の「証人（マルチル）」としての忍耐の生と死こそがヒロイズムの基盤である、という確信が、ミルトンにはあった。「激情はすべて鎮（しず）めて」この世に生きる老詩人のなかに、われわれは王政復古の反規律的世情のなかを生きるキリスト教的な〈忍耐〉の典型を見るのである。

＊1　Carey, John and Alastair Fowler, eds. *The Poems of John Milton*, Longmans, 1968.

別項　ミルトンの神学

げんみつな意味でミルトンを神学者とよぶのは、かれにふさわしくない。根が詩人だからである。しかし神学論議のかまびすしかった一七世紀という時代に、なにか論陣をはるとすれば、なにかしらの神学をもつか、あるいは神学的立場に立たないではすまされなかったことも事実であった。

ミルトンはさいしょ長老派擁護論の立場から宗教論争に加わった。『イングランド宗教改革論』（一六四一年）、『教会統治の理由』（一六四二年）など、宗教論といわれるものは、どれもこれもその立場からの発言であった。しかしおもしろいことに、この初期の文書のなかにおいてさえ、すでに「神がわれわれのなかに植えつけてくださった知性の光[*1]」を重視する主張があらわれていることは、本書第一部第5章においても観察したとおりである。この「知性の光」とは当時のことばでいうところの「内なる真理」を指し、「正しき理性」の

ミルトン像（ロンドンのクリプルゲイトにある聖ジャイルズ教会）

ことであったことは、まず異論のないところであろう。文献としての聖書そのものを「外なる真理」とよぶのにたいして、「正しき理性」をそのようにいったのである。

ミルトンが「外なる真理」を第一に依拠すべきものとし、それを解くために「内なる真理」を重視するという傾向は、一六四三年から四五年にかけての離婚論争の時期では、もう表立った主張となる。一六四四年の『教育論』や『アレオパジティカ（言論の自由論）』は、その点からみても重要な文書である。この時期はミルトンは長老派と袂(たもと)をわかち、独立派に接近している。

これより一五年も後の王政復古期の文書『自由共和国樹立の要諦』（一六六〇年）の、終盤ちかくの次の一節をみれば、ミルトンの神学的態度は、この点で不変であったことがわかる。「神の啓示の意思を読みとり、聖霊の導きがいただけるようにとの意から、神が人の心に植えつけてくださった最善の光にしたがって、人がはばかることなく神に仕え、おのが魂を救うことができないならば、人は平安にあずかることも、この世での喜びを味わうこともできない」[*2]。ミルトンはどこまでも聖書中心主義であり、それを「神が人の心に植えつけてくださった最善の光」をもって読み解くことこそ、人の義務であるという考えであった。それは神学する態度の自律性とよぶことができるであろう。その結果、いくつかの点において、当時でも異端的とされる見解が出ることになったことも、たしかであった。しかしある見解をとらえて、それに異端というレッテルをはる側の立場が、はたして正統といえるのか、という問題となると、問題はけっして簡単ではない。結論めいたものを、さきにいうことがゆるされるならば、全体的にみてミ

＊1　原田・新井・田中共訳『イングランド宗教改革論』（未來社、一九七六年）、五二ページ。
＊2　F. A. Patterson (ed.), *The Works of John Milton* (New York, 1931-1938), VI, 141.

ルトンの神学思想は当時にあって、そのほとんどが異端とは目されない体(てい)のものであった。

ここではミルトンの聖書第一主義が、ときとして異端的な偏りをみせる諸点にふれることになるのであるが、その諸点も『楽園の喪失(パラダイス・ロスト)』においては、それと指摘されでもしなければ、まさか異端などとは思われることもなく読み過ごされてしまう程度のものである。より具体的にいえば、かれが、おそらく一六五〇年代の後半に組織だてた『キリスト教教義論』が、もし人の目にふれることがなかったならば、それほどの議論とはならずにすんだはずのものなのである。この『教義論』は数奇なる運命をたどって、国立文書館に秘匿され、一八二三年になって発見されたものである。

『キリスト教教義論』は全体的には一六五〇年後半の作ではあっても、もともとはそれより十数年以前の一六四〇年代初期からのメモが基礎となっていた可能性がある。ミルトンの甥にあたるエドワード＝フィリップスの証言(『ミルトン伝』)を調べてみると、かれが伯父ミルトンの教えをうけていた時期に、この伯父は日曜日になると先輩神学者、とくにウィリアム＝エイムズやジョン＝ヴォレブの著述からの書き抜き作業をおこなっていたことがわかる。エイムズ著『神学綱要』――これは一六四二年に英訳された――や、ヴォレブの『キリスト教神学要覧』(一六二六年、一六三八年三版)のことであったろう。いずれも改革派神学者であり、一六四〇年代初期のミルトンじしんの好みとも合う論者たちであった。

神学論にたいするミルトンの興味は、こうして一六四〇年代初期には顕著となっていたが、一六四四年ころからはその興味を「内なる真理」――つまり聖霊、「正しき理性」――によって検証するという態度が、より明確となってくる。つまり、改革派のエイムズやヴォレブに、ただ従うということでは満足できなくなってくる。ミルトンの神学は（後に詳説するように）脱長老派の過程でその内容が決まっていくのである。

三位一体

ミルトンの神学のなかで、とくに問題視されるのは『キリスト教教義論』第一巻五章の「み子について」という、比較的に長い一章である。ここでミルトンはキリストが父なる神と同一の実体 *substantia* をもつとはいわないからである。父と子と聖霊は「愛、交わり、霊、栄光において同一である」が、それぞれが別の位格 *hypostasis*、本質 *essentia* をもつ、という理解をしめす。そのことは、聖書そのもののなかに記してあり、パウロも「神は唯一であり、神と人とのあいだの仲介者も、人であるキリスト・イエスただひとりなのです」（Iテモテ書二の五）と書く。キリストは神と人とのあいだの仲介者であるというのが、パウロの、そしてミルトンの主張である。神とイエスとは位格がちがう。しかし（おそらく、それなるがゆえに）イエスは神と人との仲介者となりうるのだ、というのである。イエスを仲介者＝救い主とする考え方は、『教義論』につよく出る考え方である。

三位一体論は、それにいたるべき思想は新約聖書にないわけではないが、これが教理として確立したのは紀元三二五年のニカイア公会議においてであり、その時点ではたとえばアリウスの、神と子とは異質であるとする説はしりぞけられ、この両者は同質であると決められた。ここで「正統」と「異端」のあいだに一線が引かれた。しかしこの議論は本質的にここで決着をみたわけではなく、教義史上はずいしょに顔をのぞかせ、一六、七世紀のソッツィーニ主義（ソッツィーニの唱えた反三位一体の神学）としてあらわれる。そしてこの流れは、けっきょく現代のユニテリアン主義（三位一体論に反対し、神の単一性を主張する）にまで受け継がれている。ミルトンのばあいはニカイア公会議の決定からみれば、かなり自由な考え方であるが、けっして三位一体そのものに反対しているわけではない。子は父の創造にかかるものであり、位格こそことなるが、仲介者として父の働きを代表しているととるのである。

『楽園の喪失』の神のことばを聞いてみよう。神はみ子を「第二の全能者」とよぶ（第六巻六八四行）。イエスは人間の救いのために「降って、人間の本性をとる」（第三巻三〇四行）、「神にして人間」たる存在である（第三巻三一六行）。

「そなたをつかわすからには、わたしの意図が
義と憐れみの結合にあることは明らかだ。そなたは
人間の友、中保者、みずから身代・贖罪主と
名ざされたもの、堕ちた人間の裁きのために
みずから人間たるのさだめを背負ったるもの」
おん父はこう宣べたもうて、右の手に
輝かしくその栄光をひろげ、み子のうえに
一点の曇りなき神性を照らした。
（第一〇巻五八―六五行）

イエスは神から「人間たるのさだめ」を背負わされて、この世につかわされた「神性」の存在とされている。かれが神と人間との仲介者となって、人の罪をあがなうという事業をはたすためである。これはむしろ（ニカイア公会議の決定以前の）新約聖書の証言にそったイエス観といえるであろう。この詩行に異端の香りをかぐ一般読者がいるであろうか。

霊肉死滅論（モータリズム）

ミルトンは人が死ねば肉とともに霊も眠る、という考えであった。これは『キリスト教教義論』の、とくに「創造について」（第一巻七章）と「肉体の死について」（第一巻一三章）に明確に出る考え方である。これはネオ・プラトン主義的な思考の伝統のなかでは、やや奇異にひびくところであり、とくに現代の神学の傾向からみると異端的ととられる危険性がある。ミルトンがこの考え方をとるにいたった背景には、同時代のR・O［リチャード＝オーバートン］の『人間の死滅』（一六四三年）などの影響があった、と説くことで、これがミルトンの独特の思考ではないと弁ずる論者もいる。

しかしミルトンが霊肉同時死滅説を展開したのは、ひとつやふたつの文献の影響をこうむったからではない。そもそも聖書が、その考えなのである。聖書は霊肉二元論はとらない。だから肉体は死しても、霊魂は永遠に生きるということはいわない。旧約聖書においても、新約聖書においても「霊的」ということばは創造主に従順のあり方をさし、「肉的」というのはその反対のあり方をいうのである。ギリシア思想のように霊魂と肉体を別のものとみて、肉体をさげすみ、霊魂の高貴をうたい、その不滅をのべるという、いわゆる霊肉二元論はヘブライ思想にはない。ヘブライ思想にみられるのは（ミルトンもいうところの）「全人」“a whole man”の人間観である。だからこそヘブライ系の終末思想が、死からの甦（よみがえ）りを説くときには、霊と肉をそなえたからだの復活の待望をうたうのである。

ミルトンのアダムは『楽園の喪失』のなかで、不従順を犯してしまった罪を悔いて、「土に伏（ふ）したい」と、死をねがう。ただ、ほんとうに「安らいで眠ること」ができるか、どうか、そこを心配している。

ただひとつ
いつまでも心配なことは、わたしは完全に
死ねるのか――いのちの息、神が息吹きたもうた
人間の霊が、この塵泥の体とともに亡びることが
できるのか、ということだ。墓のなかとか、
うとましきところで生き身の死を味わいつづける、
ということにもなるのではないか？　ああ、
思うだに怖ろしい！　わからぬ。罪を犯したのは
いのちの息なのだ。いのちと罪とが死ぬのだ。
このふたつは霊のもの。肉のものではない。
とすれば肉ばかりか、霊も死ねる。
（第一〇巻七八二―七九二行）

アダムは「いのちの息」こそ罪の張本人であるとさえいっている。つまりそれは「霊のもの」である。だから死ぬとすれば、霊も死ななければならない。人はこれで全体が眠ることができる。そう思ってアダムの心は安らぐ。

これは別にミルトンの独創的な見解ではない。宗教改革者ティンダルやルターも、またミルトンと同時代の医師サー＝トマス＝ブラウン（『医者の宗教』一の七）も、みな霊魂は肉体といっしょに眠るという説であった。[*3] ミルトンは異端説をとったのではない。聖書そのものの主張を尊重したのである。

無からの創造

聖書は「無からの創造」*creatio ex nihilo* の立場をとるというのが、伝統的な理解である。「創世記」の冒頭の記述も、このことをいっているというのである。ところでミルトンは『キリスト教教義論』の第一巻七章「創造について」のなかで、この「無からの創造」論を否定している。たしかに神は「闇から光が輝き出よ」と命じられた（Ⅱコリント書四の六）。しかしその「闇」とは「無」のことではない。「闇」そのものも造られたものなのである。神は「光を造り、闇を創造した」と「イザヤ書」第四五章七節にもあるではないか、とミルトンはのべる。かれが強調したかったのは、同じ箇所でもいっているように、パウロのいう「すべてのものは神から出て、神によって保たれ、神に向かっている」ということであった（ロマ書一一の三六）。つまり神の全能ということであった。

『楽園の喪失』においても、ミルトンの考え方は変わらない。天使ラファエルはアダムに、次のように教示する

おおアダムよ、神は唯一全能にいまし、
万物、神よりいで、善から逸れなければ、
万物、神に帰る。万物は完く善なるものとして
造られ、原質を同じうする。ただ形はさまざまだ。

＊3　C. A. Patrides, *Milton and the Christian Tradition* (Oxford University Press, 1966), p.265.

生なきものには物質の、生あるものには生命の、
その段階はさまざまである。そのどれもが
それぞれの活動の場をあてがわれ、
神に近いものほど、また神に近く向かうに
つれて、次第に浄化し、霊化し、純化し、
やがてはそれぞれの分に応じて、肉体は
霊体に昇華する。
（第五巻四六九―四七九行）

万物は「原質を同じうする」。無から生じたものはない。万物は神から出て、神に帰るべき被造物であるにすぎない。右の引用はもうひとつのことを示している。それは、万物は神から出て、神へ帰るという、万物の動的なあり方がうたわれているということである。ミルトンもルネサンス期の思想家たち、とくにネオ・プラトニズムの傾向の識者たちに一般的であった「存在の鎖」の思考様式に立っている。さらにいえば、その点はかれは同時代のケンブリッジ・プラトン学派の主張[*4]と軌を一にし、霊質対物質の二元論を拒否している。

「正しき理性」

ミルトンには若いころより、理性にたいする尊敬の念がめばえていた。その傾向がさいしょに文書にあらわれるのは一六四一年の『イングランド宗教改革論』においてであって、そこには（この付章の冒頭にもふれたように）神が人間に植えつけた「知性の光」への言及があった。ミルトン三三歳のときの長老派擁護論の一節なのであるが、ここ

でこういう言い方をするいじょう、それ以前からこの傾向はあったものであろう。かれが理性、あるいは「正しき理性」と表現するものは、「神の声」、「神の姿」などと言い換えられることでもわかるように、人間固有の判断力をさしているのではない。それは聖霊の輝きたる理性のことである。

この考え方が、「厳粛な同盟と契約」がイングランドとスコットランドの両議会でむすばれた一六四三年以降、ミルトンに顕著になり、やがてその翌年の『アレオパジティカ（言論の自由論）』では、「理性とは選択にほかならない」という宣言となって登場することは、本書第一部第5章でものべたとおりである。それは教会法や長老派の規律にがんじがらめにされた生き方への反発の表現であり、ものごとの選択の基準が個人の理性的意志にあることを認める考え方であることは明白である。

これはミルトンの時代では、オランダの改革派の神学者アルミニウスの派にぞくする思想であるとみなされた。アルミニウスはキリストはあらかじめ選ばれた人びとのためばかりでなく、全人類のために贖罪の死をとげたと説いた。それはカルヴァンの預定説に反対し、人間の自由意志を尊重する立場であった。その立場の人びとは、当時レモンストラント派とよばれた。ドルト宗教会議は一六一九年にこれを異端と決め、迫害の行為に出た。イングランドにおいても、カルヴァン派（長老派）の目からみれば大主教ロードはアルミニウス派と映り、独立派のジョン＝グッドウィンも同様の目でみられた。

ミルトンが人の救いは神の意志と人の自由意志との協同の作業であると考えるかぎり、かれはアルミニウス主義者であった（『キリスト教教義論』第一巻一、三、四章）。かれは自分のアルミニウスふうの立場の正しさを、「聖書そ

＊4　新井明・鎌井敏和共編『信仰と理性――ケンブリッジ・プラトン学派研究序説』御茶の水書房、一九八八年。

聖ジャイルズ教会（ミルトンの墓所）

のものによって裏づける」ことができると語るのである（『真の宗教について』）。かれはここでも聖書第一主義者であった。
「理性とは選択にほかならない」というミルトンの発言は、神の声をきくことのできるものは、それを基礎にして善なる道を自発的に選びとることができるという意味であると解していい。これが自由というものである。この自由に誤謬がはいりこむこともあるが、それは許されなくてはならない（『真の宗教について』）。人間の自由意志と信仰の寛容を、このように説くミルトンは、かれと同時代のケンブリッジ・プラトニストたちの考え方にきわめて近かった。[*5] たとえばウィチカットの「理性に従うことは神に従うことである」ということばに、ミルトンも心からの賛意を表したにちがいない。エマヌエル・カレッジの学寮長タクニーはカルヴィニストであり、その同じカレッジ出身の後輩ウィチカットらの思想動向に反発した。それと同じように、ミルトンの思師であったトマス＝ヤングにも、かつての教え子ミルトンの一連の言動がにがにがしく思われて仕方ない時期があったにちがいない。
ミルトンのアダムはほんらい「きよき理性をさずけられ」、「寛（ひろ）やかなる心をもって天と交わ」る存在であった（『楽園の喪失』第七巻五〇八行、五一一行）。それが「不従順」のゆえに狂いを生じ、「楽園」を逐われることになる。しかし、理性に「曇り」は生じたものの、それは完全に喪われたわけではない。その理性は、やはり人間のなかに植えつけられたあの「知性の光」としての意義をもちつづけている。だからニムロデ（と、ニムロデふうの権力者）がこの世で自由を圧迫してやまないとしても、人はどこまでも「正しき理性」に立つ自律的な個としての生き方を守るべきであり、またそれは可能である。楽園を去らんとするアダムに天使ミカエルがあたえることばは、この角度から読まれなければならない。

　　　　　人間(ひと)の平和を
乱して、理性に立った自由を圧(おさ)えんとする
あの子を、おまえが憎むのは正しい。だが同時に
知っておいてもらいたいことがある。——
おまえの原罪のあとには、真の自由は失せた。
自由は正しき理性と結びあっているもので、
理性と分かれて存在できるものではない。
人間(ひと)の理性が曇り、服従される権威を失えば、
度はずれた欲望と成りあがりの情欲とが
ただちに理性から主権を奪い、それまでは
自由であった人間(ひと)を奴隷へと引きおろす。
だから、人間(ひと)が、みずからの内で下劣な力が

＊5　新井・鎌井、前掲書。

自由な理性を支配することをゆるすかぎり、
神の正しい裁きのみ手はかれを外力によって
暴君どもへと屈服せしめ、暴君どもは、
その分際でもないくせに、人間(ひと)の外なる自由を
奪う。つまり圧制は必然だ。ただ、だからとて
圧制者の責任は解消されるものではない。
ときには徳、つまり理性をふみはずし、
そのために悪ではなく、正義が、致命的な
のろいをさえたずさえてあらわれ、内なる
自由など、とっくに無くした国々の、外なる
自由を奪うのである。

（第一二巻七九―一〇一行）

「自由な理性」が「神の正しい裁きのみ手」であり、それに依ることこそ圧政を排除する道であるというミカエルの言は、王政復古期を迎えたミルトンの声でもあった。叙事詩のむすびで、「摂理こそかれらの導者(しるべ)」としてこれを信じ、荒野に出てゆくアダムとエバのふたりの姿は、「正しき理性」の力に依拠しつつ、荒々しい歴史を切り開いてゆこうとする近代人たる夫婦(めおと)の姿であるにほかならない。

ヒューマニスト・ミルトン

　ミルトンの神学を一瞥（いちべつ）するのが、この付章の目的であった。一瞥するにあたって、とくにかれの異端説といわれる諸点を重点的に取り上げて、それに解説を加えつつ、この詩人の、当時における思想的位置づけをしてみようと試みた。その作業をへてわかることは、三位一体論にしても、霊肉死滅論にしても、また「無からの創造」やアルミニウス的傾向にしても、ミルトンはそのひとつひとつを、伝統とか、あるいはある教派の「教理と規律」のなかで「操り人形」の目で観察するのではなく、自らの目――神にあたえられた「最善の光」――を用いて、直接に聖書にあたってこれを検証するという姿勢で一貫しているということである。これはじつに執拗（しつよう）なまでに貫徹された態度であった。しかも、人の言い伝え、権威などによらず、原典にさかのぼって、真偽を確かめるという態度は、いうまでもなくルネサンス・ヒューマニストたちの示した特徴であった。

　ミルトンのそもそもの神学的基盤は長老派神学であった。やがてかれはこの神学の立場から離脱するのであるが、その離脱の過程でかれの『キリスト教教義論』が成立する。前にのべたとおり、かれはその神学議論をととのえるにあたり、その方法においてウィリアム＝エイムズやジョン＝ヴォレプに多くを負っている。しかし、たとえば霊肉死滅論についていえば、完成した『キリスト教教義論』は、前記の二学者の主張に抗して、霊肉同時死滅説を展開したのである（エイムズ『神学綱要』一・一六・一三。ヴォレプ『キリスト教神学要覧』一・一二・五）。この点は改革派の大御所であるウィリアム＝パーキンズにも、ミルトンは反対であった（パーキンズ『使徒信条講解』）。ミルトンはむしろエラスムスを援用しているのである（『キリスト教教義論』第一巻一三章）。この一例をとってみてもわかるように、かれはその神学論を脱長老派の過程で完成しているのである。一般に受けいれられている思想を、原典に徴して検証するというのは、（繰り返していうのだが）ヒューマニストとしての基本姿勢であったとしか、いいようがない。その結果、聖書そのものの主張からいたく逸脱した見解を、ミルトンが提出したという事実はない。かれの神学的見解の一端を取り上げて、それを「異端」と決めつける論者は、その論者じしんの神学的立場——おのが「教義」——を擁護せんとするもくろみに立って議論をなすことが多いのである。

ウエストミンスター宗教会議のスコットランド側の委員であったロバート＝ベイリイは、ミルトンの離婚論にふれて、「この男が独立派か、どうか、わからない」としながらも、「ここにみられる異論は、どれをみても独立派的である」とのべた（『時の誤謬を止める』一六四六年）。これは一六四〇年代の長老派の論客の言としては正鵠を射たものというべきである。ミルトンが反長老派への道を選んだ時期のパンフレットを読んでの評だからである。

しかし最晩年のミルトンは特定の教派にぞくすることはせず、また特定の集会に加わることもなかった。神の栄光のために従容（しょうよう）として殉教の道を選び取る『闘技士サムソン（サムソン・アゴニスティーズ）』の主人公の姿は、（アダムとエバの脱楽園の時の姿とともに）詩人がけっきょく何を考え、何を求めていたかを象徴的に物語っているというべきである。

そのギリシア悲劇ふうの詩劇は、むすばれている——「激情はすべて鎮（しず）めて」と。

あとがき

初学者のためのミルトン入門書を書いてみたいという願いがわたくしに生じたのは、いつごろのことであったろうか。それはしかとは分からないのだが、一九八三年にA・T・ウィルソンの『ミルトン伝』がオックスフォード大学出版局から出て、それがさわやかな読後感をとどめてくれたことが、ひとつの刺激となったことは確かである。そうしているうちに一九八八年の暮れに清水幸雄氏から「人と思想シリーズ」の一冊として、『ミルトン』を書くようにとのお勧めをいただくことになった。

ただ、平易な読み物としてのミルトン伝をつくるということは、たやすいことではない。しかし幸いなことに、わたくしには一般のご婦人がたを対象にして一年間ミルトンを語った経験があった。それは日本女子大学図書館友の会における講座でのことである。この会は主として日本女子大学の卒業生のために、いくつかの講座を設けて、参加者の教養の深化と親睦に資している(他学の出身者を拒まず、在学生の聴講をも歓迎する)。わたくしがこの講座に招かれてミルトンを語ったのは、一九八六年度のことであった。一般の聴講者を前にしてミルトンを語るということは、なかなか難しいことだ。この詩人をめぐる問題点を厳選し、それを平易に語ることが、その年度、わたくしが自らに課した最低限の条件であった。今回、清水書院のためにこの書物をつくるについて、そのときの資料と経験が為になった。その友の会の皆さんに御礼を申し上げたい。

清水幸雄氏にわたくしをご推輓（すいばん）くださったのは、恩師福田陸太郎先生である。しかし、小さなかたちの本であるから、簡単にものせるものと考えてこの仕事をお引き受けしたのは、わたくしの過ちであった。大学行政の繁忙のなかへ陥れられた後のわたくしには、小冊といえども、それを完成するのに数年が必要となった。思えば、ミルトンの叙事詩を現代日本語に移す必要性をわたくしに説かれて、拙訳『楽園の喪失』の出版の契機をつくってくださったのも、三〇年も昔の福田先生であった。

これまでの学恩の深きを思い、この小著を先生にお捧げ申し上げる次第である。

一九九七年五月

湘南海岸の寓居にて

著　者

第二部　ミルトンの世界

『楽園の喪失』—今に語るミルトン

皆さん、こんにちは新井と申します。

じつはこの五月五日に、わたしは脳梗塞で緊急入院いたしました。幸い軽度でしたので、九日に退院いたしました。ところが、驚きましたことに五月一九日に鳥居勇夫さん、祝子さんご夫妻が、藤沢の拙宅に訪ねて来られました。七月にここ安曇野での講演をわたしに依頼しておられたので、果たしてそれが可能かどうか判断を下したかったのでしょう。わたしは出来ることなら、お断りしようと思っていました。発音もはっきりとはしませんし、身体のバランス感覚も戻っておりませんでしたので。（八月に青山学院大学で催される国際ミルトン学会で、わたしに課されている「開会の辞」のお役は断わってありました。）

数時間、わたしの様子をみていた鳥居さんは「わたしは医者だから判るんです」と言われて、七月には安曇野へおいで願いますと言われるのでした。

日野原重明先生がいらっしゃるし、他にも医師がたくさん来られるから大丈夫です。とのことで、話がわたしの期待した方向とは逆のものとなってしまいました。今日ここに来ますのに、途中、諏訪湖畔で一泊したりして、注意しつつこちらへやってまいりました。お聞き苦しい点は、お許しいただきたいと存じます。

＊＊

イギリス十七世紀の詩人ミルトンと現代日本がどう関わるものかというお話をさせていただきたいと思います。「今に語るミルトン」という副題は鳥居ご夫妻がつけてくださったものですが、いい副題でしてご夫妻に御礼を申し上げます。ただしお話の全体がこのタイトルにふさわしい内容になるか、どうかは判りませんが。

ミルトンという人は一般に考えられている以上に、日本の精神面・文化面に大きな影響を与えました。あまりご存じないかもしれませんが、藤井武（一八八五―一九三〇）という人がいました。内村鑑三の高弟と呼んでもいい人です。そのご夫人は喬子（のぶこ）といいまして、このお方がいらっしゃらなかったならば、あの藤井武は存在しなかったと思われるほど、夫君に大きな影響をあたえた方でした。そのご夫人がなんと一九二二年（大正十一年）十月一日に二十九歳の若さで、亡くなりました。藤井は夫人の墓は建てず、遺骨を傍に置いたままで、やがての再会の日を待望しつつ、『羔（こひつじ）の婚姻』なるダンテ風の叙事詩を書き始めます。叙事詩というのは、結びのところで願いごとがかなえられるという、その意味では「喜劇」なのです。ダンテの『神曲』（一三〇七―二一）、原題は *La Divina Commedia* といいます。「聖なる喜劇」です。ダンテは地獄を出、煉獄を経て、最後は天国で最愛のベアトリーチェに再会いたします。藤井はそれに倣って、『羔の婚姻』を書きはじめます。喬子夫人との再会を願いつつ、です。ところがその仕事はなかなか進みませんでした。夫人の逝去後、直ちに始めたにもかかわらず、ついに未完で終わるのです。

藤井は恩師・内村の影響で尊敬するようになっていたミルトンの、その叙事詩 *Paradise Lost* を訳し始めます。かれは『旧約と新約』という伝道雑誌を出していましたが、そのなかにダンテ風の『羔の婚姻』とミルトンの叙事詩の訳をいっしょに並べるのです。わたしは驚くのですが、英文学者ではない藤井の訳は当時類を見ない立派な訳なのです。

藤井は再婚を許さない人でした。再婚は重婚であるとして。しかし師の内村は再婚しております。ミルトンは三婚しています。結婚観に関しては、藤井は内村、ミルトンとも合いませんでした。その藤井がそのミルトンの叙事詩を訳し始める。どうしてミルトンを訳すのか、その点がわたしには解りませんでした。かれが清教徒主義を尊敬していたことは解ります。しかし、どうしてこの大作を？ しかも、晩年になって？ この疑問はわたしにとって大きな問題でした。このことが判るまでに、わたしには約二十年が必要でした。

さきほども申し上げましたが、藤井は『旧約と新約』という伝道雑誌を出していました。が、その中に毎号『羔の婚姻』という創作叙事詩を載せ始めます（一九二三―三〇）。しかしこの作品は藤井の思うようには進みませんでした。

ミルトンの叙事詩の翻訳が、『羔の婚姻』より三年あとの一九二六年から出始めまして、一九二七年には上巻、中巻、下巻のかたちで、岩波書店から完訳が発行されます。すごく速い仕事だとはお思いになりませんか？ 岩波側が藤井をせきたてたことがあったかもしれません。結局はミルトンを完成しました。しかし藤井自身の生涯の希望であった創作詩の方は未完成に終わったのです。天に帰った彼も、それだけは残念であったろうと思います。

じつは藤井は『羔の婚姻』の完成をめざして、ミルトンに後押ししてもらっていた、という事実があったように思います。沢山の例があるのですが、一つだけを挙げてみます。

かれら今より「摂理」を案内者（しるべ）に、
手に手をとりて、徐々とさまよひ、

エデンを、寂しき途を分けゆく。

（『羔の婚姻』中篇二六歌一四五―一四七行）

次に、ミルトンの叙事詩の結びの部分を――

「摂理」を案内者に、

彼ら手に手をとり、彷徨ひつゝ

エデンをわけてその寂しき途をゆく。

（『楽園喪失』第一二篇六四七―六四九行）

双方とも、ほとんど同じことばです。藤井の方は「中篇」ですが、ミルトンの訳詩は全体の結びなのです。後から始めたミルトンの詩の訳の方が、先に結ばれたのです。アダムはエバとここに至って人格的に結ばれて、「摂理」を頼りに「荒野」へと出てゆく。「摂理」とは、今という時に働く神の啓示の力です。それに頼れるということは、神との新しい契約関係に組み込まれた証拠でありましょう。二人はそれから、物語風の「囲われた」「楽園」を後に、歴史の「荒野」のただ中へと、つまり体制外の世界へと出立するのです。メイフラワー号を思わせるピルグリムとして。ミルトンは一六二〇年の、ピルグリム・ファーザーズの出立のことは知っていたことでしょう。半世記も前のことですから。

エデンの園で罪を犯したアダムとエバはお互い呪いあう仲であったものが、ここで初めて「手に手をとる」ことのできる二人の人格へと生まれかわり、道は険しく寂しくとも、目を上にあげて歩み始める。「楽園喪失」のあとにこそ、新しい真の「楽園」が与えられる。これは清教徒の信念でありました。これは「悲劇的」体験ではありません。

「喜劇的」体験なのです。ですから、ミルトンの作品は堂々たる叙事詩なのです。その結びの部分は新井訳では次のようになっております――

ふたりは思わず涙。すぐにうちはらう。
安息のところを選ぶべき世は、眼前にひろがる。
摂理こそかれらの導者（しるべ）。
手に手をとって、さ迷いの足どりおもく、
エデンを通り、寂しき道をたどっていった。

＊＊

全く別の話ですが、わたしの高校時代の国語の教師で、村田邦夫という先生がいらっしゃいました。佐佐木信綱という大国文学者・歌人の弟子でした。その先生に新井訳『楽園の喪失』（一九七八年刊）を差し上げましたところ、「いささか、ミルトンに擬して自嘲」として、「摂理こそわが道しるべ　さ迷ひの寂しき郷（さと）へ帰りなむ　いざ」という短歌が生まれました。『遥かなる鈴鹿』（二〇〇七年刊）という歌集に入っております。この作品は短歌としては優れていますが、しかしミルトンの思想とは全く反対の方角に向いております。「寂しい郷――老人ホームかどこか――へ、さあ帰ろうよ、それがわが定めなのだ」と。ミルトンのアダムとエバは、荒野の中へ、新しき摂理を導きとして勇躍歩み出すのですが、しかし村田先生の歌では日本的な悲しみが残ります。

＊＊

ところで、ここで *Paradise Lost* というタイトルについて一言ふれておきましょう。わが国では普通『失楽園』と訳されます。藤井はこれを初めて『楽園喪失』といたしました。これは正しいのです。かれはタッソーの『エルサレム解放』（一五七五年）を範として、彼の叙事詩を紡ぎ始めるのですが、タッソーの作品は原名は *Gerusalemme Liberata* といいます。英訳すれば "Jerusalem Delivered" でして、普通そう呼ばれています。しかしそれは「解放されたエルサレム」という意味ではありません。「エルサレムの解放」という意味を伝えるラテン語風の表記なのです。

藤井を尊敬していた矢内原忠雄は戦中、東京帝国大学を引き、少数の学生を土曜日に自由が丘の自宅におよび、アウグスチヌス、ダンテ、ミルトンなどの古典を読みました。「土曜学校講義」は日本が一途に戦争に向かってゆく時代になされた、内容のある真剣そのものの講義でした（一九三九—一九四七）。みすず書房から出ています（全十巻）。ミルトンに関して言えば、矢内原は藤井訳『楽園喪失』を使っています。これが最良の訳ですから、当然です。また矢内原の講義は当時として、最高のミルトン講義でした。ただ、おもしろいことですが、藤井訳のタイトルはおかしい、と矢内原は言います。「失われたる楽園」が「意味からいえば一番正確」だと言っています（『土曜学校講義』第八巻八五—八六ページ）。これはじつは、矢内原の誤解でして、ルネッサンス期のラテン語風読みで言えば、『楽園喪失』が正しいのです。現にミルトンの主人公二人はサタンの跋扈する物語的「楽園」を追われて、歴史的「荒野」に出され、しかしそこにこそ「はるかに幸多き楽園」を見出すことが出来たのです（第十二巻五八七行）。それがミルトンの言わんとすることでした。まさに叙事詩としての「喜劇的」終焉でした。

「失楽園」という表現は漢文的には「楽園を失う」と読めます。つまり「楽園を失うこと」であります。わたしはこの叙事詩の訳を出しましたときに、『楽園の喪失』というタイトルにいたしました（大修館書店、一九七八年）。

＊＊

内村は一九二〇年ころ、弟子たちとの悶着もあり、苦しみました。そのころ彼の言葉でいえば「ミルトン熱の復興」なるものを体験します。そして、講義としては「ロマ書の研究」が行われます（一九二〇年―二一年）。内村の最高の講義です。この中で、内村が説いたことは、（1）sublime な（高尚な）人生を、（2）教派を超えて、（3）キリスト教的真の愛国者として生き、（4）人類最後の救済を待望するということでありました。これは調べてみますと、内村の愛読書、**John Bailey, *Milton* (1915)** の言っていることでもあります。内村がかつて「後世への最大遺物」として述べたことを、晩年になっても、ここでこういうかたちで、再確認していることになるのでしょう。内村自身の日記を読みますと、ここら辺の事情はよくわかります。

＊＊

いまこの国は様々な試練を受けています。この国は大震災、原発問題、憲法問題、教育問題、国際問題、その他多くの難題に攻め立てられる、いわば「荒野」です。「囲われた庭」などではありません。われわれは今こそ、内村が、晩年苦境のただ中で説いた「ミルトン熱の復興」の精神を学び、この「荒野」においてこそ創造主の側から与えられる「喜び」――「はるかに幸多き楽園」――を望みつつ、「巡礼者」として歩み行くことが求められている時なのだと思う者であります。

ミルトンはこのように、「今に語っている」のではないでしょうか。

ミルトンと自然

わたしには自然の法というものが、よくわからないが、それは神の法のことなのであろう。

——ジョン・セルデン『卓上閑話』

キケロに代弁される紀元一世紀のストア学派が、「自然」を「慣習」に対比させ、自然は小宇宙なる人間の「正しき理性」として現われると説いたことは、自然にかんするその後の思想の流れをみるときに、決定的意味をもっていた。このストア的考え方は、その後キリスト教思潮に融合し、ルネサンス期にいたり、十七世紀のイングランドのピューリタンたちに論理的脊柱をあたえることになる。しかし本稿の目的はその流れをたどることではなく、典型的な十七世紀人の一人といえるミルトンにおいて、伝統的な自然観がどう把えられ、それがどう超えられていくかをたどることである。『楽園の喪失』はこの視点からしても、彼の時代の精神的葛藤の縮図をなしていたことが解明されるはずである。ここで論述の筋だてにふれるならば、それは、ルネサンス期の自然観とその変容、ミルトンの自然観にみられる伝統と変革、彼における新しい自然観、という順になるであろう。

＊＊

ミルトンが自然というものをどう把えていたか、という問題にはいるばあいに、まず彼がこの点で過去にどれほどのものを負うていたかを吟味しておく必要がある。過去といっても古代もしくは古典古代にまでさかのぼるいとまはない。ルネサンス期における自然とは、一般的に何であったのか、という問題である。それを次の三点に絞っておくことにする。

第一に指摘すべきことは、自然は「造られた自然」*natura naturata* として、「造る自然」*natura naturans*——すなわち、神——から峻別されていたということである。神は自然を造り、自然を超越し、統御していた。自然は被造物であり、「神の道具」[1]である以上、神の秩序[2]の意図を表わすものとされていた。十七世紀の詩人・説教家ジョン・ダンは、「神は天地創造の折に秩序を遵守せられたと思われる」[3]と書いた。

第二に、ミルトンの時代には「自然の階梯」*scala naturae* とか「存在の鎖」"chain of being" とか呼ばれる思考様式があったということである。神・天使・人間・動植物・無生物の一糸乱れぬ位階(ヒエラルヒー)を想定していた。この思考様式の背後には、イデア界と現象界における全存在を階層的に把握し、万物は神から流出・下降し、同時にその神へ万物が回帰・上昇する過程が用意されているとした、ネオ・プラトニストたちの考え方があった。

第三に、自然が「知識の書」とされた事実をあげられよう。自然が神の被造物であるとすれば、それは神の意思の顕現の場であり、神の知識を人間に伝える権威の一方を形づくった。もう一方は、いうまでもなく聖書そのものであった。[4] ミルトンの同時代人であった医師トマス・ブラウンは、神を知る二種の書物の一つとしての自然を指して、「万人に展げられたあの原稿[5]」と書いている。

自然にかんするこれら三つの基本的見解は、そのままミルトンに生きていた。たとえば彼は自然を、カオスから造り出された調和の世界であるとして（“Nature first begins / Her farthest verge, and chaos to retire ....”『楽園の喪失』第二巻一〇三七―三八行）、それを神のことばにより無秩序な「形なき塊」から生じた「秩序」そのものと定義づける（“at his word the formless mass ... came to a heap: ... order from disorder sprung.” 第三巻七〇八―七一三行）。つまり神に「造られた自然」を考えていることはあきらかである。また「自然の階梯」の思想は、アダムにたいするラファエルの教えのなかに典型的に現われる（第五巻四八八―五〇五行、五〇九―五一二行）。天使の教えに学びつつアダムは、この階梯を登ればやがて神の座の近くに到り着けるものと信ずる。ミルトンはまた自然のことを「美しい知識の書」（“the book of knowledge fair” 第三巻四七行）とか、「人の目に見える神のみわざ」（『離婚の教理と規律』[6]）と呼び、そのなかに「神の聖き足跡（あと）」をみうるものと考える（“his steps the track divine.” 第十一巻三五四行）。こうしてみると、「造られた自然」、「階梯」としての自然、「知識の書」としての自然――というような伝統的な自

（1）Richard Hooker, *Of the Law of Ecclesiastical Polity* (1594-1662), I, iii, 4. Everyman's Library 1:159.

（2）神はそもそも秩序の神であるという考えは、聖書の随所にみられる。「コリント人への第一の手紙」第一四章三三節、他。

（3）John Donne, *Ignatius His Conclave* (1611). Charles M. Coffin, ed., *The Complete Poetry and Selected Prose of John Donne*, The Modern Library, p. 354.

（4）Hooker, *op. cit.*, I, iii, 3. Everyman's Library 1:150.

（5）Sir Thomas Browne, *Religio Medici* (1643). Pt. I, Ch. 16. Everyman's Library, p.17.

（6）*The Doctrine and Discipline of Divorce* (Second edition, 1644).『散文全集』第二巻、二七三ページ。

然観が、ミルトンの自然観の支えとなっていたことはたしかである。この事実は、かつてティリヤード、セオドー・スペンサー、C・S・ルイスなどが、エリザベス朝の、ひろくはルネサンス期の世界像にかんしておこなった整理の結果が[7]、ほぼそのままミルトンのばあいにも当てはまることを意味していよう。ミルトンの時代は一般的に、創造主が金のコンパスをもって天地創造のみわざをおこなったと考えるまでに、神の整然たる秩序の法を自然のなかに認めようとした。その整然たる秩序を美と感じた時代であった[8]。ミルトンじしんも、偉大なる幾何学者のイメージをもって神を描く[9]。自然とは神の秩序の顕現なり、と彼は信じていたのである。

＊　＊

「造られた自然」のなかに、秩序そのものにいます創造主の意思を認め、その「聖き足跡(あと)」をみるとすれば、その秩序の探究こそ、人間のなすべき仕事となってくる。芸術家にとっても、その整然たる秩序こそ美の根源と考えられていたはずである。それは事実そのとおりなのである。ここでしばらくこの時代を中心とした美意識の流れを回顧しておきたい。

話はややさかのぼるが、「画家は自然を師としなければならぬ」と考えたレオナルド・ダ・ヴィンチが、具体的に絵画に求めたものは「一つの調和的釣合(プロポルツィオネ)」、「天使と見まごうかんばせの釣合」であった[10]。ルネサンスの芸術家にとっては、自然の美は要するに調和の美、秩序の美であった。このことはレオナルドと同時代の思想家カスティリオーネが『廷臣論』（一五二八年）のなかで、「美の源泉は秩序である」[11]と述べていることと軌を一にした考え方というべきであろう。

美術史的にレオナルドの代表するルネサンス期のあとに、「そのルネッサンス的均衡の世界の破壊と関係がある[12]」

といわれるバロック芸術の時代がくる。ベルニーニなどの時代である。ベルニーニにとっては、古典的節度とかプラトン的調和は違和的でさえあった。バロック芸術をイングランドで代表した一人は、十七世紀の建築家クリストファー・レンであった。彼はしかし、美を「事柄の調和」と定義し、「真の試金石は自然美、もしくは幾何学的美である。幾何学的形態は、当然、不均衡なるものより美しい[13]」と書いた。バロック芸術家のことばとしては、やや後もどりの感があるが、ここら辺に彼がイングランド的なバロック建築家と評せられる、ひとつの理由があるのであろう。本来ならば均衡を破るところに新たな美の源泉を見出すはずのバロック芸術家に、幾何学的調和の美をとなえさせる美的風土が、イングランドにはあったといえよう。

---

(7) E.M.W. Tillyard, *The Elizabethan World Picture*, London, 1943. Theodore Spencer, *Shakespeare and the Nature of Man*, New York, 1942. C. S. Lewis, *The Discarded Image : An Introduction to Medieval and Renaissance Literature*, Cambridge, 1964.

(8) Arthur O. Lovejoy, "The Chinese Origin of a Romanticism", *Journal of English and Germanic Philology* 32. (1933): 1-20. この論文は *Essays in the History of Ideas* (New York, Capricorn Books, 1960) に収められている。

(9) George W. Whiting, "The Glassy Sea and the Golden Compass," *Milton and This Pendant World* (Austin, 1958), pp.88-128. C.A. Patrides, *Milton and the Christian Tradition* (Oxford, 1966), p.41.

(10) 杉浦明平訳『レオナルド・ダ・ヴィンチの手記』上（岩波文庫、一九七二年）、二一四、二〇一、二〇二ページ。

(11) Castiglione, *The Book of the Courtier*, IV, 58. Everyman's Library, pp.309-310.

(12) V・L・タピエ『バロック芸術』高階秀爾・坂本満共訳（白水社、文庫クセジュ、一九六二年）、二五ページ。

(13) *Parentalia*, 1750. Arthur O. Lovejoy, "The Chinese Origin of a Romanticism" (1933), *Essays in the History of Ideas* (New York, 1960), p.99.

ここで十七世紀の文人たちの仕事に目を移すことにする。これはミルトンの時代である。まずアンドルー・マーヴェル。彼は晩年のミルトンと親交のあった人物で、むしろミルトンを尊敬し、王政復古後のミルトンの身の安全のために尽力した人物の一人である。このマーヴェルに「ビルブラの小山と森に」“Upon the Hill and Grove at Bill-borow”という小詩がある。一六五〇年ころの作とみていい。

見よ、アーチ形の大地がここに
半円球をなして盛り上がっている！
正確無比のコンパスでさえ、これに似せて
円（まろ）やかな線を打ち出すことはできまい。
柔軟精巧の筆でさえ、この小山の
平らかなひたいを描くことはできまい。
それは原型として、世界の
創造に資したかにみえる。

――という一連で、それは始まる。そしてこの半円球の小山は、峨々たる山などと異なり、史前の「新しき中心」となった、とうたわれる。ビルブラはヨークシャーにある標高約四〇メートルの小山。この幾何学的な「半円球」の小山が、「天を突くテネリフの断崖」より貴いとされ、詩人の敬慕したトマス・フェアファックス称賛のためのエンブレムとして用いられている。

この詩の背景には（一）均整のとれたものへの興味と（二）小なるものへの興味がある。[14] つまり、あるがままの大自然にたいする関心ではなく、秩序だった小なるものへの関心である。すでにその名をあげたジョン・ダンは、ロバート・ドルアリーの娘エリザベスの夭折を悼んで、この婦人の死に全宇宙の秩序の破壊をみ、「世界の均衡（プロポーション）は崩れた」[15]とうたった。こう詠ずることが、ドルアリー卿家への賛辞となりえた背景の一つとして、均整のとれた小なるものへの興味という、美にかんする同時代的一般理解が存在していたことが考えられる。この時代にコーンワルの片田舎に牧師として過ごしたロバート・ヘリックは、日常的な、身のまわりの品物などのなかに純粋の美を見出し、しかもそれを短詩の形式に凝縮させるのに秀でていたが、彼の詩観も、時代の美意識を背景にして理解さるべきものであろう。

ミルトンの時代は、神の整然たる秩序の法を自然のなかに認めた時代であった、という事実に関連して、これまで彼の時代に一般的であった美意識を観察してきた。その美意識が、均整のとれた小なるもののなかに美の根源を求めたことは、すでに述べたとおりである。ただここに、こうした常識に修正を要求する見方も徐々に現われ始めていた。『楽園の喪失』の自然に直接かかわってくる問題なので、ここでその「修正」なるものの内実に、多少とも触れておく必要があろう。この関連でまず登場をねがいたいのは、さきにその名をあげた医師トマス・ブラウンである。この特異な思想家は、当時、人類のなかの「奇形」の典型とされていたムア人の擁護を試みた。彼は伝統的な審美観に立ちつつも、同時に、ムア人といえども神による被造物である以上は、その怪奇さといえども美の埒外ではない、

（14）Marjorie H. Nicolson, *Mountain Gloom and Mountain Glory: The Development of the Aesthetics of the Infinite* (Ithaca,1959) に多くを負う。

（15）*An Anatomy of the World: The First Anniversary* (1611), l. 302.

と論ずるのである。[16] また彼は、神の造った「自然にはグロテスクなものはない」と断言して、クジラとかゾウとかいう「巨大なるもの」（"prodigious"）をも、創造主の知恵の産物であることを認めた。[17] ここにはあきらかに、大なるもの、怪奇なるものへの関心の萌芽がみられる。

フランシス・ベイコンにも、いわば革新的な美意識が認められる。卿は「美について」と題するエッセイのなかで、「すぐれた美にして、釣合い（プロポーション）に少し異様なるもののないものはない」と書いた。[18] また建物については、「実用ということを均整より大切にするがいい」という意見であった。[19] ここでは美に関する伝統的な考え方が、不規則性とか実用性の考え方によって修正が加えられていることがわかる。造園術についてのベイコンの構想も非伝統的である。三〇エーカーという、当時の「囲われた庭」としてはずばぬけた規模の庭園を考え、しかもその空間のなかに「野趣」を求めるものであった。[20] これはその規模といい、内容といい、伝統的な庭園観からは外れた構想であった。

自然の美の根源をその均衡のなかにみるという態度から、不均衡のなかにそれを求めるという態度への変化は、の根底に山川草木の自然の美への開眼という事実があると思われる。「野趣」を重視するベイコンの主張をみても、その変化はこの世紀の前半に芽生えたと考えられる。レストヴィック女史のすぐれた研究によれば、田園風景が文学のなかに大きくとりあげられるようになるのは、この世紀の三〇年代以後のことで、そのピークは五〇年代、六〇年代であるという。[21]

ピューリタン革命はルネサンス期の庭園を奢侈と逸楽の象徴とみなして、破壊した。伝統的な庭園でその破壊をまぬかれたのはハンプトン・コートだけであったといわれている。そこにクロムウェルが仮寓したという理由からであったらしい。一般に装飾を排し、実用を重んずるピューリタンの精神は、そこまで徹底していた。しかしただ思想的連関性からだけで判断すれば、ピューリタン革命の、こうしてまでに極端に走っていく根は、すでにベイコンにも存在していた、といえるであろう。彼には不規則性と実用性の尊重、不均衡にして異様なるもの、大なるもの、また野趣への関心が胚胎していたのである。

秩序や均衡に美を見出した伝統的な審美観への批判は、十七世紀後半になって、よりはっきりとした形をとる。トマス・バーネット、ジョン・デニス、ウィリアム・テンプルなどの告白した、大地への畏敬の念、高山深谷への驚異の念などがそれである。[22] それがやがては十八世紀のエドマンド・バークの「崇高」論へ、さらにはロマン派の自然賛美、山岳賛美へと受けつがれていく。ここには不均衡なるもの、大なるもの、遠きものにたいする憧憬が横溢している。この自然観とアンドルー・マーヴェルの自然観とのあいだには、何という距たりのできあがっていることか。

以上は、自然の美という問題に視点を据えた、前後約四百年の素描である。この素描を背景にしてみると、ミルトンの時代が、自然観においても、とくに自然における美の意識において、伝統的な立場とそれを突き崩そうとする立場との相克の時代であったことが知られるのである。ミルトンの場合にしても、すでに述べたように、自然にたいす

---

(16) *Pseudodoxia Epidemica* (1646), Bk. VI, Ch. xi.
(17) *Religio Medici* (1643), Pt. 1, 15. Everyman's Library, p.16.
(18) Sir Francis Bacon, *Essays, or Counsels Civill and Morall*, 1625.
(19) *Ibid.*
(20) *Ibid.*
(21) Maren-Sofie Røstvig, *The Happy Man: Studies in the Metamorphoses of a Classical Ideal*, 2nd ed. (Oslo, 1962) 1:23.
(22) H.V.S. Ogden, "Thomas Burnet's *Telluris Theoria Sacra* and Mountain Scenery," *A Journal of English Literary History* 14 (1947): 139-150. Nicolson, *op.cit.*, pp.273ff., 277ff. Lovejoy, *op. cit.*, pp.110-112.

る彼の基本姿勢は、自然のなかに感得される秩序にたいする尊敬、いわば形而上学的なモラルのありかとしての自然への敬慕に立脚するものである。ミルトンの自然は、書籍から学んだ自然にすぎないではないか、といった批判が、いまでもたまには出ることがあるが、それは当時としてむしろ当然のことであったのだ。実景の写生などという態度は、当時の、すくなくとも主流の美意識にはなかったのである。

しかし、伝統的自然観に修正を要求する気運が芽ばえ始めた過渡期の時代に生き、それもむしろ革新的な生き方を選びとった思想家としてのミルトンが、ただ単に古き良き伝統への追従に満足したと考えることも困難である。自然は神の秩序の顕現の場なり、と信じたミルトンが、エデンの園という「造られた自然」を具体的にどう描いたかを究めることによって、この詩人の立場を明確にしなければならない。

＊＊

ミルトンの自然観の基礎には伝統的な見方――「造られた自然」、「階梯」としての自然、「知識の書」としての自然、といった概念――が生きていたことは、すでに述べたとおりである。こうした基本的な考え方が、『楽園の喪失』に受けつがれている事実にも、すでに触れておいた。つまり「造られた自然」の中心たるエデンの園が、秩序の支配する場であることは疑いをいれない。ただ、もしその秩序が貫徹されていたならば、アダムにあの倫理的緊張を課す必要のなかったこともたしかであろう。ここに「秩序」をめぐっての、深刻な問題が介入してくる。

ミルトンの描くエデンの園は、たしかに秩序の空間であるが、それが十七世紀の文学的楽園として、まれにみる豊饒の庭であることに目を向けなければならない。そこでは自然は「放逸」（"Wantoned"）にして、「法(のり)も技(わざ)をも超えて放縦に」（"Wild above rule or art"）、「度はずれた幸福」（"enormous bliss"）を注ぎ出す（第四巻二四一―二四二行、第五巻二九五―二九七行)。この「囲われた庭」は節制を度外視して豊かなダイナミズムを誇っているようだ。自然は、この角度から見るかぎり、悪魔的な美しさをもつということになりそうである。エデンの園は、神の創造の中心として、秩序の世界でありながら、同時にその美しさの背後に、いやその美しさそのもののなかに、秩序を破らんとする、いわば反秩序的な傾向を有することを見逃すわけにはいかない。[23]

アダムとエバはこの庭におかれている。二人の役目は反秩序的自然 ***Natura*** を矯めて、本来の秩序的な自然の姿へと「繕う」("to reform") ことなのだ (第四巻六二五行)。アダムは天使ラファエルの教えをうけて、自然を「賢く倹しき自然」("Nature wise and frugal") と理解する (第八巻二六行)。「倹しき」とは、そのラテン語源のもつ「節制の、度を過さない」の意を、ここでもとどめているであろう。つまり「度はずれた幸福」を注ぎ出す自然の世界のなかで、自然に本来的な、秩序と中庸の姿を、アダムは教示されたと考えられる。このアダムは、あの忌わしい堕落の朝でさえも、二人が理性に立っていさえすれば、この庭が荒れまさるのを救うことができるという自信を披瀝するのである (第九巻二四二―二四五行)。ヤーヌスの神のごとくに二面をもつ自然のただなかで、堕落前のアダムは、理性に立って節制を忘れずに、秩序の側の働き手としての使命を自覚しているのである。[24] そもそもこの二人はこの世界の統治者とされているのであって (第七巻五一〇、五二〇、五三二行)、貪欲の罪に陥らなければ、「きよい自然の健

---

(23) Arnold Stein, *Answerable Style: Essays on Paradise Lost* (Minneapolis, 1953), pp.52-74. A.B. Giamatti, *The Earthly Paradise and the Renaissance Epic* (Princeton, 1966), pp.232-355.

(24) 『楽園の喪失』より約三〇年前に書かれた「コウマス」に出る二つの自然観の相克を思わせる。コウマスはルネサンス期の自由な (libertine) 自然観を代表し、淑女は自然を「倹しき節制の、聖なるいましめ」("holy dictate of spare Temperance": l. 767) とする。

全な法則」（"pure Nature's healthful rules" 第十一巻五二三行）は保たれたはずなのである。

こうなってくるとエデンの園は秩序と反秩序の相克の場であって、そのなかにおかれたアダムとエバにとっては倫理的決断を要求される試練の場となってくる。[25] それはいわば誘惑の庭なのだ。サタンの目をとおして見られるエデンの光景は、たとえば——

... from that sapphire fount the crisped brooks,
Rolling on orient pearl and sands of gold,
With mazy error under pendent shades
Ran nectar, visiting each plant....
... Thus was this place,
A happy rural seat of various view:
Groves whose rich trees wept odorous gums and balm,
Others whose fruit burnished with golden rind
Hung amiable....

かのサファイアの泉からさざなみ立てる流れが、
輝く真珠や黄金の砂の上を這い、緑蔭の下（もと）を
当てもなくくねり、甘露をそそぎ、

木々を訪れ……
　……このようなところ、ここは。
さまざまのものの見られる幸福な田園の座。
森の木々は豊かに芳脂・芳香を沁みいだし、
木々の実は、金色の樹皮に輝いて
愛らしく垂れさがる……
（第四巻二三七―二四〇、二四六―二五〇行）

行間におどるのは蛇のイメージである。引用二行目の「這う」ということばは、この叙事詩のなかで、エバを誘うサタンが「渦まき」（第九巻六三一行）、始祖の誘惑に成功したサタンが地獄へもどったあとで、堕落天使たちが蛇と化し、幾重にも「重なりあう」（第十巻五五八行）光景などを連想させる。引用三行目の「くねり」は、同時に「過ち」の意をもつ。この名詞を修飾する「当なく」が、第九巻の誘惑のシーンで、サタンを形容して繰り返されることばであることも注目に価しよう（第九巻一六一、四九九行）。引用八行目の、「木々の実は、金色の樹皮に輝いて」という一行は、スペンサーの『妖精の女王』のなかで、節制の騎士サー・ガイアンがマモンの「プロサーピナの園」で見る「金色に輝くリンゴの実」や、同じ騎士が「歓楽の館」で見る木の実が「金色に輝く」[26]という叙述を思い出させてくれる。誘惑のテーマとかかわることに疑いはない。とくに『楽園の喪失』の第九巻でエバに近づくサタンの描写

(25) この点をダンテとの比較において明確にしたのは Joseph E. Duncan の業績である。*Milton's Earthly Paradise: A Historical Study of Eden* (Minneapolis, 1972), pp.84-88.
(26) *The Faerie Queene*, Bk. II, Cant. vii, 54; Bk. II, Cant. xii, 55.

の——

With burnished neck of verdant gold

首は緑の黄金に耀い

（第九巻五〇一行）

という一行に遠く呼応していることを知るならば、「金色の樹皮に輝く」木の実という一行のもつ意味は、もはや明白であろう。ある論者の説くように、ミルトンは「サタン的文体」[27]をもって、楽園の読者を堕落のシーンへと導いていく、ということができるであろう。この庭は反秩序的な要素を含んだ、誘惑の庭なのだ。とするとこの庭を、ミルトンは、人間の行き着くべき理想の場所とは考えていないともみられる。この庭はそれじたいでは、サタンの誘惑を拒けうるだけの強靭な倫理性をもっていないのではないか。[28]

『楽園の喪失』の自然は「造られた自然」であり、秩序の顕現の場であることは、さきに述べたとおりである。それは大筋において誤りではない。ただその原理が貫徹されてさえいれば、そこに反秩序的なものの脅威はなく、またアダムとエバに倫理的緊張が強いられる必要もなかったはずである。ミルトンは自然の一角——といっても、自然の中心たるエデンの庭——に、当時の図式的自然観では律し切れないものをもちこんだことになる。

すでにみたとおり、この世紀の経過のなかで、自然の美をその均衡、つまり秩序のなかにみるという見方から、それを不均衡なるもの、異様なるもののなかに求めるという見方が出てくる。この変化はそれじたいとしては美意識の変化でしかないが、じつはこの変化の契機としては、その美意識そのものの担い手たる社会層の交替という事実があった。この事実が価値観の変革をともなったことは当然で、その端的な表われがピューリタン革命であったとみることもできる。ともかくその価値観の変革が、「秩序」そのものへの理解を変えたのである。ミルトンの場合についていえば、さきに述べた伝統的な自然観は依然として生きてはいる。しかしその伝統的自然観の受けとり方そのものが、一、二世代前までの支配層における、その受けとり方とは違ったものになっていたことは、否定すべくもない。古き秩序観は相対化されたのである。（それはコペルニクスの天文学に信頼を寄せる世代に属したミルトンが、叙事詩のなかではプトレマイオス流の伝統的な天文学を利用したという事実に相応する。）ミルトンに受けつがれた伝統的自然観は、思考様式としてはともかくも、その内実は相対化という修正を課せられていたものと考えられる。ミルトンの詩的世界のなかで、エデンの庭が秩序と反秩序の葛藤の場となりえた背後には、以上のような事情がひそんでいたものと思われる。

アダムの堕落は、その反秩序的なるものへの主人公の屈服を意味する。反秩序的なるものの勝利である。にもかかわらず、ミルトンは秩序の探究を止めたのではない。それならば、いわばその新しき秩序とは何なのか。そのありかはどこなのか。

＊　＊

『楽園の喪失』の第十一巻、第十二巻は、天使ミカエルがアダムにたいして語る人類の未来史である。その歴史叙

（27） Giamatti, *op. cit.*, pp.298, 312.

（28） J.M. Evans はエデンには "stability" がないと説く。 *"Paradis Lost" and the Genesis Tradition* (Oxford, 1968), p.249.

述は救済史的な枠組みで語られている。つまり全体が、罪から赦しへ、死から生へ、滅びから救いへ、というパターンをもって語られている。アダムはこの未来史をきかされて、みずからの罪の赦しと、彼の末裔なる人類全体の救いを確信し、未来にたいする明るい希望を胸に秘めて、楽園を出立することになる。叙事詩の結び二巻にみられる、こういう救済史的歴史把握のなかに、新しき秩序観のありかと内実とが求められるのではなかろうか。

ミカエルがアダムに語る歴史の一節にニムロデの物語がある。この人物については「創世記」に、「ニムロデは世の権力者となった最初の人である。彼は主の前に力ある狩人であった」（第一〇章八、九節）とある。この箇所は古来、神に逆らった最初の専制政治家の登場の箇所と解釈されてきた。しかもそのニムロデはバベルの都の創設者とも考えられてきた。紀元一世紀のユダヤ人史家ヨセフスにすでにその解釈があり[29]、紀元四、五世紀のヒッポの司教アウグスティヌスは「創世記」の同箇所を、『神の国』のなかで、「彼は主に逆らった力ある狩人であった。……そして彼の王国の始まりはバビロン……[30]」と訳出した。この解釈は十六世紀、十七世紀の創世記釈義にまで及んでいた[31]。その象徴的例証は、当時の、とくにプロテスタント間で親しまれたジュネーヴ聖書の欄外注である。その注は、さきに引用した一節の「力ある狩人」を「残酷な圧制者にして暴君」と解した[32]。文学作品のなかでも、たとえばスペンサーは「世をはじめて剣と火で攻撃した大いなるニムロデ[33]」と書き、デュ・バルタスの『聖週間、天地創造』でも、バビロンの創設者とされるニムロデの暴政はかなりの行数をもってうたいあげられている[34]。

ニムロデにたいするミルトンじしんの理解（第十二巻二四―三五行）も、こうした伝統的釈義から深い影響をうけていた。彼が天使ミカエルの口を借りて語るところは、のちに引用する（本書二二六―二二七ページ）。この一節は、この後ただちにバベル物語へとつづく。ミルトンがニムロデを、神に逆らう専制暴君、バベルの創設者と考えていたことに疑いはない。この節について、さらに二つの問題を考えなければならない。一つはニムロデを「野望家」

――直訳すれば、「驕慢な野心の持ち主」――と紹介したことをめぐる問題であり、他は彼が「調和と自然法」の破壊者と批判されていることをめぐる問題である。

第一の問題にかんしてすぐに思いあたることは、この作品においてサタンが地獄に落されたのは「驕慢と、さらに悪しき野心」（"pride and worse ambition" 第四巻四〇行）のゆえとされていることである。つまりニムロデとサタンとは同じ理由のゆえに神への反逆者ときめつけられているのである。ニムロデはこの作品の世界では、歴史の次元におけるサタン的存在と理解されているといえる。[35] 問題はそれにとどまらない。『偶像破壊者』（一六四九年）のなかでミルトンは、国王チャールズ一世にニムロデのイメージをかぶせつつ、これを糾弾する。[36] こうなってくると、サタ

（29）*Jewish Antiquities*, London, 1930, Vol. I, pp.113ff.

（30）*The City of God*, Bk. XVI, Ch. iii. Everyman's Library 2:101.

（31）Arnold Williams, *The Common Expositor: An Account of the Commentaries on Genesis 1527-1633* (Chapel Hill, 1948), pp.160ff.

（32）The Geneva Bible, 1560.

（33）*The Faerie Queene*, Bk. I, Cant. v, 48.

（34）Joshua Sylvester (tr.), *Du Bartas His Divine Weekes and Workes*, 1592.

（35）Joseph H. Summers, *The Muse's Method: An Introduction to "Paradise Lost"* (London, 1962), p.209. Merritt Y. Hughes, "Satan and the 'Myth' of the Tyrant", *Essays in English Literature from the Renaissance to the Victorian Age, Presented to A.S.P. Woodhouse*, eds. Millar MacLure and F. W. Watt (Toronto, 1964), pp.125-148. この論文は Hughes, *Ten Perspectives on Milton*, Yale, 1965 に収められた。

（36）『散文全集』第三巻、四六六ページ。

ン、ニムロデ、チャールズ一世の三者は、詩人の脳裏では一連のつながりをもっているといえる。かつてC・S・ルイスがいったように、「サタンの反逆とニムロデ的・チャールズ的専制とは、同じ理由で悪い」[37]のである。叙事詩のなかのニムロデ攻撃の一節は、じつは国王チャールズ批判の詩行とも読めるのである。専制君主チャールズこそイングランドのバベル（乱れ）の元凶であると、ミルトンはみているのである。

第二の問題として指摘しておいた「調和と自然法」にかんしては、自然法についての説明からはいっていきたい。すでに本稿の冒頭において記したように、ストア派によって、自然は小宇宙なる人間の「正しき理性」として現われるものと把えられていた。つまり永久法にたいする理性のかかわりあいが自然法と呼ばれるものであり、道徳生活の基盤をなすものとされていた[38]。やがて、「自然」は人格神と結びつけられ、キリスト教的自然法論が成立する。自然法は神にさかのぼると考えられることによって、他のすべての法にたいして優位を誇りうることになる。トマス・アクィナスは、「自然の理性の光によってわれわれは善と悪とを識別するのであり、それがとりもなおさず自然法の機能なのであるが、それは神の光がわれわれに刻印されたものにほかならない。したがって自然法とは、理性的被造物が永久法に関与する場にほかならない[39]」と書く。ここでは慣習法、実定法をこえて、それを生かすところの自然法が、具体的には被造物としての人間の理性に存するものとされているのである。リチャード・フッカーが『教会行政法』（一五九四―一六六二）で書いたことば、「神が自然の創造主である以上、自然の声は彼の道具である[40]」という主張も、つまりは理性の声の優位を説いたものである。ミルトンが「自然法」の概念を詩のなかにもちこんでくるときに、その背景にこのような自然法論の伝統のあることを認めなければならない。ただ彼の場合、アクィナスやフッカーの場合とは異なり、プロテスタント側の一般的理解に即して、この概念のなかに自然権の意味あいを含めていたことは疑えない。だからこそミルトンの場合にも、それは国教会派の圧制にたいする抵抗の原理にもなりえたのである。

自然法論の歴史を以上のように瞥見しただけでも、「自然」の概念が「理性」の概念と重なり合っていることは明瞭である。ミルトンのばあいもまさに然りであって、彼の散文論文には、この両者が同意で用いられることが多い。「自然と理性」という、ひとつつながりのフレーズも用いられる。[41] ここでミルトンが、『国王と為政者の在任権』(一六四九年) の一節において、専制君主告発の任を、「高潔な為政者」に委ねたい、と述べるくだりに触れるにとどめる。その「高潔な為政者」を定義して、ミルトンは、「徒党に走らず、自然の法と正しき理性を重んずる」人びとを指す、と書くのである。[42]

ここで『楽園の喪失』のニムロデの個所にもどることにする。ニムロデは「自然法」に反する専制君主なのであるが、それは彼が「正しき理性」にもとる暴君であることを非難していることになるであろう。じじつ、このニムロデ批判を肯定したアダムにたいして、ミカエルは「自由は正しき理性と結び合っているもので」あって、理性の喪失が

(37) *A Preface to Paradise Lost* (Oxford, 1942), p.77.
(38) Herschel Baker, *The Image of Man: A Study of the Idea of Human Dignity in Classical Antiquity, the Middle Ages, and the Renaissance* (NewYork, 1961), pp.69-83. 自然にかんしてはこの本のほかでは、とくに A.P. D'Entrèves, *Natural Law: An Introduction to Legal Philosophy* (London, 1951) に多くを負っている。
(39) *Summa Theologica*, Ia, 2ae, quae. 91, art. 1, 2.
(40) Hooker, *op. cit.*, I, viii, 3. Everyman's Library 1:176.
(41) 『散文全集』第二巻、三一八ページ、他。
(42) 『散文全集』第三巻、一九七ページ。

圧制を生むという、いわば理性賛美を展開する（第十二巻七九―一〇一行）。ミルトンじしんが一六五一年に書き残したことばを使えば、専制は「神の意志、自然、理性に反する」[43]ものなのである。しかも「正しき理性」は、ミルトンにとっては、当時のプロテスタント側の一般的理解にしたがって、神との契約関係[44]――つまり人格関係――に立つものに示される「神の声」、「神の像」、「神の賜物」[45]を意味していた。この意味での「正しき理性」こそが、ミルトンのいう「キリスト教的自由」、倫理的決断の基盤であった。彼が天使アブディエルにいわせたように、「神も自然も命ずることは同一のことがら」なのであった（"God and Nature bid the same" 第六巻一七六行）。

ミルトンの自然観は伝統的自然観を根幹とはしているが、彼のばあい、その自然観は相対化という修正を課せられていて、それなればこそエデンの園が秩序と反秩序の相克の場となりえた。しかもアダムは反秩序的なるものの誘惑に負けたのである――と、前段において述べた。『楽園の喪失』が、もし単なる「アダムの追放」の物語であったとすれば、秩序の敗北の物語として、悲劇的結末をもって終ったことであろう。しかしミルトンの作品は「自然法」、「正しき理性」への準拠をとおして、「調和」――つまり「秩序」――の回復の可能なることを主張することになった。古き秩序が崩れ、道徳・社会・政治の諸面における価値観にバベルの乱れの現出した時代にあって、ミルトンはここに、新しき秩序のありかと内実とを見出すことができたのである。

＊＊

十七世紀は、自然の美を均整のなかに求める見方と、それを均整の崩れのなかに求める見方とが並存し、前者が後者にとって替わられる傾向を示した時代であった。伝統的な審美観がその最後の光を放った時代であったともいえる。中世以来確立していた自然の秩序が崩壊しつつあることを認めざるをえない時勢であった。ジョン・ダンの「あらゆる連鎖は崩れ去った」("all coherence gone")[46]という慨嘆の声をきけば、時代の雰囲気は察せられる。この時代の、とくにその前半におけるメランコリックな風潮は、その根源の一端をここにもっていたことは、周知の事実といえよう。[47]

それにたいして秩序の崩壊を信じない階層がおこりつつあった。さらに厳密な言い方をすれば、古き秩序の崩壊は認めるにしても、それに代わる新しき秩序の生成を確信する階層が生まれつつあった。この世紀の一〇年代から二〇年代にかけておこなわれたゴッドフリー・グッドマンとジョージ・ヘイクウィルとのあいだの論争は、その象徴的事件といえよう。[48] グッドマンは、人間も動物も自然も、はては天体にいたるまでも、すべては衰微の一途をたどっていると主張したが、それに反論を加えたのがヘイクウィルであった。若きミルトンは意識的に後者の説に賛同し、[49] この問題にかんしていわばオプティミストの立場をとったのである。この立場は彼の生涯をとおして変わらなかった。

このことは、いいかえれば、ミルトンがやがて消えゆくべき古き秩序に恋々としていなかったということである。

---

(43)『散文全集』第四巻、四八六ページ。
(44) ミルトンが「正しき理性」の概念を契約神学的に把握した点については、ここに論述するいとまがない。詳しくは拙著『ミルトンの世界』(研究社出版、一九八〇年)、一〇〇ページ以下を参照せられたい。
(45)『散文全集』第一巻、六八四ページ。
(46) *An Anatomy of the World: The First Anniversary* (1611), l. 213.
(47) George Williamson, "Mutability, Decay, and Jacobean Melancholy", *Seventeenth Century Contexts* (London, 1960), pp.9-41.
(48) Godfrey Goodman, *The Fall of Man*, 1616. George Hakewill, *Apology of the Power and Providence of God*, 1627.
(49) *Naturam non pati Senium* (That Nature is not subject to Old Age), 1628.

彼の目指した秩序の世界は、中世以来の位階（ヒエラルヒー）の世界ではなかった。彼にはついに「楽園」は閉されている。その「楽園」そのものが、彼をとどめるだけの倫理的基盤をもってはいないのである。ミルトンには、ダンと同様に、もどるべき秩序の世界はなかった。しかしミルトンには、ダンと違って、行くべき荒野が眼前に拡がっていた。彼は歴史という荒野のなかへ、自然の法に拠りつつ、新しき秩序に立って出立する。その意味での自然的（ナチュラル）な人間の姿がここにある。これが『楽園の喪失』という叙事詩におけるミルトンの意図である。これは古き良き共同体を脱出した、自律的人間類型の誕生の瞬間でもあった。

　ミルトンはエデンの園を、同時代の庭、とくに王党派の庭の概念では律し切れない庭につくりあげた。この庭では自然はつねに野生を目ざし、調和（シンメトリー）を破ろうとする。ルネサンス期の文学的楽園において、ミルトンの庭ほどダイナミックな緊張をもつ庭はない[50]。かつてラヴジョイは、「十七世紀人の神は、同時代の庭師と同様に、幾何学的図を描いた。それにたいしてロマン派の神は、刈り込みのない、変化に富んだ野生的な世界に住む神であった[51]」と書いた。ミルトンの描いた庭のダイナミックな自然は、つまりはピューリタン的な倫理的緊張と活動性の産物なのであるが、それはやがて多岐にわたる変貌をとげつつ、後の時代の自然観に継承されていくのである。

（50）Duncan, *op. cit.*, p.241.

（51）*The Great Chain of Being: A Study of the History of an Idea*, Cambridge [Mass.], 1936. Harper Torchbook edition (1960), p.16.

ミルトンと現代詩

女王ヴィクトリアの長き治世は、ミルトンの地位の安泰を保証していた。彼女の下で桂冠詩人をつとめたワーズワスは、かつて、「ミルトンよ!……イングランドは汝を要す」(“Milton! … / England hath need of thee”)とうたった詩人であった。このワーズワスのあとを襲った桂冠詩人テニソンも、「神の賜与なる、イングランドのオルガンの音、/ミルトン、いく世となくひびくべき名」(“God-gifted organ-voice of England, / Milton, a name to resound for ages”)と、この叙事詩人をたたえた。

桂冠詩人ばかりではない。ジェラード・ホプキンズは友人にあてた書簡で、「あえて申します、ミルトンは文体にかんしていえば、世界の中心人物です。イングランドばかりではなく、全世界の。古今を通じての」と書く(R・W・ディクソンあて、一八七九年一月一〇日)。同じころ、彼はロバート・ブリッジズあての書簡でも、「やがてわたくしは、もっと均衡のとれた、ミルトンふうの文体を身につけたいとねがっています」と告白している(一八七九年二月)。またマシュー・アーノルドは『楽園の喪失』の文体を「ことばとリズム」にすぐれ、英文学史上、他に類例のない「偉大なる文体」と絶賛した(一八八八年)。

ホプキンズが書簡を送って、ミルトンの文体に賛辞をおしまなかった相手のロバート・ブリッジズは、やがて桂冠詩人に推挙された詩人だが、「ネオ・ミルトンふう韻律」の唱道者となり、いまでも名著のほまれの高い『ミルトンの韻律法』（一八九三年）の著者となる。またこの時代には、やがて二十世紀のミルトン研究に大きな影響を及ぼすにいたる大著が書かれていた。デイヴィッド・マッソンの『ミルトン伝』全七巻（一八五九―九四年）である。これは当時としては驚くべき精緻さで、ピューリタンとしてのこの詩人の姿を彫りあげた伝記であった。

一方において、抵抗の預言者としてのミルトンの姿に心酔したワーズワスの立場があった。これはロマン派の詩人たち一般についていえるミルトン像であるが、それはデイヴィッド・マッソンに集約される流れの、その源流である。これはミルトンの思想面に、より興味を示す立場である。それにたいして、この詩人の技法面に、より深い興味を示す人びとがいた。それはたとえば、アーノルド、ホプキンズ、ブリッジズなどであり、テニソンもこの線上にあるとみていい。ヴィクトリアの時代の文人たちが、ミルトンにたいして示した興味はさまざまであったが、この時代が、あげてミルトン礼賛の時代であった大勢は動かしがたい。

＊＊

テニソンはその習作時代において、さまざまの先輩詩人たちの影響下にあった。エリザベス朝の詩人たち、ポープと他の十八世紀詩人たち、ロマン派詩人たち。しかし彼に影響を及ぼした詩人のなかで最たるものといえば、（テニソンにくわしいジェイムズ・ネルソンによると）それはミルトンをおいて他にない。(1) テニソンが兄弟で出した『二人兄弟の詩集』（一八二七年）で、すでにミルトンの感化は決定的であり、そのミルトンへの尊敬の念は終生かわることがなかった。『国王牧歌』（一八五九―七二年）などをみても、そこにミルトンふうの無韻（ブランク・ヴァース）詩の躍動を認めないわけにはいかない。彼はアーノルドと同様に、ミルトンの「ことばとリズム」に魅せられていた。

テニソン、アーノルド、ホプキンズ、ブリッジズという、ヴィクトリア朝の詩人たちは、あげてミルトンのことばに魅せられていたということができよう。なかでもテニソンの、詩人としての資質とその精力的な創作活動、それに桂冠詩人としての彼の地位は、「ミルトンふうの」詩的表現(ポエティシズム)の流布にあずかって力のあったことであろう。だから今世紀〔二〇世紀〕の一〇年代に活躍を開始するいわゆるモダニズムの詩人たちの目に映じたヴィクトリア朝ふうというものの内実は、抒情性、絵画性、音楽性にとむ流麗なことばと、甘美な楽観を尊ぶ人生観とであったといえよう。そして彼らモダニストたちはこうしたヴィクトリアニズムの代表者として、テニソンの像をみていたことであろう。そしてさらにその背後に、ミルトンの幻影をみていたはずなのである。この新しい時代の旗手たちの目からみれば、『ジョージ王朝詩選』(一九一二―二二年)に拠って世に出た、いわゆるジョージアンの詩人たちでさえ、なべてヴィクトリア朝ふうと映じたらしい。一九一〇年代のはじめまでには出現していた、あの前例のないほど斬新な感受性の持ちぬしたちからみれば、ジョージ王朝ふうとは、つまりはテニソンふうの焼きなおしとみえたことであろう。逆をいえば、第一次世界大戦の前夜くらいまでは、まだヴィクトリア朝ふうの残光が感ぜられたものとみて、まずまちがいはない。

それは、そのころまでは、ヴィクトリア朝ふうのミルトン礼賛の雰囲気が生きていたということでもある。みずからの文芸の世界を確立しようとしていた、いわゆるモダニストたちが、直接の反抗の対象としたヴィクトリアニズムの旧思想・旧感覚の――しかもその共通のアイドルとしてのミルトンの――亡霊が、一九一〇年代の初期のイングランドには生きていたのである。

(1) James G. Nelson, *The Sublime Puritan: Milton and the Victorians* (Madison, 1963), p.110.

＊　＊

ヴィクトリア朝ふうの詩人たち、とくにその王朝の後期に活躍した詩人たちが、ミルトンを偶像視したということは、ミルトンじしんにとっては、反面、迷惑であったろう。ヴィクトリア朝の詩人たちは、当然のことながら、ミルトンを含めて過去の文芸の遺産を、彼らじしんの眼鏡をとおして眺めていた。

「イギリスの読書人は、芸術・音楽・詩・文学が、すべてテニソンふうに近づくかぎりにおいて、それを好んだ。シェイクスピアを好む、受けいれる、といったって、シェイクスピアがテニソンふうであるかぎりにおいてだ」[2]。これはエズラ・パウンドの怒りのことばである。パウンドはアメリカ人であったから、事態を直視しえたということができるのかもしれない。このばあいのシェイクスピアはひとつの例でしかない。ミルトンも同じ扱いをうけていたといっていい。彼も、後期ヴィクトリア朝詩人たちの詩的表現(ポエティシズム)の手本となるかぎりにおいて、偉大と認められるきらいもあった。ミルトンふうの「ことばとリズム」への傾倒の風(ふう)が、卒直さとリアリズムの必要を痛感した新しい世代の詩人たちの反撥を買ったことは当然であった。

たとえばW・B・イェイツである。この詩人が感受性・思想・言語において、ミルトンに多くを負う詩人であることは、周知の事実といえよう。「J・M・シングと彼の時代のアイルランド」を執筆していたころ、毎朝、ミルトンを読み、それからペンをとったという実話[3]は、イェイツとミルトンとの関係を象徴している。「再臨」、「ビザンティウム」、『幻想』などの作品において、ミルトンの具体的影響が指摘されている[4]。しかしそのイェイツが「二人の王」（一九一四年）を書いている最中、グレゴリー夫人へ送った手紙のなかで告白しているところをみると、この作品にたいするパウンドの批評のおかげで、ミルトンの呪縛から脱することができたのだという（一九一三年一月一日、三日)。パウンドが「ミルトンふう」という形容詞を軽蔑の意味をこめて用いたということが、イェイツにとってひとつの出来事であったらしい。しかし彼は終生、ミルトンの圧力を感じていた。

パウンドがイェイツにどんなことを暗示したのか、さだかではないが、パウンドがハリエット・モンロウに送った書簡をみれば、大体の見当はつくというのが、リチャード・エルマンの意見である。(5) モンロウあてのパウンド書簡の一節を引用しておこう――「客観性、また客観性。そして表現。……非テニソンふうの話しかた。実際にいえないことは……書かないということ。文章語的表現(リテラリズム)、書籍ことばは読者の忍耐をぶちこわす……」(一九一五年一月)。ここでは日常の話しことばから乖離した文章語への反感がみられ、それが「テニソンふう」ときめつけられている。この種の主張がイェイツに、ミルトンの呪縛からの脱皮をうながした、というエルマンの推測は、おそらく正鵠をえている。なぜならば、ミルトンが後期ヴィクトリア朝の詩人たちに受けいれられたのは、彼がその時代の詩的表現(ポエティシズム)の教祖にまつりあげられた結果である以上、パウンドが示す「テニソンふう」への反感は、同時に「ミルトンふう」への反抗であったはずのものだからである。いわんやミルトンが、テニソンの行間におどっているのが現実である以上、新しい世代の詩人たちが表明したこの二大詩人への拒否反応の奥には、共通の根があったはずである。たとえばエリオットは、テニソンとダンテとを比較して、ダンテのほうが簡素であるとか、テニソンはあまりにも詩的であるとか

(2) Karl Shapiro, *In Defense of Ignorance* (New York, 1952), pp.81-82.
(3) Joseph Hone, *W.B. Yeats, 1865-1939* (New York, 1943), p.252.
(4) Leonard Unger, "Yeats and Milton", *South Atlantic Quarterly* (Duke Univ.) 61 (1962): 197-212.
(5) Richard Ellmann, "Ez and Old Billyum", *New Approaches to Ezra Pound*, ed. Eva Hesse (Univ. of California Press, 1969), p.65.

いっている。[6] テニソンを論ずるその語り口の、まことにおだやかなエリオットも、相手がミルトンとなると語調が一変する。エリオットは、ミルトンのことばが日常の話しことばから離れすぎている、という主張をもって、激越なミルトン攻撃の原点とするのである。

話を百数十年前にひきもどそう。そこには十八世紀詩の詩的言語（ポエティック・ディクション）への反撥が起こっていた。詩は田夫野人のことばをもってうたいあげられるはずのものである、という見解をかかげたロマン派詩人たちの実験が重ねられていた。二十世紀初頭のモダニストたちの観点は、たぶんに、かつてのこのロマン派詩人たちの言語改革の意識に通ずるものがあった。となると、ヴィクトリア朝の代表的詩人たちが、それだけミルトンを「詩的」にしたててしまったということになろう。

＊＊

エリオットは、フランス象徴派、エズラ・パウンド、ジェイムズ・ジョイスなどに多くを学びつつ、順風に帆をあげる。

Let us go then, you and I,
When the evening is spread out against the sky
Like a patient etherized upon a table....

さあ行こう、きみとぼく、

手術台で麻酔をかけられた患者のように
夕方が空にひろがるときに

（一九一五年）

憂鬱なプルーフロック氏の出発は、詩の世界に一時期を画する行為であった。その憂鬱じたいが、第一次世界大戦前夜のヨーロッパの崩壊意識を象徴し、エーテルをかけられた患者のイメージは、詩のなかへ一見詩的でないものを持ちこんで、奇想(コンシート)の妙をうちだす効果があった。そしてなによりも口語を基調にした詩であった。

たしかにこれは十九世紀の詩的表現(ポエティシズム)とは異なり、またジョージ王朝ふうとも違ううたいかたであった。これがエリオットの出発であった。彼には、テニソンふうを排し、そのテニソンふうのかげにちらつくミルトンふうを貶(おと)さなければならない理由があった。ミルトンの名をとくにあげてこれを拒否しておけば、それとのアンティテーゼとしての、みずからの詩人としての地位を、容易に正当化できたからである。しかも、ミルトンふうを拒否するかぎりにおいて、すでに遠い時代の叙事詩人にかんする評価という文学史上の問題をあげつらっている風(ふう)をよそおえる。それでいて、じつは彼の直接の相手であったはずのヴィクトリア朝ふうの詩の世界をたたくことができたのである。前世紀の終りに、国民の尊敬を集めつつ逝いた桂冠詩人をじかに批判することなく、したがって、やがて「王党派」であると自称するにいたるエリオットじしんの立場に猜疑の目を招くことなく、彼はヴィクトリア朝ふう一般を拒絶できたのである。エリオットは、こうすることではじめて、かつてわたくしじしんが書いたように[7]、おそらく、ヴィクトリ

（6）*Selected Essays* (London, 1951), p.248.
（7）スタンレー・ハイマン『エリオットの方法』（大修館書店、一九七四年）への「訳者あとがき」。

ア朝の文芸、なかんずくテニソンよって代表される、この厳格な詩形、音楽的・絵画的言語、疑惑や不安を排除せんとする安寧の世界、甘美と光明を求めるお上品な理念、等々への挑戦状をたたきつけているのである。ミルトンはけだし、その宣言のために、身代わりの犠牲の役目を受けもたされたのではないか。

＊＊

エリオットはミルトンにかんする講演を二度おこなっている。一九四七年の講演は、一九三六年の講演の取消しであって、これによってミルトンは解禁となった、という見かたがおこなわれる。しかし、ミルトンのことばは日常語からかけ離れている、というエリオットの根本的批判は変っていない。

エリオットを主任検事とするミルトン批判派の活躍は今世紀のミルトン研究を飛躍的に進歩させた。現代のミルトン学の恩人は、これらすぐれたミルトン批判派である、とわたくしは書いたことがある。[8] 皮肉ではない。わたくしは本当にそう思っている。しかしミルトン学が進めば、その成果にエリオット側が目をつぶることもできなかった。それがとくにエリオットの偉いところでもある。

ミルトンのことばへのエリオットの批判（一九二一年）[9]にたいして、いちはやく反論を開始したのは、E・M・W・ティリヤードであった（一九三〇年）。[10] ただここではC・S・ルイスの所論にふれておく。彼は『「楽園の喪失」序説』（一九四二年）[11]のなかで、ミルトンのことばが話しことば的でないのは当然であって文学的叙事詩に必須の祭儀的（リチュアル）な荘重の調子を、この作品はもっているではないか、叙事詩は話しことばで書かれてはいけないのだ、と反駁した。この議論を中核とする一連のミルトン弁護論が、エリオットの「取消し」にあたえた力は大きかったのではないかと思われる。彼の一九四七年講演の一節を引用してみよう。「くりかえし申しあげますが、ミルトンの詩が日常の話しことばから離れていて、彼じしんの詩的な言語をつくりだしているということは、彼の偉大さのひとつの特質である、とわたくしには思えるのであります[12]。」

エリオットは、ミルトンのことばが日常語からかけ離れているという永年の主張をまげてはいない。しかし叙事詩における日常語からの乖離それじたいの意味は、ここでは認めているのである。この慎重な発言を生みだした背景には、一九四〇年代のミルトン学の成果がひかえているように思われてならない。

＊＊

エリオットの時代は一九四〇年代までであった。そのことを物語る象徴的事件は、ジョン・オズボーンの『怒りをこめてふり返れ』(一九五六年)の上演である、とわたくしは思っている。主人公ジミーは、古きよきイギリス——といっても、第一次大戦前のイギリス——にいらだちを禁じえず、その時代を代表する一登場人物に(間接的に)毒舌をたたく。ジミーはまたエリオットのことを、これは名ざしでどなりちらすのである。第一次大戦前のイギリスといえば、文学史的には、ジョージアンの詩人たちの時代である。ジミーが、この時代の感覚とエリオットの感覚とを区別せずにあたりちらすのは、おもしろい。こんな鮮やかなエリオット冒瀆の言辞は他にない。劇壇における「一九

(8)『英語青年』、一九七二年一〇月号。
(9) "The Metaphysical Poets", *Times Literary Supplement*, October 20, 1921.
(10) E.M.W. Tillyard, *Milton*, London: Chatto and Windus, 1930.
(11) C.S. Lewis, *A Preface to Paradise Lost*, Oxford University Press, 1942.
(12) *On Poetry and Poets* (New York, 1957), p.176.

五六年革命」は、いわば詩壇におけるエリオット葬送の鐘の音であった。

　だからといって、一九五六年という年が先駆的な年だという意味ではない。その前年にD・J・エンライトの編集で、日本で出版された『一九五〇年代のイギリスの詩人』（研究社）をみると、そこに名を連ねた詩人たちは、いずれも反エリオット的であった。フィリップ・ラーキンは、エリオットの「伝統」主義に不満を表明し、キングズレー・エイミス、ジョン・ウェイン、編者エンライトらはことばの明晰性を要求している。これもエリオットたちのことばの晦渋性への反撥である。またエンライトやドナルド・デイヴィらが、人間個人の尊厳や活力の重要性を表白しているのは、エリオットのあまたの仮面（ペルソナ）のかもしだす、あの憂欝な挫折感への反動とみていい。そのドナルド・デイヴィは、一九二二年という『荒地』出版の年に生まれ、エリオットの深い影響下に成長したことを自認する詩人でありながら、その後、一九五〇年代の彼じしんを回顧して、「エリオットからの解放の戦いをつづけていた」ことを告白している。[13]

　アメリカではカール・シャピロが、一九五二年刊の『無知の弁護』で、パウンドやエリオットら、モダニストたちを、痛罵した。その批判をとおしてシャピロが救いあげようとしたのはウォルト・ホイットマンであった。が同時に、彼がミルトンの「崇高（サブリミティ）」を高く評価したことは、ここで着目されていい点である。[14]つまりエリオットの退場とミルトンの再登場が同時に起こっているのである。アメリカ詩壇について、もうひとつつけ加えていいことは、モダニストのひとりに数えられるウィリアム・カーロス・ウィリアムズである

Milton, the unrhymer,
singing among

the rest …
like a Communist.

ミルトン、無韻のうたびと、
　他の詩人たちのなかで
　　うたう……
コミュニストのように。

——「ピンクの教会」

おそらく一九四〇年代の詩である。ミルトンを、韻律から自由な、詩文の改革者とみている。モダニズムの系譜に属する詩人の見方であり、エリオットのお膝もとから火の手が上がった趣きがある。

＊　＊

ミルトンから圧倒的な影響をこうむった現代詩人というのはいないかもしれない。モダニズムの一世代を経たあと

（13）Donald Davie, "Eliot in One Poet's Life", "*The Waste Land*" *in Different Voices*, ed. A.D. Moody (London, 1974), p.231.
（14）Shapiro, *op. cit.*, p.14.

のことであるから、それはむしろ当然のことであるといえるのかもしれない。しかし、たとえばロバート・ローウェルの「ナンタケットのクェイカー墓地」“The Quaker Graveyard in Nantucket”（一九四五年）のような「リシダス」の倍音をひびかせてやまない作もある。またジョン・ウェインの「歯科医の待合室で恋愛詩を読んで」“On Reading Love Poetry in the Dentist's Waiting Room”（一九五五年）が、ちょうど中ほどの転換部において、「選ぶべき世は眼前にひろがった」（“The world was all before them where to choose”）という、『楽園の喪失』の結末、第十二巻六四六行をそのまま持ちこんだ例もある。これなどは、いわば本歌どりの技法である。ゲアリ・スナイダの「炉火の明かりでミルトンを」“Milton by Firelight”（一九五五年）も、同じ叙事詩の第四巻三五八行の本歌どりではじまっている。

一九五四年六月号の『ロンドン雑誌』に「ミルトン」という題のソネットを載せたのは、エドウィン・ミュアであった。この詩のなかで、楽園を追われるのはミルトンその人である。暗黒の世界に閉じこめられたミルトンが耳にするのは、土曜の夜、地獄の街路に流れる騒音である。しかし——

Where, past that devilish din, could Paradise be?
A footstep more, and his unblinded eyes
Saw far and near the fields of paradise.

あの悪魔の叫喚のさきに、楽園があるのか？

もう一歩。すると盲を解かれた彼の目は
遠近（おちこち）に、楽園の野を見た。

これはたんなる本歌どりのレベルの仕事ではない。すぐれたミルトン解釈を背景にした作品である。現実の「荒野」のなかにこそ楽園があるとみた実存論的主張の作品となっている。だからここにはプルーフロックの憂鬱はない。ことばのレベルにおいてミルトンを偲ばせるばかりか、主題においてミルトンを現代に登場させている。エリオットたちの時代は、すでに去ったことを思わせる作であった。

フランスの雑誌『イギリス研究』*Études Anglaises* の一九七四年一〇月―一二月号は、ミルトン没後三百年を記念する特集号である。この号の巻頭に、ミュアのこの「ミルトン」が再録されている。詩壇におけるミルトンの再登場が実現したばあい、この記念号はこの詩を掲げたということだけでも、あるいは、ミルトン批評史に残る一号となるかもしれない。

ミルトンと王政復古

最近のミルトン研究の分野では、イギリス本国においても、またわが国においても、社会科学者の発言がきかれるようになり、議論の内容に学際的な厚味が感ぜられるようになってきた。イギリス史の研究家たちは、現在では、あのジェントリー論争や地方史研究の方法などを経てきているだけに、その観点からミルトンをみなおすという傾向がつよいようにみうけられる。そしてイギリス革命史におけるミルトンの位置づけを確定するために、彼の属した社会層の割りだしという作業に相当の精力をそそぎこんでいる。その結果として、学界としての通説が出はじめたかといえば、むしろ反対で、ミルトンを、一方において貴族「的」社会層にくりいれる論者もあるかと思えば、逆に彼をピューリタン左派の急進派のひとりとして位置づける論者さえあらわれ、議論の行方は杳（よう）として定かならぬのが現状であるとみうけられる。

こうした多様の理解が出てくる最大の原因――すくなくとも、そのひとつ――は、ミルトンじしんが、王政復古前夜の論文において、軍政の強大化や王政回復の動きを阻止せんとする立場から、「貴族とおもだったジェントリー」“nobility and chief gentry”を基盤とする「自由共和国（フリー・コモンウェルス）」を提唱したことにある。ここに出てくる「貴族とおもだったジェントリー」とは、字義そのままの受けとりかたをすれば、明らかに社会層の指摘である。だからこのフレーズの解釈をめぐって、研究者間に議論がたたかわされ、そのばあい、結局はミルトンじしんの属する社会層の確定をいそぐという作業に関心が集中するのは、ことの当然のなりゆきといえるのかも知れない。しかしながら、はたしてミルトンは、このフレーズを用いる際に、そもそも特定の既成社会層の指摘を意図したのであろうか。このことは、王政復古期の彼の思想と芸術を考察せんとするばあいに、いちど問うておかなければならない基本的な問題であるように思われる。

王政復古前夜に彼が書いた諸論文のなかで最重要のものは、質的にも量的にも、『自由共和国樹立の要諦』*The Ready and Easy Way to Establish a Free Commonwealth* であることに異論はない。（以下たんに『要諦』と呼ぶばあいがある。）これははじめ一六六〇年二月下旬に出版し、さらに同年四月初旬に再版したものである。さきほどの「貴族とおもだったジェントリー」ということばも、この論文に出るものである。[1] ここで注意しなければならないことは、この一六六〇年という時期は、ミルトンとしては叙事詩『楽園の喪失』を口述していた時期でもあったという事実である。だから散文の自由共和国論とこの叙事詩とのあいだに、なんらかの関係――貴族観、ジェントリー観をめぐってさえも――が認められる可能性がある。そのことを検討するためには、とくに自由共和国論の第二版に加筆のかたちではじめて出てくる考え方と、『楽園の喪失』との関係に目を向ける必要が生ずることであろう。社会科学的アプローチは文芸作品としての叙事詩を敬遠し、文学的アプローチは散文の論文を等閑視する傾きがあるが、ミルトンの考え方、とくに王政復古期の考え方に目を向けようとするときに、こうしたふたつのアプローチのもつ、それぞれの欠陥は埋められなくてはならない。

＊　＊

貴族という身分が爵位をもつ特権階級を指すことは、論を俟(ま)たない。一般に「卿(ロード)」の肩書きをもつ身分である。またジェントリー（あるいはジェントルマン）というのは、越智武臣氏の定義によれば、「ほぼ十六世紀ころには、漠然と貴族とyeomanryとの間に介在する社会層、具体的には地主・大商人・法律家などを指す」ことばであった。[2]これが社会科学的な定義である。ただミルトンじしんは「貴族」ということばを、こうした社会科学的に厳密な意味では用いなかった。

たとえば彼ののこした『備忘録(コモンプレイス・ブック)』を見ると、一六三七年かその翌年の記入とみなされるもののなかに——

貴族性(ノビリティ)は神の霊から出るものであって、先祖の血統から出るものではない。そのことは、プルーデンティウスが、高位のローマ人の殉教者は高貴(ノーブル)な霊の出であるとしつつ、「……神に仕えるものこそ真の貴族である」と書いていることからもわかることである。[3]

また記入の年のさだかでないもののなかに——

わが国の紋章官ギリム氏は……ごじしん生まれながらのジェントリーでありながら、……「もし身分のある人びといえども……美徳を欠くならば、高貴(ノーブル)な家柄のしるしをみせびらかす下賤の人士、卑しい(イグノブル)人士にすぎない」

(1) イェール大学出版部『散文全集』第七巻、三八三、四五八、四五九ページ。
(2) 青山吉信・今井宏・越智武臣・松浦高嶺共編『イギリス史研究入門』（山川出版社、一九七三年）、三七〇ページ。
(3) 『散文全集』第一巻（一九五三年）、四七一、四七二ページ。

と書いていられる。(4)

としるしている。同様のことは、一六四二年の『教会統治の理由』にも見られる。高位聖職者たちが爵位を得て貴族院に列する仕組みを揶揄して、ミルトンはいうのである——

卿らはその教皇の司教座に、しかとしがみつき、気おちしてはならぬ。男爵らしくふるまい、議会における高慢ちきな裁きや決定に堅く立つことだ。(5)

つまりミルトンによれば、世にいう貴族、かならずしも高貴ならず、神によく仕える高潔の士こそ高貴なのである。こうしてみると、彼は貴族という名称を、厳密に社会科学的な意味あいで用いることはせず、倫理学的な意味あいで用いていることは明白であろう。

全く同じことが「ジェントリー」という名称にかんしてもいえるのであるが、その例証ははぶいてもいいだろう。ただ、ミルトンが「貴族」という語と「ジェントリー」という語を、ほんらいは異なった社会層を指すことは知らないはずはないのに、実際は大した区別だてもせずに使っているという事実は、ここで指摘しておく必要がある。有名な実例を（これはのちほど必要になる例でもあるので）あげるとすれば、一六四四年発刊の『教育論』を、ミルトンは「わが国の貴族とジェントリーの子弟」“our noble and gentle youth”(6)のために書いたと明言している。「貴族」と「ジェントリー」はみごとに一括されているのである。

彼はどうしてこの二つの語を一括してはばからなかったのであろうか。考えうることを並べてみれば、第一に、この双方のことばの意味する階層は社会的に隣接する階層であり、とくにテューダー王朝末期からステュアート王朝初期にかけては、ちょっとした機会にジェントリー層は貴族層に浸透する情況が現出していた。[7] さきほど引用した越智氏の定義にも、ジェントリーとは「漠然と貴族とヨーマンリーとの間に介在する社会層」（傍点、新井）とあった。第二に、そもそもミルトンは、この双方の名称を倫理学的な意味あいをこめて使っている。だから、彼としては倫理的レベルで一括しうる階層にたいして同一の扱い方をしただけのことであって、そこにはなんの不自然さもなかったはずである。それから第三に、この双方の階層の子弟には、この時代では、教育の面において差がなかったという事実があげられる。（教育問題にかんしては、のちにふれる。）

かくしてミルトンは「貴族」と「ジェントリー」とを、さしたる区別だてをせず、倫理学的な意味をこめて用いたということができるのである。別のいい方をすれば、現実の貴族層、ジェントリー層のなかでも、ミルトンのいう「貴族とおもだったジェントリー」に名をとどめうる人びとはすくなかったにちがいない。ミルトンが王政復古直前

（4）『散文全集』第一巻、四七三ページ。

（5）『散文全集』第一巻、七九三ページ。なお『散文全集』第三巻、三九六ページを参照せられたい。メリット・ヒューズが *John Milton: Complete Poems and Major Prose* (New York: The Odyssey Press, 1957), p.661, n.127 につけた注は、短いが、含蓄にとむ。

（6）『散文全集』第二巻、四〇六、三七八ページ。

（7）貴族の数はエリザベス女王逝去の一六〇三年では五五家であったのが、それから一世代を経た一六三三年では一二二家にふえている。G.E. Aylmer, *The King's Servants: The Civil Service of Charles I* (London: Routledge and Kegan Paul, 1961), p.331. 新たに貴族に加えられたものの大部分は、ジェントリー層出身であった。浜林正夫『増補版イギリス市民革命史』（未來社、一九七一年）、補章。

の自由共和国論において使用するこのフレーズは、「生まれつきの」既成支配者層を指すことばではないことを、まず共通の理解としなければならない。彼の用語法はあいまいだという批判は、全くあたらないのである。だいいち、ミルトンじしんも、ジェントリー的思想系譜の思想家ではあっても、正真のジェントリーではなく、ましていわんや貴族階級に属するはずもなかった。

＊＊

『自由共和国樹立の要諦』初版は一六六〇年二月の最後の週には出版された。それよりまえ、二月一八日に、議会内の残部（ランプ）議員は、やがて開会さるべき新議会の議席を事実上、彼らじしんの手によって押さえるように画策し、それを可決した。その処理に反対する「隠退議員（セクルーデッド・メンバーズ）」――一六四八年一二月の「プライド大佐の粛清」で追放された王党派と長老派の議員たち――七三人は、政権の座への返り咲きをねらって、マンク将軍とあい図って、同月二一日に、長期議会を再開させ、さきの一八日の残部（ランプ）議会の決定を破棄し、その翌日には、四月二五日に新議会を開会する旨を議決してしまう。これは事実上のクーデターであった。『自由共和国樹立の要諦』を書いたミルトンが、この二月二一日の動きを知らないことは、この論文の内容からして明らかであり、これがそれ以前に――とくに一八日から二一日の間（かん）に[8]――書かれたことは、ほぼ確実であろう。

この『要諦』のなかでミルトンが述べていることの中心は、イングランド各州を「小さなコモンウェルス」となし、それを「貴族とおもだったジェントリー」が治め、[9] その政治単位を基盤として、次に国家そのものの「基礎たり主柱たる」終身制の中央評議会“the Grand or General Council”を設立するという提案なのである。[10] 彼はそれを、「満席で自由な評議会」“a full and free Council”とも呼んだ。[11] そのばあい彼は、いうところの中央評議会――議会（パーラメント）という語を故意に避けて――を残部議員（ランプ）で埋めたいとねがっていたらしい。それが二月二一日の隠退議員（セクルーデッド・メンバーズ）の巻きかえしを喰って水泡に帰した。しかもこの論文の出たのが、残部議会（ランプ）の解散処置のとられたあとのことという、タイミングの悪さであったから、論旨そのものが宙に浮き、無意味となってしまった。そこでミルトンはこの論文の改訂版を出す必要に迫られる。新議会の開会は四月二五日と正式に決定されたので、この論文は新議員選挙の運動たけなわの、四月上旬には上梓されたはずなのである。

自由共和国論の改訂再版は、終身制の中央評議会の設立提案という大筋においては変わらないものの、初版とは、いくつかの点においていちじるしく異なる論となっている。まず第一に、残部議員（ランプ）支持の表現は、それが無意味となった以上、当然のことであるが、払拭された。第二に、かつてはミルトンじしん、なにかしらの期待を寄せていたマンク将軍にたいしては、将軍が隠退議員（セクルーデッド・メンバーズ）と結託した事実が明るみに出たあとであるだけに、たいへんきびしい態度をとるにいたった。ミルトンはこの改訂再版では、将軍をローマの軍事独裁者スルラ（前一三八年―七八年）に見たてて、その名をタイトル・ページに印刷しているほどである。「スルラの専制」とは、明らかにマンク将軍の軍政への批判である。(12)

（8）この解釈にかんしては『散文全集』第七巻に載せられたR・W・エアーズの見解に多くを負っている（同巻三四三、三四四ページ）。

（9）『散文全集』第七巻、三八三ページ。

（10）『散文全集』第七巻、三六九ページ。

（11）『散文全集』第七巻、四二七ページ。"a full and free Council" の "full" は "frequent"（「満席の」）の意である。『散文全集』第三巻三九六ページ、第七巻三六二ページ、および『楽園の喪失』第一巻七九七行を参照せられたい。

かくしてこの改訂再版は、初版本とは雰囲気の全く異なる文書となった。いそいで初版原稿を口述するミルトンには、いちおう政治勢力としての残部議員の擁護という立場があって、その立場からの政治図の具体化を意図した議論を展開していた。終身制の中央評議会の設立というアイディアにしても、その線に沿ったもので、これ以前の、たとえば『ある友人への書簡』（一六五九年一〇月二〇日）などの文書にもあらわれるものであって、ミルトンがその実現を執拗に求めていた政治理念であったことがわかるのである。中央評議会の終身制を彼が立案したのは、『要諦』の初版段階では、この堅牢な寡頭制をもって、共和制の瓦解をくいとめ、王政の復古、もしくは政治的混乱の事態を最少限度に阻止せんとする、緊急時の歯どめとしての、差しあたりの便法を考えたからにほかならない。したがってこの初版本の内容は、悲観につつまれながらも、なお現実に根ざした主張となっている。

しかるに改訂再版は、彼の政治的期待がことごとく覆されたあとで、初版本に大幅に朱を入れたものであって、悲観の度はふかまっている。しかしそれだけに、ミルトンほんらいの理想が前面に押しだされた論となっている。そのミルトンほんらいの理想とはなにか、という問題を、この再版における加筆部分を手がかりとして整理してみる必要がある。そうすることによって、一六六〇年の二月、三月段階のミルトンが、ちょうどこの同じ時期に口述していた叙事詩のなかに、改訂再版の自由共和国論の主旨を嵌めこんでいる事実を、掘りあてることができるかもしれない。もしそうだとすれば、『楽園の喪失』は、思想的には、改訂・自由共和国論の延長線にとらえられることになり、自由共和国論そのものの理解にかんしても、また叙事詩の理解にかんしても、従来とはやや別の見方が可能となるかもしれないのである。

＊　＊

ミルトンが改訂・自由共和国論においておこなった大幅な加筆として、三つの部分があげられる。第一は「自然の法」にかんする部分、[13]第二はアリ社会にかんする部分、[14]そして第三は「終身制の元老院」にかんする部分である。[15]これだけの加筆でも、初版本で約二二ページ分にあたる。相当の分量である。

まず最初の、「自然の法」にかんする加筆部分であるが、これはイングランド議会が「王政の束縛を自由な共和国へと変えた」と述べる部分につづく段落である。その変革の理論的基礎は「自然の法、つまり全人類を真に心底から根本的に支える法の法」"the law of nature only, which is the only law of laws truly and properly to all mankind fundamental" である。それに依拠しつつ、議会は、「自然的でも倫理的でもない」教会諸法を廃棄したのだとミルトンは論ずる。「自然」と「倫理」がほぼ等価値的に並べられていることが、いかにもミルトンらしい。そもそも「自然」を「慣習」に対立させる考え方は、古典時代以来存在し、ミルトンもそれを受けついでいた。[16]ミルトンばかりではない。イギリス革命期の反体制派は、とくに長期議会以後は、だいたいにおいて、この流儀で既成の政治・宗教指導層を糾弾したのである。ミルトンもその一人でしかなかった。ただ彼のばあい、「自然」という語は、自然権という、厳密に法理的な権利意識をもつものというよりは、さきの引用によっても明らかなごとく、「倫理」と結びついた用語となっていたことは、ここで注目しておくべきであろう。

---

(12)『散文全集』第七巻、四〇五、四四〇ページ。
(13)『散文全集』第七巻、四〇九ページ一四行から四二〇ページ八行まで。
(14)『散文全集』第七巻、四二七ページ二四―二九行。
(15)『散文全集』第七巻、四三七ページ一四行から四四四ページ八行まで。
(16) 本書所収の小論「ミルトンと自然」を参照せられたい。

第二の加筆部分は、王政支持の人びとを批判し、神のみわざと人間の努力を評価しない怠けものとこきおろす箇所に加えられた。旧約聖書の「箴言」第六章六節以下の、「怠けものよ、アリのところへ行き、そのなすところを見て、知恵を得よ。アリは君侯なく支配者なく、主人もないが、夏のうちに食物をそなえ、刈りいれのときに、食糧を集める」ということばを引用する。そのあとにミルトンは筆を加えて、「アリは、無分別、無制御の人びとにたいして、倹しき自制の民主制、あるいは共和国“a frugal and self-governing democraty or Commonwealth”の範例となり、一人の専政君主による一支配体制下よりも、多くの勤勉にして平等なる人びとが未来をのぞみ“in providence”協議しあいつつ、安全に繁栄してゆく型となっている」としるしている。アリ社会は明らかに共和制の象徴となっている。この引用にあらわれる共和制の諸特徴――「勤勉」、「倹しさ」、「自制」「平等」、「未来」の重視など――は、ミルトンの共和制論においては、多くの変奏をともなって、繰りかえし出てくる考えかたなのである。

ここにみられる「民主制、あるいは共和国」という表現とのかかわりで指摘しなければならないことは、ミルトンは、これと同じ内容を表現するばあいに、他の加筆部分において「共同社会」“Commonalty”という表現をとるということである。[17] これは「州、もしくは共同社会」という表現であるところからみると、おそらく州レベルの共和制――ミルトンのいわゆる「州会議」“general assemblies”を中核とする政治体――を指すものと思われる。ミルトンは、その共同社会の構成員となるべきものを「貴族とおもだったジェントリー」と考えているのである。

これと同じ加筆部分においてミルトンは、初版本では明瞭とはいえなかった「中央評議会」の構成にかんして、彼の考え方を明確にしている。この部分と、もう一つの加筆部分[18]とを勘案してみると、各州のおもな都市に個別の「通常会議」“ordinary assemblies”を設け、[19] それが州単位の「州会議」“general assemblies”の選出母体になる。さらに州会議から代表者が選ばれて「中央評議会」“Grand or General Council”を構成する、という仕組みになる。（この三段階の政治構造のアイディアは、王党派と長老派を核とする隠退議員（セクルーデッド・メンバーズ）が王政の回復を画策したことに反撥して、その対案としてミルトンが提示したものである。が、このアイディアは、すくなくともその基盤は、彼がこれより一八年もまえに、長老派擁護論の一環として発表した『教会統治の理由』のなかで構想したところの、教会統治の構造のなかに求められる。そこでは彼は、「教区会議」“every parochial consistory”、「教会会議」“a little synod”、「中央会議」“a general assembly”の三段階の教会統治構想を提案したのである。[20]

『自由共和国樹立の要諦』における加筆部分として第三にあげた箇所は、「終身制の元老院」“perpetual Senate”の提唱にかんする段落である。ここで元老院というのは、国の「基礎たり主柱たる」中央評議会のことである。この加筆部分でわかることは、ミルトンが中央評議会を元老院と規定した背景には、ユダヤの最高法院（サンヘドリン）、アテナイの最高法院（アレオパゴス）、スパルタにおける三〇人の長老会、ローマの元老院、それにヴェネチア共和国の元老院などの先例に範をとった、ということである。ただ、同種の構想はヘンリ・ヴェイン卿の『矯正と均衡の必要』（一六五九年）や、ヘンリ・スタブの『ある将校への書簡』（一六五九年）その他が主張していたことでもあった。[21] 国務会議員ジョン・デズバラ将軍にいたっては、前年の一二月に残部議員（ランプ）のなかの六〇名をもって元老院を構成すべしという主張を公表し

(17)『散文全集』第七巻、四五八、四五九ページ。
(18)『散文全集』第七巻、四四三ページ。
(19)“their several ordinary assemblies”（「それぞれ別の通常会議」）とある。これを「数個の通常会議」とするのは誤訳である。
(20)『散文全集』第一巻、七八九ページ。
(21)『散文全集』第七巻、一〇四、一二六、一四九、一八一ページ。

ていた。[22] それくらいであるから、ミルトンが元老院制の主張を発表したことじたいは、とくに奇異といえることではなかった。ただこの「元老院」ということばが、反国王派、反長老派に共通した用語であったことは、たしかといわなければならない。

ミルトンの構想した元老院制は、しかしながら、他と大いに異なる一面がある。それはなにかといえば、この同じ「終身制の元老院」の加筆部分の、まさにそのなかに、教育問題を大幅に持ちこんでいる点である。彼によれば、信頼のおける中央評議会を設立するためには、選挙人も被選挙人も、すぐれた教育 "of a better breeding" の人士たちでなければならず、その条件がかなえられれば、国民に「徳力ある信仰、節制、謙虚、謹厳、倹しさ、正義」を教えうる政治体制を構築することができる、というのである。このことは、「民衆の会議」"popular assemblies" などよりも、「おもだった人びとよりなる元老院」"a Senate of principal men" を選ぶべきだ、という前の加筆部分におけるミルトンの主張に呼応する。[23] ここまでくれば、自由共和国の支柱とされる「貴族とおもだったジェントリー」というのは、すぐれた教育をうけた、有徳の、国民に範たりうる人士たちを指して、ミルトンが用いたフレーズであることは、疑うことができない。[24]

そもそもミルトンは論壇に登場した当初から、この問題に関心を示している。例の『教会統治の理由』（一六四二年）においても、地方の「ジェントリーつまり研究熱心な人びと」"the Gentry, studious men" が大学に入学して、つまらぬスコラ的な詭弁を習得して帰郷することを、「不幸」なることと論じている。[25] 同じこの書の第二巻冒頭の「序言」は、ミルトンの文学的自伝と称せられる箇所であるが、古典と聖書による鍛練を教えるこの箇所は、じつは、「わが国のジェントリーの子弟」"our youth and gentry" の訓育をめざした教育論とも読めるものである。[26]『教育論』（一六四四年）そのものが「わが国の貴族とジェントリーの子弟」の教育を目途とした書であることは、すでにふれたとおりである。一六五九年八月の『教会浄化の方法』においてさえ、その緊急の話題の一部として教育問題が取りあげられている。(27) こういう観察をとおしてみれば、ミルトンが一六六〇年の自由共和国論の再版において、「終身制の元老院」を提唱する段落のなかで教育問題を扱うことは、すこしも唐突とはいえないことがわかる。それどころか、このような教育に裏づけられた元老院制——つまり倫理的基盤のうえにたてられる中央評議会制——の構想こそ、ミルトンの元老院制論を他と区別する特質といわなければならない。

以上われわれは『自由共和国樹立の要諦』再版への加筆箇所を中心にして、「自然の法」、アリ社会に範をとった共同社会（コモナルティ）、教育に立脚した元老院制の提唱という三点にわたるミルトンの主張を考察してきた。この三つの加筆のなかで最重要のものは最後の加筆である。「自然の法」の倫理も、その倫理にのっとった共同社会（コモナルティ）の定義も、すべて「終身制の元老院」の構想の基礎として、その一点に連なるものである。

さきにわたくしはこの書の再版は、その初版の現実性に比して、悲観の度合いはふかまっただけに、かえってミルトンほんらいの理想が強調される結果となっていると書いた。そして彼ほんらいの理想は、上記の三加筆部分にいち

---

(22)『散文全集』第七巻、一五三、一八一ページ。
(23)『散文全集』第七巻、四三九ページ。
(24) その教育の内容にかんしては拙著『ミルトンの世界』(研究社出版、一九八〇年) の第五章「ヒロイズム観の実践——『教育論』」を参照ねがいたい。
(25)『散文全集』第一巻、八五四ページ。
(26)『散文全集』第一巻、八一八ページ。
(27)『散文全集』第七巻、三〇六、三一五ページ、その他。

おう絞られると思われる。この三部分の内容にかんしては、すでに説明したとおりであるが、そこに共通することは、それぞれの部分にかんしてその都度指摘してきたように、倫理性の強調という一事である。

ここでもういちど『要諦』の再版における加筆部分のなかで、いままでふれずにおいた著者の主張に目を向けなければならない。それは、ミルトンの立案になる中央評議会は、選りすぐられた高徳の士たちの集いであり、それじたいが立派な人柄と「雅量」"magnanimity"をもつべきもの、と説かれる段落である。[28] 中央評議会を構成するのは、州会議から選出された「貴族とおもだったジェントリー」であるからには、雅量の徳は、彼らにこそ求められた倫理的条件であったはずなのである。その雅量の徳とは、もともとアリストテレスが『ニコマコス倫理学』第四巻三章で述べたもので、王者に欠くべからざる最高の徳とされた。語源的には「大きな心（マグヌス・アニムス）」の意である。ミルトンは青年期からこの徳の意義を学び、[29] やがて、たとえば『教育論』においては、キリスト教的意味あいをこめたことばとして用いている。[30]

『要諦』の改訂版において強調されるこの「雅量」の概念は、その初版本においても、すでに論ぜられている。（その段落は再版においても、そのまま生きている。）それを引くと――

良心の自由を大切にし、それを保護するのは、自由共和国（フリー・コモンウェルス）だけである。自由共和国だけが雅量"magnanimous"にとみ、恐れを知らず、みずからの公平の処置を確信しているからである。それにたいして王政は、じつは小心"pusillanimous"で、徳と大きな心"generosity of mind"のゆえに尊敬をかちえた人びとを信用しなかったが、いままでも信仰あつきをもって知られている人びとに猜疑（さいぎ）のまなこを向けるのである。[31]

「雅量」、「大きな心」をはぐくむのは自由共和国であって、王政はそれをきらい、「信仰」をこばむ、という文脈からわかることは、ミルトンがここでもまた、「雅量」と「信仰」とを等価値的に考えているということである。つまり「雅量」とは、かつて『教育論』で彼が述べたように、神の意志へと聞かれた「大きな心」にほかならない。そしてこの雅量の美徳をはぐくむ主体が自由共和国そのものであるとするならば、その美徳の根源は、自由共和国の主柱たる「貴族とおもだったジェントリー」以外には求められないことになる。政局の急激な反動化の時節を迎えて、ミルトンがその共和制論を急遽改訂したときに彼の脳裏にあったのは、「貴族とおもだったジェントリー」の倫理性こそ、自由共和国樹立のための礎(いしずえ)であるという考えであったと思われる。

＊＊

さて、ミルトンが共和制の末期にはすでに口述を開始していた『楽園の喪失』のなかに、『自由共和国樹立の要諦』の改訂版に加筆したいくつかの論点が出るとすれば、それはどのようにあらわれるものであろうか。まず最初に「自然の法」の問題から検討をはじめよう。叙事詩の第一二巻二四行以下において、天使ミカエルがアダムに語る数行は、『要諦』の加筆部分にミルトンじしんが論じたことと、ほぼ同一の内容となっている。

---

(28)『散文全集』第七巻、四四八ページ。
(29) 前記注(24)の拙論を参照せられたい。
(30) 前記拙論。
(31)『散文全集』第七巻、三八二、四五六、四五七ページ。

　　　　　　　　　　one shall rise
Of proud, ambitious heart, who not content
With fair equality, fraternal state,
Will arrogate Dominion undeserved
Over his brethren, and quite dispossess
Concord and law of Nature from the Earth;
Hunting (and Men, not Beasts, shall be his game)
With War and hostile snare such as refuse
Subjection to his Empire tyrannous.

　　　　　　やがて心たかぶれる
ひとりの野望家が起こり、正しき平等、
兄弟(はらから)相愛の状況(さま)にあきたらず、
兄弟のうえに不当の主権を僭称して、
調和と自然の法とを
大地から除去せんとする。
かれの専制政体への屈従をこばむものには
戦闘と敵意の罠を仕かけて、狩りこむ。

（獲物はけものではなく、人間(ひと)なのだ。）　　（第一二巻二四―三二行）

ここでいう「野望家」は神に逆らう専制暴君ニムロデを指す（創世記一〇の八以下）。ミルトンはかつて『偶像破壊者』*Eikonoklastes*（一六四九年）のなかで、そのニムロデという名称をもって、チャールズ一世を指したことがある[32]。だから『楽園の喪失』を口述するミルトンもニムロデとチャールズ・ステュアート――このばあいはチャールズ二世――を、同じサタン的な野望家ととらえたとも考えられる。さらに、「調和」と「自然の法」の尊重が「平等」、「兄弟(はらから)相愛」の基とされていることや、それへの尊重の念のないところに「専制政体」がのさばりはじめるという図式は、改訂・自由共和国論でミルトンがいっていることと、ぴたりと合致する。とすれば、この「野望家」は、ここでは、ミルトンが「スルラの専制」と野次った、その当のマンク将軍を指す黙示的表現とも考えられるのではないか。いずれにせよ、叙事詩における「自然の法」ということばは、明らかに倫理的意味あいをもち、その点、散文の『要諦』で語ったことを、その延長線で、より明確化しているといえよう。

第二にアリ社会の部分に相応する詩行として、われわれは第七巻四八四行以下をあげることができる。

First crept
The Parsimonious Emmet, provident
Of future, in small room large heart enclos'd,

（32）本書所収の「ミルトンと自然」を参照せられたい。『散文全集』第三巻四六六、五九八ページを参照。

Pattern of just equality perhaps
Hereafter, join'd in her popular Tribes
Of commonalty ....

　　　　まず匍(は)うのは、
未来を心がけ、寛(ひろ)き心を
小さき胸につつむ倹(つま)しき蟻(あり)。
蟻はこののち、民の共同社会を
かたちづくり、正しき平等の
型となる。
（第七巻四八四—四八九行）

『要諦』の改訂部分のなかで、共和制の象徴とされたアリ社会の諸特徴の一切が、ここに出そろっている。「未来」、「倹(つま)しさ」、「平等」という語ばかりか、「寛(ひろ)き心」という語が出る。この語が「雅量」の変形(ヴァリエーション)であることは、再説の要もあるまい。さらにここでは（叙事詩のなかでここ一回かぎりの）「共同社会(コモナルティ)」という重要な語があらわれる。注解家たちはこの語にはほとんど目もくれず、まして自由共和国論第二版との関連での説明は、いまのところ皆無といっていい。[33]『要諦』では、すでに観察したように、それが「州会議」を中核とする政治体を指していることを考慮すれば、たんに「民主政体」などということを漠然と指す語ではなく、詩人としてはもっと具体的な内容の実体を脳裏にえがいて用いた語であるととることができる。また叙事詩におけるアリ社会の美徳は、自由共和国の選出母体たる「貴族とおもだったジェントリー」の、あるべき姿を詩的に、より直截(ちょくせつ)にうたいあげたものと考えていい。

重要なことは、このアリ社会の叙述のあとに、人間(アダム)の創造の叙述がすぐにつづくことである。

There wanted yet the Master-work, the end
Of all yet done; a Creature who not prone
And Brute as other Creatures, but endu'd
With Sanctity of Reason, might erect
His Stature, and upright with Front serene
Govern the rest, self-knowing, and from thence
Magnanimous to correspond with Heav'n....

なお欠けるは主要たる作、すでに
造られたるものの完成(きわみ)。他の生きものの
ごとくにはうつ向かず、愚でもなく、

---

(33) かつて Laura E. Lockwood, *Lexicon to the English Poetical Works of John Milton* (New York: Macmillan, 1907) がこの語を "general body of the community, common people" と解釈した。また最近では Alastair Fowler が *The Poems of John Milton* (London: Longmans, 1968) で "democracy" と注づけをしたにとどまる。いずれもじゅうぶんとは言えない。

きよき理性をさずけられて、全身を直立させ、
しずかなるひたいをまっ直ぐにもちあげて、
みずからを知りつつ、他を治める、
ゆえに寛(ひろ)やかなる心をもって天と交わり……
（第七巻五〇五―五一一行）

アダムは「きよき理性」をさずかり、「寛(ひろ)やかなる心」――つまり「雅量」――をもって神と交わり、節制を尊びつつ、他を治める。これらの美徳は、前段の結びで説明したように、明らかに、「貴族とおもだったジェントリー」にミルトンが求めた理想的人間像である。つまり創造されたアダムの姿には、ミルトンの考える指導者層の典型が見いだされるのである（この関連で思い出されるのは、叙事詩の第八巻五五七行でアダムの目がエバの姿のなかに「心の大いさと気高さ(ノーブルネス)」を見ていることである。それは「雅量と貴族性」といいかえてもいい）。ミルトンはいくつかの論文のなかで述べてきた倫理観、もしくは教育観を、叙事詩の主人公の姿を刻みながら詩的に展開したものとみられるのである。

最後に、『要諦』第二版の加筆部分で強調されている「終身制の元老院」にかんしてふれておこう。『楽園の喪失』の第一二巻で、天使ミカエルはアダムにたいして、エジプト脱出後のイスラエル人が、アラビアの砂漠をさ迷いつつ、

みずからの統治法を確立し、
十二の族(やから)から七十人の元老をえらび
律法(おきて)にもとづいた統治をはじめようとする。
（第一二巻二二四―二二六行）

ここは原文では

there they shall found
Their government, and their great Senate choose
Through the twelve Tribes, to rule by Laws ordain'd.

となっている。「元老（セネト）」という語は、叙事詩中ここいちどかぎりのことばである。この行の元本は旧約聖書「出エジプト記」第二四章一節から九節までで、そこには「イスラエルの七十人の長老」とある。

ミルトンが「長老」という表現を故意に避けて「元老」という語を使ったということは、この箇所が『要諦』の再版となんらかの関係のあることを想定させるものである。つまり中央評議会の「元老院」構想をうちだしたミルトンでなければ、叙事詩のこの部分で「元老」という語は使えなかったはずなのである。そもそも叙事詩では、驚くべきことに、「長老」という語はいちども使われていない。そこには、長老派が、王政復古期においては「新たに王党化した長老派」"the new royaliz'd Presbyterians"[34] として、王政の回復のために暗躍する反動勢力となりさがったという、ミルトン一流の批判が働いていたことが認められる。さきにデズバラ将軍による六〇名構成の元老院制の提唱にふれたが、ミルトンが叙事詩の第一二巻二二五行で七〇人の「長老」という語に代えて「元老」という語を採ったこ

(34)『散文全集』第七巻、四五一ページ。

とは、彼が七〇名構成の、とまではいえないにせよ、デズバラ将軍の提唱にほぼ等しい規模の元老院――つまり中央評議会――を構想した可能性をさえ、われわれは推定することがゆるされるのかも知れない。

ミルトンの構想した元老院制は、支配者階級のなかでも、高度の教育をうけた有徳の士たちを土台として機能すべき政体であったことは、すでに述べたとおりである。叙事詩においてミルトンは、古代イスラエルの理想的統治形態を、「律法にもとづいた」元老院制と規定したのであるが、このことは、共和制論のなかで展開した議論を、より直截（ちょくせつ）簡明に叙述したものとみることができる。

＊＊

『自由共和国樹立の要諦』再版の加筆部分は、ここで検討した三部分をみても、最後にふれたところの「終身制の元老院」設立の提唱に集約される立論となっている。つまり「自然の法」や「アリ社会」、「共同社会（コモナルティ）」の追記にしても、目的はすべて最後の「終身制の元老院」制の問題へと連なり、そこに集約さるべきものである。繰りかえして書くのだが、どの加筆部分をみても、共通して、倫理性を強調していることは、見のがせない。

その倫理性の内容は、その加筆部分のいくつかと、それに相当する『楽園の喪失』の詩行を合わせ検討するならば、ミルトンが従来述べきたった倫理、すなわち神に向かって開かれた雅量 *magnanimitas* のエートスであることがわかる。そして自由共和国の基礎となる「貴族とおもだったジェントリー」に、ミルトンが要求したものは、この内容の倫理性であったことも、すでにほぼ明瞭であろう。これだけの有徳の支配者層が中央評議会を形成するとすれば、簡単に余人をもって代えられるはずもなく、またその必要もなかったはずで、ミルトンが、『要諦』再版でその元老院を終身制として提案したのも、たんに緊迫した政治的空気のなかでの、当座の便法として、差しあたりの終身制を提議したにすぎない、といっただけでは、述べきれない内容のものであったと思われる。

ミルトンの考える「貴族とおもだったジェントリー」は、実際に存在するある既成の社会層――たとえば「生まれながらの支配者」としての「名望家」[35]――を指すものではなく、いわんやもはや権力の座から追いおとされた残部議員(ランプ)の類を指すものではありえない。またミルトンは、さきにふれたように、「民衆の会議」を信用しない以上、教育を欠く「民衆」になんらかの協議権をも認めなかったことであろう。とすれば、彼のえがく支配者像は、現実の歴史の流れからは、やや浮いたかたちの、抽象的な理想像となってくることは否めない。しかしこのことを指して、ただちに彼の政治意識の「稀薄」、もしくは「後退」と呼ぶならば、それはいささか皮相にすぎる。

ミルトンはこの『要諦』の再版を出すにあたっては、それ以前の彼のごとくに、なんとしても理想の実現を図ろうとする気持は、もはや捨てて、理想は理想として、それを書きとどめよう、という心境になっている。もしわれ黙(もだ)さば、石叫ばん、の心境とでもいおうか。それだけに、再版においては、未来展望的な表現が随所に書き加えられたのである。[36]『楽園の喪失』はその彼の理想を芸術的に整理・彫琢したもので、それをときに黙示的に、ときに預言者的に、ときに直截(ちょくせつ)に、表現したものであるといえよう。『要諦』でじゅうぶんにいいきれなかったものを、思う存分に吟唱している感がふかい。したがって叙事詩は、アダムの楽園追放という神話を枠組みとしてもちながらも、じつは

(35) 今井宏氏が「王政復古とミルトン」(平井正穂編『ミルトンとその時代』研究社出版、一九七四年)で使われたことば。
(36) 一例をあげるにとどめる。『要諦』初版の最後のページで、ミルトンは、この書を「良識あるまじめな人びと」を相手として書いた、と語るくだりにつづけて、この人びとは「神がこれらの石からあげて自由の子らとしたもう残りのもの」である、とするす。再版では、ここの「自由の子ら」に「よみがえりつつある」"reviving"という形容辞を冠して、全体の預言者的な雰囲気を未来展望の線にそって、より強めた。『散文全集』第七巻、三八八、四六三ページ参照。

王政復古期の詩人の願望をいいつくしたものとみていい。詩人は「貴族とおもだったジェントリー」の理想型を創造時のアダムの姿にうたいこみ、自由共和国（フリー・コモンウェルス）の栄光の構造をアリ社会の共同社会（コモナルティ）で象徴しつつ、成るべくして成らなかった自由共和国への挽歌と、それへの新たなる展望を、ここにうたいあげたのである。

繁野天来の『力（ミルトン）者サムソン』――その執筆年代について

天来繁野政瑠（まさる）といえばミルトンの『失楽園』[1]の訳者として知られている。しかし同じ詩人の*Samson Agonistes*の完訳が、やはり天来の手によって果たされていたことが判明したのは最近のことである。完訳遺稿（毛筆）の自筆本が公刊されたが、この遺稿の発見の経緯と、天来訳の意義にかんしては、この自筆本の巻末に付せられた宮西光雄氏による「あとがき」にくわしい[2]。

ところでこの天来訳「力者サムソン」がいつごろの訳業であるのかという問題であるが、天来じしんによる日付の書きこみはなく、ご遺族の方がたも、この点を詳らかにしない。天来を尊敬し、また天来の信頼も厚かった弟子の、元早稲田大学教授鈴木和一（わいち）氏でさえ、天来からこの訳業のことを聞かされたことはなかったという。

＊＊

（1）新潮社・世界文学全集5。昭和四年（一九二九年）一二月刊。

（2）『繁野天来完訳遺稿「力（ミルトン）者サムソン」』金星堂、一九七八年九月。

宮西光雄氏はこの遺稿の自筆本の「あとがき」のなかで、その執筆年代を推定しておられる。氏は、天来が『失楽園』の全訳を新潮社世界文学全集5として出版した昭和四年（一九二九年）は、天来が、*Paradise Lost* の注釈を研究社英文学叢書の一冊として公刊した大正一五年（一九二六年）からみれば、およそ三年後のことである点に着目される。注釈本を出してから、訳詩を刊行したのである。これがひとつの前例になる。このばあいと同様に「力者サムソン」は、注釈本、*"Samson Agonistes" and "Comus"* を世に問うた一九二九年以後のことであろうというのが、宮西氏の推定である。氏は、天来の『力者サムソン』がいつごろ書かれたということは未詳であるが(3)」と断りつつも、右のごとき理由から、この訳業は「昭和五年［一九三〇年］から六年までかと推定される(4)」と書いておられる。いちおうのご判断といえよう。

ただここに、たいへん不思議なことがある。それは前記一九二九年刊の注釈本につけられたところの *Samson Agonistes* の "The Argument" の訳文と、完訳遺稿の「力者サムソン」につけられた同部分の訳文とが、文体上ひじょうな違いを示していることである。まず注釈本の方では、"The Argument" は「解題」と訳され、

サムスンは、捕虜となり、盲目となり、今やゲーザの獄に在つて、共同の授産場に於けるがごとく働いてゐるのだが、或る祭の日、一般休業の折に、野天へ出て、少し引込んだ附近の場所に来り、暫時其処に腰かけて自分の境遇を嘆く。

とはじまっている。

そのあと「軈(やが)て、其処へひよつくり自分の部落の朋友や同輩が訪ねて来る」とつづき、そのあと「次に、年老いた

父マノーアが来て、同じ事を試み、それと同時に賠償金を出して彼の解放を図らうといふ考えを彼に話し…。サムスンの賠償を図るためにフイリスチアの貴人達と交渉を続けるために、マノーアは去る」。最後は、「一人の猶太人」が来て、「サムスンがフイリスチア人に対し、また、偶然自身に対して為したことを物語り、それで悲劇は終る」と訳しおえている。

次に、完訳遺稿の同じ箇所を転写してみる。こちらは「概要」というタイトルになっている。

サムソン幽囚盲目の身となり、ゲーザの獄に在りて、通常の工場にてのこと く労役に服し居たるが、或祝祭の日に、一般休業の折を見て、戸外に出で、あたりの人気やゝすくなき場所に来り、小時おりゐて己が身の上を卿つ。やがて、同じ部落の知己同輩、歌仲間となりて来り訪ひ、彼れを慰めむとて心をつくすことあり。次に老父マノーア現はれ、同じ心づくしをなし、且つ、賠償によりて赦免を願はむずる旨を告げ……。サムソン救済のためにフィリスチアの有司を試む。……一猶太人急ぎ出で、……サムソンがフィリスチア人に対して、また、ゆくりなくも自己に対して、為したる一部始終を物語り、これにて悲劇は了る。

注釈本と完訳遺稿の両者を読みくらべてみてわかることは、第一に、前者が口語体であるのに対して、後者は文

（3）研究社英文学叢書、昭和四年一〇月。

（4）前掲、金星堂本、二二二、二二三ページ。なお宮西氏は、日本ミルトン・センター『会報』第二号（一九七七年一二月）に、「繁野天来の遺稿『力者サムソン』の公刊」と題する文章を発表されて、執筆年代にかんしては同趣旨のことを書いていられる。

語体であるということ。第二に、前者のほうが訳そのものが正確であるということ。（たとえば、“a common workhouse”は「通常(よのつね)の工場(こうば)」であるよりも、「共同の授産場」のほうがより厳密である。また、“the Philistine lords”は「フィリスチアの有司」とするよりも、「フィリスチアの貴人達」のほうがいい。「有司」は役人一般を指すわけだが、“lords”は、やはり「貴族、支配者」であろう。[5]）第三に、固有名詞の Samson を前者は「サムスン」と表記し、後者は「サムソン」としている。この三点が両者の相違である。後に執筆されたと推定せられる訳文のほうが、文体的に古く、正確度において劣るということになる。これはどうしたことであろうか。

ここで考えられるのは、宮西氏のいちおうの推定に反して、注釈本のほうが、じつは完訳遺稿より後の作ではないのか、という仮説である。天来はその仕事の順序として、注釈を書いてから翻訳をつくるというプロセスを、つねにたどるわけでもない。（じじつ *Samson Agonistes* と一本として注釈を出した *Comus* についていうと、天来はこの注釈本を出す二三年も前の、明治三九年（一九〇六年）に、その完訳を公刊しているのである。）もしかりに完訳遺稿「力者サムソン」が、一九二九年の注釈本より先の作品であるとするならば、この完訳原稿の文体がより古く、かつ正確度において劣るところがあっても、不思議はないように思えてくる。

完訳遺稿と注釈本の、“The Argument”の訳文をさきに比較したおりに、主人公名の表記を、一方では「サムソン」とし、他方では「サムスン」としたという点にふれておいた。この表記法の問題は、「力者サムソン」の執筆年代を推定するにあたって、ひとつの鍵となりそうだ。というのは、語尾が -son でおわる固有名詞の表記法にかんして、天来はきわめて厳密であったからである。

わたくしが調査したところによると、明治期の天来は、たとえば「博士ジョンソン」[6]というふうに書いた。それが大正期にはいると、彼は終始一貫、「ダウスン」、「エマースン」、「ヘンリスン」、「ジ〔または、ヂ〕ョンスン」、「マッ

スン」、「ネルスン」、「ロブスン」、「テニスン」と表記しているのである。[7] その最初の例は一九一八年の「ウキルキ

（5）その他、本文の翻訳のなかで不適当な表現——むしろ誤訳——を、昭和四年の注釈で訂正しているとみられる箇所もすくなくない。数例をあげれば——

“bane” (l. 63) は「毒」と訳したが、昭和四年の注釈では「破壊の因」としている。これが正しい。

“his glory's diminution” (l. 303) は「神の栄光（みひかり）のうすらぐを…」としたのを、注では「叛逆罪」と正した。

“diffidence of God” (l. 454) は「神に対する迷惑」としたのを、「神の不信任」となおした。

“sacred house” (l. 518) の「聖殿」は、注釈で「幕屋」と変えたうえに、「聖廟はまだ出来てゐなかった」と補っている。これなどは明らかに H.M. Percival, *Samson Agonistes* (Macmillan, 1890) を写したものである。

“sedentary” (l. 571) は、「逸居（いつきょ）の麻痺（しびれ）」を「坐業より生ずる」となおした。これも A.W. Verity, *Samson Agonistes* (Cambridge Univ. Press, 1892) に拠っている。

“my riddling days” (l. 1064) の「わが謎々の心」を、あとで「自分が謎を喜んだ若い時代」ととったのは、前記パーシヴァルに従ったものである。

“the sentence holds” (l. 1369) は「その志は奪ふべからず」と訳したが、注釈の方では、“sentence=saying, maxim” と正した。これも前記ヴェリティや Laura E. Lockwood, *Lexicon to the English Poetical Works of John Milton* (New York: Macmillan, 1907) に拠ったもの。

（6）『中学世界』、明治三八年九月。

（7）以上の例は次の諸論考、その他から採取した。

大正一二年　二月　『英語青年』に載せた注釈。

　　　　　　一一月　George Meredith, *The Egoist*（注釈）、研究社。

大正一三年　五月　『英語青年』に載せた注釈。

ンスン氏」という表記である。[8] Samson の表記法にかんしても、この原則はじつに厳格にまもられている。明治三八年（一九〇五年）に天来は「サムソンアゴニステス」と書き、[9] 大正一五年（一九二六年）には「強いサムスン」と書く。[10] これは天来が「サムスン」と書いた、おそらく最初の例である。もっとも、文献的に「――ソン」の最後の例の出る明治三八年（一九〇五年）と、「――スン」が最初に使われる大正七年（一九一八年）のあいだには一三年という時間が横たわっているから、その間の天来文献が収集されないかぎり、確かな判断は差しひかえるべきであろう。しかしおおよそのこととして、明治期の天来は「――ソン」を好み、大正期以後の彼は「――スン」で通したということはいえよう。そうすると、「力者サムソン」というタイトルは、明治期の表記ということになる。

　このことは、じつは、ひとつの固有名詞語尾の表記法の問題にとどまらず、天来の文体の変化全体のなかのひとつの事象として観察すべきものである。というのは、そもそも天来は明治二〇年代の末期より、文語による新体詩の、早稲田派の旗手のひとりとして文壇に登場しているのである。その代表作は三木天遊との合著詩集『松むし寿々虫』（一八九七年）である。[11] ところが大正期にはいってからの天来は口語の世界にはいるのである。これはひとつには、時の流れなのであろうが、より直接的には、一九二〇年以後『ナショナル第五読本』の注釈を、他の英学者にまじって、『英語青年』誌上で精力的に発表しはじめることと関係がありそうである。『英語青年』は徹底的に口語体の雑誌であり、英語の日本語表記も、原音に忠実にという方針であった。大正期にはいってからの天来は、この雑誌で英詩を訳すばあい、原則として口語体を用いている。

　彼は坪内逍遥の勧めにしたがって、一九〇三年に『ミルトン失楽園物語』を冨山房から出版している。これは文語体であった。天来は同一のものを、しかし別のかたちで、一九一三年にも出している。出版社の企画にしたがったままであるから、文章をいじらなかった。しかし同じものを一九二九年に、翻訳『失楽園』の巻初に収めるときには、（翻訳の本文そのものは、それが叙事詩であるために、文語体をとったにもかかわらず）全くの口語体にあらためた。これなども、天来が表現の媒体を文語から口語へと移していった証拠のひとつになろう。この文体上の変化と、固有名詞語尾の表記法の、「――ソン」から「――スン」への変化とは、同じ意識下の動きであると思われる。

「力者サムソン」という訳業が、注釈本の示す口語体とは似もつかぬ文語体であるということと、また「サムソン」という表記法の古さを考慮すると、この翻訳は大正、昭和期のものではなく、むしろ明治期の作ではないかという推量を可能にするように思われる。

＊＊

ここで天来が明治三〇年代に発表した作品と、この「力者サムソン」との、文体上の比較をこころみる必要が生じ

大正一四年一一月　クレメンス・デイン『離婚法案』（翻訳）、新潮社。
大正一五年一〇月　*Paradise Lost*（注釈）、研究社。
昭和　二年　七月　「ミルトンの無韻詩に就いて」『文学思想研究』早稲田大学文学会編。
昭和　四年一〇月　*"Samson Agonistes" and "Comus"*（注釈）、研究社。
昭和　六年　五月　『近代英詩法』研究社。

（8）『英語青年』（大正七年［一九一八年］一二月一五日）、一一〇ページ。
（9）『中学世界』明治三八年［一九〇五年］九月。
（10）注7にかかげた大正一五年の注釈本の六四七ページ。
（11）東華堂、明治三〇年［一八九七年］五月。

てくる。まずあげるのは、明治三六年（一九〇三年）に発刊した『ミルトン失楽園物語』である。エバがサタンの誘惑に乗って、知識の木の実を味わったあとで、同じりんごの実をアダムに勧める段落を引用してみる（第九巻八八一行以下にかんする解説である）。文語による散文体である。

されど、妾独り神通力を得たりとも、御身なほいやしき人間の形骸を脱せずば、神と人とを隔ての雲の八重垣に遮られて、長へに逢瀬波寄る天の河原に、誰れを片おもひの貝がら拾はむも心細ければ、御身にもこをすゝめて、常世の春の長閑けき空に、二人うれしく天翔りつゝ、男神女神の羽袖を并ぶべく、芳しき情の露もこぼさで手折り来つる此土産、いざ、心おきなくめさせ給へ。[12]

次に、明治三九年（一九〇六年）の『早稲田文学』誌上に発表した翻訳『ミルトン仮面劇コーマス』から「姫」を誘惑するコーマスのことば（原文、七四三―七五五行）――

汝、若し時を逸せば、人知らぬ花薔薇のごとく、其の茎の上に頭を垂れて、凋衰せむは、必然なり。美は自然の誇なり、されば、其の妙工に対して驚嘆する者の多からむやうに、宮中に、饗宴の席に、又、盛典の場に導かれざるべからず。……天が此等の美を与へしには、他の意義ありて存す。熟考して悟る所あれ。汝が思慮はなほ若しと謂はまくのみ。[13]

最後に「力者サムソン」から、ダリラがサムソンにたいして過去の行為を謝し、この獄から家にもどり、二人で幸福な生活を送ろうと勧めるくだり（原文、九二〇―九二七行）――

かくて、此の厭はしき牢舎より汝を連れいだして、住居を同じくし、昔に倍する愛情と配慮もて、心うれしき看護にいそしみ、快き物の数を尽して慰め、また、我がために汝が蒙りし損失をば成るかぎり忘らるゝやう志つらへて、倶白髪の末まで御傍去らず侍らまほしきにこそ。(14)

いずれも誘惑の場面から引用したが、最後の訳文が、前二者の文章と、文体上、ほぼ同調子のものであることは、疑えない。

これらの文体を比較するばあいに、この全体的調子（トーン）の酷似を第一点とするならば、第二に、漢字にたいするルビのふりかたを指摘しなければならない。三者とも漢字には例外なくルビをふっている。これは明治期一般の習慣に従ったままであって、天来も大正期にはいると、この習慣をとらなくなる。第三に句読点のうちかたであるが、前にかかげた三引用文の句読点法は（この印刷では不明であるが）、いずれもひとつの法則に従っている。つまり句点（。）（マル）には一角をあたえる――これは現代と同じである――が、読点（、）（テン）にはスペースを――半角（はんかく）をも！――あたえないのである。これは「力者サムソン」の肉筆原稿ばかりでなく、印刷された他のふたつの文章の表記法でもある。したがってこの三文章が読者にあたえる視覚上の酷似性は否定しえないのである。

---

(12)『ミルトン失楽園物語』（冨山房、明治三六年［一九〇三年］二月）、八六―八八ページ。
(13)『早稲田文学』（明治三九年［一九〇六年］一二月）、一六六ページ。
(14) 注2の金星堂本の九三ページ。

第四に、これら三つの作品には、類似の語彙の多出する事実をあげることができる。数例を紹介する。

明治三六年（一九〇三年）	迯（に）げる	銕（てつ・くろがね）	蓮歩（れんぽ）	連理（れんり）			
明治三九年（一九〇六年）	迯（に）げる	鑛（あらがね）	蓮歩（れんぽ）		神采（しんさい）	舌鋒（ぜつぽう）	係蹄（かけなわ）
「力者サムソン」	迯路（にげみち）	銕（てつ・くろがね）	蓮歩（れんぽ）	連理（れんり）	神采（しんさい）	舌鋒（ぜつぽう）	係蹄（かけなわ）

以上、三者におけるいくつかの類似点を指摘した。「力者サムソン」は、明治三〇年代の諸作品と、その調子（トーン）といい、文体といい、表記法といい、酷似しているのである。なかでもこの遺稿は、「コーマス」の訳にごく近い。この両者を比べるならば、上にかかげた四点以外に、この両者が、ブランク・ヴァースの原詩を文語散文体を使って日本語へ移した訳業であるという、重要な共通点をもつことをいわなければならない。そもそも新体詩の旗手として活躍した天来は、文語による訳詩にも長じていた。（げんに「コーマス」の一部——原文の "Song" など——は文語韻文の訳となっている。）それなのに、「コーマス」本文と「力者サムソン」とは、文語散文体の訳業となっている。天来の訳業としては、「力者サムソン」は明治三九年（一九〇六年）刊の「コーマス」と一対（ペア）の仕事であった可能性がきわめてたかいといえる。[15] なんらかの理由で、それは日の目を見なかったのであろう。「コーマス」の翻訳を出して二三年後に、その注釈を研究社英文学叢書の一冊として出版したときに、それは *Samson Agonistes* の注釈といっしょであった。これなども、天来の脳裏では、この二作品が分かちがたい存在であった証左ではないのか。

(15) 明治三九年の「コーマス」と昭和四年の注釈とを較べてみると、翻訳文中の思い誤まりを注釈本で訂正していると思われる箇所にぶつかる。二、三の例示にとどめるが、"prevent" (l. 573) は「そを妨げむと」と訳したのを、注釈では「先を越す、先手を打つ」と正している。"brute Earth" (l. 797) は「不霊の大地」としたのを、「無感覚の大地」となおした。また "timely" (l. 970) は「時に適へる」と訳したものを、のちに「夙に、幼少の頃に」と訂正している。こうしてみると、「コーマス」の訳者天来と、「力者サムソン」の訳者天来とは、語学力において、ほぼ同様のレベルであったことがうかがえる。これなども、このふたつの訳業が、同時期のものであったことを暗示する証左のひとつに数えられよう。

＊黒田健二郎氏は『日本のミルトン文献(大正・昭和前期篇　中)——資料と解題』(風間書房、一九八八年)のなかで本拙論に言及され、宮西光雄氏の論との比較をされている。同書、一〇二、一〇三ページ。

繁野天来とミルトン

はじめ福田陸太郎会長からあたえられました演題は「ミルトンと日本」というのでありましたが、わたくしにはすこし大きすぎる題ですので、ご案内のとおりの演題にさせていただきました。ひとつには宮西光雄先生に同題の論文[1]があり、またなによりも、きょう司会をしていただいています生地竹郎（おいぢたけろう）先生にも同じタイトルのご論考[2]がありますので、そのいずれか、あるいは双方をご覧いただければ、ミルトンと日本の関係は、ありがたいことに、たいへんよくわかるからであります。そこでその角度からの議論はそちらへ譲ることにいたしました。きょうは天来繁野政瑠（まさる）（一八七四―一九三三）のことを、ミルトンとの関連で申し述べさせていただきたいと存じます。といってもミルトン学者としての天来にかんしましては、いま申しあげたおふたかたの論文にもふれられてありますので、きょうは詩人・訳詩家としての天来を、ミルトンとの関連で考えさせていただきたいのであります。

繁野天来は昭和七年（一九三二年）一一月刊行の『ミルトン「失楽園」研究』（研究社）の「小序」のなかで、みずから

（1）十七世紀英文学研究会編『ミルトン研究』（金星堂、一九七四年）所収。

（2）『比較文学』第一八巻（一九七五年）所収。なお生地氏のご労作『薔薇と十字架――英文学とキリスト教』（篠崎書林、一九七七年）所収の「ミルトンのピューリタニズム」も、貴重な論文である。

のたどった道を回顧しています。それによると「今から三十六・七年前」に坪内逍遥のミルトン講義を早稲田で聞いて「驚異の眼を開いた」。その後、「非組織的ながらも」ミルトン研究を進めたが、その目的は「学究的」ではなく、「崇高なる詩趣を我が国に移さうといふのであつた」。しかしやがて国語の性質上、その目的は達せられざることがわかるにいたり、「我が国の詩のために幾度か長太息をした」。そこで方針を一変して、こんどは「自分の尊敬する原作者の美を発揮しようといふことになつた」。原作の美を発展しようというその目的は、ある程度達せられたかに思われたが、そのときにはすでに「現文壇とは没交渉の老爺」、「遠い昔の落伍者」であった、と書いています。

ミルトン研究の集大成たる著述のはしがきのなかで、天来がこう綴ったのであります。明治二五年（一八九二年）、一八歳にして「春の川辺」[3]という新体詩を発表して以来の、約四〇年にわたる歩みのあとをかえりみて、満五八歳の天来は感無量であったことと思うのであります。つまりこの「小序」は、新体詩人としてミルトンの作物を活用しようとこころみた天来と、その後そのこころみを断念してミルトンの詩業そのものの研究にうちこんだ天来と、この二人の天来の存在を告白しております。ただ、ここでわれわれといたしまして疑問としていいことは、この二人の天来は彼みずからが、ここで単純に図式化したほど截然と分けうるものであろうか、という問題であります。あるいは、天来はその創作詩のなかにミルトンの「崇高なる詩趣」を活かそうとして果たしはしませんでしたが、「崇高なる詩趣」そのものは、訳詩家としての天来において開花・結実したとみていいのではないか、という問題であります。

＊＊

天来が最初の作品、「春の川辺」——現在判明している資料では最初の作品——を発表した一八九二年といいますのは、外山正一、矢田部良吉、井上哲次郎が明治一五年（一八八二年）八月、丸家善七店から『新体詩抄』を出版して、ちょうど一〇年めであります。この訳詩集の上梓を契機にして起こりました、日本語の詩形にかんする議論のたいへんかまびすしい時代でありました。この訳詩集中に収められた「玉の緒の歌」の序詞で井上巽軒――つまり、哲次郎――の書いておりますマニフェスト宣言が、まだ新鮮度を失っていない時代でありました。「夫レ明治ノ歌ハ、明治ノ歌ナルベシ、古歌ナルベカラズ、日本ノ詩ハ日本ノ詩ナルベシ、漢詩ナルベカラズ、是レ新体ノ詩ノ作ル所以ナリ」（『郵便報知新聞』一八八二年四月二四日）。この宣言を、他の二人の書いている序言と合わせて読んでみますと、そこには明治のナショナリズムを背景とした知識人の、「平常ノ語」にたいする信頼と、「連続したる思想」を詩の形式で述べようとする欲求とが、激しく渦まいていたことがわかります。新体詩は旧来の詩語と旧来の韻律から解きはなたれた、いわば清新体をあやつって、論理性、思想性、また構造性をもった詩の世界を構築することを求めました。その行きつく先は、口語詩や自由詩の世界であったといえるかと存じます。

その新体詩の作者として出発した天来の作品には、漢詩のもつグランディオーズ尊大の雰囲気はなく、また和歌のもつ粘着性にとむ抒情もみられませんでした。たとえば彼が逍遥からミルトンを習ったという時期の、一八九五年に発表した「君が家」という作品[4]――

松風に　　雨晴れて、

（3）『少年園』第七巻第八四号、明治二五年（一八九二年）四月一八日刊。
（4）『早稲田文学』第八六号、明治二八年（一八九五年）四月二五日。

山青く　水清し。
蓑ほすは　誰が家ぞ、
螢飛ぶ　竹の村。

白鷺の　飛びゆくは、
葦の間の　いさゝ川。
わが志たふ　笛のねは、
月あかき　君が家。

文語体といっても、当時としてほぼ口語にちかい措辞で、物語性・虚構性のつよい詩の世界をつくりだしています。恋愛歌なのでありますが、さらりとしている。自然の風物に遊ぶのはこの詩人の特長のひとつですが、俳句的な簡潔を尊び、主情をさしはさまない。ここにはすでに正真正銘の天来がいます。[5]

一八九七年正月に、新体詩の研究を目的として新詩会というものが結成されますが、そのメンバーのなかに天来の名がみえます。天来のほかの同人は、落合直文、佐佐木信綱、宮崎湖処子、塩井雨江、武島羽衣、杉鳥山、正岡子規、大町桂月、与謝野鉄幹でありました。この顔ぶれをみますと、湖処子のごとくに言文一致詩を書く詩人もいることはいますが、多くは文語調新体詩の詩人でありまして、桂月や羽衣にいたっては、巽軒（そんけん）を駁して、新体詩のことばは日常語ではなく、古語・雅語であるべきだという説をなしたほどであります。[6]天来がこのいわゆる大学派の一人であったということは、彼じしんは普通語にちかいことばの詩人ではありましても、雅語を用いる立場を、かならずしも排除しない考えであったと推測せられるのであります。

この年、明治三〇年（一八九七年）四月の『新著月刊』の創刊号に発表した「雨声鳥語集」四九作は、いずれも日常語にちかい用語の作品ばかりでありまして、大学派の新詩会同人のものとは思えないほどの雰囲気であります。ここではそのひとつ「また来ませ」を紹介いたします。完全な口語詩であります。

また来ませ、
　お近いうちに、
ほゝほゝほ、ぽんと
　　門辺に花が散る。

これは人見円吉氏が「狭斜の巷に散見する点景を印象的にとらえ、遊蕩気分をそそのかす軽妙な作」と評した作品のひとつであります。(7) この明治三〇年の五月には、三木天遊との合著詩集『松むし寿々虫（すず）』（東華堂）を出しておりま

(5) 天来は俳句を好み、『早稲田文学』第二八号（明治三〇年［一八九七年］二月）に「短吟十句」を載せている。天来の教え子で、天来に詳しい元早稲田大学教授鈴木和一氏によると、大正末期の天来でさえ「俳句は毎日いくつもつくっているよ」といっていたという。また和歌もつくったと、鈴木氏はいわれる。

(6) 日本近代詩論研究会・人見円吉編『日本近代詩論の研究――資料と解説』角川書店、一九七二年。これに載せられた杉本邦子氏の論文「新体詩論その他」を参照。

(7)『口語詩の史的研究』桜楓社、一九七五年。

す。

新体詩の制作に精を出しました明治三〇年代の天来は、同時に短篇小説にも筆を染めております。[8] いまはその内容にふれる時間がございません。ただここでは、彼の小説が、全くの口語で書かれ、しかもよくありがちな私小説の類ではなく、虚構性のつよい作品群であることを指摘しておきたいと存じます。つまり散文作品ではありましても、この点、一連の新体詩の作法ときわめて似ているのであります。天来は一気に口語作品の制作に突っ走っていった感があります。

しかしここに、ひとつ不思議とすべきことがございます。それは明治三六年（一九〇三年）二月、つまり『教育小説青葉若葉』を上版したと同じ月に世に問うた『ミルトン失楽園物語』であります。「坪内文学博士校閲」によります、冨山房の「通俗世界文学」の第一編であります。これはミルトンの叙事詩の解説として群を抜く質のものでありまして、この当時のミルトン研究がすでに素人ばなれしていたことの証左ともなっております。ただ、いまここでわたくしが問題としたいことは、その内容ではございませんで、文体であります。平易な口語体で『教育小説青葉若葉』を書いた作家の、これが同じ筆になる解説か、と疑われるほど、異質の文体なのであります。この本はよく売れまして、発行の同じ年に四版を出したほどであります。反響も大きく、四月一日発行の『明星』第四号には内田懐天の評が載っております。内容にかんしましては、これを絶賛しているのでありますが、文体にかんしましては「用語の難渋なる、行文の、青葉若葉の編者と同じき人の作とは受けとり難きまでに流暢を欠く」と評しております。そのとおりであります。この解説文に天来があえて古雅なる措辞を用いましたのは、原叙事詩の荘重さを髣髴させる意図がはたらいたからでありましょう。それになによりも彼は、さきに新詩会に連なったこととの関連でも申しあげましたように、文語体をことさらに排斥する考えはなかったと推測せられるのであります。

おもしろいことに、この『ミルトン失楽園物語』の文体は、同年末の天来編『ダンテ神曲物語』や、この後三年にして、明治三九年（一九〇六年）一二月の『早稲田文学』に発表する「ミルトン仮面劇コーマス」（全訳）の文体と寸分の違いもみせないのであります。[9]いずれも文語散文体の名文であります。「コーマス」の原文は無韻詩（ブランク・ヴァース）であり、一部「歌（ソング）」は定形詩になっております。天来の訳で申しますと、本文は雅語による散文訳でありまして、「歌」の部分は、七七、七五、七七七調の定形をとっております。無韻詩の原文を、『ミルトン失楽園物語』と同じ文体で訳した理由として、いくつかのことがいえそうであります。ひとつは、なんといってもその『ミルトン失楽園物語』で確立した文体が使いやすかったということが考えられましょう。第二に、無韻詩を新体詩ふうに訳出することは、天来にはきわめて容易なことであったことでしょうが、天来にこの訳業を勧めたはずの逍遥その人が、新体詩をきらったという事実があるのでございます。たとえば逍遥は明治三六年元旦の日記に「新体詩を……罵る」と書き、まだ門人のひとりには天来を名ざして、「あれは〔天来の五七調は〕むしろ天来子の弱点と存候」とまで書き送っております。[10]そのくらいでありますか

（8）「めぐりあひ」『新著月刊』第三号、明治三〇年六月一三日。「白菊」『新著月刊』第六号、明治三〇年九月三日。「江戸川心中」『文芸倶楽部』第三巻第一五編、明治三〇年一一月一〇日。「二人乗」『反省雑誌』第一三年第三号、明治三一年三月一日。「こがらし」『新小説』第三年第三号、明治三一年三月五日。「老馬嘆」『太陽』第五巻第一七号、明治三二年八月五日。同巻第一八号、同八月二〇日。『教育小説青葉若葉』上下二巻、春陽堂、明治三六年二月二〇日。

（9）本書所収の「繁野天来の『ミルトン力者サムソン』——その執筆年代について」にかかげた二つの引用を参照せられたい。本書二四二、二四三ページ。

（10）「……新躰詩を談じて今の青年作家の浅修養を罵る」。『坪内逍遥研究資料』第七集、逍遥協会、新樹社、一九七七年刊。森岡格雄あて書簡に「……天来子の五七調、君はどこを喜べるか知らねど　小生は甚だ喜ばぬ方ゆゑ勧めがたし、あれはむしろ天来子の弱点と存候……」。明治三六年以降。『坪内逍遥研究資料』第三集、一九七一年刊。

ら、逍遥は「コーマス」の訳を天来にやらせましても、散文訳が出来てこなければ、『早稲田文学』に採らなったかもしれないのです。第三に、明治三八年といえば、逍遥門下に易風会の動きがあり、それはやがて例の文芸協会へと発展するものでありますが、その易風会の旗上げが四月二八日におこなわれています。近松半二の『妹背山婦女庭訓』の吉野川の場を、逍遥門下生の永井一孝（空外）が奈良朝式の雅語に書きあらためまして、「妹山背山」と題しまして上演したのであります。土肥庸元（春曙）、水口鹿太郎（蔽陽）、東儀季治（鉄笛）らが中心でありました。雅語で綴られましたので雅劇と称せられましたが、たとえば「籠の鳥の雲井を慕ふ身の上ぞかし」などとやったものですから、観客はよくわからなかったといいます。[11]この雅劇の背景には、逍遥が、歌舞伎ふうの七五調式のセリフまわしをきらいまして、それから脱皮する方便として、新セリフを習練させようという意図がはたらいていたといわれております。[12]このいわゆる雅劇の文体が、さきの短い引用でもわかりますように、天来の『ミルトン失楽園物語』や「ミルトン仮面劇コーマス」の文体に酷似してはいないかと、わたくしは勘ぐっているのであります。明治三〇年代の天来の古雅なる文体の背後に、逍遥先生の謦咳を感ぜざるをえないのであります。

天来の遺稿『ミルトン力者サムソン』[13]なども、その文体上の理由と、訳者の語学力から申しまして、この「コーマス」訳と同時期のものとみられます。この問題につきましては、他の箇所で論述したことがございますので、いまはこれ以上のことは申しあげません。[14]ただ、いまご出席の、元早稲田大学教授で、天来の教えを親しく受けられた鈴木和一先生が、新井説にご賛成くださいましたことは、まことにうれしいことと存じております。[15]なお鈴木先生によりますと、天来は「力者サムソン」と読んだと思うとおっしゃっているのであります。先生がそうおっしゃるのですから、まちがいないこととは存じますが、ただ資料的にそれをいまだ証明できないままでおります。天来は相撲が好きで、若いころはみずから相撲をとったといいますし、また『教育小説青葉若葉』におさめられた短篇「なまくら」では相撲とりをあつかっております。

雅語の話にもどります。天来はこの時期に雅語を用いましたが、彼の文体の発達過程としましては、むしろこの時期特有のものでありまして、大正期にはいってからの彼は、口語一辺倒の時代にはいります。大正八年（一九一九年）、当時、台湾総督府中学校教諭をしていました天来は、『英語青年』に「和英三声曲」というものを寄稿しています。[16] “The Masseur’s Pipe” という物語ふうの定形四〇行の英詩を創作して、それに「按摩笛」と題する二様の訳文をつけております。自分の創作英詩に、ふたとおりの和訳をつけて発表するなんて、たいへん得意な気持だったろうと思うのですが……。原詩にふたとおりの訳をつけたと申しあげましたが、ひとつは「旧書生調」、他は「旧俗曲調」としております。要するに文語訳と口語訳であります。その一節を並べてみますと――

---

(11) 坪内士行『坪内逍遥研究』（早稲田大学出版部、一九五三年）、一四三ページ。

(12) 河竹繁俊・柳田泉共著『坪内逍遥』（冨山房、一九三九年）、四六三―四六五ページ。大村弘毅『坪内逍遥』（吉川弘文館、一九五八年）、一七二―一七四ページ。

(13) 『力者（ミルトン）サムソン』金星堂、一九七八年九月三〇日。

(14) 本書所収の「繁野天来の『力者（ミルトン）サムソン』――その執筆年代について」。これはもともと三番町英文学談話会（大妻女子大学）の、一九七八年五月二〇日の例会において述べたもの。

(15) 『早稲田学報』復刊第三三巻第二号、一九七九年二、三月号（一九七九年三月一五日発行）において、鈴木和一氏は『力者（ミルトン）サムソン』（金星堂）をご紹介くださり、この遺稿――鈴木氏さえその存在を知らなかったというこの遺稿――が、その成立から推定七十年たった」（傍点、新井）いま、それが「自死自産の鳥のようによみがえって」日の目を見たことを喜んでくださった。

(16) 『英語青年』第四〇巻第九号、大正八年二月一日号。

武夫（ものゝふ）の血をうけし彼れ、
　手綱操る手に乳（ち）をさぐり、
物の化（け）映つる眼（まな）ざしは、
　　怪しき笛の音を悪（にく）む。

武士（ぶし）の孫ぢやに、桜ぢやに、
　手綱かいくる手に乳房、
弧つきかや、眼のいろは、
　按摩の笛が怖（こは）いとて。

文体という視点から申しあげますと、これなどは天来が文語詩と口語詩の双方にたいして、自覚的に応分の興味を示した具体的な実例といえます。この後の天来は、たとえば大正期から昭和のはじめまで、『ナショナル第五読本』の定形詩の訳注を『英語青年』に連載いたしましても、口語自由詩に訳出することがふつうとなります。同じ大正八年一一月号の同誌[17]には、“A Minnow”（「めだか」）という自作の定形英詩と、その訳詩を寄稿しています。訳詩は平易な文語調なのですが、そのあとに天来の、編集者あての書簡がプリントされてあります。「自由詩が一番自然で本当の諸音を出しうるといふ信念だけはもつて居ります」と告白しております。口語自由詩を求めていたらしいのであります。じじつ同誌大正一一年（一九二二年）六月一五日号、七月一日号に載った“An Order for a Picture”の訳詩[18]

や、昭和二年（一九二七年）一月一五日号から三月一五日号まで、五回に分載されたドリンクウォーターの詩“The Carver in Stone”の訳詩をみると、全くの口語自由詩形なのであります。[19] この訳詩の最後にちかい一節を引いてみます。おききとりください。

かくて、彼は壁の上に彫った、彼の欲望と
辛抱強い不朽の思想とから生れて
叫ぶ神々を彼の信念の
報酬たる喜びのうちに彫つた。
また、神以外のものをも彫つた。

……………………

いづれも物造る彼の手にかゝり、本然の
圧力に押されて花咲き、中心人物の
誇らしくも節制ある象（かた）となつた、——
それらの姿は彼の苦労の略図であつて。

(17) 同誌第四二巻第三号。
(18) 同誌第四〇巻第六、七号。
(19) 同誌第五六巻第八―一二号。

天来としては、大正末期から昭和初期に、口語自由詩を確立していることがわかるのであります。

＊＊

ここで天来のミルトン研究の特色にふれておきたいのです。昭和七年（一九三二年）の『ミルトン「失楽園」研究』の「小序」のなかで、天来みずから、ミルトン研究の目的は「崇高なる詩趣」をこの国に移植することにあったこと、それに挫折してからは、目的を「原作の美」の探究という点にあつめた、といっていますことは、すでに申しあげたとおりでございます。これでもわかることでありますが、天来のミルトン研究の主目的は、ミルトンの詩そのもののおもしろさの鑑賞ということにあったといえます。*Paradise Lost* の注釈の序文で書いているところによりますと、『失楽園(パラダイス・ロスト)』の「長所はといふに、多くの批評家は彼れの内容を無視して、その外形、即ち、art を賞揚する。私はリヅムの美に就いては多少論じて置いたが、題材の取扱方や plot や rhetoric などには余り触れなかった」というのであります。[20] 天来の仕事を見てみますと、彼じしんのミルトンにたいする興味も、ミルトンの思想にたいするよりも、彼の技法(アート)にたいする興味がつよかったことは事実であります。『失楽園(パラダイス・ロスト)』の注釈の序論におきましても、「『失楽園』の無韻詩に就いて」というかなり長い論説をまずかかげております。これはマッソン、[21]ローリー、[22]ブリッジズ[23]の研究にのっとった論ではありますが、ミルトンの詩にみずから沈潜したものでなければ書けない質の文章であります。詩形についての天来の関心は、その後もふかまる一方でありまして、「ミルトンの無韻詩に就いて」[24]や『近代英詩法』[25]に連なっていきます。そもそもあの『ミルトン「失楽園」研究』も、ミルトンの詩法、文体、表現など、いわゆる技術(アート)の面に力点をおいた論稿でありました。

この研究をT・S・——齋藤勇(たけし)博士——が昭和八年の『英文学研究』（日本英文学会編）で書評しておられます。[26]

そのなかで、天来の著書のなかに、ハンフォード、グリアソン、ストール、ティリヤード、ダービシャーらの研究を落としていることを残念と評していられます。これはたいへんおもしろい評であります。天来は、時期的に申しまして、これらの研究家の著述にふれることはできたはずですし、じじつティリヤードと同期の著作にも目をとおしております。[27]しかし天来の学問は、おおむね一九二〇年代――昭和五年以前――までの学問業績を基礎としています。しかしそれにいたしましても、天来にさらに天寿があたえられたといたしましても、彼は前記の（ダービシャーを除いて）四人の学者たちの著述に、ふかく学ぶことができたかどうかは、はなはだ疑問なのであります。これらの研究家たちは、ミルトンの思想面に目をむけて、ミルトンをクリスチャン・ヒューマニズムの流れのなかに据えて再評価しようとこころみた碩学たちでありまして、天来とは関心のありかが、たいへん違っておりました。天来はおそら

（20）研究社英文学叢書 *Paradise Lost.* 大正一五年（一九二六年）、序文の三九ページ。

（21）David Masson, ed., *The Poetical Works of John Milton*, 3 vols. London: Macmillan, 1874. "General Essay on Milton's English," pp.ix-cxxxii.

（22）Sir Walter Raleigh, *Milton.* London: Arnold, 1900.

（23）Robert Bridges, *Milton's Prosody.* Oxford: The Clarendon Press, 1921.

（24）『文学思想研究』早稲田大学文学会編、第五巻（昭和二年［一九二七年］七月五日）、三〇七―三三九ページ。

（25）研究社、昭和六年（一九三一年）五月一五日。

（26）『英文学研究』第一三巻第一号、昭和八年（一九三三年二月）、七四―七六ページ。

（27）『英語青年』第六六巻第八号、昭和七年（一九三二年）一月一五日号に発表した「研究書案内」で、天来はハンフォードを紹介している。James H. Hanford, *A Milton Handbook*, New York: Crofts, 1926. である。これは、E.M.W. Tillyard, *Milton*, London: Chatto and Windus, 1930. 以前の研究書である。

く、こういう研究傾向はとらなかったと思うのです。さきほど齋藤博士の評はおもしろい、と申しあげましたが、その評は博士ごじしんの関心のありかを証している点でも、おもしろい、という意味をふくめてでございます。

天来は技法（アート）の面に関心の重点をおいた研究家でありましたが、この点で、もう一言くわえさせていただきたいことがございます。それはウォルター・ローリー著書『ミルトン』*Milton* との関連においてであります。この本は明治三三年（一九〇〇年）に出たものです。ローリーはこの書のなかで、『失楽園』が「死せる思想の記念碑」"a monument to dead ideas"であることは認めながらも、そうだからといって永遠の記念碑であることの意味は減少するわけのものではないと論じまして、この叙事詩の「偉大な芸術（アート）」"a great work of art"たることを擁護したのであります[28]。この立場は、おそらく十九世紀のマシュー・アーノルドあたりから発しております。そしてさらにT・S・エリオット、J・M・マリー、ハーバート・リードらへと繋がる系譜であると、わたくしは考えております[29]。天来は「ミルトンの神学は亡びた」と書きながらも、「ミルトンの詩の骨組となった彼れの神学は思想としての生命は失っても、やはり骨組として残り、表現の血や肉を支持するだけの力はある。即ち、それは永遠に文学的生命は失はないのである」と書く[30]。つまり死せる神学思想に「文学的生命」を認めているわけであります。これはまさしくウォルター・ローリーの線であります。天来が明治三三年のローリーと軌を一にして、東洋の孤島で、ミルトンの芸術（アート）の意義を擁護しようと精進した学究であったとしますと、その天来にむかって、ハンフォード、グリアソン、ストール、ティリヤードを読むべきであると求めても、ないものねだりのそしりをまぬかれないのではないでしょうか。たとえて申しあげますと、それはエリオットにむかって、ティリヤードにもっと敬意をはらえ、というにひとしく、無理な相談だというほかはないのであります。天来はミルトンの「原作の美」――とくに技法（アート）――を探究することに生涯をかけた学徒でありました。

＊＊

ところで、表現の美にふかい関心を示し、日本のミルトン研究史でちょうどウォルター・ローリーの地位に立つ天来が、詩人・訳詩家としては新体詩から出発して口語自由詩形へと進んできました跡は、大雑把ながら、すでにたどってまいりました。その過程にありまして、明治三〇年代の後半に雅語の作品が二、三みられるが、それはその時期に特有の作物であると考えてまいりました。

天来は大正期をとおしまして、徐々に口語による訳詩をこころざし、昭和にかかるころには訳詩家としては完全な口語自由詩を完成しておりました。そのことはさきに、昭和二年のドリンクウォーターの作品の訳詩を引用して、申しあげたとおりでございます。ですから『失楽園』という、文語による訳業が、昭和四年（一九二九年）に出版されましても、その文体をただちに明治三六年（一九〇三年）の『ミルトン失楽園物語』の文体へと直結させて考えるとするならば、それはあまりにも抽象的で、短絡的にすぎるのではないでしょうか。天来としましては、古雅で荘重な叙事詩の文体としては、文語体以外には考えられず、『失楽園』の訳を進めるにあたって、かつての『ミルトン失楽園物語』の文体を範としたことは、たしかに否みがたい事実ではあります。ただ実際の問題としましては、明治三六年の文体が昭和四年の文体へと、三〇年ちかくの時間を一気に跳びこえて直結するとは考えにくいことなのであります。ここで両者をくらべてみましょう。サタンの誘惑に負けて禁制の木の実を食べたエバにむかって、アダムの語ることば――

---

(28) ローリーの前掲書、八五ページ。

(29) 拙論「ミルトン研究――現状と展望」『英語青年』一九七二年一〇月号。

(30) 前掲書、*Paradise Lost*（注釈）の序言二九、三〇ページ。

あはれ、地上の天女たる、尊く、気高く、優(やさ)しく、なつかしきイーブは、思慮浅くも誘惑の網にかゝり、おそろしき大罪を犯して、けうとき死の青淵(あをぶち)に片脚を入れたり。我が半身たる彼女(かれ)の堕落は、やがて、彼女(かれ)の半身たる我が堕落なり。春の花、秋の月、彼女(かれ)あればこそ楽しけれ。我が月消えし闇の世の我が花散りし森蔭に、我れ只一人生き残るとも、何楽しかるべき春秋ぞ。仮令(よし)、第二のイーブに出逢ふことあらむとも、散りにし花の枝にかへり、消えにし月の空にかへらむ時は何時(いつ)。所詮、我が骨たり肉たる彼女(かれ)と離れて、独(ひと)り長(なが)へ得べき我が命(いのち)にあらず。苦か、彼(か)れと共に生き、楽(れく(ママ))か、いで、彼(か)れと共に楽しまむ。

名文であります。が、なかなか難渋であります。ただ上手に朗読すれば、わかるはずでありますが、いま上手に読めましたか、どうか……。次に昭和四年の翻訳を——

あゝ創造の極致、一切神工(かみわざ)の最終、
……………
聖(きよ)く、神々(かうぐ)しく、善く、愛すべく、
なつかしき総てに秀(ひい)づる被造物よ！
いかにして堕落したる！　いかにして
俄(にわ)かに堕落したる、汚され、心の花を
散らされ、死に渡されて！………

……さるは、確かに我が心
汝と死なむに定まれり。汝なくば
いかで永らへむ？　汝が快き談話(はなし)と
かく深く結ばれし愛を棄てゝ、この
荒れ寂(さび)れたる森にまた住むを得む？
神他のイーヴを創(つく)り、我他の肋骨を
出(いだ)すとも、汝が死は我が情(こころ)を離れ
去らじよ。……………
……………されば、我が身の
上は汝と離れず、幸にも不幸にも。

（第九巻八九九―九一九行）

同じ文語体ではありますが、二者は相当に質の異なる文体であります。ここで、いくつかのことがいえるかと存じます。

第一に、前者の方が一段と古雅であります。感嘆調の「あはれ」、「死の青淵」「彼女(かれ)」というような表現は、相当に古い。第二に、「春の花、秋の月、彼女(かれ)あればこそ楽しけれ」、「第二のイーブに出逢ふことあらむとも、散りにし花の枝にかへり、消えにし月の空にかへらむ時は何時(いつ)」というような表現にみられる大和うたふうのイメージ。「春の花、秋の月」の類は、天来の若い時の新体詩にきわめて多い表現でありますから、天来のばあいはこの類のイメージは彼の新体詩の雰囲気とみていいものであります。第三に、いまの引用でもおわかりいただける、文のリズム。

「我が月消えし闇の世の我が花散りし森蔭に……何楽しかるべき春秋ぞ」。ここにみられます七五調。このような明治三〇年代の雅語的な表現、それに新体詩ふうの表現とリズムは、天来としては大正期をとおして払拭してしまったものでありまして、彼にとりましては過去の息づかいであったはずであります。『失楽園』の訳詩は、訳詩でありますから、原文に厳密なることはとうぜんでありまして、「春の花、秋の月」ふうの表現は、もちろんございません。夫婦たるものの濃密な関係を叙しながらも、訳詩の方にはねばねばした日本的抒情は拒否されて、そこにありますものは、むしろ非情の美、さばさばしたことばづかいの文語調自由詩であります。二者は全く別の世界の産物なのであります。

『失楽園』の訳詩の文体が明治三六年『ミルトン失楽園物語』と異質のものであるとするならば、この訳詩の文体、もしくはそれに類する文体は、いつごろから天来のものとなったのか、という問題が、あらたに起こってまいります。わたくしの推定によりますと、天来がこの文体を身につけますのは大正の末期であります。彼は大正一五年（一九二六年）一〇月一五日号の『英語青年』に「ドリンクウォーターの詩」を発表いたします。[31]「中国」"The Midlands" の訳注であります。原詩は脚韻をそなえた厳格な定形詩でありますが、訳詩は文語調自由詩となっております。その一節を引いてみます――

谷々は、動く光に透通る山々の下に、
朝霧の花輪をめぐらし、
幾多の義勇騎兵の楽の音うれしく、
また見る、白くきらめく小路には、

脚袢を穿ける赤ら顔の人達の、
野にゆく牛、市にゆく馬具にいそがはし。
彼等は変り易き年の心を知り、
また、作物と牝牛の出来栄えを知る。
うち見れば、太陽は霧を誘ひ去り、
町も農家も昼のひかりに輝けり。

この訳詩の文体は、昭和二年（一九二七年）七月一日号の『英語青年』に出たジョージ・クラブ論[32]のなかの訳詩の文体にたいへんちかい。「村」*The Village* は英雄対韻詩です。訳詩の一節を引いてみましょう。

彼等のは寺領の貧者を容るゝかの家、
泥土の壁は破れ戸を支へかねたり。
腐れる悪気は力弱く戯れ、
日ねもす鈍き糸車の音悲しげにひゞく。

（31）『英語青年』第五六巻第二号。
（32）同誌第五七巻第七号。

訳詩は文語調自由詩であります。この叙事的で悠揚迫るところのない文語調の文体は、その後、昭和三年（一九二八年）八月、九月のメレディスの詩の訳[33]、昭和七年（一九三二年）発表のA・E・の詩の訳[34]、昭和八年発表のウィリアム・モリスの詩の訳[35]などに連なっていく。この文体が訳詩『失楽園』の文体であることは論をまたないのであります。

訳詩『失楽園』に連なる文体を、大正末期から昭和初期に天来がつくりあげたとするならば、さきにもみましたように、彼が口語調自由詩を完成させた時期と全く重なることになります。これは一見、あい矛盾するかにみえますが、決してそうではございません。いずれも自由詩であることにかわりはないからであります。訳詩を文語調にするか、口語調にするか、という判断は、原詩の内容にかかわることであります。ただ天来は文語調と口語調の混淆体は意識的にとりませんでした。文語調なら文語調、口語調なら口語調でとおす、という主義でありました。ですから、同じ自由詩形でありながら、大正末期から昭和初年にかけての時期に、徹底した口語詩と、これまた徹底した文語詩が並行したと考えられるのであります。

このことにかんして思いだせることがございます。それは天来が、藤井武の訳詩『楽園喪失』を評して、それを称賛した一文のなかで、二点の注文を出したことであります。「第一、翻訳の調子が軽過ぎてミルトン流のリズムが出てゐないやうだから、国語の許すかぎりその方面に注意して壮重な調べを出すこと、第二、大体が文語体なのだから、未練たらしく口語を（多くの場合文の末尾に）交へないことである[36]」。これはミルトンの叙事詩の訳詩としては、荘重な調子と完全な文語体でとおすことが必要であるという、天来の主張、もしくは自戒のことばとみていいものであります。この評言を書いたころ、大正一五年当時、天来はみずからも、『失楽園』翻訳の作業のことを考えていたはずだからであります。具体的にはさきにあげましたドリンクウォーターやジョージ・クラブの詩の訳稿を重ねながら、天来じしんつくりあげていったのが、あの『失楽園』の文体であったのであります。ミルトンの叙事詩でありますから文語荘重体の自由詩形をとりました。もっと軽い内容の作の訳であったならば、口語自由詩形をとったことでありましょう。つまり自由詩形をとることにかわりはなかったはずなのであります。かつて大正八年に天来が、自作の英詩に、文語訳、口語訳の二つの訳詩をつけ、同じ年に「自由詩が一番自然で本当の諧音を出しうるといふ信念だけはもつて居ります」と書きましたことは、すでに申しあげましたとおりでありますが、その信念を、彼は大正末期から昭和初期にかけて、実現させたことがわかるのであります。訳詩『失楽園』は、天来の行きついた文体による、最たる訳業であったと考えられるのであります。

＊＊

そもそも新体詩のこころみには、詩語からの自由（口語体）と韻律からの自由（自由詩）への志向とがありました。平常語の息づかいを生かしつつ、論理性と構造性をもつ文芸の世界をつくりだしたいというねがいがはたらいていたのであります。天来のばあい、比較的に短い新体詩が多いのですが、それでもなかには、日夏耿之介が「長篇抒情的叙事詩」[37]と評した明治二八年（一八九五年）の「霜夜の月」[38]などは、一連四行、全二五連の長詩であり、同年の

(33) 同誌第五九巻第一〇号、第一一号。（天来は「メリディス」とつづる。）
(34) 同誌第六七巻第一二号。
(35) 同誌第六九巻第三号―第八号。
(36) 同誌第五六巻第三号、大正一五年（一九二六年）一一月一日。
(37) 『改定増補明治大正詩史』巻ノ上（創元社、一九四八年）、一九六ページ。

「笛の音（跛翁の物語）」[39]となりますと、五七調、全三八八行におよぶ大作でありました。天来にとりましても、新体詩は叙事詩制作への意図と結びついておりました。新体詩がそもそも叙事詩を志向したいきさつにつきましてはご出席の剣持武彦先生のすぐれたご論考がありますわけで、詳しくはそちらにおまかせするのが至当と存ぜられます[40]。ただ資料的におもしろいと思いますので、ひとつだけ申しあげさせていただきたいことは、天来が明治三一年（一八九八年）に書いております「新体詩の前途」[41]という論文でございます。この論文は、昨秋わたくしどもで出版いたしました天来の『力者（ミルトン）サムソン』（金星堂）に、わたくしが「天来繁野政瑠（まさる）年譜」というものをつくりました当時、それは一昨年のことでございますが、その当時はその存在を全く知らなかったものであります。この論文は神戸大学の黒田健二郎先生が見つけられたものであります。この「新体詩の前途」を読んでみますと、「平仄押韻（ひょうそくおういん）等の」「形式的」「厳律を守りつゝ、これが為めに変化の自在を失はず、而して能（よ）く長大篇を完成せむは、ミルトン、テニソン、ウオズオース以上の大熱情と大手腕とを以てするも難からむとす」と述べまして、長詩創作の分野での新体詩の役割を評価し、その将来を嘱望しております。天来じしん、たとえばミルトンの無韻詩の自由を活用して、新体詩形による叙事詩をこころみる意図があったのかも知れないのでありまして、彼が「崇高なる詩趣」を国語に移植しようと考えたときに、具体的には新体詩形による長篇の創作をこころざしていたのではなかろうかと、わたくしは推測しているのであります。さっき申しあげました「霜夜の月」、「笛の音」などは、その実験の結果であったのかもしれないのであります。ただ実際に出来あがった天来の創作詩で、ミルトンの影響を明白にとどめる作はございません。

　その天来が新体詩のリズムをさえこえて、自由詩の域に達しますのは、大正期の彼の口語詩への興味と、口語調訳詩の制作の過程においてでありました。口語、文語の双方で自由詩形による訳詩を完成させますのは、大正末期から昭和初期にかけてであります。それは天来として最後に行きついた文体であります。彼はその文体を自家薬籠中のものとすることによって、はじめて、『失楽園（パラダイス・ロスト）』に立ちむかうことができたのであります。天来が昭和七年（一九三二年）の『ミルトン「失楽園」研究』の「小序」で、彼のそもそもの研究の目的は「崇高なる詩趣を我が国に移さう」というのであって、それが挫折したので「原作の美」を発展することにしたと書いたことは、きょうのお話で繰りかえし述べたところであります。だが昭和七年にこの「小序」を書いた天来は、すでにかの荘重にして高雅なる文体の、訳詩『失楽園』の名だたる訳者であります。つまりミルトンの文体としては、（藤井武とともに）日本語で求めうる最上質の文体を駆使することのできる訳詩家となっていたのでありました。天来は新体詩の創作詩人として、ミルトンの詩趣をこの国に移すことはなかったのでありますが、訳詩家としてはそれを達成したとみられるのであります。この訳詩はすでに立派な創作の仕事とさえ思えるほどの出来ばえであります。

わたくしは詩人・訳詩家としての繁野天来を語ってまいりました。訳詩家というものは、ほんらいは詩人であるべきであります。現代の詩人・訳詩家であられる西條八十（やそ）氏は、「現代詩が芸術的にまったくふるわず、乱脈になったのは、外国の訳詩を語学者にゆだねた影響にちがいない」ということを、娘の嫩子（ふたばこ）さんに、いつも語っておられたそうであります。(42) こういう証言を聞きますと、わたくしなどは耳が痛いのであります。たしかに、わたくしのごときが

(38)『早稲田文学』第九七号、明治二八年一〇月。
(39) 同誌第一〇一号、明治二八年一二月。
(40) 剣持武彦『日本近代詩考——比較文学への試み』（教育出版センター、一九七五年）所収の諸論文。
(41)『韻文学』第二、明治三一年四月。この論文は黒田健二郎氏の『日本のミルトン文献（明治篇）——資料と解題』（風間書房、一九七八年八月）、五八六ページに転載されている。
(42) 西條嫩子『父西條八十』（中公文庫、一九七八年）、二六六ページ。

ミルトンを訳してはいけないのだと、このごろ反省いたしております。その点、天来はミルトンの訳者として最適の人でありました。彼は生涯、詩人としての自覚に生きたらしいのであります。嗣子繁野純氏の書かれたところによりますと、「父は……自らは一人の詩人であると思って一生を終つてゐる」とございます。(43) じつに、天来は、訳詩家としましては、ミルトンの「崇高なる詩趣」を日本語に移しえたことに心足らい、この世の塵を蹴ったのではなかったのかと思うのであります。天来、以て瞑すべし。

＊＊

ミルトン研究者としての天来の業績にかんしましては、すべて宮西先生、生地(おいぢ)先生のご調査におまかせしたのでありますが、いずれにしましても、天来を日本におけるミルトン学の基礎を据えた人物として位置づけることに、どなたも異存はないのであります。実際にいって、天来の残した『失楽園(パラダイス・ロスト)』注釈と訳詩『失楽園』とは、こんにちにいたるも活用せられている模様であります。と申しますのは、わたくしが昨秋出しました翻訳『ミルトン楽園の喪失』(大修館書店、一九七八年)には、多方面からおほめのおことばをいただきましたのと同時に、各種のご注文をいただきました。そのご注文を検討してみますと、多くのばあい、天来の注釈と訳業をご覧になって、それをもとに判断なさっていることがわかりまして、おもしろいのであります。ミルトンは、天来によって、それほど深く、この国に移されたのだと思わざるをえません。天来逝(ゆ)いて、約半世紀。天来はいまに生きているのであります。まさに偉大というほかはありません。いまわたくしは、一ミルトン愛好者として、昭和のはじめになしとげられた偉業をたたえるとともに、それに匹敵しうる仕事を残す必要を痛く感ずる次第でございます。ご清聴、感謝申し上げます。

(43) 繁野天来編『絵本失楽園物語』(冨山房百科文庫、昭和一五年[一九四〇年]三月)、一四八ページ。なお前掲『ミルトン力者サムソン』(金星堂、一九七八年)、二四六ページを参照ねがいたい。

塚本虎二訳口語聖書と『ミルトン楽園の喪失』

一九五三年の歳末に塚本虎二訳『口語新約聖書』第一分冊が届けられた。そのときの感銘は、いまだ忘れられない。当時はまだ日本聖書協会の口語訳聖書も出ていなかったから、そもそも口語、つまり現代日本語による聖書というものが珍しかった。紙背に吸いこまれるように、塚本訳に読みふけった。そこに姿をあらわすイエスは一般の日本人の普通語を語るイエスであり、それはいわば着流しのイエス像であった。

塚本訳に出るイエスのことばで、とくに記憶にのこったものの三つ四つをしるしてみる。スロフェニキヤ地方の女へのことば――「それほど言うなら、よろしい、お帰りなさい。悪鬼はもう娘から出て行つた」（マルコ七の二九）。（当時の日本聖書協会訳では「なんぢ此の言（ことば）によりて往け、悪鬼は既に娘より出でたり」。）ペテロへの叱責――「引つ込んでいろ、悪魔（サタン）！」（同八の三三）。（協会訳「サタンよ、わが後（うしろ）に退（しりぞ）け」。）最後の晩餐の席でのことば――「人の子を売るその人は、ああ　かわいそうだ！　生れなかった方がよっぽど仕合わせであった」（同一四の二一）。（協会訳「人の子を売る者は禍害（わざわい）なるかな。その人は生れざりし方（かた）よかりしものを」。）ゲツセマネでのことば――「もっと眠りたいのか。休みたいのか。もうそのくらいでよかろう。時が来た。そら……」（同一四の四一）。（協会訳「今は眠りて休め、足れり、時きたれり。視よ……」。）最高法院でのことば――「御意見にまかせる」（同一五の二）。（協会訳「なんぢの言ふが如し」。）この調子であるから、十字架にかけられたイエスにむかって、通りかかりの連中が、「へへえ、お宮をこわして三日で建てるお方（かた）、自分を救ってみろ」（同一五の二九―三〇）と怒鳴っても、不自然にはひびかない。教会側ではこれを「百姓翻訳」と酷評したというが、たしかに「へへえ……」では、教会の説教壇で、儀式の一環として朗誦するには具合が悪かったかも知れない。

一九五三年前後の『聖書知識』誌を特色づける記事のひとつは、聖書改訳にかんする塚本先生のお考えの表明である。改訳の第一分冊が出版される前後のことであるから、当然といえば当然である。いろいろに書いていられる。が、この問題にかんする先生の基本的なお考えは、一九五三年一〇月号（第二八二号）の表紙第四ページの「聖書改訳あれこれ　三」にかんたんにまとめられている。聖書改訳を必要とする理由が三つある。「テキスト（本文）と解釈と訳語の改善」である。この考え方は、その翌年の同誌正月号から六回にわたって発表された「口語訳の成るまで」（第二八五号―第二九〇号）で、じゅうぶんな肉づけをあたえられて説かれている。この文章は改訳にかんする先生のお考えを知るうえで、最重要の文献である。

聖書の翻訳にさいして問題となる三つの点のなかで、塚本先生がもっとも力をそそいだのは、（底本はネストレに拠るとして）第二の解釈の点であった。第三の訳語の問題、つまり訳し方の問題にかんしては、多く意を用いなかった、と述べていられる。つまりふつう翻訳といえば、この第三の問題のレベルに集中するはずのものであるが、先生のばあいはこの面にはあまり力をそそがなかった、というのである。この「口語訳の成るまで」には、その他さまざまの興味ぶかい発言がみられる。本文の解釈にあたっては、教会の伝統的解釈をすて、有力な学者の多数意見によった。だから訳者独自の解釈を交えない。生硬な直訳調を排し、素人わかりのするように思い切った訳をしたところがある。療養所のベッドにひとりで聖書をひもとく人びとを標準読者と考えた、等々。

ところでわたくしは、塚本先生が聖書翻訳にさいして問題にされた三点のなかで、先生が第二の、解釈の点にのみ意を用いて、それをどう表現するかという問題は、これをほとんど問題としなかったといっていられることにかんしては、先生が生前そのことをよく口にされたころから、いささか疑問としてきた。このお考えは、『口語新約聖書』第一分冊の表紙第三ページにも印刷されているが、それをわたくしは額面どおりに受けとったことがない。本文の解釈が決まったとして、それを原意のニュアンスを正確につたえる日本語に、きちんと訳出するということは、それじたいすでに独立した大きな仕事であることは、すこしなりともことばの問題で苦しんだことのある者には、明々白々の事実であるからである。塚本訳にはじめて接したわたくしに、忘れがたい印象を刻んだイエスのことばのかずかずは、いずれも本文そのものの原意を正確にとらえた生きたことばの好例である。じじつ先生は、一方では「話の力」、「生きた訳」を重視された。改訳の事業をはじめてから、訳文に推敲(すいこう)を重ねられ、マルコ福音書にいたっては一二、三回も稿をあらためられた。そこには本文の解釈問題との苦闘があったほかに、表現の問題がひかえていたにちがいない。解釈と表現の関係は、じつは車の両輪の関係にある。原意に密着した訳文の使い手でなければ、そもそもの原意がつたえられないのである。（聖書原文の調子がくずれていれば、塚本訳はおのずとくずれていく。塚本訳はそれほどの妙手の作物なのである。マルコ福音書第五章二五―二七節を参照せられたい。）おおよそ原意を正確に伝達する文章の書ける人を、正しい意味での文章家と呼ぶことができるならば、塚本先生ほどの文章家は、そうざらにいるものではない。

それほど文章に気をつかわれた先生のことであるから、現代日本語にかんして独自のお考えがあった。一言にしていえば、口語を完全に信頼していられた。口語はその発達の過渡期にあることは認めたうえで、「純粋の日本の口語は多くの場合文語より短く、かつ強い」と述べていられる。やはり「口語訳の成るまで」の一節である。これなどは、昭和二〇年代の識者の発言としては、たいへんに斬新で、むしろ一般の見解に逆行する、特筆すべき卓見であったと思われる。塚本先生は口語の冗長性をそぐために、「原文を日本語風に読んで数を数え、訳文が出来るだけそれを超過しないようにと努力した」とも述べていられる。こうして簡潔な現代日本語の創造にはげまれたのである。『口語新約聖書』は、療養所でひとり聖書を読むような人たちを念頭においての訳であったため、注解的敷衍つきの訳業となった。ただ驚くべきことに、ある読者による塚本訳福音書の調査によると、それはその敷衍部分を加えてさえ、協会訳口語聖書よりも字数がすくなかったのである。（『聖書知識』第三五七号、第三六一号、第三六二号、第三七〇号を参照ねがいたい。）塚本訳がいかに簡潔な口語を用い、きびきびとした現代文をつくりだしたか、そのことをこの調査結果が雄弁に物語っている。

先生に「聖書改訳の意義」という短文がある（『聖書知識』第二七〇号、一九五二年一〇月）。このなかで先生は、パウロのことば、「この世の神なる悪魔は、自分で立派な信者と自惚れている人たちの心を盲にして、神の像である キリストの栄光の福音の光を見えなくした」（第二コリント四の四）を引用して、「本当の改訳は、この悪魔との戦である。従ってそれは一つの小さな宗教改革である」と書いていられる。聖書訳文に「内容的に迫力の乏しい言い方を好み」、「直接的な言い方を好まない」手合いへの批判をこめたことばである。先生の改訳事業は、教会の伝統的解釈にとらわれず、最新の学的成果を重んじ、直接にみことばに聞く態度が生んだ、直接的な口語訳であった。聖書そのものを裸一貫で読みつづける人びとの姿を脳裏に刻みつつ、ギリシア語原文に肉迫した一伝道家の、報いすくなき為事であった。

私事にわたって恐縮であるが、塚本訳『口語新約聖書』が出版された一九五三年前後は、わたくしのちょうど二十歳前後にあたる。二十歳前後にふかい感銘をもって読んだ口語訳と、その背景をなす翻訳理論とは、ついに現在のわたくしをも捕えてはなさないほどに深刻な影響を、当時のわたくしにあたえた。そのころ大学の英文学科に籍はおいてはいたものの、英文学というものに興味をおぼえず、将来の方針に迷っていたわたくしであった。ましていわんや、塚本訳出版のちょうど四半世紀ののちに、わたくしじしんが『ミルトン楽園の喪失』（大修館書店、一九七八年）の訳者になるなどとは、夢にも考えられないことであった。

この翻訳は急に思いいたって一気に仕あげた仕事ではない。一九六八年ころから、とみに激しさを増した大学紛争のさなか、研究室を奪われ、正規の講義もゆるされなかった時期に、ごく少数の大学院の学生たちといっしょに、細々とミルトンを読みつづけた、その成果である。学園紛争が一段落した一九七一年には、全体の素訳ができていた。このいわば、当時の大学人としては片手間の仕事をつづけながら、つねにわたくしの心にあった方針は（一）ミルトンの本文の原意を汲むこと、（二）耳で聞いてわかる日本語を用いること、（三）簡潔な韻文訳とすること、の三点であった。そして藤井武訳『楽園喪失』（一九二六―二七年）や繁野天来訳『失楽園』（一九二九年）などの先行訳が、すでに通じなくなっている現代の青年たちの耳に、ミルトンが多少でもひびきやすくなればありがたい、ということが、訳者としてのわたくしのささやかな願いであった。

ここまで書いてくれば、わたくしの翻訳方針が、塚本先生の聖書翻訳の態度に酷似していることは明らかであろう。だが、わたくしじしん不思議とすることであるが、その素訳をつくるに要した三年のあいだに、つまりわたくしの翻訳作業の第一段階においては、先生の改訳方針を思いうかべたことは、いちどもなかったのである。先生のご方針をいまさらのように意識するようになったのは、拙訳を出版するつもりをかためて、旧稿に朱をいれはじめる第二段階になってからのことである。ただ先生の口語訳そのものは、わたくしの座右の書であった。先生のご方針を思いうかべることなしに無意識にそれに従っていたのであるから、よほど深刻な影響をうけていたことになる。

わたくしは今回の訳を韻文訳にした。それは原文が、弱強調五歩脚の、脚韻をふまない行を基本とする韻文体であるからである。一行一行は比較的に短い。そして簡勁（かんけい）である。原文が韻文体であるから、訳文もそれにならうのが当然であるが、わたくしが韻文体に固執したのは、ミルトンの一行を、日本語原稿用紙一行の二〇字で訳出することを自分に課することによって、できるだけ簡潔な日本語訳に仕あげようとこころみたからでもある。それはなかなかの苦行であった。が、とくに訳文を整理する最後の段階でわたくしの支えになったのは、塚本先生の、「純粋の日本の口語は……文語より短く、かつ強い」というおことばと、ネストレの原文を日本語ふうに読んで数を数え、訳文がそれを越えないように努力した、というおことばであった。

この関連でもうひとつ申し述べたいことがある。それは、原作が叙事詩であるがために、口語荘重体を基調とする必要があった。もし現代の日本語に、荘重体の範例があれば苦労はいらない。だが、それを求めても探しあてることができなかった。（ただ、関根正雄先生の預言書と詩篇のご翻訳から多くを学んだ。）口語荘重体というものは、いまだ確立していないのであろう。そこでわたくしは、和語と漢語の双方について、古雅なことばでも口語となじみあうことばはこれを導入し、古語と口語の混合体を用いて、それを翻訳文体の基調として据えた。口語荘重体のつもりなのである。その文体を基調として、それよりさらに古雅な文体、逆にそれよりずっとくだけた文体等を、随時採用して、一枚岩ではない原叙事詩の文体の落差をとらえようとこころみた。そのさいにわたくしの頭から去らなかったものは、やはり塚本先生が聖書翻訳をなさるばあい、「口語文に残しておきたいような文語的表現を取入れたり、意味がぼけない限り代名詞を省略することによって字数を少なくした」（「口語訳の成るまで」）と述べていられる、とくにその前半のおことばであった。あの徹底した口語訳にも、文語的な表現がとりいれられている！　この含みのあるご方針に、わたくしは、とくに翻訳の実際面で多くを学んだのである。

ものを訳すという仕事につきまとう多くの問題とその解決法にかんしては、他に多くの先達の知恵に学んでいる。しかし、この問題に対処する基本姿勢は、わたくしは若き日に塚本先生に学んだのである。

ごく最近のことである。わたくしの訳で『楽園の喪失』の冒頭の百数十行を音読してもらっていたある中学一年生が、「サタンはデスラー総統よりわるい！」と述べ立てた、という報告をうけた。デスラー総統というのは、子供たちに人気の物語「宇宙戦艦ヤマト」に出る悪漢なのだという。この評にわたくしは満足した。塚本先生の口語訳のおかげと思っている。

（一九七九年）

〔追記〕拙訳『ミルトン楽園の喪失』は出版当時、二〇におよぶ書評文が雑誌や新聞などに掲げられた。評者各位の言語観、文学観にたった、内容のある評言であったが、いずれもお褒めのことばであったことを思い出す。ごく最近、圓月勝博、小野功生、中山理、箭川修の四氏が『挑発するミルトン——「パラダイス・ロスト」と現代批評』という書物を彩流社から出された（一九九五年）。そのなかで拙訳を「塚本虎二訳口語聖書に導かれた簡潔を特色とする読みやすい名訳である」と紹介してくださった（一三ページ）。これによって、新井訳が一世代の隔たりのあるはずの若い研究家たちにも、まだ読んでいただける訳業であることを知ることができた。

ミルトンと寛容

宗教的寛容の思想は、多くのばあい少数派の主張にその端を発する。それも、その少数派がみずから依拠するに足るほどの思想的根拠を獲得したばあいにかぎる。そうでなければ、わざわざ大勢順応の容易な生き方を捨てて、「異端」の烙印を覚悟してまで、あえて寛容を要求するはずはないからである。

しかしやがてその少数派の見解が社会一般の受けいれるところにまで発展するばあいもある。少数派の見解がそこにまで発展する過程では、幾多存在する少数派の諸見解が、それぞれに角(かど)をけずられ、また共通とするに価する見解が抽出・育成される必要があるであろう。イギリスに例をとれば、この国は、ジョン・ロックの『寛容についての書簡』(一六八九年)が書かれるまでには、流血の革命をなかにはさんで、かかる過程を経ることになる。

寛容の主張がかまびすしく行き交ったこの時代に、ミルトンは生きた。そして寛容思想のおもなる唱道者のひとりとなった。とうぜん彼には寛容を主張するに足るだけの思想的根拠があったはずである。この問題にかんしては研究家たちが、これまでいろいろに論じてもきた。ただ、ミルトンの寛容思想が、彼の時代にあって、具体的にいかなる位置にあったのか、いかなる社会的立場を担っていたのか、という観点から、それが論ぜられたことは、きわめて少ない。ミルトンは、いわば一匹狼であった、と片づけることはたやすいし、じじつそのような見方もある。しかしミルトンは若い時期に長老派という最大のピューリタン勢力の論客として論壇に登場し、その派と手を切ったあとは、ややあってオリヴァー・クロムウェルの共和政府に迎えられ、その禄を食(は)んだ。こういう人物が、終始一匹狼で通す人物であったとは、またそれのできる立場にあったとはとうてい考えられない。彼の強い個性はその時代の思想の潮流と、なにかしらの相関関係にあったことを想定するほうが、自然というものである。

＊＊

『イギリスにおける宗教的寛容の展開』なる大冊全四巻を著わしたジョーダンは、その終巻においてミルトンをとりあげていている。(1) そのなかで著者はミルトンの散文の論文とともに、『楽園の喪失』からも、幅ひろい引用をここ ろみつつ、この詩人の寛容思想を論じている。ジョーダンが引くもののなかで、二段落のみを再引用すると——

I formed them free, and free they must remain,
Till they enthrall themselves.

わたしは、かれらを自由な存在として造った。だから
自由でなければならない。奴隷の状態に堕ちるまでは。
(第三巻一二四—一二五行)

But God left free the will, for what obeys
Reason is free, and reason he made right....

だが、神は意志を自由とされた。理性に従うものは、
自由であるから。神は理性を正しいものとして造り……

（第九巻三五一―三五二行）

前者は神のことば、後者はエバにたいするアダムのことばである。ジョーダンは、ミルトンが「自由」の考えに立つにいたるのは、彼がカルヴァン的な預定の教理から解放される過程においてであることをのべ、これらの詩行に典型的に示される「自由」の理念こそ、彼が宗教的寛容を主張する基礎となったものであると論じている。ジョーダンの判断は正鵠を射ている。

ミルトンの意をいいかえれば、人の「正しき理性」は神からの賜与であり、意志がそれに従うかぎり意志は自由であり、なんびとといえどもその意志の選択・判断の結果に容喙（ようかい）することはゆるされない。自由なる意志の諸判断の結果にたいしては、相互に寛容の態度をもって臨まなければならぬ、ということである。ミルトンがこの考えかたを明確にうちだすようになるのは、一六四四年一一月発刊の言論自由論『アレオパジティカ』以来のことである。そのことはやがて後段で、やや詳しく論ずることになるはずである。

＊＊

（1） W.K. Jordan, *The Development of Religious Toleration in England* (Cambridge [Mass.]: Harvard University Press, 1932-40) 4: 226-27. Rptd., Peter Smith, 1965.

この言論自由論の説明にはいるまえに、ここで観察しておくべきことは、さきのアダムの言にも出た「正しき理性」にかんしてである。

ミルトンは聖書そのものにたいする態度においても、国教会派あるいは長老派の態度とはまったく異なる態度をうちだしている。彼によれば聖書を解釈する主体は「キリストのこころ」をあたえられた個人であり、個人に内住する「霊、書かれざることば」でなければならない[2]。それでも聖書解釈に不一致が生ずれば、「神が万人に真理を啓示されるにいたるまで、相互に寛容の態度を持すべきである[3]」というのである。『キリスト教教義論』のなかでのべていることである。ここでミルトンの使う「キリストのこころ」というフレーズは、「良心」とか「自然」ということばとともに、「正しき理性」の内実をなし、さらにそれが「神の像」、「神の声」をまで意味することばであった[4]。この「正しき理性」という表現は、そもそもはネオ・プラトニズムの思想の系譜に立つことばであり、またイギリス革命期に多用されたことばのひとつでもあった。実定法にもとづく議論では、少数派の主張はつねに負けである。そういうときに「正しき理性」、「自然の法」による主張が前面に出てくる。

十七世紀の思想活動の全体をとおしてみるときに、「正しき理性」の主張を（少数の立場からでなくして）発展させるに著しい業績をあげたグループがあった。ケンブリッジ大学のエマヌエル学寮出身の学者・説教家たちであった。その代表的人物はウィチカットである。その他、ヘンリ・モア――この人物だけは、クライスツ学寮出身――ジョン・スミス、カドワースなどである。この人びとにとっては、「人の魂は主のともしびである」という「箴言」二〇章二七節の文言が、いわば合いことばであり、「正しき理性」こそ「主のともしび」であった。ウィチカットは「理性にそむくことは神にそむくことである[5]」と明言してはばからなかった。これはいいかえれば人間の尊厳の主張であり、この学派に属する面々が、厳格なカルヴィニズムとは一線を画していたことを証する。

またウィチカットによれば、神は人にふたつの光——「理性の光」と「聖書の光」——をあたえた。前者は天地創造以来の光であり、後者は第二の啓示である。[6]「理性」が先にきていることが注目される。これはミルトンが勧めた聖書解釈法が、「書かれざることば」、つまり「正しき理性」にこそ、まず耳を傾ける、という態度であったことと軌を一にするものといえよう。ウィチカットを中心とする理性重視論の思想家グループにとっては、各派各人の聖書解釈の不一致は、寛容をもって覆われなければならず、寛容は人間の尊厳の思想に欠くべからざる基盤であった。[7]

こうしてみると、「正しき理性」を重視するという点において、ミルトンとケンブリッジ学派には共通面が認められる。そしてこの六〇年間、この両者の影響関係が考究されてきた。ニコルソン女史がつとにその先鞭をつけ、[8]現在に及んでいる。だが、細かい検討は省くとして、実際面において、ミルトンとケンブリッジの学徒たちとは生きた世界が違っていた。プラトニストたちはあくまでも国教会側に立って、寛容の問題を扱い、長老派のカルヴァン的決定

(2) イェール大学出版部『散文全集』第六巻、五八三、五九〇ページ。
(3)『散文全集』第六巻、五八四ページ。
(4) 拙著『ミルトンの世界』(研究社出版、一九八〇年)、一〇四、一〇五、一〇八、一〇九ページをご参照ねがいたい。
(5) ウィチカット『道徳宗教格言集』第七六。新井明・鎌井敏和共編『信仰と理性——ケンブリッジ・プラトン学派研究序説』(御茶の水書房、一九八八年)に、鎌井氏の訳が収められている。C.A. Patrides (ed.), *The Cambridge Platonists* (London: Edward Arnold, 1969), p.327.
(6)『道徳宗教格言集』第一〇九。前出書。
(7) G.R. Cragg, *From Puritanism to the Age of Reason* (Cambridge University Press, 1966), p.59.
(8) 女史の数ある論文のなかで、ここでは次の一点をあげておく。Marjorie H. Nicolson, "The Spirit World of Milton and More", *Studies in Philology* 22 (1925): 433-52.

論とピューリタン急進派の「熱狂」を諫め、人間理性の優位を説いた。それにたいして、ミルトンは国教会批判の立場をつらぬいた。だから彼のいう寛容の間口は狭く、それはあくまでも少数派の主張であった。「理性」ということばの意味が、ミルトンとプラトニストたちのあいだでは、ずいぶんと異なっていたのである。

ウィリアム・ラウアリは、ミルトンとヘンリ・モア、カドワースを比較検討した結果として、それらのケンブリッジの学究らがミルトンに「積極的影響」をあたえたとは考えられない、としている。[9] これは寛容の問題にかぎらず、いくつかの主要な思想の型を検討した結果の結論である。わたくしも大筋において、この説に賛成である。ミルトンとケンブリッジ学派とはまったくの同時代人たちであり、それも育った学園をまで同じうしているのであるから、思想の色合いに共通の面のあることに不思議はない。しかしけっきょくは、人間の尊厳を確信する人文主義的な立場を共有し、それゆえに人間の理性と意志の決断を重視するアルミニウス主義的傾向を共有したということ以外の共通項を、この両者に求めることは困難といわざるをえない。

＊＊

それならばミルトンの寛容論は、とくにその思想構造は、いかなるものであったのか。このことを検討することによって、革命期における彼の立場に、より明確な輪郭をあたえるべく努力してみたい。

ミルトンは王政復古の前年の、一六五九年の二月に、『教会問題における世俗権力』を公刊している。これはすでにふれた『キリスト教教義論』の一部に酷似した内容となっている。つまりプロテスタンティズムは聖書と「聖霊の光」とを土台としているが、聖書そのものは後者でのみ解釈されるべきものだ、という説である。[10] また彼は一六七三年に『真の宗教について』を書く。彼の最後のパンフレットとなるものである。この論文の全タイトルは「真の宗教、異端、分派、寛容、さらには教皇主義の成長に抗してとらるべき最良策について」というものである。教皇をふくめて、人たるもの無謬ということはありえないのであるから、「聖書の注意ぶかい研究とこころの充全なる納得」にもとづいて「明示的信仰」“explicit faith”が告白されたばあいには、これにたいして「愛の寛容」“charitable toleration”を示すべきである、という主張である。[11] この議論と政教分離論とが、ミルトンの最晩年の発言内容であったことは、彼が寛容論にかんしていかに真剣であったかを物語るものである。

ところで、この最後の主張は、どこら辺に端を発した考えなのか、と問われれば、それは一六四四年の『アレオパジティカ』である、と明確に答えることができる。ミルトンの寛容論の構造にかんしては、その後のミルトンじしんの思想的発展の過程で、かえって輪郭の薄れてゆく面がある。ここではそのことを中心にして彼の言論自由論にふれておかなければならない。

ミルトンが『アレオパジティカ』を書くのは、彼の離婚論が、とくにスコットランド系の長老派から異端ときめつけられたことを契機としている。その出版の前年の一一月に、議会がスコットランドとのあいだに結んだ「厳粛な同盟と契約」は、多くの識者の目にはイギリスにおける長老派統治への道をひらくものと映り、危機感がみなぎった。主教制に代わって、国民教会としての長老主義がイギリスを支配するとなれば、個人の「明示的信仰(エクスプリシット・フェイス)」への寛容は吹き飛んでしまうのではないか、という疑惑である。

---

(9) William R. Lowery, *John Milton, Henry More, and Ralph Cudworth: A Study in Patterns of Thought* (Ann Arbor [Michigan]: University Microfilms, 1971), p.216.
(10) 『散文全集』第七巻(改訂版)、二四二ページ。
(11) コロムビア大学版『全集』第六巻、一七〇、一七七、一七八ページ。

ミルトンはこの論文でいう。──ものの選択の判断力をあたえられた「成人」[12]は、「正しき理性」の人格であるから、ばらばらの「既知の事実」[13]から出発して、「完成した栄ある姿たる」「真理」へと到りつくべきである。これは「数学的」[14]な正確さをともなった過程である。誤謬を吟味することは真理の確立のための不可避の作業である。[15]「アダムは堕ちて、悪により善を知るにいたった」[16]。だから善と悪、麦と毒麦を権力側で区別して、裁くことはならない。[17]「多くの分離と分割」はゆるされなければならず、[18]「ひとは信ずるところ正しくとも、その奉ずる真理そのものが異端とされる」[19]ことさえある。だから「われわれに愛さえあれば、……〔宗教上の無関心事、その他の〕どれほど多くのことがらが平和裡に寛容に扱われ、良心に委ねられることであろうか」[20]。

ここで、ばらばらの「既知の事実」──誤謬をふくむ可能性のある事実──から出発して、統一体たる「真理」へと向かうべしという主張は、寛容の基礎的思想としていわれているのである。そしてこの考え方は、将来の一六五〇年代のミルトンでは、これほど明確には主張されることのないものである。[21]ここには「数学的」明断さで論証できるものを真実とする経験主義、あるいは事実を優先させる帰納法的精神が認められよう。それは経験の水準でものの真偽を判断する精神ともいえよう。同じ「正しき理性」ということばを用いても、ミルトンがケンブリッジ・プラトン学派の各人と風を異にする原因のひとつは、ここにあったと思われる。

＊　＊

十七世紀の思想的分布からみると、経験の水準で──かならずしも数学的明晰ではなく！──ものの真偽を直覚する立場は、多くは議会側の知性にみられるものである。ここでは三人の人物に登場してもらうこととする。

ミルトンの言論自由論の示すロジックとの関連で、ジョン・グッドウィンの存在を指し示したのは、ウッドハウスの功績である。[22] グッドウィンは青年期にオランダ・アルミニウス派の影響をうけ、のちにクロムウェルの独立派の代表的理論家になった説教家であり、宗教的寛容論者であった。[23] ミルトンとも親交を結ぶことになるはずである。[24] このグッドウィンは長老派の唱える国民教会に反対して、宗教的寛容を主張する。そのばあい、聖書のなかに個人の「良心」、「自然の光」が掘りあてた「新しい発見」を出発点として、「共通に受けいれられる真理」へと到達することの

---

(12) 「成人」の概念は重要で、ミルトンはこれを何通りにもいいかえている。「彼じしんの選択者」、「真の戦えるキリスト信徒」、「自由にして見識ある霊」、その他。『散文全集』第二巻、五一三—五一五、五三一ページ、他。
(13) 『散文全集』第二巻、四九一、四九二、五五一ページ。
(14) 同前、第二巻、五一三、五五一ページ。
(15) 同前、第二巻、五一六、五一七ページ。
(16) 同前、第二巻、五一四ページ。
(17) 同前、第二巻、五一四、五六四ページ。
(18) 間前、第二巻、五五五ページ。
(19) 同前、第二巻、五四三ページ。
(20) 同前、第二巻、五六三、五六五ページ。
(21) 『楽園の喪失』、第九巻、三六〇—六二行に、"Reason not impossibly may...fall into deception unaware."(「理性といえども、うっかりだまされることも／あるやも知れぬ」)というアダムのことばがある。このことばの意味を、一六四四年の寛容論との関連で考えることは可能であるかもしれない。
(22) A.S.P. Woodhouse, *Puritanism and Liberty* (London: Dent, 1938)[, pp.46-47].
(23) W.K. Jordan, *op. cit.*, III, 376-412.
(24) David Masson, *The Life of John Milton* (1859-94; Peter Smith, 1965) 4: 106-107.

要をのべ、その間にありうべき「多くの誤謬（あるいは誤って誤謬とよばれるもの）」への寛容を主張するのである（『信仰のそしり』一六四二年）[25]。これはウッドハウスが「実験的精神」とよぶ思考であり、さきにわたくしが経験的水準に立った思考とよんだものと同断のものであろう。

次にその名を指摘する人物はロバート・グレヴィルである。彼は一六四〇年代初期の議会派の論客であり、将軍であった。リッチフィールド攻略の指揮をとっていて、戦死した。短い一生であったが、のちに革命の推進母体となった独立派の思想は、このグレヴィルにはじまるとさえいわれる[26]。彼の思想の根幹はプラトニズムであり、「正しき理性」は「神のともしび」であると主張し、それに拠ることを勧めた（『監督主義の本質』一六四二年）[27]。これなどはケンブリッジ・プラトン学派の合いことばであった「主のともしび」と、まったく同一のことばであり、内容である。この論者は万物（つまり現象界における「多」）は、神（つまり「一者」）からの流出であるというネオ・プラトン主義の思考を基盤としていた。したがって、彼に従えば、「断片」“fragments”は限りなく「一」なる「真理」へと上昇し、「全体」を構築することを欲する。「真理の断片」は人びとのこころのなかにあり、それらの分派・分離を正統主義の立場から抑圧せんとすることは誤りである、と主張した[28]。ミルトンがこのグレヴィルの著述に親しんだことは、『アレオパジティカ』のなかで、その名をあげ、その著述を諸処に援用していることからして明らかである[29]。ブルックは神秘主義的であるといわれもするが、「断片」からの出発という発想は、わたくしが経験の水準の思考とよぶ傾向を示しているといえよう。

プラトン主義の人物にふれたところで、特筆したいと思うのは、ケンブリッジ・プラトン学派の周辺に属する人びとのことである。ここではピーター・ステリーのことのみを申しのべたい[30]。ステリーは二九歳にしてウェストミンスター宗教会議へ、上院から推挙された俊秀で、国王チャールズ一世の処刑（一六四九年一月）後には、共和政府の国務会議づきの説教者に任ぜられ、クロムウェルの覚えもめでたかった。プラトニストでありながら、同時にカルヴィニストでもありえた人物である。（彼の主著『自由意志論』は自由意志反駁論である。）しかしカルヴァンの預定説にはなじめなかった。けっきょく彼はひとりの折衷派として、アルミニウス派の自由意志論に反対し、またカルヴァンの決定論にも与せず、意識的に両者の中道を模索した。この中道志向の努力は、共和政下の思想状況からすれば、独立派主導期の折衷的寛容論のひとつの型であった。たしかに、ステリーは「福音主義的独立派」[31]のひとりであった。ステリーは「神はあらゆる被造物に遍在する」（『自由意志論』）とか、「最低に位置するものにして、そこに神の在さぬものはない」（『人間に顕現する神』）という考えをくりかえす。[32]これはプラトン主義者としてのステリーのこと

（25）*Imputatio Fidei* (1642), Preface. Woodhouse, *op. cit.*[, pp.46-47].

（26）『散文全集』、第一巻に付されたドン・M・ウルフの序論、とくに一四五—一四八ページを参照されたい。

（27）*A Discourse Opening the Nature of Episcopacy* (London, 1642), p.25. William Haller, ed., *Tracts on Liberty in the Puritan Revolution 1638-1647*, 3 vols. (Columbia University Press, 1933-34) 2: 69.

（28）Haller, *Tracts on Liberty*, 1, 15-22; Haller, *The Rise of Puritanism* (Columbia University Press , 1938) , pp.331-36; Jordan , *op. cit.*, 2: 444-46.

（29）『散文全集』第二巻五六四ページ、他。

（30）新井・鎌井共編、前掲書中、ピーター・ステリーとともにナサニエル・カルヴァウェルの諸論文とそれへの解説を、新井が書いている。Vivian de Sola Pinto, *Peter Sterry: Platonist and Puritan 1613-1672* (Cambrige University Press, 1934) が重要文献である。

（31）Masson, *op. cit.*, 5: 77.

（32）Pinto, *op. cit.*, pp.149, 150.

ばではあるが、同時に、やはりプラトン主義者であったロバート・グレヴィルの場合と同じように、「断片」尊重の考え方に属するものと認められていい。

ステリーはミルトンとは、クロムウェルの身辺で、面識があったであろう。むしろ親しかった可能性がつよい。ミルトンの「荘厳な音楽に」"At a Solemn Musick"（一六三三年）の初め七行を、彼が筆写した手記が現存している。(33)

＊＊

前段でわたくしはジョン・グッドウィン、ロバート・グレヴィル、ピーター・ステリーという、当時の代表的な独立派の論客三人を紹介した。このなかで前のふたりは、その思想構造からして、ミルトンの寛容論の原理とふかくかかわる人物である。最後のひとりは共和政府の独立派中道主義の寛容論の型を示している。しかしこの折衷的寛容論とミルトンとのかかわり方は、いまのところ明確ではない。

この三人はミルトンと、それぞれ近い関係にあった。独立派という点で共通の立場を占めていた。しかしミルトンじしんが独立派そのものに属したか、否か、その判定はむつかしい。長老主義から解かれ、またピューリタン左派にも与しなかった彼は、ひとりの折衷派であったことは確かであり、その点ピーター・ステリーのばあいと酷似している。ミルトンのこの位置は、長老派の目から見たばあい、疑いもなく明白であった。ウェストミンスター宗教会議のスコットランド側委員であったロバート・ベイリーは、なんの躊躇もなく、ミルトンを独立派の異端ときめつけている。(34) このベイリーは王政復古後にも、グッドウィン、ステリーらとともに「盲目のミルトン」をも名ざして、「あの極悪の奴ばら」と罵った。(35) 王政復古のなった翌月、一六六〇年の六月には、「ミルトンとグッドウィン」――この順序で――への逮捕状が出され、ふたりは身を隠す。その年の九月にはこのふたりの著述に焚書の処分がとられた。

グッドウィンとステリーとミルトン、(それに、もし生きていたら、かならずやロバート・ブルックも)――これらの人士は一蓮托生のともがらであった。ミルトンは客観的には、革命推進勢力であった独立派の有力メンバーとみなされていたのである。

彼は思想的にも、とくに寛容の思想にかんしては、独立派流であった。「既知の事実」から出発するという経験重視論が寛容論の基礎をなしている点が、とくに独立派流であった。これが彼の寛容論の位置であったといえよう。

しかし共和政の末期ともなると、体制依拠の傾向をつよめた独立派を、彼は「依存派」"Dependents"とよんで糾弾する(『教会浄化の方法』一六五九年)[36]。ミルトンは独立派からさえ独立したのである。つねに少数派の立場を守ったといえる。『真の宗教について』において、(前にものべたように)「聖書の研究」と「こころの納得」にもとづく「明示的信仰(エクスプリシット・フェイス)」が告白されたばあい、これにたいして「愛の寛容」を示さねばならぬ[37]、と勧める。これがこの文人の最後のことばとなる。

(33) *Ibid.*, pp.21, 223.
(34) William Haller, *Tracts on Liberty in the Puritan Revolution 1638-1642* (Columbia University Press, 1934), 1:19.
(35) Pinto, *op. cit.*, p.40.
(36)『散文全集』第七巻(改訂版)、三一八ページ。
(37)『全集』第六巻、一七〇、一七七―七八ページ。

第三部　詩に生きる

晩秋のロバート・フロスト

北米アマーストの秋はメープルの赤に染まる。それは、やがて降りつむはずの雪を待つ色でもある。共有地（コモン）ちかくの、かつては女流詩人エミリ・ディキンソンが住んだ二階屋もふかまりゆく秋の気配につつまれて、静かに立ちつくしている。

ロバート・フロストがアマーストの町を訪ね、自作の詩を朗読し、詩の話、文学の話をしてくれたのは、紅葉の季節の夜が多かったように思う。アマースト・カレッジの、ジョンソン・チャペルとよばれる小講堂に、その夜ばかりは町の人びとも集まって、フロストのあの飾らない語調の読み語りに聴き入るのであった。

チャペル内の正面右側の白壁には、むかし一八六〇年代に、ここに学んだ新島襄の肖像画がかかっている。第二次大戦中、反日感情のたかまった折に、さすがアマーストでも、日本人の肖像画をチャペルの正面に飾りつづけていることに疑問を呈する声が、一部にあがったという。しかし太平洋戦争中も、アマーストはその「子ら」のひとりジョセフ・ニイシマの肖像を下ろさなかった。アマーストはそのことを誇りとしている。

そのジョンソン・チャペルの講壇に、フロストはゆっくりと老軀をはこぶ。この詩人は、かつて一九一〇年代末からしばらくの間、このカレッジの正教授であった。彼にとっては思い出の地である。それもあってか、一九四九年以後はシンプソン・レクチャラー講座を受け入れて、毎年一、二回はアマーストのキャンパスに姿をあらわした。詩人が町の人びとをも迎えた小講堂で、自作詩を朗唱する時を楽しんだのは、一九五〇年代のことであった。

素朴な声で、しかしかなりのスピードで、詩を朗読する。「雪の夕べ、森のそばにたたずんで」"Stopping by Woods on a Snowy Evening" などは一気呵成に読んでしまう。この詩はよくフロストの「死への願望」をうたった作であると評せられる。その詩を詩人が朗読したちょうど前日に、カレッジではアルフレッド・ケイズン教授がアメリカ詩講義のなかで、この作品をとりあげ、それをフロストの「死への願望」をあらわしていると講じてくれていた。そんなことは知るはずもない白髪の老詩人は、この作を早口で淡々と読んだ。そして注釈をそえた――「この詩はわたしの死への願いをうたった作であると、よく言われますが、そんなことはない。作った当時、わたしはもっともっと若かったのです」。講堂はやわらかい笑いにつつまれた。だいたいに、フロストはヒューモラスであった。

「雪の夕べ」とは別の機会であったと思うのだが、フロストが「雇い人の死」"The Death of the Hired Man" を読んだことがあった。詩人の素朴な声が、このときはいちだんと素朴さを増し、きわだってドラマティックに響いた。

家庭というのは、ひとがそこに行かねばならなくなったときに
皆で迎えねばならないところをいうのだ。

この二行へ到達したときのジョンソン・チャペルは、しばらくの間、静寂が支配した。

あるとき、聴衆のひとりが詩人に質問した。「先生は、たとえばミルトンの詩などは、どうお思いになりますか?」

そういえば若きフロストはイングランドに渡って、エズラ・パウンドやT・S・エリオットらとまじわりつつ、詩人

としての基盤をかためた。つまりモダニスト・グループのひとりとして出発したのだ。だからミルトンなどは、かつてのフロストが反抗した古典的詩人であったはずだ。かの質問者は文学史をかじった識者であったのだろう。フロストはぼそぼそと何か答えていたが、やがて朗々とミルトンの「リシダス」を早口で暗唱した。それはその作品の一九三行全体であった。講堂はそのときも、しいーんと静まった。

秋がふかまりゆくニューイングランドで、こんなひとときを何回かつくってくれたフロストは、その数年後には大統領ケネディの依頼を容れて、ソ連邦へ行った。それは親善のための文化使節としての旅であった。が、アマーストの思い出につらなるものとしては、それはあの老詩人には大仰にすぎる、過酷な旅のように思われてならなかった。

詩人は帰国後、その年のうちに病み伏し、翌一九六三年のごく初めに、逝(ゆ)いて、終(しま)った。しかしこうして詩人は、「皆で迎えねばならないところ」に鎮まることができたのだった。

そこに詩があった

『大妻レヴュー』という、大妻女子大学英文学会が出している研究誌の第一〇号（一九七八年一月）に、石川京子さんはシェリーの詩“Mont Blanc”を訳出している。「モン・ブラン――シャモニーの谷間で書かれた詩章」という訳名にしてある。

遥か　遥か高く　無限の空を貫き、
モン・ブランが現れる――静かに、雪を頂き、澄みわたって――
その臣下の山々は、氷と岩のこの世のものとは思われぬ姿を
そのぐるりに連ねている。その間には氷河の幅広い谷間が横たわり、
その測り知れぬ深淵は
一面に懸る天空のように碧く、
積み重なった絶壁の中に拡がり、曲りくねる。

これは訳詩のごく一部でしかないが、この調子の全体を一読して直感したことは、石川さんには詩がある、ということであった。これは石川さんと同じ学校に勤めはじめて、まだ日も浅いころのことであった。

石川さんには凛然としたところがあり、いったん物を一言いいだすと、なかなかあとに退かなかった。しかし大妻の同僚たちは、石川さんには一目おき、たいへん親切であった。それは石川さんの人徳の然らしむるところであった。石川さんには詩があり、詩そのもののもつ洞察力と権威がただよっていたからでもあろう。

『大英国』の訳業（一九八五年）が、手塚リリ子先生との協同のご努力のあとで完成したとき、すでに他の学校に移っていたわたくしにまで、その大冊をお届けくださった。おふたりの苦闘の現場を垣間見たことのあるわたくしは、襟を正してそのページをめくった。それはたんなる翻訳ではなく、おふたりの研究家のご研鑽の結実であった。

石川さんの病篤しとの、まちがいのない報に接したのはその大業を果たされた年の秋十月の半ばであった。その月一杯のおいのちかも知れぬということであった。そこでただちにブレイクの“The Prince of Love”を邦訳した。「翻訳文化賞受賞をまえに病を養い給う石川京子様へ」と前書をして、「愛のきみ」の訳を清書した。それを花束につけて、ご入院先を訪れ、ご主人の友章氏へお手渡しした。「その花をドライ・フラワーにしてね」と、ご令姉に頼まれたともいう。それから十日を経ずして、石川さんは足早に逝って、終（し）まわれた。

石川さんご自身の「モン・ブラン」の訳のなかに、「われは高く仰ぎ見る、／何か知らぬ全能なる力が／生と死の帳（とばり）をあげてしまったのか、／それともわれは夢の中にいるのか」と。石川さんは、どこへ行かれたのか。

この春のお雛祭りの日は、ローマにいた。午後から、キーツとシェリーの眠るプロテスタント墓地を訪れた。この墓所を再訪することは、日本を発つ前からの予定であった。石川さんへの思いを胸に、シェリーの墓へ行ってみたかった。墓地の一部をなす古代ローマの巨大な城壁は、旅人に「永遠」という語を思い出させた。墓地は、その午後、早春のやわらかな雨に煙っていた。

西の詩・東の詩

わたくしはイギリス文学を専攻しておりますが、この大学に来ましてから数年前までは詩の講義をずいぶん持ちました。詩というのはなかなか大事なものと思いますので、きょうはお渡しした資料を見ながら皆さんとごいっしょに詩のことを考えさせていただこうと思っています。大仰な演題をかかげましたが、英米の詩や日本の詩を読んでみます、という意味くらいにおとりください。

作品に即して

地引弘さんのチャペル体験

最初に「死者はいない」という詩があります。お正月早々「死者」をとり上げるのもどうかと思いましたが……。きょうお話をするというので古い雑誌を引っ張り出してきました。『未開』という詩誌であります。わたくしのところにも、同人の方が昔から送ってきてくださいます。これは『未開』の第四〇号でして、一九七八（昭和五三）年に出たものです。これに地引弘という方の「死者はいない」という作品が載ったのです。わたくしはこの作品にいたく感心いたしまして、編集をやっている方にそのことを申し上げました。

そうしましたら、それから二年経ちましたときに、地引弘さんが『死者はいない』というご自分の詩集を出されました（未開出版社、一九八〇年）。その冒頭にわたくしがほめた「死者はいない」が載っていました。この出版記念会に招かれ、話を求められたことを思い出します。もう一〇年も前のことになりますが、そのとき初めて地引弘さんにお目にかかりました。わたくしよりちょっとお兄さんかなという年の方です。決して有名な詩人ではありませんが、作品はいい。この作品などは、ことによりますと、日本現代詩の中に残る作品かもしれないと、そのときも申し上げましたし、皆さんにも今そう申し上げる次第です。ちょっと読んでみます。

死者はいない
——十和田操先生追悼

棺の蓋をしようというのに死者はいない
葬儀がはじまろうというのに死者はいない
死者はいまチャペル脇の坂道を莨（たばこ）ふかしながら歩いている
そしてふらりと学生クラブの部屋に入ってくる
やあ、みんないますね
——先生　葬式です　先生の・・・
そうですか　いかなければいけませんか
死者はいない

死者はいま夕食のため買物に出かけている
台所で大根を刻んでいる
そして玄関には古い教え子の客がきている
家内にさき逝かれちまいましてね　弱りました
我侭いって困らせましたからね　最後までついててやりました
おかげでわたしは独りで死ぬ羽目になりました
やあ　みんな　いますね　今日は何ですか
――先生　葬式です　先生の・・・
そうですか　寒いのに　気の毒ですね　白いものなんかが落ちてきて　風邪ひかんことですよ

葬儀は終った
師は散策にでかけた
遠ざかる師の後ろ姿をわたしらは見送るだけである

十和田操（とわだみさお）先生というのは明治学院大学の教授でいらっしゃいました。一九〇〇（明治三三）年といいますから、この女子大ができたころ、お生まれになり、一九七八（昭和五三）年にお亡くなりになりました。この方のお弟子さんの一人であった地引弘さんがこういうエレジー（挽歌）をつくったのです。この詩は少しもむずかしいことはありませんでしょう。読んで、すーと頭の中に入ってきますね。十和田先生の葬儀をうたったものですが、先生が生きておられたときの語り方、歩き方までよく描いてあって、先生が亡くなったのか、今生きておられるのか定かでない、その中間くらいに詩人が立っていまして、思い出を語っているのです。先生のことばも入っています。「――先生　葬式です　先生の・・・」。「そうですか　いかなければいけませんか」「寒いのに　気の毒ですね」「白いものなんかが落ちてきて　風邪ひかんことですよ」といっています。十和田先生のお人柄がよく出ています。奥様に先に逝かれてしまった寂しさを語ったこともおありになるらしいのです。台所で大根も刻んだようです。

三行目に「チャペル脇の坂道」とありますが、明治学院大学の正門を入ると、その坂道は今も残っています。「死者はいまチャペル脇の坂道を莨ふかしながら歩いている」。「莨を」などといっていませんね。「莨ふかす」という言い方を、おそらく先生が当時なさっていたのだと忖度いたします。

この詩を読んでみますと、十和田先生のお人柄を追想するお弟子さんたちの気持ちがよくわかります。この作品がつくられたことで、十和田先生の名前がこの世界に永遠に残るわけです。

最後の連に「葬儀は終った／師は散策にでかけた／遠ざかる師の後ろ姿をわたしらは見送るだけである」とありますが、こういう素朴な言い方も、学生気分に返ったような詩人の感じを出しているではありませんか。明治学院のことを知らなくても、だいたいの雰囲気というものはわかります。チャペル、坂道、そして学生のクラブ活動の部屋があります。それから先生のご家庭の模様もわかります。ですから一種の写生、つまり叙景的な作品でもあります。厳粛な、しかしきれいな瞬間がこの作品の中にとどめられています。そしていちばん最後の「遠ざかる師の後ろ姿をわたしらは見送るだけである」を見ますと、これはお別れなのですが、しかし先生がまたどこかに現われるかもしれないという感じがしてなりません。

人と一度出会い、別れますと、今度いつお会いできるかわからないのは、お互い誰でもそうなのです。そのことを一日、二日のことではなくて、一生の単位として考えてみます場合、それをわれわれは、昔から一期一会（いちごいちえ）ということばで表わしてきました。そういう点からも、これは日本的で落ち着いた、いい作品です。

楸邨先生の利根

もう一つ別の作品に出会ったことを思い出します。それは現代日本の俳壇のトップに立つ方のお一人、加藤楸邨（しゅうそん）の作品です。

　行（ゆ）きゆきて深雪（みゆき）の利根（とね）の船に逢（あ）ふ

これに出会ったとき、何かドキンとくるものがありました。しばらく忘れられないでいました。口の中で何回も口ずさみながら時を過ごしたのです。いい人との出会いも大事ですが、いい作品との出会いは大事です。前にわたくしは『英詩鑑賞入門』（研究社出版、一九八六年）という本を出しました。その本の「はじめに」で、「詩とは何か」ということを書くときに、この楸邨先生の句を使わせていただきました。

詩とは何なのかという問いを出しますと、何百という定義が出てきます。百人いたら百通りの定義が出てきます。しかし、定義というものはおもしろくありません。学生さんたちに詩をおもしろいものとして読んでもらいたいのですが、定義を並べたら、まずだめです。わたくしは一計を案じまして加藤楸邨先生の句を出しました。その部分を読みますと、「数年前のことである。加藤楸邨氏の『行きゆきて深雪の利根（とね）の船に逢ふ』という句に出会った。そのとき深く感動した。この句は、まず叙景の詩とみれば、白を基調とした一幅の墨絵である。そこに利根川があり、小船があり、たぶん淡い人影がある。見ようによっては、雪に覆われた冷たい死の世界である。しかし不思議に冷寒の感じはない。かえってその冷寒の世界に生のぬくもりを感じさせてくれる。この世に人として生き、人と出会う、いわば一期一会(いちごいちえ)の心境とでもいおうか。そしてなんといっても、ことばの響きがいい。『ゆ』音と『き』音の三度の反復の生む暖かさ。この韻律の美が、静かなる生の肯定を生む。詩人は、この素朴な感懐を、自然の風物を背景に、さっと一挙動でとらえた。……この作に出会ったことを、わたくしは生涯の幸いと思っている。」そう書いてあります。いま読むと若々しい文章だと思います。原稿は夏に書きました。暑かったから、雪の句を使ったのかもしれないと思います。しかし暑くとも、この句を吟ずれば、そこに冬があります。

「行きゆきて深雪の利根の船に逢ふ」。きれいな句でしょう。日本の詩は、ヨーロッパの詩のようには音楽性が豊かではありません。漢詩のほうが豊かです。大和ことばは必ずしも音楽性が豊かではありません。しかしこの句の「ゆ」と「き」の音の反復が、雪の冷たさ、冬の寒さというよりも温かさ、生の温もりを感じさせます。人間は出てきませんが、船の上にたぶん船頭さんがいて、その人に出会うという感じを持たせてくれる句です。こういう作品をお読みになって、これはなかなかいいな、と思えたら詩がわかるというものです。

作品を無断で使いますと、著作権の侵害になります。ですから本が出版されたあと、しかもだいぶ後になってからのことですが、加藤楸邨先生にお便りを書き、最初にお断りしなかった非礼を申し上げました。お返事が来まして、「あの句は小生の極めて若い頃、利根運河に出かけたときの句です。今度のお便りによつてその頃を遠く思ひ起し、まことに懐かしい思ひにたへられなかつた次第です。その点、小生のはうから逆に御礼申し上げたいやうな思いになつてをります」とありました。

ちょっと考えますと、「行きゆきて深雪の利根の船に逢ふ」という句は、老大家が一期一会の心境を作品にものしたという感じがするのではないかと思うのですが、むしろお若い頃の作品のようです。遠い昔を思い出したとおっしゃってくださったので、救われた感じがいたしました。

ディキンソンの自然の住人

エミリ・ディキンソン（一八三〇―八六）の詩に訳をつけたものをプリントに載せています。

九八六

細長いものが草むらを
ときに駆けぬけ――
出会ったことがおありでしょう――ありません？
かれの現われ方ったら急激なのです――
草は櫛ですくように割れて――
まだらの矢が見える――
すると草むらは足もとで閉じて
ずっと向こうへ開いてゆくのです――

かれは沼地が好き、

とうもろこしには冷たすぎる床が——
でも、子供のころ、はだしで——
いちどならず、日盛りに、わたしは
一本の紐のわきを通りすぎた、と思った、
日を浴びて、だらりとほぐれている紐を。
でも、それをつまみ上げようと、腰をかがめると
それはしわしわになって、姿を消したのでした——

自然の住人のいく人かと
わたしは知りあっています、こころから——
そのいく人かにたいして、わたしは感ずるのです
うっとりとした親しみを——

でも、いままで　このものが
なにかと共にいるときも、ひとりのときも、
出会えば、かならず　ハッ！　と息がつまり
背筋に悪寒（おかん）が走るのです——

これは昨年一〇月に宇都宮大学によばれて講演したときに、訳出して持っていったものですが、わたくしとしては満足できる訳ではありませんので、もう少し練らないと外に出せないものです。

エミリ・ディキンソンはアメリカの女流詩人ですが、マサチューセッツのニューヨーク州寄りにあるアマーストという小さな町に生まれ育ちました。日本では新島襄、内村鑑三がアマースト大学の出身です。わたくし自身も若いころ、そこで二年間勉強したことがありますから、懐かしい場所なのです。エミリはアマーストからほとんど出ることもなく一生を終えた詩人です。わたくしが留学していたのは三十数年前ですが、そのころエミリ・ディキンソンは今ほど有名な詩人ではありませんでした。今はアメリカきっての女流詩人といわれますが、それほどの評価を受けることになるとは、当時は思っておりませんでした。

皆さんはこの詩が何をうたっているかおわかりでしょう。そうです。蛇です。蛇のことを題材にすること自体がわれわれ日本人の感覚からすると、ちょっと異常な感じがします。蛇はおめでたいものではありますけれども、何かこわい。伝統的な作品に蛇はあまり出てきません。この作品は日本的な感覚をお持ちの方はいやなのではないかと思います。

ここの蛇は錦蛇のような大きいものではなく、小さな蛇です。「出会ったことがおありでしょう」と詩人がいっていますが、急激に現われる。そうすると「草は櫛ですくように割れて――／まだらの矢が見える――」。まだらの矢というのは蛇の頭です。「すると草むらは足もとで閉じて／ずっと向こうへ開いてゆくのです――」とありますが、アマーストには小さい蛇は今でもいっぱいいますから、百年前はもっといたのでしょう。そして「自然の住人のいく人かと／わたしは知りあっています」といっていますが、蝶やこおろぎをよく自分の家の庭先で見て、エミリはそれを詩の題材にしています。そういう自然の中の動く小さなものを賞でた詩です。

蛇ということばは出ていませんが、「出会えば、かならず　ハッ！　と息がつまり／背筋に悪寒が走るのです――」といっています。英語ですと“Without a tighter breathing / And Zero at the Bone—”で、いやなことばなのです。“Zero”と“Bone”という音は不吉な音です。ぞーとする感じを出すために、詩人はわざわざこういう語を使っているのです。背筋に悪寒が走るという、ぞーとする気持は日本語では表わしにくいのですが。

そういえば二年ほど前になりますか、岸田今日子さんが「アマストの美女」という一人芝居をなさいまして、エミリ・ディキンソンを演じたのです。わたくしもすすめられて観に行ったのですが、小さな生き物を見てはっとする場面が、岸田今日子さんの演技に出てきました。とても上手でした。詩の読み方もうまかったし、やはり岸田さんは一流の演技者です。

この詩をちょっと読むと、景色、自然を描いているように思うかもしれませんが、詩人の興味は自然の表面にではなくて、自然の中の小さな生けるものにあります。

エミリは細長いもの、小さいものに恐怖を感ずるのです。しかしこの詩の場合、蛇が蛇であるが故に恐怖であるというよりも、自然というものを生かしている何ものかを、蛇の姿の中に見るから恐怖を感ずるのです。つまり蛇という形の中に、自然を自然たらしめているあるものを感ずるわけです。蛇の背後に生命を、この宇宙を、この自然を司っている力を感ずるのです。これは蛇でもいいですし、場合によってはハエでも蛾でもいいのです。こおろぎの音を聴きながらでも、何かしら恐怖を感ずるのです。それはこおろぎをこおろぎたらしめているもの、自然をつくっているものに何かダイモーン（霊）的なものを彼女は感じているのです。

ワーズワスの水仙

蛇ではこわすぎるかもしれませんので、次にウィリアム・ワーズワス（一七七〇―一八五〇）の「水仙」のお話をしたいと思います。昨年の大晦日に、本日のお話のことを考えて、この有名な作品を訳しました。わたくしは有名な作品を訳すということを、あまりしません。本邦初訳というものが多いのです。「水仙」の訳は日本にもずいぶんありますので、これを訳すことになろうとは、以前は思ったこともありませんでした。

わたしはひとり　さ迷う。谷や山の上を
飛んでゆく　ひとひらの雲のように。
ときに、ゆくりなくも見つけた、
黄水仙の群落、その大群を。
水の辺（べ）、木立の下、花花は
そよ風をうけて、揺れ、躍っていた。

天の川にきらめく
星くずのように　うちつづいて
水仙は入江にそって、終わることなき
一線をなして、伸びひろがっていた。
わたしはひと目で、千万の花花が

頭をふりかざして生き生きと躍るさまを見た。

波は花花のかたえで躍っていた。ただ、水仙の
喜びようは、きらめく波の喜びどころではなかった。
これほどの楽しげな仲間に出会っては
詩人たるもの　浮かれざるをえなかった。わたしは
凝視し、凝視した。しかし、考えも及ばなかった、
この光景がどれほどの富をもたらしてくれたかを。

というのも、茫然として思いにうち沈んで
寝床に身を横たえているときなど、
孤独の喜悦たる内なる目に
かの花花は燦としてかがやくのだ。
すると　わたしのこころは　喜びにあふれて
群れなす水仙とともに躍りつづける。

ワーズワスのこの作品はあまりに有名で、あまりにも立派な作品ですから、どんな訳をつけても大した成果は得られないのですが、だいたいのことがおわかりいただければ結構です。

イングランドの北部に湖水地方というところがあり、そこでの水仙との出会いをうたったものです。この作品を、詩人はさっと書いてしまったとお思いになるかもしれませんが、そうではないのです。一つの作品をさっとつくれるかというと、浪漫派の詩人でもそう簡単にはできません。

学生時代に、まだ焼け跡の残っている銀座の資生堂の社屋で「与謝野鉄幹・晶子展」というのを見たことがあります。与謝野晶子は浪漫派の歌人ですから、あとからあとから流れるように短歌ができたのかと思っていました。ところが原稿の真ん中に元の短歌が書いてありましたが、そこにたくさん朱を入れていたのです。それでまわりは真っ赤なのですが、でき上がった作品はなめらかなものになっているのです。それは大変驚くべきことでした。「やは肌のあつき血汐にふれも見でさびしからずや道を説く君」――などという、じつになめらかな作品ができてくるのです。なめらかな短歌をどんどんうたい出でた歌人であると思っていましたけれども、一つの作品に何十時間という時間を費やしていたことがわかりました。

自分の中にうごめくものを引き出すという作業は、そういうものなのです。水仙をうたう詩人は、自然の中で水仙を見、水仙の中のことを考えつめて、そして自分というものをほとんど空洞化して、水仙の背後にあるものを語るのです。ですからどういう作品ができてくるか、初めからはわからないのです。インスピレーションを受けた詩人は、苦しみ、もがき、自分のからだの中にあるものに形をあたえようといたします。それは苦闘です。詩をつくるということは、そういう大変な仕事です。

この詩は単なる思い出や風景を写生しているのではありません。日本のアララギ派の写生というものとまったく違うのです。わたしというものが風にそよぐ水仙の群落に出会います。それを見て、黄水仙をそよがせる力を自分も実感として検証しているのです。「茫然として思いにうち沈んで／寝床に身を横たえている」「孤独の喜悦たる内なる目に／かの花花は燦としてかがやくのだ」に表われているように、水仙との出会いはたまたまだったのですが、水仙を水仙たらしめている宇宙の力、あるいは神の力と出会ったということなのです。ですから水仙のことを思い、水仙とともに躍れば、喜びにあふれ、自分も水仙と同じように、宇宙を生かしているものの力の中で生きているのだと感ずるのです。ワーズワスの詩は哲学的だといわれる理由は、こういうところにあるのです。

先ほどのディキンソンの詩はこわかったですが、「水仙」はこわくはありません。しかしそれは素材が違うだけで、水仙を水仙たらしめているものは何であろうか、あるいは蛇を蛇たらしめているものは何であろうか考えている姿勢は同じものなのです。エミリ・ディキンソンはワーズワスの作品をよく読んでいました。この「水仙」だけの影響だとは思いませんけれども、宇宙を宇宙たらしめるもの、生けるものの背後にあるこわさというものを、ワーズワスも、それから百年あとのエミリ・ディキンソンも感じていたに違いないのです。

こういういい作品を読みますと、なかなか忘れられません。皆さんの中でも、“I wandered lonely as a cloud”で始まるこの作品を中学校か高校でお習いになった人がいらっしゃると思います。やさしいからということもあるのですけれども、いい作品だから教科書に載せてあるのです。それは皆さんのその時点におけるこの作品との出会いです。いい作品に出会っておりますと、人生の折ふしにその作品が生きてきて、自分たちを支えてくれることがあります。詩の力というのは非常に強いものです。ですからいい作品に出会うということは、いい人と出会うということと同じように大事にしていただきたいと思います。

「水仙」の詩の次に、「水仙」というエッセイが載っております。わたくしが書いたものですが、これは『英語教育』という雑誌に連載したものの一つです（一九八六年四月号）。「海岸の家にて」などとしゃれた題がついていますのは、わたくしが湘南海岸に住んでいるからです。

二〇年も前のことです。そのころ、わたくしは東京教育大学で教えていましたが、三月に学生が卒業するというので、二月の終りか三月の初めに、学生たちに伊豆の下田に連れて行かれました。ドンチャン騒ぎをした翌朝、男子学生は起きてきませんでしたが、女子学生を中心とする何名かと爪木崎まで散歩したのです。爪木崎の先端に灯台が見えましたら、彼らはどんどん灯台のほうへ走って行き、わたくし一人だけとり残されたのです。そうしたら、目の中に入ったのが水仙の群落でした。わたくしはワーズワスの「水仙」を思い出しました。

爪木崎の水仙は見事なものでした。このエッセイの最後に「それにしても、あの爪木崎の群落は、いまはどうなっているものか」と書きましたが、これを読んだ未知の方がお手紙をくださり、「あの辺は観光地になって、水仙をたくさん植えて、人がいっぱいくるようにしてあります」と教えてくれました。また、ある方は越前岬から水仙を送ってきてくださいました。今ほど宅配便が盛んではなかったころのことで、感激しました。

今はわたくしの頭の中では、爪木崎の水仙とワーズワスの水仙がどこかで結びついています。そしてそれぞれに水仙の味わいというものを教えてくれるのです。これも詩との出会いが先で、爪木崎での出会いはあとなのです。

星野徹先生の「仮象の朝」

ここでもう一つ作品を読んでみましょう。

これは水戸に住み、茨城大学の教授をしていらっしゃる詩人で星野徹という方の作品です。『白亜紀』という雑誌の第八五号に載ったものです。昨年の一一月号ですから、いちばん新しいものです。

星野徹先生の「Delicate Barricade」という作品ですが、おもしろいタイトルをつけたものだと思います。全体はちょっと読み方のむずかしい箇所がありますので、日本語を読み違うかもしれません。

Delicate Barricade

A

茄子や胡瓜に割箸を突き刺して足にする
皮を剥いたばかりの玉蜀黍にも足をつくる
三頭の馬のできあがり　自力では歩けない馬

年に一度訪れてくる魂たちが　帰路の
長旅に利用するのだ　彼らが跨ると
ぽくぽく　蹄の音を立てるのだろう

いや　空気を踏んで帰るはずだから　風の戦ぎ
としか聞こえぬだろう　耳を欹てても
なら往路は何に乗って　鳥船？　磐樟船？

せいぜい蛾の背中にでもしがみついて

その方が彼らに似合う　中には銃弾に脚を
撃ち抜かれたもの　手榴弾を抱いて爆ぜたもの

魂だから　おのずから具わった治癒力がある
に違いない　そう信じて生者はみずからを慰める
来訪は生者の安堵のため　むしろ鎮魂のため

橙色をたなびかせて　ようやく簿れる夕映
茗荷の繁った葉むらが風もないのに揺れている
あれは蝙蝠（かわほり）　ではない　雀蛾の飛び交う影

B

眼の前をつつっと
灰褐色の綿毬
綿屑ほどの小さな毬を
幾つも連れて
と　もう

藪蔭に消えてしまって
衣更えを控えた精霊たち
親子連れで
仮象の朝をつつっと
小綬鶏の姿を借りて

最近珍しく感動した作品ですが、何だかよくわからないところもたくさんあります。詩というのは細かいところはわからなくても感動はするのです。逆に、細かいところがよくわかっても感動させてくれない詩もあります。この詩などは、ぱっと読んだだけで、極めて立派な作品であることがわかります。昨年出会った作品の中で、いちばんいいものだろうとわたしは思っています。

「Delicate Barricade」というタイトルは、注に「酒井次男の歌、《うつそみのいよいよ酷(むご)きあけくれに歌こそわれのDELICATE BARRICADE》による」と書いてあります。私は皆さんにこの詩のことをお話しようと思ったものですから、昨年一一月に星野先生にお手紙を書きました。"DELICATE BARRICADE"の意味はわかりますが、酒井次男という人がどういう人かわかりません。文学辞典を引いても出ていません、と申し上げました。そうしましたら「酒井次男は小生の教え子で、学園紛争当時の卒業生。現在は高校の国語教諭。俵万智氏が角川短歌賞になったとき、惜しくも二位になった歌人です」というお返事がありました。

もう一つわからないところがありました。前から九行目に「磐樟船」というのがありますが、何と読むのかと思っていました。そうしましたら「『日本書紀』に天(あま)の磐櫲船と出ているのを、今様風に簡略化して用いました。鳥船も磐樟船も神霊の交通の道具だった由です」とお書き寄こしくださいました。

この詩はお盆のときの景色です。「胡瓜や茄子に割箸を突き刺して足に」したものなどを川に流しますが、それはこちらの現世へおいでになった魂を、お帰しするためです。では、来るときは何に乗ってきたのか、磐樟船かな、あるいは魂なのだから、蛾の背中にでも乗ってきたのか、といっているのです。魂といっても「中には銃弾に脚を／撃ち抜かれたもの　手榴弾を抱いて爆ぜたもの」というところは、先だっての戦争のイメージです。何かドキッとしませんか。「魂だから　おのずから具わった治癒力がある／に違いない　そう信じて生者はみずからを慰める」。今生きている者を慰めてくれるために、鎮魂のために、精霊たちは来てくれたのだと詩人は感じているのです。

後半のBに行きますと、「つつっと」ということばが入っています。ちょんという感じですから、その他のことばも皆短くなっています。「綿屑ほどの小さな毬を／幾つも連れて」何かが「つつっと／小綬鶏の姿をかりて」ゆくのです。小綬鶏をイメージしています。

これは魂が来るのか帰って行くのかわかりませんけれども、こういう作品を見ますと、単なる叙景ではありません。そして単なる一期一会というのでもなさそうです。やはり、日本人として、ぎりぎりの線で、彼岸の世界の者と此岸の世界の者との交わりの沙汰に感じ入っているのです。星野先生は、おそらくお盆のときに、これをおつくりになったのでしょう。

エミリ・ディキンソン、ワーズワスの作品にはわれわれの生を生たらしめているものへの感謝の念、あるいはそういう力そのものへの畏怖の念がうたわれています。星野先生のこの作品は、そういう西の詩人たちの持つ特徴を具えているのです。人間の生を支えているものへの畏怖の念とでもいいましょうか。それに触れて、うたっておられるのです。極めて西洋的な知性にあふれた作品だと思います。星野先生は一七世紀の形而上詩人たちの研究家でもいらっしゃいます。形而上詩人の解説は、今はいたしませんけれども、そういうことに興味をお持ちの研究家であられるということが、こういう作品を生んだ原因の一つに数えられるのだろうと思います。そうでありませんと、これは小綬鶏の単なる叙景になってしまう可能性のある作品です。

おわりに——詩とは想像力の世界

いろいろとお話してまいりました。皆さんも詩を読むということはどういう意味があるのかと、お考えになることがおありになると思います。詩を読むということは、イマジネーションを働かせるということです。

『暮しの手帖』という雑誌があります。花森安治という人がつくったのです。この人はべつに詩人ではありませんが、『暮しの手帖』を開けますと、表紙の裏に花森安治のことばが書いてあります。これは詩なのだろうと思うのです。

これは　あなたの手帖です
いろいろのことが　ここには書きつけてある
この中の　どれか　一つ二つは
すぐ今日　あなたの暮しに役立ち
せめて　どれか　もう一つ二つは

すぐには役に立たないように見えても
やがて　こころの底ふかく沈んで
いつか　あなたの暮し方を変えてしまう
そんなふうな
これは　あなたの暮しの手帖です

わたくしたちの生活の中でも、すぐに役立たなくても、やがて役に立つような力を与えてくれるものがあります。四年制の大学はそういうことを目指しています。わたしは今、学生生活部長ですから、企業の方がたとの就職の相談にも立ち会いますが、企業の人びとでも、心ある人びとはこういうことをいっています。すぐに役立つ人は短大、専門学校からとればいい。四年制大学の卒業生はすぐには役立たないけれども、十年先に役立つようになる。だから女子大からも十年先に役立つような人がほしい。二、三年で結婚して職場を離れてしまう人であったら、短大を出た人と変わらない。こういうことを、企業の人たちはよく知っているのです。

このようにわれわれも、すぐには役立たないかもしれないけれども、将来役に立つものを持っていないと、先々貧しい思いをするのではないでしょうか。詩は生活の足しにはなりません。その意味ですぐに役立つものではありません。しかし詩はわれわれの想像力をかき立てるものであり、われわれに新しい世界を垣間見させてくれるものです。想像力というのは、われわれの人生、社会を豊かにしてくれるものです。この世では、いろいろな想像力との出会いがあります。その中でも、詩の世界は想像力そのものの世界ですから、ときどき皆さんも、日本の短歌、現代詩の中のいいものにお触れになって、それを味わい、人生の折々に役立たせるようになさっていただきたいと思います。もそういうことをわたくしは年頭し民族に思考力、想像力というものが欠けたら、その民族の先は見えてしまいます。そういうことをわたくしは年頭に当たって考えております。

ご静聴くださいまして、皆さんどうもありがとうございました。

文芸と自然

はじめに

「文芸と自然」というタイトルにいたしましたが、大それたお話をするつもりはありません。ひとつお気軽にお聞きくださいますように、お願いいたします。

わたくしは山歩きが好きでありまして、都合のつく年などは、年に十回くらい山に行っておりました。べつに歩く流儀はないのでありまして、そのむかし教練というものをうけたことがありますので、そのコツをいかして、ただオイッチニ、オイッチニと歩くだけなのであります。年の初め、なにごとも初めが肝心だと思いますので、毎年お正月の、学校がはじまる前に、一回は山へはいることにしております。

丹沢を歩く

お正月は丹沢ということにいたしております。丹沢は何十回も行っておりますから、地図はいらないほどなのでありますが、山への礼儀として、いちおう持ってはいきます。お正月のコースは、だいたい蓑毛（みのげ）という集落からヤビツ峠に上がりまして、そこから札掛（ふだかけ）というところへ出ます。この集落から物見峠へかかるあたり一体に、モミの木の原生林があります。東京から五〇キロか、六〇キロくらいしか離れていないところに、「原生林」などというものがあるのか、と驚いてくださるかたがあるのですが、この丹沢一帯は、昔は幕府の直轄地（天領）でありまして、樹木が守られていた、といういきさつがあります。いまはこの一帯は特別保護区の指定をうけております。

冬ですから、雪の深いことがあります。また年によっては、雪は深くはないが、そのかわり山道がカチンカチンに凍っていることがあります。こういう道のほうが危ないのです。ときには鹿の群れが木や草の芽などを食んでいて、細い道をふさいでいることがあります。またときには野犬の群れが、その道を上から駆けくだってくることもあります。

なぜその道を、お正月にたどるのかといいますと、そのモミの木たちに会いたいからなのです。ことしはモミはどうしているかな、などと考えながら、そこへ行くのでありますす。なにもわたくしなどが、そんな心配をしなくたっていいのですが。それでも心配なのです。もう数年前のことですが、台風一七号というものが、この島国を荒らしたことがありました。その夏、日本女子大の軽井沢・三泉寮の、あの大モミの木の大枝のひとつが折れたのです。その翌年のお正月に、さっそく丹沢に登りました。はたして大モミの原生林がやられておりました。樹齢何百年というモミの大木が、ばたばたと倒れておりました。もう、かわいそうでなりませんでした。ごくろうさんだったね、という思いをこめて、横になっている大樹の肌をたたいてやったことでありました。

その地点から、いよいよ物見峠にかかる道は、なかなか険しいのです。モミの原生林を過ぎるころからは、山の峰々を仰ぎ、はるかはるか下に谷川の音を聞く、という道になってしまいます。山に相対し、下に渓谷を感ずるという道が、わたしは大好きなのです。冬山の動物たちによく出会うのも、この道なのです。

ベルサイユ宮殿にて

皆さんはパリ近郊にあります、ベルサイユの宮殿のことをご存じのことと思います。いらしたことのあるかたも、このなかになん人かおいでではないでしょうか。あれは一七世紀の建物でありまして、ひじょうに華麗なものであります。有名な「鏡の間」などというものも、まことに絢爛豪華。そしてその広さに驚かされます。はじめて行きましたときなど、わが家など、このひと部屋にいくつはいるであろうか、などと目で計ったものであります。あのベルサイユ条約が結ばれたのも、この部屋であったな、などと思って、目を外へ向けようとすると、窓らしいものがほとんどなくて、ところどころにある明かり取りていどのものを通して、外を小さく見るほかないのであります。分厚い石の壁が頑強に外界を締め出した、じつに堅牢な空間がそこにあるのでありました。わたくしにはその大広間が、急に息苦しく感ぜられたのでありました。

外へ出ますと、そこには、皆さんよくご存じの、あの幾何学模様の広大で平坦な庭園がひらけます。中央に矩形の大きな池があります。左右に木立があります。杉などは、円錐形に切り込まれていますし、夏ですとサルビヤの花がつくるみごとな深紅の三角形とか円形とかが見はるかされます。人工的庭園の、これがお手本とされているものなのであります。わたくしなどは、それをはじめて見たときにも、こんなに方々を刈り込んだり、切り込んだりしなくたって、いいじゃないか。もう少しありのままの自然というものを残しておくことはできないものか、と感じたものでありました。わたくしはあの堅牢な構築物と、この平坦で広大な庭園には、長居をする気になれませんでした。こんなところに住めといわれても、（もっとも、そんな心配はないのでありますが）ごめんだな、と思ったのであります。ベルサイユはわたくしに寂しさを感じさせます。

詩仙堂の庭

あの大ベルサイユの宮殿が、なぜ息苦しいのか。あの広大な庭園が、なぜわたくしに安らぎを与えてくれないのか。この疑問ははじめてヨーロッパを訪れて以来の、深刻な疑問となりました。帰りの飛行機のなかでも、それを考えておりました。そのうちに思い出していたのは、京都の詩仙堂の庭でありました。狭い御堂のなかに座って、長い庇(ひさし)の彼方に見える庭。狭いお庭ですね。山の傾斜をうまく使っている。やがてコーン！という音がする。竹か石かをたたく音。これが鹿威(ししおど)しというものか、と気づかされます。あれは添水(そうず)ともいうのでしょうね。お座敷に二、三分も座っていれば、もうこころは安らぎをおぼえます。そこに山が迫っていて、鹿威しは水の流れを感じさせてくれる。こんな狭い空間が、どうしてこころを広やかにさせてくれるのか。そういう体験を、ベルサイユとの対比において、思い出したのであります。

「桃太郎の話」の風景

そんなことを考えていました、あるとき桃太郎の話がわたくしの頭を、ふとよぎりました。おじいさんは山へ柴刈りに、おばあさんは川へ洗濯に、とはじまる、あのお話です。あのお話の中身は時代時代によって、いろいろであったようでありまして、わたくしの子供の時代には、桃太郎もお猿も、当時の陸軍の将校と兵卒の服装をしておりました。内容はとうぜん軍国調でありました。しかし、おじいさんは山へ柴刈りに、おばあさんは川へ洗濯に、ということばではじまることは、いまと同じでありました。もっとも、さいきんでは、あまりこんなことを強調いたしますと、おじいさんだって、たまには川へ洗濯に行ったたっていいでしょうに、というような、お小言をくいそうな雰囲気であります。

わたくしが強調したいのは、この物語のわくのなかに、しっかりと山と川がひかえている、ということなのであります。これは「桃太郎の話」に見られる風景、と呼べるものではないのかとも思いました。そして、日本の代表的物語のなかに、このような風景が存在するということは、つまりは、その山と川が日本人のこころに宿る原風景をあらわしているものとはいえないものであろうか。それは、あるいは「原」美意識とよんでいいものではないのか、などとも考えるようになりました。

わたくしの頭のなかでは、いつしか、あの詩仙堂の庭に見られる山の風情と流れの気配が、桃太郎の山と川の風景と溶け合っていました。いつころからそうなったのか、いまでは確かめられません。しかもいま、たとえば丹沢の山塊を歩きながら、山嶺を仰ぎ、足下に渓谷の響きを耳にすると、こころが和み、その和みが、こんどはわたくしを詩仙堂の庭へ、さらには桃太郎の風景へと連れて行ってくれるのであります。そしてこの山と川を原型とする風景が、あのベルサイユ宮殿にはなかったことに気づいたのであります。

「征服」という落書き

いまから一〇年以上も昔のことです。北アルプスの槍ヶ岳に登りました。午後二時ころ、「肩の小屋」にたどり着きました。そこにリュックサックをおろし、身軽になって槍の穂先にあたる、あの尖った数百メートルをよじ登る予定でありました。まず小屋にはいって、自分の場所を割り振ってもらったのですが、ふと見ると、小屋の柱に「オレは槍を征服したゾ！」と、ナイフで彫ってあるのが、目につきました。わたくしはそのことばにゾッといたしました。わたくしには槍ヶ岳を征服したなどという気持ちは、まったくありませんでした。なにか憤然としたものがこみあげてまいりまして、槍のてっぺんへは上がらないことにしてしまいました。翌朝、朝早く小屋を出て、その日の午後に上高地へ下りてしまいました。ですから、わたくしは槍のてっぺんに立ってはいないのです。今から思いますと、まことに惜しい気がいたします。これから、ふたたび槍ヶ岳に行けますか、どうですか……。

「征服」という落書きに、つよい反発を感じましたあと、いつでしたか、斎藤茂吉のひとつの歌に出会いました。歌人が昭和五年に高野山に登ったときの作品でありまして、『たかはら』という歌集に収めてあります。

　　ふりさけて峠を見ればうつせみは
　　　低きに拠りて山を越えにき

「紀見峠遠望」という但し書きがついております。高野山もきびしい山です。高いところへ登り、そして下りてきた、という感慨があったことと思います。山の高さを確かめようとして、歌人がふと振り返ると、高いところを下りてきたことは確かではあるが、あの峠を越えたのだ、つまり「低きに拠りて」高きをこえたのだ、とわかったのであります。これは日本の歌人らしいうたいかたであります。山を征服したのではなく、低きにつきつつ、なのであります。そこには山の霊にたいする畏敬の念がはたらいております。そして自然にたいする信頼の念、謙虚の思いといったものが感ぜられます。

日本の自然

われわれ日本人は自然を征服しなければならないものとして、それと対決する、などと感じたことは、歴史上いまだかつてなかったのではないでしょうか。それはたしかに、この自然も荒々しいことがあります。しかし日本の自然は、それと対抗し、それを征服しなければ、人間の生存が危ぶまれるというような、食うか食われるかの荒々しさを示す自然ではありません。自然の脅威のなかで死んで行く、というような話よりは、自然のなかで救われるというような話が、われわれのまわりには多いのではないでしょうか。日本の自然は穏やかで、こまやかで、ひとを育んでくれる自然。それは人間との共存をもとめる自然であるといえましょう。

それにたいして、北欧の自然はまことに厳しいのであります。せっかく開墾しても、ちょっとうっかりしていると、オークの森がそれを破壊してしまう。よほど堅牢な建物でも作らなければ、冬は人間を凍死させてしまいます。あのベルサイユ宮殿のがっしりとした石の建物と、あの幾何学的な庭園は、人間の力がやっとのことで自然の威力を征服することができた、その誇らかなる叫び、証言とみることができます。

われわれはそれほど自然を押さえつける必要を感じません。自然は、それほどひどいことをしないからであります。だからわれわれは自然と共生することを、はじめから楽しむ。「花を生ける」といいますときに、自然のなかにある花が、部屋のなかにはいってきてくれて、われわれと生を共有してくれることを求める。「フラワー・アレインジメント」、つまり花をこちらの思いどおりに形づける、ということとは、根本的に異なるのであります。また日本家屋の長い庇の下の空間は、あれは建物にぞくするものでしょうか、あれは庭にぞくするものでしょうか。こう質問されると、皆さんお困りになるのではないでしょうか。困るのが本当なので、日本人はそんな野暮な質問はしないのであります。それほどわれわれは自然と共に生きている。自然をシャット・アウトして、そこにそれとまったく別物の空間を構築して、生を保全する、というような考え方には、われわれはなじまないのであります。

それにたいして、ヨーロッパ人が、自然を慕わしいなどと思うようになりますのは、つい最近のことなのでありまず。風景画ひとつ見ましても、日本ではこの国の文化とともに古いのでありますが、ヨーロッパでは風景画は新しいものであります。パリのルーブル美術館へ行きますと、例のダ・ヴインチの「モナ・リザ」がかかっておりまして、その前はいつでも人だかりがいたしております。よろしいのだそうであります。あの神秘的な微笑とかが、微笑ばかりを見つめておりますと、気がつかないのですが、あの人物の背景をなす自然の風物をご覧いただきたいのです。そこにはじつに無気味な風景が見られます。とても人間の住めそうにない風景なんです。あの絵が出来たのは一五〇三年のことです。ヨーロッパの絵画のなかに、人間として、そこに住んでみたいな、と思えるような風景が登場しますのは、それから約三百年もたって、一八〇〇年をすぎるころからなのです。コンスタブルとかターナーとかいう画家たちの時代となります。音楽でいえば、皆さんご存じのベートーベンの交響曲第六番「田園」がつくられるのは、やはりそのころで、一八〇八年のことでした。そのころになって、ヨーロッパ人、すくなくとも芸術家たちの感性のなかには、自然との共存という意識が芽生えはじめたといえるのであります。このことは、そのころになってヨーロッパ人はその科学技術をもって自然の力をおさえる自信をかちえたという事実と軌を一にいたします。自然が人間の力のなかにはいってきてくれるようになって、やっと「敵たるの自然」の意識を変えて、「友たるの自然」の意識にめざめたのだといえるのではないでしょうか。やっとのことで、自然と裸でつきあうことができるようになったのです。

マザー・グースの自然

ここでイギリスで古くから伝わる子守歌のひとつをみてみたいのであります。お手もとのプリントをご覧ください。『英語名句事典』（大修館書店）から、わたくしの訳で引いてみましょう。

バビロンまでは　なんマイル？
二、三が六の一〇で　七〇マイル
ローソクともして　行けましょか？
行って　帰って　こられます
足がはやくて　軽けりゃね
ローソクともして　行けまする

一五世紀のフランスの物語に端を発したわらべうたであります。あるひとがバビロンへの道すがら、森のなかで妖精のオベロンに出会い、意気投合するのですが、しかしそれっきりこの世へはもどりませんでした。わが国の「通りゃんせ　通りゃんせ」に似た仕草でうたうものであったらしいのです。

このわらべうたなども、森がひじょうに恐ろしかった時代の産物です。自然への恐怖心というものを頭におきませんと、このうたの意味はわかりません。じっさい中世のヨーロッパでは森は怖かった。盗賊に出あうかもしれない、動物がひそんでいるかもしれない。またいったん道に迷ったら、まず無事ではすまない。だからこそ教会の塔はできるだけ高く作り、そこには人間の集落があることを、遠くからでもわかるようにしたのです。あの天にそびゆるゴシック様式の発達の背景には、ひとつにはそのような、生活上の必要性がかかわっていたのであります。

芭蕉の自然

ここで『奥の細道』の一節を読んでみます。岩波文庫本（萩原恭男校注）を使わせていただきます。

雄島が磯は地つゞきて海に出たる島也。雲居禅師の別室の跡、坐禅石など有。将、松の木陰に世をいとふ人も稀〱見え侍りて、落穂・松笠など打けふりたる草の菴閑に住なし、いかなる人とはしられずながら、先なつかしく立寄ほどに、月海にうつりて、昼のながめ又あらたむ。江上に帰りて宿を求れば、窓をひらき二階を作て、風雲の中に旅寐するこそ、あやしきまで妙なる心地はせらるれ。

有名なくだりですが、ここには自然が慕わしきものとして登場いたします。そしてそのなかに草庵をむすんで、「住みなす」ひとの影があります。皆さんも、こういう境遇にはいりたい、とお思いになるのではないでしょうか。「住みなす」ということばには、暖かいひびきがありますね。そういえば、兼好法師の『徒然草』にも、「遥かなる苔の細道をふみわけて、心細くすみなしたる庵あり」という文章があります（第十一段）。

西生田校舎

じつは昨日、初めて日本女子大学の西生田校舎を見にいってまいりました。学生課長の佐藤チカさんについていっていただきました。そして西生田の青木慶子さんが学校の内と外のご案内をしてくださいました。西生田というところに行かないことには、大学の全体像がつかめませんので、いつかお訪ねしたいと思っていたのですが、その念願をやっと昨日になって果たしたのでした。

学校建築として、こちらの教育理念をよく踏まえた、すぐれた出来のものでありまして、ひどく感心して帰ってまいりました。建物のどこから見ましても、みごとに自然をとりこんでいるのです。外から見てわかったのですが、あの建物は、つまりあの地形の谷のこころを、そのまま生かして、それと共存するかたちで建っている。ヨーロッパ人ですと、ことによりますと、あの谷を削って平地をつくり、矩形の建築を建てかねないのです。西生田では、そんなことをしませんでしたから、谷間の草とか樹木が生きております。

西生田の校舎を拝見して、すぐに思い出したのが、京都の泉涌寺（せんにゅうじ）というお寺でありました。このお寺は、大門をはいりますと、境内が下に向かって、谷戸（やと）の地形に展けます。このお寺は、たしか皇室関係のお寺であります。ですが、自然にたいして謙虚でありまして、自然のなかに、その懐のなかに「住みなし」ています。パリのノートルダム大寺院とかライン河畔のケルン大聖堂のように、そこを訪れる人びとを、上から威圧するなんてことはしません。西生田をお訪ねして、この泉涌寺を思いだしたのです。いい体験をいたしました。

ジェフリー・ヒルの詩

昨年の秋に『英詩鑑賞入門』という本を出しまして、そのなかに現代詩人の代表としてジェフリー・ヒルというひとを選びました。この詩人の「ジェイン・フレイザー追悼」という作品を採ったのです。イギリス現代詩の代表作のひとつであろうと、わたくしは評価いたしております。そこにプリントしてございます。その原文は読みません。いっしょにコピーしてまいりました訳のほうをご覧いただきたいのであります。じつはちょうど一年まえに訳しておいたものですが、気に入りませんでしたので、どこへも出さなかったものでありました。今回のお話をお引き受けしたあとで、このように仕立ててまいりました。本邦初訳と思います。

ジェイン・フレイザー追悼

雪が羊のように囲いのなかに伏し、
風が物乞いつつ家々をおとない、
はるかなる丘は寒さで青ざめ、
冷たい経帷子（きょうかたびら）が荒野に横たわるとき、

かの女（ひと）は攻囲にたえていた。われわれは日々
かの女が獲物を狙う猛禽（もうきん）のごとくに
死の上に打ちかぶさっているのを見ていた。
部屋に充ちるは　湯沸かしの吐く息のみ。

湿ったカーテンは窓ガラスに粘着して
時を締め出した。かの女のからだは凍った。
われわれすべてを凍らせ、万物を昏睡の
休息へと繋（つな）がんとするがごとくに。

かの女は世界が始動するまえに逝いた。

三月、氷が流れを解放し、
水が太陽の髪を波だたせても、
散るわくら葉の二つ三つ、見じろぎもしない。

――外界は厳冬の寒さ。白一色である。「はるかなる丘」も「寒さで青ざめ」ている。部屋のなかは、その寒冷を遮断して暖かい。「湯沸かし」の息が見える。しかし「死」の寒冷と苦闘するひとりの女性は、やがて凍ってゆく。窓のそとの自然は、この女性のいのちを狙っているのであります。

「雪」に代表される白の世界、寒冷の世界は、死の世界の象徴なのであります。これはヨーロッパの人びとに共通するイメージです。それ以外には考えられません。しかし日本の文人にかんしていえば、そうは簡単に割り切れないのであります。雪の世界が不思議に暖かいことさえあるからです。

楸邨句

いつのことでしたか、加藤楸邨(しゅうそん)さんの「行きゆきて深雪(みゆき)の利根の船に逢ふ」という句を知りました。さきに申し上げました『英詩鑑賞入門』の序文で書いたところでありますが、この句に出会ったとき、深く感動いたしました。「この句は、まず叙景の詩とみれば、白を基調とした一幅の墨絵である。そこには利根川があり、小船があり、たぶん淡い人影がある。見ようによっては、雪に覆われた冷たい死の世界である。しかし不思議に冷寒の感じはない。かえってその冷寒の世界に生のぬくもりを感じさせてくれる。この世に人として生き、人として出会う、いわば一期一会(いちごいちえ)の心境とでもいおうか。そしてなんといっても、ことばの響きがいい。『ゆ』音と『き』音の三度の反復の生む暖かさ。この韻律の美が、静かなる生の肯定を生む。詩人は、この素朴な感懐を、自然の風物を背景に、さっと一挙動でとらえた」と、そう書かざるをえませんでした。

雪といえば、なにか冷たいもの、なにか死を予想させるものととらえるヨーロッパ人にたいしまして、われわれは「雪」ということばにも、なにか親しみを感じます。それは例外的に楸邨の句にかんしていえることではありませんで、たとえば「雪やこんこ　あられやこんこ」という唱歌のことを考えても、またいくつかの絵画を思い出しても、すぐに分かることではないでしょうか。それは日本人の自然にたいする態度からくる、いわば美意識の結果なのであります。

村田邦夫先生のこと

最近おもしろい経験をいたしました。わたくしはむかし神奈川県の海岸町の、ある高等学校で、村田邦夫先生という先生に国語をお習いいたしました。すぐれた先生であられまして、国語の授業をとおしまして、ことばにひそむこころといいますか、なにか日本人として継承していかなければならないものを、熱っぽく説いておられました。先生は佐佐木信綱博士の愛弟子であられまして、歌誌『心の花』にも多くの作品を寄せられました。ご自身の名の出ることは望まず、恩師信綱博士のために、陰になって尽力なさったお方であります。

その村田先生が拙宅の近くの公民館で『源氏物語』の連続講義をなさっておいでのことを知りまして、昨秋のある日、時間をとって、出席させていただきました。三十何年ぶりかの再会でありましたが、先生はわたくしを思い出してくださいました。高校いらい、わたくしのこころのどこかしらに、つねにおられた先生でした。感激いたしました。その後、わたくしの訳しましたミルトンの『楽園の喪失』、これはふつう『失楽園』とよばれていますが、その新井訳をお届けいたしました。

このことがあってから、先生はなん通かのお便りをくださいました。ことしの春いただいたもののなかに、一連の短歌が書写されておりました。最近の御作なのです。そのなかに、「いささか、ミルトンに擬して自嘲」という前書きのある一首があります。こういうところで申し上げてしまって、あるいは先生からお小言を食らうのではないかと案ぜられるのですが、おひろめをいたします。

摂理こそわが道しるべ
さ迷いの寂しき郷へ帰りなむ
いざ

「ミルトンに擬して」とありますのは、さきに申し上げました拙訳のミルトンの最後の一節にかかわっているのであります。

ふたりはうしろをかえりみ、いままでかれらの
幸い（さきわ）の住みかであった楽園の東側を見やった。
その一帯にかの火炎（ほのお）の剣が振られ、門には
恐ろしい顔容（かお）と燃ゆる武器（もののぐ）とが群らがっていた。
ふたりは思わず涙。が、すぐにうちはらう。

安息のところを選ぶべき世は、眼前に
ひろがる。摂理こそかれらの導者。
手に手をとって、さ迷いの足どりおもく、
エデンを通り、寂しき道をたどっていった。

この最後の三行を先生がお用いくださったのであります。わたくしの日本語はだめなのですが、村田先生はそれを生かしてくださいました。まことに、光栄のきわみであります。

わたくしはさきに「最近おもしろい経験をいたしました」と申し上げました。それは拙訳のことばを用いてくださって、歌人であられる村田先生が、このような作品に仕立てられたのですが、わたくしが「おもしろい」といいますのは、こうして出来上がった御作のこころについてなのであります。ミルトンのほうではアダムとエバは涙を払いながら、「楽園」を追放されて、これから「荒野」へと出てゆくのです。恐ろしい荒野のなかへ、です。ふたりして手と手をとりあって、この荒野のなかで、神のお導きをえて、なんとか生きてゆこうじゃないか、と念じている。村田先生の作品のほうは、「さ迷いの寂しき郷へ帰りなむ　いざ」と結んでありまして、一抹の寂しさはあっても、帰るべきところへと帰ってゆこう、という心意気とでもいうべきものが感ぜられるのであります。ミルトンの場合は、帰るべきところはないのであります。

わたくしはこのことを、たいへんおもしろいと思ったのです。ミルトンにとっては、荒野なる自然は恐ろしいところなのでありますが、日本の歌人にとりましては、自然は怖いところではありません。この短歌は自然そのものをテーマとした作品ではないのですが、それでも自然というものにひそむところのなごみといったものが、この作品の背後にはあるように思われてなりません。そのところをわたくしは、とくにおもしろいと思ったのであります。

まとめとして

きょうは「文芸と自然」などという大きな題をかかげさせていただきまして、まことにとりとめのないお話をさせていただきました。ただ、文芸というものはそれを産む風土とふかくかかわるものでありまして、西欧には西欧の風土と文芸がある。日本には日本の風土と文芸があるのであります。ましてや、この日本という国土は、とくにその知的風土は、他にみられぬ美意識を醸成したのであります。この美意識は、じつにかけがえのないものである、というようなことを、だいたいはお話し申し上げたつもりであります。

このごろは国際化とか、なんとかいわれまして、やたらと文物の交流がおこなわれております。その傾向はこれからますます盛んになりましょう。この国は孤立してはいけません。そのためにも、他との交流は望ましい。ですが、他との交流とはいっても、たんなる混交、たんなる野合のごとき交流でありましたら、この国ばかりか、相手の国にとっても、為になりません。それぞれの国の考え方を理解し、尊重しませんと、ちょっとした行き違いがもとで、仲たがいをいたします。

いまわたくしは「考え方」といいました。その「考え方」といいますのが、かりに理屈のうえのこと、ロジックのレベルのことですと、比較的にいって理解しやすいのであります。問題はその「考え方」の背景に、それぞれの国の美意識がかかわっていることが多いという事実であります。その場合は、ことばではかんたんに説明できないことが多いものですから、その「考え方」を解きほぐすことが、なかなかむつかしいのであります。そうしたときには、やはりそれぞれの国に固有の文芸、ひろく芸術をふかく理解することが早道であると思っております。

すこし余計なことまで申し上げました。きょうはお暑いところを、長いお時間、ご静聴をたまわりまして、まことにありがとうございます。

藤井武とミルトン

I

　大正末期から昭和の初めにかけて、わが国では、なにか闊達な文化的気運が高まっていたらしい。ミルトンの叙事詩 ***Paradise Lost*** の翻訳も、この時期に精力的に遂行された。(1) 帆足理一郎訳の『失楽園』新生堂、上巻、一九二六(大正一五)年三月。下巻、一九二七(昭和二)年四月。(2) 藤井武訳『楽園喪失』岩波書店、上巻、一九二六(大正一五)年六月。中巻、一九二七(昭和二)年一月。下巻、同年九月。(3) 木内打魚訳『失楽園』世界文豪代表作全集刊行会、一九二七(昭和二)年九月。(4) 繁野政瑠(天来)訳『失楽園』新潮社、一九二九(昭和四)年一二月。

　このなかで帆足訳と木内訳とは、当時としては珍しい口語訳である。ミルトンを日常語に近づけたいとする意図がうかがえる。その意図は壮とすべきであるが、ただ残念ながらこの両者は原文の訓詁の面からみて、厳正なる訳業とはいえない。現代の地点からみて、正式の批評の対象となりうる訳業は、このうちでは藤井訳と繁野訳である。一九二六年に出た帆足訳の上巻は、単行本としては本邦初の訳書である。だが、じつは第二番目のはずの藤井訳は、訳者を主筆とする伝道雑誌『旧約と新約』の第六四号（一九二五年一〇月）から公刊されはじめていた。そして同誌第八八号（一九二七年一〇月）で、ミルトンの第八巻を終えている。ところが藤井はこの年の初めには、すでにその全訳を了えていた。第九巻以下の訳は「下」として、同年九月二五日に岩波書店から発刊した。だからその部分は『旧約と新約』誌には載せなかった。帆足も藤井も、ほぼ同時期に翻訳作業に打ち込んでいたわけであるが、発刊開始は藤井のほうが五か月ほど早い。

藤井は東京帝国大学法科の出身で、英学の出ではない。赤門を出て、はじめ官途についた。しかもかれ以前にこの国にミルトンのまとまった訳はなく、ましてや日本語の注釈書などなかった。ただ恩師内村鑑三の影響で、この英国の詩人をひもとくことになったものであろう。それはおそらく一九二一（大正一〇）年ころのことである。(1) 藤井は一九二六年四月現在、帆足訳を見ていない。(2)

ミルトンの存在が無視できなくなったとはいえ、この詩人の作品を読むことは、そう容易なことではない。内容とともに言語表現が、かなり晦渋であるからだ。そもそも藤井はどういう意図からミルトンに接しようとしたのであろうか。とくに再婚否定という独特な貞潔観をもち、そのためにある具体的な問題をめぐって内村をはじめ、かれの門下の有力な面々とも一時手を切らざるをえなかったほどの藤井が(3)一生に三婚まで果たしたミルトンに、どうしてこうまで打ち込むことができたものか。藤井にとってミルトンとは、そもそも何であったのか。この詩人の作品の翻訳という難事に着手した理由は何であったのか。その時期は？ということになると、不明の点が多すぎるのである。

そして、さらには藤井が一九二二（大正一一）年一〇月に愛妻喬子（のぶ）を喪ってから創作を開始した『羔（こひつじ）の婚姻』なる叙事詩は、ちょうど *Paradise Lost* の訳業の時期と重なっているのである。この訳が『楽園喪失』というタイトルで『旧約と新約』に載りはじめるのは、(すでに記したように) 一九二五年一〇月号からであり、それより一九二七年一〇月号にいたる丸二年間、藤井自身の叙事詩とミルトンの叙事詩の訳業とはひとつ雑誌に同時に連載されたのである。[4] この創作と訳業とのあいだには、藤井にとって何の違和感もなかった。それどころか、詩人としての藤井にとってはこの両者を並行させて発展させなくてはならない必然性があったのではないか、とさえ勘ぐられるふしがある。とすれば、その真意は何なのか。この種の疑問は、これまで問われることのなかった、いや問われることの、きわめて少なかったことであり、この小論において何らかの解明の糸口でも提示できれば、幸せと思っている。

(1) 内村鑑三が自ら「ミルトン熱の復興」とまで呼ぶ体験をしたのは一九二一(大正一〇) 年のことであった。藤井が恩師のこの経験から、なんらかの影響をこうむらなかったとは考えられない。新井「内村艦三とミルトン」『ミルトンとその周辺』(彩流社、一九九五年) を参照ねがいたい〔本選集第二巻に所収〕。

(2) 藤井武全集、岩波書店、第一〇巻 (一九七二年)、六〇九ページ以下に収録されている岩波茂雄あて藤井書簡 (一九二六年四月九日づけ) を参照されたい。

(3) 一九二〇年に住友寛一の結婚問題をめぐって、藤井は内村とのあいだに不一致を生じ、これが引き金となって、かれは恩師から独立し、伝道誌『旧約と新約』を創刊する。

(4) 一九二七年九月に『楽園喪失』は岩波書店から三冊目が出て、完結している。そのために (本文でものべたように) この叙事詩の第九篇以後は藤井は『旧約と新約』誌には載せなかった。ただもし帆足訳が一九二七年四月の段階で出なかったとすれば、藤井はもっと後まで、あと優に一年は両者の同時連載をこころみたかもしれない。

II

すでに指摘したように、藤井がミルトンの叙事詩に興味をいだきはじめたのは、おそらく一九二一年のころのことだ。ここで重要なことに触れておかなければならない。それは藤井が一九二二（大正一一）年一〇月一日に喬（のぶ）子夫人を喪ったことに関係している。ある人物の結婚問題に端を発して藤井と恩師内村とのあいだに生じた軋轢は、幸いなことに、この年の初めまでには修復していた。内村は一〇月三日の喬子を送る告別式（司式塚本虎二）に出てきて、心なる慰藉のことばを藤井に贈った。その一節で、若き日に離（さ）かれたベアトリーチェが地上のダンテの力となったように、「喬子さんが藤井君を助けらるゝのであると信じます」とのべた。[5] 藤井は早速、弟子の中山博一に『神曲』の購入を依頼した。その中山は告別式の翌々日に中山昌樹訳をとどけている。[6] 藤井はただちにダンテの勉強をはじめ、その翌年の正月には『旧約と新約』第三二号に「基督者としてのダンテ」を発表している。つづいて三編のダンテ論を書き、全体に『神曲瞥見』なる題を付した。[7] 藤井はこれらのダンテ論を書きはじめるや、『旧約と新約』第三四号（一九二三年四月）から、ダンテ流の三行韻詩（テルツァ・リマ）を模した歌い方の『羔（こひつじ）の婚姻』を発表しはじめる。これは主筆自身が逝去する一九三〇（昭和五）年の七月号（第一二一号）まで書きつがれ、友人らの手で発刊された。第一二二号（終刊号）にはこの叙事詩の「断章」が載った。まさに夫人喬子を送ったあとの、藤井晩年の七年をかけて詠みつづけられた大作であった。未完成ながら合計八七歌、一万二七九五行は、ダンテ『神曲』の一万四二三三行、ミルトン『楽園喪失』の一万五五八行に比べて遜色のない分量である。

『羔（こひつじ）の婚姻』は子羊としてのイエス・キリストが人類全体を新婦として娶り、そこに新天新地が到来し、「新しいエルサレム」の完成をみるという思想にたっている。ヨハネ黙示録に、見者ヨハネが聞いたという「天からの声」が記されている。「ハレルヤ全能の主、われらの神は統治らすなり。われら喜び楽しみて之に栄光を帰し奉らん。そは羔羊の婚姻の時にいたり、既にその新婦みづから準備したればなり」（一九章六―七節）。藤井は妻の死に遭って、この思想に打たれ、創造のわざの完成の時に、亡妻との再会を期した。藤井の貞潔の思いがここに熟したというべきである。

その告白が、具体的には『羔の婚姻』という作品に凝縮する。上篇「羔」三六歌、中篇「新婦」三六歌、下篇「饗宴」一五歌、断章、別稿で、あとは絶えた。全篇は

目もはゆるコスモス、菊、ダリヤ
　くまどるはうす紫の桔梗、
めづらし、薔薇の小花さへ添ひ…

　同じ壇の下にけふは黙して、

と始まる。九段メソジスト教会での妻の告別式のことに触れて

（5）『藤井武及び夫人の面影』（一九四〇年）、二四七ページ。内村鑑三全集二七、岩波書店（一九八三年）、二三九ページ。
（6）同上、二一八―二一九ページ。
（7）藤井武全集、第七巻所収。

裂かれしわが骨、わが肉を前に
「神を義とせよ」との奨すすめを聴く。

「神を義とせよ」とは、恩師内村鑑三のことばであった。上篇「羔」ではおもに旧新約聖書にあらわれた神の義と愛の軌跡が、中篇「新婦」は世界史にあらわれる人間の罪とその審きの預言と、さらには救済の顕現が、下篇「饗宴」ではおもにヨハネ黙示録の表象にもとづいて、世の終末の荘厳なるシーンが描かれる。しかし、藤井は天地完成の時の近きを信ずるキリスト信徒でありながら、現実世界から目を離さない預言者の気質を兼ね備えていた。

III

藤井は妻の死を契機にダンテを発見し、ダンテに傾倒することによって『羔の婚姻』をうたい出した。ここでわれわれは藤井とミルトンの関係に立ちいたらなくてはならない。

藤井が『羔の婚姻』を発表しはじめるのは、すでに記したとおり、妻喬子の死の翌年、つまり一九二三（大正一二）年の四月からである。ミルトンについてかれが関心をいだきはじめるのは、これもすでにのべたところであるが、一九二一年ころからのことと推定される。が、じっさいにその叙事詩を『楽園喪失』というタイトルで『旧約と新約』誌に掲載しはじめるのは一九二五（大正一四）年一〇月号からである。そこには併せて「ミルトン小伝」を発表している。

じつはかれはこれ以前にミルトン関係の論文を二編発表している。それは――

・「ミルトンの失明の歌」『旧約と新約』第五四号（一九二四年一二月）。（この論文名は、『楽園喪失』上巻が一九二六年六月に発刊される際には、「ミルトンの信仰について――失明の歌を通して見たる」と改題されて、それに収録された）
・「『楽園喪失』に現れたる人生の背景」同誌、第五五号（一九二五年一月）

――の二編である。このことをここで言及するのは、この二編に組み込まれている『楽園喪失』の数節の翻訳（第三篇二二―二四行、四〇―五〇行、第七篇一―一五行）が、やがて岩波書店から出版される決定版（一九二六年六月から翌年九月）とは全く別の訳文だということを指摘したいからである（ただし、岩波決定版が発行され、これら二論文がそれに収録された折りには、藤井は『旧約と新約』登載のばあいの訳文に、手を入れている）。つまり一九二四年段階では「翻訳未定稿」なのである（ちなみに論文「ミルトンの失明の歌」に訳出されたあのソネット一九番の訳も、二年先の岩波決定版にこの論文全体が収められたときには、完全に別の姿をとっている）。

ところが、『旧約と新約』第七一号（一九二六［大正一五］年五月）に発表された「『楽園喪失』の文化史的意義」でのミルトンの叙事詩の引用訳〈第一篇一一、一二、一四―一六行〉は決定版と全く同一か、ほぼ同一の出来である。また『旧約と新約』第八〇号（一九二七［昭和二］年二月）の「無教会主義者としての詩人ミルトン」となると、そこには相当量の『楽園喪失』の引用がある（第三篇四八一―四九六行、第四篇七三六―七三八行、七四四―七四七行、第五篇一四六―一四八行）のだが、これらの引用も決定版と同一か、ほぼ同一である。ということは『楽園喪失』の訳は一九二四年からその翌年にかけて本格的な推敲の手が加えられたということを物語っていることになりはすまいか。

『楽園喪失』はその翻訳作業そのものは『羔の婚姻』の開始より遅れている。藤井は『楽園喪失』の訳とその推敲に集中したのは、二年ほどであって、訳者はむしろ驚異的な勤勉ぶりを発揮したものと褒められていい。このことは、ひとつには、一方が翻訳であり、他方は創作であるという、作業の本質的差異によるものであろう。しかしそのことのほかに、『羔の婚姻』の完成のためには、『楽園喪失』の翻訳の進展が不可欠の用件となっていたという事情があったように思われてならない。

IV

そのことに論及するまえに、藤井がいかなる面のミルトンに心酔したのか、という問題に触れておきたい。ここでは「詩とは何であるか」(『旧約と新約』第四八号、一九二四年六月。これは岩波決定版の『楽園喪失』上に収録されるときには、「詩の観念について」と改題された)、「ミルトン小伝」(同誌、第六四号、一九二五年一〇月)、「『楽園喪失』の文化史的意義」(同誌、第七一号、一九二六年五月)の三論文を資料として、以上の疑問への手掛かりを得てみたい。

第一に、詩とは神(実在者)より託された啓示、つまり預言の公示であって、その聖なる思想を「代言」する者が詩人である。[8] ミルトンはまさにこの型の詩人であった、と藤井は確信する。第二に、実在者の言に聞き、それに従えば、この俗世では苦難が伴う。じつに代言者の苦難そのものが詩を生むとさえいいうる。[9] ミルトンが「人類のための代言を発するまでに、彼は必ず人生の患難を嘗めつくさねばならぬ」。[10] ミルトン自身の生涯にも重なる苦労があり、それがかれをして一流の詩人たらしめた。苦難がかれの「霊魂を地より天に逐ひやった」[11]。第三に、ミルトンは「清教徒的教養」を身につけた「近代人」であって、その叙事詩は「神の途の弁護」であり、「近代人の良心よりの応答」であった[12]。藤井はおおよそ以上の三点を、ことばをかえて、さまざまに表現する。その表現は軽佻を排して、つねに荘重な文体をとった。かれはこのミルトン観をおもにパティスンの『ミルトン』を援用しつつ、まとめてみせる[13]。

このように藤井がミルトンを「近代文化の総括[14]」とよぶときに、つまりはそのミルトンこそはほかならぬ藤井武という詩人のあり方と、ほぼ重なる事実を、読者は知ることになる。ミルトンを訳しながら、藤井は自己の主張と生き方をそこに見ていたにちがいない。したがって上記した三点にかんしていえば、同時期に創作していた『羔の婚姻』に、それがそのまま創作原理として用いられていることは、不思議ではない。藤井はミルトンを訳しつつ、かれと対話を重ねていたといいうるであろう。

さて、対話には、対話にかかわる両者間で互いに肯定しあえる問題もあれば、どうしても肯定しあえない問題の

(8) 同上、第八巻、三、六、一三、一八、三六、三八ページ、他。
(9) 同上、一三ページ。
(10) 同上、六ページ。
(11) 同上、一五ページ。
(12) 同上、一五、一六、一七、六二、六七、六八ページ。
(13) Mark Pattison, *Milton*. Macmillan, 1879. 藤井はこの外に John Bailey, *Milton*. Oxford Univ. Press, 1915. 注釈書としては A. W. Verity, *Paradise Lost*. Cambridge Univ. Press, 1910, rev. 1921 を愛用した。その他 David Masson の版本 *The Poetical Works of John Milton*, Macmillan, 1874 を使っていた。
(14) 藤井全集、第八巻六八ページ。

出来（しゅったい）することもある。ミルトンと藤井のあいだでも、そのことがいえる。一例をあげれば、結婚観である。アダムとエバが、「幸あれ婚愛、奇（く）しき律法（おきて）、人類（ひと）の子の／真（まこと）の源、ほかみな共通なる／楽園に唯一の特有の事よ！」（藤井訳、第四篇七五〇―七五二行）と称えられる夫婦関係であれば、文句はない。それは『羔の婚姻』で、「かぎりなき歓喜はあふれて／泉のごとく、歌に湧き出でた、／潔き愛のうた、最初（はじめ）のうた」（上篇、第六歌一三三―一三五行）とうたわれる夫婦関係に異ならない。

しかし、いったん夫婦の関係にひびが入ったばあい、あるいは片方が亡きもの――肉体上の死、もしくは社会規約上無視されて仕方ない立場――になったばあい、他方に再婚が許されるか、という問題に立ちいたると、ミルトンは「許されよう」と答えたことであろう。それはかれの叙事詩のなかで、エバがサタンの誘惑に陥ったあとで告白することば――「アダムは今ひとりのエバと連れ添い／ともに楽しみ生きよう、私は消えて！」（第九篇八二八―八二九行）――に暗示されている。「復（また）のエバ」というフレーズは、このあとにも出る（九九一行）。これは藤井の逆鱗にふれた。

かれは一注釈者の立場を越えて、次のように書く――「原始の完全なる結婚をなしたるエバの心に再婚の観念が起ったといふ事は甚だ不自然である。これは徒らにミルトン自身の結婚観の弛緩を示すに過ぎない」。「いかに不自然なる且つ小ざかしき想念！」と追い打ちをかけている。藤井はここではミルトンと対話をしているのではない。ミルトンを叱責したのである。アダムは「妻の首（かしら）としての権威を以て、神に対する義しき態度を取り、彼女をも指導すべき筈であつた。何故にひたすらに神に依り縋らなかったか」と注記する。[15]

しかしこれでは注釈者その人の声が全面に押し出されてしまったきらいがある。ましてや、イギリス一七世紀革命の思想状況を踏まえての反論とはいえない。しかし、藤井にいわせれば、「近代文化の総括」としてのミルトンには、それくらいのことを言ってもらいたかったのだ。ここには、たんなる文学研究者の域をこえた藤井の「代言者」

意識躍如たるものがある。

ミルトンは一六四二年――一六四三年ではない――の最初の結婚に深刻な挫折を経験し、これが引き金となって離婚論四編を出した。それによって、そもそも結婚とは何かという問題を、当時の宗教的束縛を断ち切って考え抜こうとしたのであって、たんじゅんな「離婚主義者」に堕したのではなかった。[16] しかし一般には「憤怒は彼を駆つて誤りたる離婚観に走らしめた」と書く藤井の説に同調するであろう。かれはつづけて、ミルトンの『基督教教理論』の中には、多妻主義は不都合ではあるが、性質上道徳に反するものではないとの意見をすら見る。噫(ああ)かの比いなき貞潔の愛慕者にして斯くも荒れすさびたる結婚観にまで堕ちたとは！　私は之を憶うて彼のためまた人類のために悲しむ」と書く。[17]

藤井はミルトンのこの面は許せなかった。これを書く数年前のこと、前にも触れたある人物の結婚問題をめぐって、内村とも、またかれのおもだった弟子たちとも意見を異にし、袂を分かった。これがかれを内村から独立させて、『旧約と新約』誌刊行のきっかけをつくった。かれの貞潔観、結婚観は徹底していて、理想の世界にただちに通ずるていのものであった。そのことはかれの創作の分野でいえば、『羔(こひつじ)の婚姻』の中篇第二三歌「幻滅」あたりでうたわれる憤怒に通ずるであろう。『楽園喪失』の注解部分で、前記のごとくに離婚・再婚をいましめる異見を展開するあの強い語調には、『聖書の結婚観』（一九二五年）にまとめられた諸論稿とともに、世俗的結婚観をもつ（と藤井が判断した）論者たちにたいする厳しい批判の語調が感ぜられる。作品への注解の域を越えた、現実批判であっ

（15）同上、四五〇、四五一―四五二ページ。
（16）ここら辺の事情にかんしては、本書第一部を参照されたい。
（17）藤井全集、第八巻、七ページ。

た。かれにとっては再婚、すなわち重婚であった。それは絶対者への忠誠にかかわる問題であった（しかしこのことは現実の問題としては、藤井自身の覚悟の問題であって、真摯な師友たちの再婚にたいして刃鋭く切りかかるということはしなかった。かれの名誉のために、このことを注記する）。

V

藤井がミルトンのなかに、絶対者の「代言者」として真理を開示し、苦難を背負いつつ「近代」を「総括」する詩人の姿を見たことは、すでに観察したとおりである。そしてそのミルトンの姿こそは、じつは藤井その人が目ざしたあり方なのであって、その姿を『羔（こひつじ）の婚姻』に凝縮させていったのである。藤井は、ミルトンを訳しながら、この叙事詩人と対話を重ね、ときには対決を経験しながら、かれ自身の叙事詩の完成を目ざす日々を送ったのである。

作品としての『羔の婚姻』の成立のためには、『楽園喪失』の訳業が必要であった。「近代人」ミルトンの思想と感性を学ぶ上で、それが必要であったことは当然として、それにとどまらず、おそらく作詩技術の上でも必要であったのではないか。ここでは藤井の創作とかれの訳業とのあいだにある関係、とくに詩的言語と表現の相関関係を吟味してみなくてはならない。そのために、ひとつの例として、『羔の婚姻』の中篇第二六歌「楽園喪失」を、藤井訳『楽園喪失』と較べてみるのが手っ取り早い。中篇第二六歌は『旧約と新約』誌の一九二八［昭和三］年四月発行の第九四号に発表された一四七行である。ミルトンの翻訳作業はすでにその前年の秋には出版ずみであった。翻訳そのものの原作業は、『羔の婚姻』中篇第二六歌より一年は前のものであったろう。

藤井の第二六歌はミルトンの叙事詩全篇の要約であり、そこに用いられたことばそのものも、翻訳『楽園喪失』か

らの借用とみていい。藤井は自分の作品の中篇第二六歌を

「人の最初（いやさき）の不従順よ」と
選択（えらび）はながく開始（はじめ）はおそかりし
大いなる主題を序曲にして
黎明（しののめ）をも見ぬ暗黒のなか
悪しき日、悪しき舌に遭ひつつ
第二の詩人は歌をはじめた。

と綴りはじめる（「第二の詩人」とはミルトンのこと）。この藤井の詩行に相応するミルトンのことば（藤井訳）を引き出すのは、むつかしいことではない。

・人の最初（いやさき）の不従順（そむき）よ　（第一篇一行）
・この選択（えらび）は長く開始（はじめ）は遅かりし　（第九篇二五行）
・大いなる詩題　（第一篇二四行）
・悪しき日また悪しき舌に遇へど　（第七篇二六行）

この一例をみただけでも、創作詩篇が藤井訳ミルトンの各所から表現を借用しての芸術的パッチワークであることが

知られよう。また、神のひとり子のおこなう贖いの預言の箇所は――

そむきて忠節を破るからに
　死なねばならぬ、人か正義か、
　　適はしきもの贖ふなくば。
誰かある、その身代(みのしろ)をあへて
　請けおひ、死に代ふ死を払ふは。（七〇―七四行）

ミルトンの叙事詩の藤井訳から――

・人はそむき／不臣[ママ]にもその忠節をうち破りて（第三篇二〇三―二〇四行）
・死なねばならぬ、彼か正義か。代りて
　適はしく且つ心あるもの誰か
　厳しき満足、死に代ふ死を払はずば（第三篇二一〇―二一二行）

藤井はミルトンの訳本とほぼ同一のことばを用いて、ダンテ風の三行韻詩(テルツァ・リマ)に収めたことがわかる。加えて神の子の贖罪（代贖）にかんしては藤井がミルトンに全き賛意を表していることがわかる。このことは、かつてこの問題をめぐって恩師内村とのあいだに不一致があり、藤井が「代贖を信ずるまで」（一九二二年三月）を書くことで恩師との関係が修復した一連の出来事を勘案すると、藤井自身の創作詩とミルトンの翻訳詩とにおいてキリストの代罰が高らかにうたわれている事実は、藤井にとって、またとくに内村にとっても、まさに喜びであったろう。
エバが知恵の果実に手を出したときの情景を、藤井は自分の創作詩で

地は傷を感じ、自然はその座より
業(わざ)みなをもて歎き、禍ひの
徴(しるし)をいだす、すべては失せたと。

（一一八―一二〇行）

これはかつての翻訳――

地は傷痍(いたで)を感じ、自然はその座より
業(わざ)みなをもて歎き、すべては失せしと
禍ひの徴(しるし)をいだす。

（第九篇七八二―七八四行）

とほぼ同一である。
楽園を逐われてゆく二人の姿は、創作詩では――

かれら今より「摂理」を案内者(しるべ)に

手に手をとりて、徐々とさまよひ
　エデンを、寂しき途を分けゆく。
（一四五―一四七行）

と藤井はうたうのだが、これはかれがかつてミルトンの叙事詩を訳したときに、その結びを

　　「摂理（しるべ）」を案内者に。
彼ら手に手をとり、彷徨（さまよ）ひつつ
エデンをわけてその寂しき途をゆく。
（第一二篇六四七―六四九行）

と訳し終えたことを参考にして、語を選んだことは一目瞭然である。

創作詩のテーマが「楽園喪失」にはいったので、ことばが急にミルトンの訳詩に傾斜したのではない。全体を通読する読者ならば、藤井の中篇第二六歌が訳詩『楽園喪失』に、その箇所でことさらに接近したとは感じないであろう。『羔の婚姻』はその全体が、モチーフにおいても、表現法においても『楽園喪失』を意識しているのである。

上の引用部分のみを見ても、藤井の創作詩の詩行の意味が、ミルトンの叙事詩の藤井訳をみて、はじめて把握できるという傾向のあることが認識できるであろう。上に掲げた例でいえば、『羔の婚姻』中篇第二六歌冒頭の第二行「選択（えらび）はながく開始（はじめ）はおそかりし」の意味とその行の前後への関わり方は、これもすでに引用したミルトンの叙事詩第九篇二五行の――人類の不従順というテーマは、ずっと昔に選んでおいたのだが、実際にそれに手をつけるまでには長い時間が必要であった――という意味が解せないと、理解しにくいのではないか。別の箇所から一例のみをあげよ

う。アダムらが天使を饗応する食卓は、藤井の創作詩では「草土の卓」(中篇第二六歌九一行)とあるが、これなども翻訳詩中の「草土もて/卓は築かれ」(第五篇三九一―三九二行)に行き当たらないと、むしろ理解が届かないのではないか。このような引用法をみても、この二つの叙事詩は緊密の関係にあることが知られるであろう。

藤井はかれの作品の中篇第二六歌にかぎらず、『羔の婚姻』を書き進めるにあたって、かれ自身の訳書『楽園喪失』に負うところ、きわめて大であった。その訳書が完成していたればこそ、かれは日本詩人として(テーマにおいても、またとくに表現法においても)前人未到の、叙事詩創作の道を切り拓いていったという面があったものと判断できるのである。

VI

藤井は一九二一(大正一〇)年二月に東京市外駒沢町新町一七三七番地[18]に新築移転する。ここが妻喬子(のぶ)と藤井本人の最期の地となる。夫人の死後は藤井はここで少数の聴講者を相手に聖書を講義した。午後はさらに数の限られた青年たちを相手にミルトン、ダンテ、カントなどを読んだ。それを新町学廬と称した。そこに連なったひとり小池辰雄の記録によれば、一九二七(昭和二)年から翌年にかけての学廬ではミルトンを読み、それを終え、『神曲』に向かっている。[19]学廬ではミルトンとダンテは、現実にその順で結びついていた。これが藤井の醸し出す教養的雰囲気で

(18) 藤井全集、第一〇巻所収の「年譜」による。現在の東京都世田谷区桜新町一丁目三六番六号にあたる。
(19)『藤井武及び夫人の面影』二二六―二二七ページ。なお全集、第七巻の「月報6」には、一九二七年一一月六日の新町学廬の「ダンテのゼミナール」の面々の姿を写した写真のコピーが載っている。

あった。

　詩人としてのかれがミルトンとの対話を重ねつつ、思想と詩想をふかめ、とくに表現法においては翻訳『楽園喪失』の荘重体に依っていた。ミルトンとの関係を保ちつつ、かれは『羔の婚姻』の完成を目ざした。しかしそれを了えることなく、「悲哀」の人生を先に了えてしまった。あと二年の生命があれば、それは完成の日を迎えたことであったろうに。

　『羔の婚姻』はキリスト教の「義と愛」の思想に立脚した預言者的気風の詩である。人類の歴史全体をカバーする歴史哲学を詩のかたちをとってうたってみせたスケールの大きな叙事詩であった。「世のすね者」が花鳥風月を友とすることを文芸の基本とする日本の美的風土にあって、藤井の作品が容易に受け入れられるものでないことは、むしろ当然のことである。しかしかれの叙事詩が理解される時が来るまでは、この国の文学が世界文学のなかで中心的な地位を占める日は、ついに訪れないことであろう。藤井はミルトン『楽園喪失』の翻訳をとおして学んだ簡潔なうたい方を、ダンテ風の三行韻詩（テルツァ・リマ）の詩に仕立てて『羔の婚姻』を、命の限りうたった（藤井がダンテとミルトンの詩的緊張を凌駕するとは、あえて言うまい）。しかし七五調と手を切りつつ、「代言者」としての務めを果たした「近代の」詩人がここにいたのである。

滅びよ、腐れし現代日本！
　出でよ、新しき義の国やまと！
ねがはくは祝福彼女にあれ！

（中篇、第三三歌、結び）

〈参考文献〉


南原繁・藤井立（共編）藤井武全集、全一〇巻、岩波書店、一九七一―七二年。

矢内原忠雄（編）『藤井武及び夫人の面影』藤井武全集刊行会、一九四〇年。

矢内原忠雄「藤井武小伝」。藤井武全集、第一〇巻の末尾に付せられた（これは、もと前記『藤井武及び夫人の面影』の冒頭を飾ったもの）。

矢内原伊作『矢内原忠雄伝』みすず書房、一九九八年（矢内原忠雄のみた藤井武の生き方が伊作の筆で描かれている。藤井にかんする貴重な資料を提供する。とくに二八九―二九二、四〇九―四二四ページを参照されたい）。

佐藤全弘『藤井武研究』キリスト教図書出版社、一九七九年。

勝田義郎「藤井武、その結婚観と『羔の婚姻』」。湘北短期大学『湘北紀要』第二号（一九七八年）、一―八ページ。

＊本稿を書くにあたって、藤井偕子氏と佐藤全弘氏から細々としたお教えを頂いた。特筆して感謝の意を表する。

エリオットの二つのミルトン論——伝統観の変容

エリオットがミルトンという「偶像」にたてつきはじめるのは、公式には一九二一年のことである。その年に彼が『タイムズ文芸付録』に匿名で発表した「アンドルー・マーヴェル」（三月）、「ジョン・ドライデン」（六月）、「形而上詩人たち」（一〇月）は、いずれもミルトンに言及していた。言及といっても、そのいちいちが、その後、物議をかもしだすだけの重要な内容を伝えていた。たとえば、十七世紀における「思考と感情の分裂（ディソシエイション・オヴ・センシビリティ）」（と彼が考えたもの）の責任を、その世紀の「最有力の詩人たち」のミルトンとドライデンに課したのは一〇月発表の文章であった。この主張を、やがて引っこめることになるのであるが、それまでには四半世紀の歳月が流れなければならない。

なにもエリオットひとりではない。今世紀〔二〇世紀〕のはじめに文学活動を開始した、いわゆるモダニズムの詩人・批評家たちは、こぞってミルトンに反対であった。エリオットの先達格のエズラ・パウンド、盟友F・R・リーヴィス、またハーバート・リード、ジョン・ミドルトン・マリーなどにとって、ミルトンは共同の敵であった。その原因のひとつが、テニソンによって代表されるヴィクトリア朝文芸の詩的表現（ポエティシズム）や、また今世紀初頭のジョージ王朝派詩人たちの甘美な抒情性に対する反感ということにあったことは明らかである。(1) しかしこれら若手の文芸家たちの反ミルトン観も、ひと皮むけば、そこにはそれぞれにかなり別個の見方が存在していることも明らかである。エリオットにはエリオットのミルトン観があったのである。

彼にはちゃんとした二つのミルトン論がある。そのうちとくに最初のエッセイは、正面きってのミルトン攻撃であり、ミルトン断罪の主任検事エリオットの地位を不動のものにした。その後のミルトン学は、これによって甚大な影響をこうむることになる。やや大げさにいえば、三〇年代以後のミルトン研究は、この「ミルトンⅠ」（正式には「ジョン・ミルトンの韻文（ヴァース）にかんする覚書」――『エッセイズ・アンド・スタディズ』一九三六年）をめぐって動いてきたということができる。（わたくしはかつて、「エリオットたち、反ミルトン・グループとの対決の意欲こそ、最近のミルトン研究の隆盛の最大の原因なのだ」と書いたことがある(2)。エリオットはその後、一九四七年に英国学士院において「ミルトン」と題する講演をおこなった。一一年まえのミルトン論を修正したのである。「ミルトンⅡ」と通称されるこのエッセイが以前の所論の修正であることにまちがいはない。（たとえば、例の「思考と感情の分裂」論は、ミルトンにかんするかぎりは、ここで引っこめた。）しかしこの第二論文が「ミルトンⅠ」の撤回なのか、あるいは、ミルトン擁護派の所説に頭を下げたふりをして、じつは肝心のところは居なおりをきめこんだかたちなのか、というような問題になると、エリオットの創作と批評の仕事をすこしまとめて検討してみる必要に迫られる。

エリオットの第二ミルトン論が第一論文の修正であることにまちがいはないとしても、後者が前者の撤回であるとか、反対に、居なおりであると考えるのは、そもそも誤まりであるとわたくしは考えている。二つのミルトン論は、エリオットじしんの創作・批評活動の発展途上の成果であり、その背後には（やがて申し述べるように）彼の伝統観

（1）本書「ミルトンと現代詩」を参照ねがいたい。
（2）拙論「ミルトン研究――現状と展望」『英語青年』一九七二年一〇月号。

の変容という事実がひかえていた。彼の文学批評は彼じしんの「個人的な詩作場の副産物」であるという[3]、折あるごとに彼がいっていたことばは、ミルトンにかんする彼の評言についてもいえることなのである。

＊＊

ある午後、レナード・ウルフ夫妻がエリオットをお茶に招いた。若きスティーヴン・スペンダーがお相伴にあずかっていた。夫妻はエリオットをチクリとつつきはじめた——「ねえ、トム、ほんとに礼拝にいらしているの？」「ええ。」「祈っていらっしゃると、どんな感じですの？」そのとき——と、スペンダーはしるす——エリオットはまえかがみになり、頭をたれて、祈りの姿勢になった。「思考を集中し、自己を忘却し、神との合一を求めるこころみと見えた。もがき」[4]

これは自著『エリオット』の中で、スペンダーが明かしているある日の詩人のひとこまである。いつのことであるか定かではないが、スペンダーがエリオットにはじめて会ったのは一九二八年であると、スペンダーじしんが書いているし[5]、ウルフ夫人の自殺は一九四一年のことであるから、それはその間の、しかもおそらく三〇年前後のことであろう。スペンダーはエリオットを「祭儀的感受性（リチュアリスティック・センシビリティ）」の持ちぬしと規定する。

エリオットが伝統という考え方をもつようになったのは、彼がアメリカを離れるまえからのことであろう。よくいわれるように、ハーヴァード大学での恩師アーヴィング・バビットらの影響を、そこにみることもできる。また一九〇七年に同大学に招かれて、ホメロスにあたえた伝統の意義を説いたギルバート・マリーの感化を想定することもできるかも知れない（『ギリシア叙事詩の発達』一九〇七年）[6]。ハーヴァード大学の進歩派の中に、伝統主義への傾斜があったことは事実であろう。

しかしエリオットが伝統の問題を、知識のレベルだけでなく、精神のレベルでとらえはじめるのは、一九一四年の初秋、ロンドンでエズラ・パウンドの面識を得たのちのことであろう。彼がパウンドから得たことは多岐にわたるが、ここでは彼がこの先達をとおして。T・E・ヒュームの思想を吹きこまれた事実だけをあげておく。エリオットはヒュームに直接会ってはいない。おもにパウンドをとおして、この教祖的な人物の言説にふれた。

> 人間性（ヒューマニティ）の中に完全性をみること、それは根本的な過ちだ。
> 人間には原罪があたえられている。……人間は本質的に悪である。……秩序は消極的なものではなく、創造的なもの、人間を解放させるものだ。組織が必要。
> なにか妥当（ディーセント）なものが出てくるとすれば、それは伝統と組織によるしかない。[7]

ヒュームのこのような強烈な個性が、第一次世界大戦前のロンドンの一部知識層のあいだに力をもちはじめてい

（3）“The Frontiers of Criticism” (1956), *On Poetry and Poets* (London, 1957), p.117.
（4）Stephen Spender, *Eliot* (Glasgow, 1975), p.130.
（5）*Ibid.*
（6）David Ward, *T. S. Eliot Between Two Worlds* (London, 1973), pp.46-51.
（7）T. E. Hulme, *Speculations: Essays on Humanism and the Philosophy of Art*, ed. Herbert Read (London, 1995; First ed., 1924), pp.33, 47, 116.

た。そのことは、彼の死後、彼のノートを編纂して『省察』（一九二四年）という題で出版したハーバート・リードが、その序文で書いていることである。ヒュームが人間の完全性を否定し、その立場からロマン派の個性崇拝主義を嫌悪し、結果として古典と伝統への依存度を深めたことは、今世紀初頭の敏感な若者たちに共通していた危機意識のあらわれとしてみて、おもしろい。

エリオットはおそらく、宗教的な雰囲気によって裏うちされたこの伝統論のあおりを食らって、彼じしんのいうところの、生来の「カルヴァン的遺産とピューリタン的気質」を触発され、それが従来の伝統意識と結びあわされる経験をしたのではないか。彼の伝統は、のちにそれが正統の概念と結びつく以前においてさえ、きわめて祭儀的な匂いをただよわせていた。たとえば彼にとっても、また二十世紀の文学批評にとっても、決定的な意味をもつあの「伝統と個人の才能」（一九一九年）をみられたい。

伝統にはまず歴史感覚というものが含まれている。……この歴史感覚は、超時間的なものと時間的なものとの同時的な感覚というべきものであって、これが作家を伝統的たらしめるのである。

こうして詩人というものは、現在あるがままの自己を自分以上の価値のものにまかせきっていくことができるようになる。芸術家の進歩とはつねに自己を犠牲にしていくこと、つねに個性を滅却していくことである。(8)

密度の高いこの種のエッセイから二箇所を引いたところで、どうせ全体の意は伝わらない。ここではエリオットが、「伝統」や「個人の才能」の問題をとりあげるばあい、つねに「超時間的なもの」や「自分以上の価値」との関連において考えるという基本姿勢が読みとれれば十分としなければならない。この姿勢がヒュームの口吻といかに似ていることか。それをくわしく論ずるいとまはないが、だいたいの雰囲気は詳説の必要もなく伝わってくる。つまりここにも「祭儀的感受性」が働いているのである。

この思考様式の裏には、キリストの、「わがためにおのが生命を失うものは、これを見いだすであろう」という逆説的な教説が生きていたことはたしかであり、またそれなるがゆえにエリオットの伝統観が幅広い支持を得たのである――と、かつてわたくしじしん書いたことがある。[9] といっても、エリオットには、キリスト教の思想が先にあって、それが彼の批評の中に持ちこまれたものと考えたくはない。そうではなくて、ハーヴァード以来の、フランス象徴派詩人たち――マラルメ、ボードレール、ラフォルグ、グールモンなど――への沈潜をとおして、彼じしんのめざすべき詩の性格を尋ねあてたときに、あの個性滅却論（それに、そこから当然出てきていい「客観的相関物」論）に思いあたった。しかしそこで議論の背後を支えたものが、彼ほんらいの「祭儀的感受性」であったとみるほうが、考えやすい。いずれにせよ、「伝統と個人の才能」によって、エリオットは批評家としての公式の出発をとげた。それは詩人としては『荒地』の詩人の出現でもあった。

これから一〇年足らずのうちに、彼は「文学においては古典主義者、政治においては王党派、宗教においてはアングロ・カトリック」であるという、あの有名な宣言を出す。一九二八年のことである。これはつまりは、祭儀的伝統主義者を自覚しての告白であった。その前年から『聖灰水曜日』は書きはじめられている。そしてこの瞑想詩が実際

（8）*Selected Essays*, third enlarged edn. (London, 1951), pp.14, 17.

（9）スタンレー・ハイマン『エリオットの方法』（大修館書店、一九七四年）への「訳者あとがき」。

に上梓された一九三〇年を過ぎると、エリオットの伝統観はその航跡の急変を告げる。「正統」即「伝統」の考え方に立つのである。「カトリシズムと国際的秩序」（一九三三年）において、世界統一は正統の宗教による統一をおいてほかにないと主張し、その年の講演『異神を追いて』（一九三四年刊）では、「道徳が伝統と正統の実ではなくなり、個性が驚くべき重要性をもつようになる」ことに危機感を深めた。エリオットが異教としてとらえたのは、当時、擡頭のめざましかったファシズムと共産主義という二つの全体主義であり、さらにはその背後にひそむニヒリズムであった。こういうものが、神なき世界の刈りとるべき実と考えられたのである。正統な結束をかためて統一を達成しなければならない――という考え方が、二〇年代末期から三〇年代をとおしての、エリオットの基底をかたちづくる。ウルフ夫妻の茶会におけるあのエリオットの仕ぐさは、この時期の彼の「もがき」のありかたを象徴していると、みられはしないか。

＊＊

エリオットの伝統観が、これから先にいかなる変容をとげていくのかをたどることは、ひとまず止めておこう。わたくしはここでしばらく、彼の正統意識と言語観の関連に目をとめたい。彼は、この三〇年代の最後の年に出版した『キリスト教社会の理念』の一節で「よき散文は〔正統的な〕確信のない国民には書けない[10]」と書く。きわめて含みのある、また見方によっては、まことに身勝手とも思える発言をこころみる。しかし、それがいかなる筋道に立った発言なのであるか、ということは、探るに値する問題だと思われる。そのことが一九三六年の「ミルトンI」の主張を理解するうえで、意味をもつからにほかならない。

ここで取りあげたいのは『ダンテ』である。これは彼が、祭儀的な伝統主義者としての自己規定をおこなったあの一九二八年に構想し、その翌年に世に問うたエッセイである。このエッセイはたんにこの時期のエリオットの代表作であるばかりでなく、(ジョンソン論をのぞけば)作家論として彼の最高の作である。じっさい、後期の、第二次世界大戦後のエリオットといえども、文化・文芸批評の見方としては、原理的にこのダンテ論を超えることはないのではないか。

それだけにダンテ論にはさまざまの事柄が含まれていて、簡単な一般化はゆるされない。ただミルトン論との関連において二つのことを指摘しておこう。その第一。エリオットは「詩人としてのダンテ」を「人間としてのダンテ」から区別し、「彼の個人的信仰は、詩となるに及んで別のものとなる」[11]と述べて、「伝統と個人の才能」以来の、例の没個性論を表明している。が、問題はその前段で、「ダンテを読むばあい、読者は十三世紀のカトリシズムの世界にはいらなければならない。……ダンテの信じたことを信ずることを求められはしない。……しかしそれを理解することは求められるのである」と綴る。一歩誤まれば、あの没個性論と抵触するはずの発言である。これはこの時期のエリオットの正統意識が、衣のすそから姿をあらわしたものとみるほか説明のつかないものである。

ダンテ論に関連して指摘しておきたい第二の点は、ダンテの普遍性(ユニヴァーサリティ)が強調されるということである。『神曲』の普遍性はダンテ個人の産物であるというよりも、彼の時代のイタリア語が普遍的ラテン語から発達した事実に求められるべきである。ダンテはなによりもヨーロッパ人であった。彼にくらべれば、シェイクスピアやラシーヌでさえも

(10) *The Idea of a Christian Society* (London, 1939), p.20. 同書の注の中で、国教擁護派のヘンスレー・ヘンソン主教の散文を、範とすべきすぐれた文章であると推賞し、反対に「道徳再武装」派を批判し、その「精神活動は英語にたいして非常な実害をあたえるにちがいない」と述べていることは、エリオットの正統観と言語観を知るうえで有益である。

(11) "Dante," *SE*, p.258.

「地方的（ローカル）」である。ダンテのことばは簡潔な「共通語（コモン・ランゲッジ）」であった。ダンテはヨーロッパの総体である(12)——と、エリオットはいうのである。

普遍、統一を重視し、特殊、多様を「地方的」なものとして排する。一を取り、多を捨てる。正統主義に補強されたこの考えかたが、ダンテのイタリア語に「共通語」を発見する。エリオットがはやくから表明してきた「詩における会話体的（カンヴァセイショナル）なもの（たとえば「レトリックと詩劇」一九一九年）を、ここで、原理的に『神曲』のなかに見出だす。『ダンテ』と同時期のエッセイ「詩劇についての対話」（一九二八年）が、「新しい韻文形式」を求めつつ、「完全な理想的な劇は、ミサの祭儀のなかに見出される」と説いていることが思い出される(13)。これにしても、正統とことばの関係をいっていることにちがいはない。先に引用した「よき散文は確信のない国民には書けない」という発言は、エリオットの意識における正統とことばの結合の固さをいいあらわしている。伝統によって個性を滅却されない人物のことばは、ことば相互間の共通性を軽視し、それが乱れ（バベル）の原因となる、と彼は考えているのである。

＊＊

ここで一九四〇年代にはいってからのエリオットの伝統意識に目を向けてみる。まず一九四八年刊行の『文化の定義のための覚書』にふれてみよう。この書は本来一九四五年の、第二次世界大戦終結の直後から書かれたものの集録であるらしい。詳細に検討することはできないが、ヨーロッパ文化における統一性と多様性のバランスを考察していることは、論をまたない。「一つの共通の世界文化、しかしそれでいて各構成部分の特殊性を減少せしめることのない世界文化」のありかたを模索している。キリスト教世界にかんしても、「正統思想」の発展のために「異端」そのものの存在さえ容認される(14)。これは普遍、統一に対抗して特殊、多様の意義を評価する態度である。三〇年代のエリオットの思想にてらしてみるときに、思考のウェイトのおきかたが変っている事実に驚かざるをえない。正統を前面に押しだす態度は後退して、伝統観そのものに幅がでてきている。エリオットに寛容が備わってくるのは、このころからのことである。

『キリスト教社会の理念』と詩劇『寺院の殺人』（一九三五年）とは、思想的に相似点が認められるが、[15]ここでは、国権に抗して神の意志の優位を説くという、大筋のテーマにおいて共通していることを指摘しておこう。つまり双方とも、「半面の真理は異端」[16]ときめつけつつ、正統の優位を宣明する作品なのである。それが四〇年代にはいると、「半面の真理」をむしろ歓迎する方向が出てくる。エリオットの伝統観の変容としか、いいようのないものである。

伝統観と言語観とがエリオットにおいて不可分の関係にあることは、すでに述べたとおりである。では四〇年代にはいってからの彼の言語観は、どういう変貌をとげるのであろうか。

（12）*SE*, pp.239, 252, 258.
（13）"A Dialogue on Dramatic Poetry," *SE*, pp.57, 47.
（14）*Notes towards the Definition of Culture*, 1948 (London, 1962), pp.62, 82.
（15）たとえば『キリスト教社会の理念』のなかでキリスト教社会の三階層として、一、支配者（キリスト教を支配の対象とする）、二、民衆（キリスト教を行動と習慣の問題とする）、三、「キリスト教徒の集団」（意識面でも思索面でも実践的なキリスト者で、知的にも精神的にもすぐれた人びと）を区別している（*ICS*, p.35）。これは『寺院の殺人』の人物でいえば、一、国王（実際には国王の意を受けた騎士が登場）、二、コーラス（カンタベリーの女たち）、三、ベケット大司教、の三者に対応することは明らかであろう。
（16）*The Idea of a Christian Society*, p.51.

エリオットは一九四〇年六月に、その前年に長逝した友イェイツを追憶して、ダブリンで講演をしている。そのなかで彼は、イェイツの文体にあらわれる個性を高く評価する。これは彼がそれまでに声高にいいまくってきたことと、真っ向から衝突するはずの見解である。演壇の彼も、さすがに気恥かしかったのであろう、「芸術における没個性論を唱えてきたわたしが、イェイツ氏の後期の作品に個性の豊かな表現を認めて、それをたたえるなどということは、矛盾と思われることでありましょう」[17]と、やや歯切れの悪いことをいっている。しかしこれは、どうもイェイツを例外と考えての発言ではないらしい。一九四四年の「批評家および詩人としてのジョンソン」をみると、ジョージ・ハーバートの長所として、詩人の個性と認められる諸点を指摘してみせるのである。[18]まえからわたくしが使ってきた表現を用いるならば、特殊、多様を尊重する姿勢へと変ってきたといえよう。エリオットはたしかに変ったのである。

「詩の音楽」という、一九四二年の講義を読んでみると、「探検の時代がある。また獲得した領土を開発する時代がある」と前置きをしながら、シェイクスピアの韻文の発達を二分している箇所がある。『アントニーとクレオパトラ』までの時期においては、シェイクスピアは「話しことば（コロキュアル・スピーチ）」にのっとった文体の単純（シンプリシティ）さを模索しつづけた。それ以後の作品においては、「単純さから精巧（エラボレイション）さへ」と移行していく。「詩の音楽というものが話しことばとの接触を失うことなく、どれほどまでに精巧に、どれほどまでに複雑になりうるかという実験を試みた」[19]。エリオットのこの観察が、実際のシェイクスピア劇にかんして正鵠を射た観察であるかどうか、ということは、いまは問わない。重要なことは、エリオットが、「ことばの革命を断行することが、つねに詩人の第一のつとめであるとは思わない」と発言しながら、韻文のもちうる音楽的複雑さに、いままでにない関心を示している点である。これは、伝統観において普遍から特殊へ、統一から多様へと、重点のおきかたを変えたエリオットにして、はじめて公表しうるシェイクスピア論であった。ここには、簡潔にして普遍的な「共通語」の発見に情熱をもやしたかつてのエリオットとは別の、もう一人のエリオットがいる。エリオットはここでは、「後期の」シェイクスピアの跡を求めているのではないか。

後期のシェイクスピアは、韻文において詩の音楽がどれほどまでに精巧にして複雑に機能しうるかということの探検に興味を感じはじめた、とエリオットは語る。が、エリオットがそのあとに語をつづけて、「こうした方向だけに探検をこころみた人びとのなかで、ミルトンが最大の達人であった[20]」と書き加えるときに、問題はにわかにわたくしじしんの本題に関係してくる。

一九三〇年代のエリオットは、伝統を正統の意識においてとらえ、一を取り、多を切り捨てた。その基本姿勢から、簡潔にして普遍的な「共通語」を探究し、話しことばを純化せんとするこころみが繰り返された。一九四〇年代にはいると、彼の伝統観にふくらみが出てきて、一の発展のために多を許容し、その存在を尊重する態度が生まれる。ことばの問題にかんしていえば、ことばの精巧さ、複雑さ、とくに詩における音楽的効果の機能という問題を大々的に取りあげることになる。「伝統」観が変容すれば、それに応じて言語——「個人の才能」——にかんする見方も変化する。いかにもエリオットらしい展開ではないか。

＊ ＊

(17) “Yeats,” *OPP*, p.299.
(18) “Johnson as Critic and Poet,” *OPP*, p.203.
(19) “The Music of Poetry,” *OPP*, p.29.
(20) *Ibid.*

だいぶ遠まわりをしてきた。エリオットの二つのミルトン論を考えるばあいに、その発表年代の一九三六年と一九四七年という二つの時点が、彼の伝統観の変容――一の重視から多の重視へ――に対応するという事実を、どうしても見逃がすことができないからであった。二つのミルトン論は、エリオットじしんの思索の軌跡のうえにとらえられなければならない。

まず二つのミルトン論に共通する点からはじめよう。簡単なことからいえば、人間としてのミルトンは嫌いだ、という告白である。あからさまな告白である。が、それはそうであろう、と見当はつく。ミルトン愛好家は、ここで眉をつりあげる必要はない。まえにもふれた「批評家および詩人としてのジョンソン」という講演の一節に目をやればいい。そもそもこの講演は、好意的なミルトン弁護論を含む講演である（エリオットのミルトン理解の深さを知ろうとするならば、この講演からはいるべきである。エリオットは、ジョンソンのミルトン批評とのかかわりにおいて、彼じしんのミルトン観を樹立したとみられるふしがある）。この講演のなかで、批評家は作者にたいする共感や反感に従って、詩を良いとか悪いとか判断する傾向にあるが、それは反省を要する、という意味のことをいっている。[21] 詩人としてのミルトンは、エリオットにとってはとくに、人間としてのミルトンと別であっていいわけである。だから彼のミルトン論のばあいも、無反省の非難をしているのではない。エリオットはミルトンが嫌いなので、ミルトンにけちをつけたのだ、などと考えるのは、単純にすぎるというものである。エリオットの議論は真摯な判別（クリーシス）の仕事である。

彼はまたミルトンの偉大さを認めている。双方の論に共通することである。これもまた彼のポーズだろう、などと勘ぐってはいけない。ミルトンの偉大さについては、先のジョンソン論や、他のいくつかのエッセイのなかでふれている。いちいちの例証ははぶくが、あの一九二一年のエッセイのなかでさえ、十七世紀の「最有力の詩人たち」としてドライデンと並んでミルトンの名があげられていたことを思い出していただけば、さしあたり事がたりるであろう。だからエリオットのミルトン批評は、対象の偉大さを認めたうえでの議論ということになる。

ところでその「偉大さ」を、エリオットはミルトンのどこに認めたのか、ということになると、「ミルトンⅠ」の結びの段落で彼のいっていることを額面どおり受けとる以外に手はない。彼はいう――詩人の作品を評価する態度が二つある。

ひとつは、われわれがその詩人を他から切り離し、その独自の競技の法則を理解し、その独自の立場を採用しようとするときにとる態度であり、いまひとつは……この詩人をもろもろの外部的な標準によって、……われわれの自国語やヨーロッパ文学の歴史全体においてみた言語ならびに詩と呼ばれるものを標準とすることによって、評価するときの態度である。(22)

そしてミルトンに「反対する」のは、この第二の立場からである、と明言している。つまり詩人の独自性を重視する態度と、その詩人を、彼を包含する外部的総体を重視する立場から評価する態度が存在するのである。これは批評の基準を特殊性に求めるか、普通性に求めるか、という問題に帰着する事柄であり、エリオットがここで後者の立場に賭けるのは、まさに三〇年代の彼の思考様式そのもののなせるわざというほかはない。だから逆をいえば、彼はミ

(21) "Johnson as Critic and Poet," *OPP*, pp.215, 212.
(22) "Milton I," *OPP*, p.164. 二つのミルトン論については、安田章一郎教授の御訳をお借りした。

ルトンの独自性のなかにこの詩人の偉大さを認めた、ということがいえるであろう。じじつ、四〇年代にはいってからのエリオットが、伝統を形成する個別の構成要素の存在意義に着眼し、特殊性、多様性を重視するようになってからのミルトン論は、あのジョンソン論中のミルトン論にせよ、第二ミルトン論にせよ、ミルトンの個性と独自性に着目しての再評価の様相を示している。こうなってくると、ミルトンの偉大さを評価するばあいのエリオットの立場そのものは、各時期をとおして変っていなかったということになりそうだ。「詩人たちにかんするわたしの評価は、わたしの生涯を通じてほとんど変っていない[23]」という彼のことばは、ミルトンについても当たっているもののようである。

さてここで、第一ミルトン論におけるエリオットの、ミルトンにたいする不服の内容に注目しよう。それは、ミルトンには聴覚的想像力がききすぎ（視覚的想像力が欠け）るということと、ミルトンのことばが会話体から離れすぎるという二つの点に要約できる。このうち後者については、三〇年代のエリオットが話しことばと接触する簡潔な「共通語」の探究ということに、とくに正統概念のあと押しもあって、情熱をもやしたという事実を思い浮かべれば、理解のいくことである。問題は、ミルトンの聴覚的想像力がいけない、といっている前者の疑点についてである。（エリオットはおそらく、詩における音楽性の確立を主張する作風の現代詩人たちを脳裏にすえて議論しているのである。）

エリオットは彼じしんとくに耳のいい詩人であった。「耳」ということばは、エリオット流に、韻律(リズム)と語法(ディクション)の融合を即座に理解する力のことをさすとしておこう[24]。どの作品の、どの部分でもいい。たとえば

The typist home at teatime, clears her breakfast, lights

Her stove, and lays out food in this.

タイピストはお茶の時刻に部屋に帰る。朝の食卓の上を片づけて
ストーヴに火を入れ、缶詰の食品をひろげる。

（福田陸太郎・森山泰夫両氏訳）

――という『荒地』の二行にしても、女のきまりきった、味気ない日常（＝意味）が、機能的な冷たいｔ音のひびき（＝音楽）と融合して、ものうげで無感動な情緒をかもしだしていることは、誰の耳にも明らかだろう。だいたいエリオットは詩人として立ったそもそものはじめから詩の音楽ということには、人一倍の関心をいだいていた。晩年になってからの告白だが、詩の一節の誕生は、ことばによる以前に、リズムによるばあいがある、とさえいうのである。[25] またキプリングには耳の鋭敏さが欠けているので、彼の作品は、詩（ポエトリー）とは呼べない、とさえ酷評する彼なのだ。[26] 詩の音楽についてはやかましかった。

ミルトンがいけないとされたのは、ことばの音楽性だけが独走していて（視覚的想像力が欠け）、意味が音楽に融合していない、という理由からであった。音楽と意味とが結びつく実例は日常の話しことばのなかに見いだせるのであるから、詩はそもそも会話体から乖離してはいけないものだ。[27] 創作体験にもとづくこうした議論をたどっていけ

（23）"The Frontiers of Criticism," *OPP*, p.118.
（24）"Johnson as Critic and Poet," *OPP*, p.190.
（25）"The Music of Poetry," *OPP*, p.32; "Rudyard Kipling," *OPP*, p.277.
（26）"Rudyard Kipling," *OPP*, p.293.

ば、ミルトンには聴覚的想像力が独走しているとか、彼のことばは会話体から離れているとかいう苦情は、じつは別個のものではないことに気づく。つまりミルトンにおける音楽の独走の直接の原因は、エリオットの公式の言によれば、ミルトンの失明ということになるのだが、じつはそれだけでなく、いやそれ以上に、彼のことばが日常語との接触を断ち、簡潔にして普遍的な「共通語」の達成を意図していないという点にこそ求められるべきなのである。この「ミルトンⅠ」のなかでも、「ミルトンは英語を死語のように使っている」[28]という批評は、「共通語」の発見に骨身をけずり、やっとの思いで『寺院の殺人』を書いた直後のエリオットとして、心底からいいきっておきたいことであったにちがいない。ミルトンの特異性が許せる心境のエリオットではなかったのである。

聴覚的想像力がかちすぎ、音楽に意味がともなわず、その結果、視覚的想像力が未発達だ、というミルトン批判の背後には、ダンテへの尊敬の念が働いていたかもしれない。エリオットはそのダンテ論で、このフィレンツェ詩人の視覚的想像力をほめ、それが共通語の完成に役立っている、と書いた。視覚は、じつは正統の感覚であり、非正統は聴覚に頼る。ミルトンはたとい盲目でなくとも、視覚的な『楽園の喪失』は制作しなかったはずなのである。

一九四七年のエリオットは、「ミルトンⅠ」の彼とは、全く違っていた。特殊、多様に深い理解を示す批評家であった。「以前なら」と彼は英国学士院の聴衆に語った――

ある詩人の作品ができうるかぎり散文からかけはなれているなどといえば、それはわたしには非難の言葉としてうけとれたことでありましょう。いまではそれは、ただ、われわれがミルトンのような詩人を取扱う場合には、その特異な偉大さを正確にいった言葉にすぎないように思われるのであります。[29]

このエリオットが、かつて彼じしんが第一ミルトン論で述べたところの、詩人の作品を評価する二つの態度のうちの、第一の立場に立っていることは疑うことができない。それは伝統を構成する個的なるものの価値を評価し、ことばの精巧さ、複雑さに関心を示す態度に連なるものであった。

この「ミルトンII」の結語のなかでエリオットは

われわれは、文学においても、……いつも革命の状態にとどまっているわけにはまいりません。……〔ミルトンの詩を研究すれば〕詩の音楽というものは、もっとも適切な言葉によって表現された、ある明確な意味をもった詩においてもっとも力づよく働くものだということを学ぶことになるでありましょう。(30)

と説く。この講演が、「ことばの革命」が終ったら詩のもちうる音楽的複雑さの探究へと進むべきだ、と述べた、あの一九四二年の「詩の音楽」の内容にいかに近いかを思えば、エリオットの思考の転換についてこれ以上多言を弄する要はあるまい。ミルトンの詩にみられる話しことばからの乖離や視覚的想像力の欠如は、彼の叙事詩における長所として評価されているのである。ミルトンは、いまや、「形式のなかにあって自由をかちえたわが国語における最大の詩人」なのである。ミルトン擁護派としては、さあ乾杯、といきたいところであろう。だが早まってはいけない。

(27) "The Music of Poetry," *OPP*, pp.24, 21.
(28) "Milton I," *OPP*, p.159.
(29) "Milton II," *OPP*, p.176.
(30) "Milton II," *OPP*, p.183.

エリオットにしてみれば、詩人を評価する二つの物差しのなかで、一九三六年には仕舞いこんでおいたほうの物差しを、一一年後になって持ち出したにすぎないのである。

ミルトン学界は、エリオットの二つのミルトン論によって、大いなるゆさぶりをかけられた。しかしエリオットにしてみれば、伝統をめぐる自己の思考様式の発展にそって、率直に、二つの物差しの使い分けをやったにすぎない。だから彼はすました顔をして、「詩の語法が安定化される時点に達すれば、こんどは音楽的精巧化の時期がつづくわけであります」と語る。[31] しかしその「こんどは」のおかげで、彼は盟友リーヴィスの怒りを買うことになったのである。

＊　＊

わたくしはここで、いままで故意にふれずにおいた三つの問題にふれておかなければいけないように思う。そのいずれの問題にかんしても、くわしい答案を書くだけの準備が、いまのわたくしにはない。ただ、デッサンを書きつけるにとどめる。

その第一。一九四〇年代のエリオットに起こったあの変貌は、なにに起因するのか、という問題である。伝統との関連において、さしあたり思いつくことは、エリオットには「新しい文明」の樹立を唱える、たとえばハロルド・ラスキなど、進歩派知識人たちとの思想的対決という事実があったということである。エリオットはユートピア的な革新の考えを排し、各文化の個性に着目して、「比較的に細かい特殊例にそくした社会の改善をすべし」[32] という実際的主張をおこなった。伝統の生ける力を信じきることのできた思想家の、特殊を尊重する態度であった。これが言語観にかんして、地方語の尊重という主張に連なることは、容易に理解できるところである。

伝統を信ずるものはロゴスの共通性を信ずる。エリオットの場合も「共通語」の追求が大きな課題であったが、『岩』（一九三四年）、『寺院の殺人』（一九三五年）を経て、『一族再会』（一九三九年）を制作した彼には、それを達成したという自負があったのではなかったか。のちの講演「詩と劇」のなかで『一族再会』についての注釈をつけて、「現代の話しことばに密着した韻律（リズム）」や「それじたいが詩である節」の存在を認めている事実[33]は、年来の宿願であった「わたしじしんの声」[34]をここで探りあてたという自信の表明とみていいものである。そしてその自信が、より精巧な詩語の探究へと、彼をかりたてたのであろう。これが言語観における普遍から特殊へという重点のおきかえの原因となったものではあるまいか。

第二の問題は、ミルトンがエリオットにあたえた影響ということである。エリオットは激しくミルトンに挑戦したが、反面この叙事詩人に魅惑されてもいたらしい。（このあたりが、たとえばリーヴィスとは違うところである。）はじめからミルトンの偉大さを認めてかかっている。詩の音楽を探究した最大の達人としてミルトンを評価した事実ひとつをあげても、彼の態度はわかる。彼はその点で、ミルトンに学ぶところがあったはずである。じじつ『四つの四

（31）"The Music of Poetry," *OPP*, p.32. これに関連して思い出すのは、エリオットがその最晩年の講演「批評家を批評する」（一九六一年）において述べたことである。「第二ミルトン論は第一論文の撤回ではありません。ミルトンはもはや模倣されることもないであろうから、もう研究されても有益だろうと思っておこなった発展的な考えであります。」*To Criticize the Critic and Other Writings* (London, 1965), pp.23-4.

（32）*Notes towards the Definition of Culture*, p.20.

（33）"Poetry and Drama," *OPP*, pp.88, 89.

（34）"Yeats", *OPP*, p.295.

重奏』は形式的にも、内容的にも音楽に深くかかわる作品である。ここにはミルトンからの引用、彼への引喩（アルージョン）などが、数多く見つけられる。ミルトンとエリオットとは、詩にたいする態度において案外近かったのではないか、という見かたもできる。[35] いずれにせよ、エリオットが、「わたしの文学批評のなかで最上のものは、わたしに影響をあたえた詩人たちと詩劇人たちにかんする論考である」[36] といっている、その「詩人たち」のなかに、ミルトンがはいっている可能性は高いと思われる。

　最後に第三の問題。エリオットのミルトン批評とミルトン学との関係である。エリオットは創作活動の片手間に身勝手なことをいったのだから、それはそれとして聞きおく、ということでよかろう、という考え方がある。だがそれも単純にすぎる。エリオットはミルトンの偉大さをじゅうぶん認めたうえで、批評をおこなっている。しかもその批評を修正する労さえとっている。

　彼のミルトン批評は、その大筋において当たっている。ミルトンの詩のことばがただちに当時の詩語であったとは思われないが、当時の——ミルトンの、ではなく——日常語から乖離していたことは、ほぼたしかである。またエリオットのいう意味での視覚的想像力が、ミルトンの叙事詩に欠けていることも、ほぼたしかである。エリオットは、しかし、こうした特徴がミルトンの叙事詩には、かえって「ふさわしい文体」であるとして評価したのである。エリオットは叙事詩の祭儀的文体を知らなかった、という批判があるが、これなども、そもそも祭儀的なエリオットを正確な照準にとらえての批評にはなっていない。これからのミルトン研究は、エリオットのいったことの総体に深い理解を示したうえで、前途を模索していかなければならない。

　エリオットの投じた二つの石の波紋はあまりにも大きかった。その波紋の大きさは彼の批評のもつ独創性ばかりか、強靭な説得力の証左でもあった。彼のことばは、ミルトンを読む誰の心にも食いこみ、よろこばせ、焦（じ）らせ、あるいは怒らせ、いくたびか原文そのものへと導いていってくれた。批評に求めうる最上のこと――原典への回帰――を、彼の批評は果たした。今世紀のミルトン学は、彼をめぐって進展してきた。ほかでも書いたように、[37]彼は、じつに、現代のミルトン学の恩人ともいえる。皮肉をいっているのではない。彼のごとき才人がふたたび出現するまでは、過去二世代にわたって刻みあげられたミルトン像は、まず安泰であろう。現在までのミルトン批評史そのものに、時間的距離をおいて対しうる時がきて、ミルトンの芸術を理解した目利き(コニサー)をふたりにしぼり、その名をあげるとするならば、それはジョンソン博士とT・S・エリオットということになろう。

＊＊

「永遠」が「時間」の中に立つとき、「日常語(コモン・ワード)」と「形式語(フォーマル・ワード)」とが手をとりあって舞う。「永遠」が「時間」とむつみあうところでは、断頭台で落命したひとりの国王のわきに、

one who died blind and quiet
盲(めし)い黙して逝(ゆ)きしひとり

――「リトル・ギディング」

---

(35) Herbert Howarth, "Eliot and Milton: The American Aspect," *University of Toronto Quarterly* 30 (1961): 150-62; Frank Kermode, "A Babylonish Dialect" *T. S. Eliot: The Man and His Work*, ed. Allen Tate (Penguin Books, 1971), pp.232-43.

(36) "The Frontiers of Criticism," *OPP*, p.117.

(37) 注（2）を参照ねがいたい。

が、眠る場所をゆるされている。そしてそのかたわらに、わたくしは、ウルフ夫妻邸で黙想していたエリオットの、いまは安らぎの、姿を垣間見るのである。

詩の自立——イギリス革命のなかから

十七世紀のイギリス革命の意義は文学史的にみても、はかり知れないものがある。革命は芸術観もしくは美意識に大きな変革をもたらしたからである。しかし、具体的にいって、革命と文学の関係は、いかなるものとしてとらえたらいいのか。この時代を代表する詩人たち数人をとりあげて、彼らの文学観の成立に革命がどう関わったか、という問題を素描してみたい。

＊＊

まず、リチャード・クラショーである。この詩人はイングランド国教会の司祭を父として生まれ、初めは彼じしんもローマ・カトリックに対抗する立場であった。ケンブリッジ大学在学中はニコラス・フェラーのリトル・ギディングに出入りし、国教会内の神秘主義的敬虔の世界に沈潜しようとした。その彼が徐々にローマ・カトリック教会に近づくのである。ひとつには、一六四〇年代にはいってからの革命の騒乱のなかで、彼が反ピューリタン的傾向をつよめ、普遍的（カトリック）な秩序を求めるにいたったということが、その原因として考えられよう。一六四五年には正式にローマ・カトリック教徒となり、王妃ヘンリエッタ・マライアの勧めに応じて、ローマに移り住む。

こうしてクラショーは自覚的にカトリシズムに参入した詩人である。彼の作品が、生まれながらのカトリック詩人の作品にくらべて、よりカトリック的である理由が、ここにある。ただ、彼のばあい、その作品は、かつてのオースティン・ウォレンや、その後のR・V・ヤングなどの説くように、スペインのカトリシズム文芸の影響を濃厚にうけて、詩作を開始していることは明らかである。(1) その点からみても、彼がカトリック教徒の王妃ヘンリエッタ（フランス人）の勧誘に従って、ローマへ移ったということは、彼の文学人生を考えるとき、象徴的な出来事であるといえよう。

クラショーの代表的作品に、涙をうたったものが幾篇かある。「マグダラの聖マリヤ——涙する人」"Sainte Mary Magdalene or The Weeper" もそのひとつである。涙はマグダラの聖マリヤの「誇るべき真珠」、「水の花」である。ここにみられるのは、涙を形象化し、その形象が聖化されることをねがってやまない、強靭な美意識である。聖なるものを具象の世界で目撃する、あるいは俗の世界で聖をとらえることが可能であるという認識がなければ、このような詩は出来てこない。文芸の世界におけるこのような美意識は、反宗教改革時のバロックとよばれる芸術観一般にみとめられる、ややグロテスクな表現方法の一環であるといえば、いちおうの説明はつこう。

カトリック教徒たるクラショーは、とうぜん秘跡（サクラメント）を信ずる身であった。秘跡には洗礼、堅信、聖体、悔悛、終油、品級、婚姻の七種がある。このなかの聖体（ユーカリスト）——プロテスタント教会でいう聖餐——の儀式で口にするパンとぶどう酒は、ただちにキリストの肉と血に実体変化するものと信ぜられていた。この化体説（transubstantiation）はトリエント公会議（一五四五—六三）以来、カトリック教会の正統信仰となった。それはルターの、いわゆる共在説（consubstantiation）——パンとぶどう酒はその実体を保持したままで、それとともにキリストの肉と血は実在する——や、ツウィングリらの、パンとぶどう酒はキリストの肉と血を象徴するという解釈（象徴説）とは、一線を画するものであった。

クラショーは、サクラメントにおいてキリストは臨在するという信仰を受け入れ、聖体における実体変化説を信じた。パンは即キリストの肉であり、ぶどう酒は即キリストの血であった。ここでは聖と俗は直接的に結び合っていた。この世界がこの詩人の生きた現実であった。したがってマリアの涙を「誇るべき真珠」、「水の花」といいかえていく、その執拗さは、聖なるものを俗なるものの五感をもって確かめる敬虔なこころの発露であると捉えなければならない。それはことばやイメージの遊戯ではない。美は秘跡に連なる外的なもののなかにこそ認められるべきものであった。

＊＊

これと対照的な位置を占めるのがピューリタニズムの美意識である。宗教改革者たちは、さきにもふれたように、伝統的な秘跡を棄却してしまった。七秘跡のうち、わずか洗礼と聖体（聖餐）のみをサクラメントとして残したが、その聖体の理解においても、化体説のもつ神秘性は払拭してしまった。プロテスタント教会の聖礼典は、カトリック教会の秘跡とは、本質的に異なるものである。とくにピューリタニズムにおいては、種々の段階はあるにもせよ、聖礼典は神への従順のエンブレムとされてしまう。その代表例はクロムウェルの革命に参加したミルトンであったろう。彼は聖餐にかんするカトリック教会の化体説にも、またルターの共在説にも与しなかった。そのことは『キリス

（1） Austin Warren, *Richard Crashaw: A Study in Baroque Sensibility*, Ann Arbor: University of Michigan Press, 1939. Ann Arbor Books, 1957. R.V. Young, *Richard Crashaw and the Spanish Golden Age*, Yale University Press, 1982. 後者については『英語青年』一九八三年八月号に、新井による紹介、批評がのっている。

ト教教義論』で明言していることである。[2] 聖餐といえどもキリストの恵みにあずかる「純粋に比喩的な表現」と考えられるべきものであり、「しるし」*signum* でしかない。[3] これは、カトリック体制はもちろんのこと、イングランド国教会の体制そのものをさえ否定した思想家として、とうぜんいきつくべき論理であったろう。

しかし詩はつねに情緒の美化を模索する。クラショーでいうならば、カトリック的・バロック的神秘主義の美化を達成せんとこころみたのであった。教会でも、マリア像でも、歴史を超えた聖なる永遠性の具象化の対象となった。ミルトンのばあいも、目に見えるものを、初めからすべて拒否するというのではなかった。たとえば一六三二年――ミルトン二三歳――の四月ころの作と思われる[4]「沈思の人」"Il Penseroso" の結びでは、聖堂の内陣を歩む思いを詩にうたっている。

And love the embowèd roof,
With antique pillars massy proof,
And storied windows richly dight,
Casting a dim religious light.

私は好きだ――高い丸屋根、
どっしりとした支えの古い柱、
聖画あざやかなステンドグラスの窓、
そこから差しこむ神々しい暗い光。

若いミルトンは、こううたった。この詩を書いてから一〇年もたつと、彼の倫理観は急成長をとげる。革命のさなかで、反国教会の立場を明瞭に打ち出すことになる。

そうなったミルトンには、以上のような詩行は書けなかった。けっきょく彼はピューリタニズムの――それも独立派に限りなく近い――倫理の合理化に走る。その結果として詩人たる彼は、ピューリタニズムの倫理の詩化を模索することになる。『楽園の喪失』が楽園を出て歴史のなかに立ちつくす主人公アダムを描く図であることは、偶然ではない。形あるものを拒絶すれば、「楽園」の世界は捨てなければならない。とすれば、詩人は「内なる楽園」を「はるか幸多き楽園」とみとめて、「荒野」へと出て行かなければならない。これは倫理的美の追求の図であり、美の内在化の過程であったといえよう。

＊＊

クラショーとミルトンを並べれば、ローマ・カトリシズムを信条とする詩人とピューリタニズムの詩人を並べることになり、また可視的美を肯定する立場とそれを否定する立場、さらには「超」歴史的主張と「内」歴史的主張とを並べることになる。また聖堂の内に〈聖〉のありかたを見る意識と、いわゆる聖域の外に歩きだして、そのいく先に〈聖〉のありかを探ろうという意識とを並べたことにもなる。じつはこの二つの対立する信条の中間に、多様の意識

(2)『散文全集』第六巻、五五四ページ以下。
(3)『散文全集』第六巻、五五三、五五四ページ。
(4) 拙書『ミルトンの世界』(研究社出版、一九八〇年)、六〇ページを参照されたい。

と主張があった。ジョン・ダン、ジョージ・ハーバート、アンドルー・マーヴェルなどの詩人たちが、その代表例としてあげられるであろう。

ダンやハーバートはイングランド国教会の立場であったから、聖餐にかんしても国教会の「三十九箇条」（The Thirty-Nine Articles, 1563.「聖公会大綱」）を遵守していたはずである。聖餐についていえば、ローマの化体説を避けると同時に、ツウィングリらの象徴説をも否定し、「キリストのからだが聖餐において受けられ、食せられる方法は信仰である」（第二十八条）とした。(5) つまりサクラメントにおけるキリストの臨在を信じたのである。(6) これなども国教会の中道主義 *via media* を、よく表しているといえよう。

ここではハーバートの「聖晩餐」"The H. Communion" の一節を引用してみる。

しかしあなたは滋養と活力を用いて
　わが胸へと這入りたまい、
　わが安らぎとなり、
わが養いの力となりたもう、わずかなる量(かさ)もて、
み力となりて、わが隅々にひろがり、
　罪の力と技に立ち向かいたもう。

ハーバートにあっても聖餐の化体説や象徴説が問題とならないことは、一見して明らかである。サクラメントの儀式のパンとぶどう酒は「内的なるもの、見えざるものの、見えるしるし」と考えられていたのである。(7) ダンやハー

バートにとっては、（クラショーのばあいのように）聖は俗の一部として可視のものとしてあるのではなかったが、聖は俗のなかにあらわれて、俗のなかに可視的なしるしを刻印するものと信ぜられた。こう信ずる人々は、その〈聖〉の空間を去って外へ出ようとは望まないであろう。どこまでも体制内にとどまる結果となる。これがアングリカン・チャーチ内の高教会の宗教意識であり、じじつハーバートやダンの芸術観は高教会のなかではぐくまれた美意識に立っていた。

＊＊

マーヴェルは革命のなかで右や左にゆさぶられたひとりである。若いマーヴェルは、やがて議会軍総司令官となるフェアファックスの令嬢の家庭教師をつとめ、ヨークシャーの荘園に住んだ。そして「庭」"The Garden" の作者として、静かな空間のなかの世界をたたえ、「人との交わりは粗野と呼ばるべきもの／この楽しき孤独にくらべれば」"Society is all but rude, / To this delicious Solitude." とうたった。彼は、しかし、この作品を書いたと同じころ、クロムウェル賛仰の作をのこしている。

彼は、彼個人の家から
………

（5）塚田理（編）『イギリスの宗教』（聖公会出版、一九八〇年）、二三八ページ。
（6）Stephen Neill, *Anglicanism* (Penguin Books, 1958), p.424.
（7）Joseph H. Summers, *George Herbert: His Religion and Art* (London: Chatto and Windus, 1954), p.82.

勇を鼓して立ち上がり
「時」の最大の仕事を破砕し、
古き王国を
新しき鋳型へはめこんだ。

「クロムウェル閣下のアイルランドからの帰還をたたえるホラティウスふうオード」"An Horatian Ode upon Cromwell's Return from Ireland"の一節である。ここでは行動派の武人を「私的な庭」を出る英雄として描いている。マーヴェルじしんも、やがては「庭」を出て、共和政府のラテン語秘書官ミルトンの補佐役に任ぜられる。庭を散策したマーヴェルと、庭を出るマーヴェル。無時間的世界に生きるものと、歴史――「時」――を生きるものと、この二つの相のあいだで、彼は深刻な迷いを悩んだ。「私的」詩人と「公的」詩人とが、彼のなかで闘った。そして彼が行きついた先では、すでにミルトンが「公的」な詩人として、「庭」を出て、歴史の「荒野」のなかへと歩み出すアダムを構想し、それを口述する時の到来を待っていた。マーヴェルは低教会の立場からピューリタニズムの立場へと、苦渋にみちた移住を体験した詩人であった。

＊＊

ミルトンを尊敬した詩人にドライデンがいる。彼はピューリタンの家庭に生まれ、クロムウェル側に立って革命期を過ごした。王政復古となるや、『帰還の星妃』*Astratea Redux*を書いてチャールズ二世を迎え、ロンドン大火の年には『驚異の年』*Annus Mirabilis: The Year of Wonders 1666*を執筆し、桂冠詩人に推された。やがてジェームズ二世が王位に即き、カトリック教を復活せんともくろむや、ドライデンはカトリックへと改宗している（一六八五年）。『牝鹿と豹』*The Hind and the Panther* などは、その立場から書かれている。ドライデンの生涯を、たんに外から眺めるならば、たしかに護身に長けた日和見主義者と映るであろう。

ただ、革命の時期において、国民の大部分は、このドライデンのような生き方に終始したはずである。一般国民は政争や論争に明けくれしていたのではない。彼らは一刻も早く、秩序が回復されることを望んでいたはずである。人間の生命は主義主張より尊いものであり、生命の温存のために必要なものが秩序であることは、誰もが熟知していたことであった。ドライデンは俗世の喧騒を凌駕する世界を、文芸の世界に見出していた。

この視点からみると、一六六八年の『劇詩論』*An Essay of Dramatick Poesie* で、彼がシェイクスピアを称えたことは、重要である。「シェイクスピアはあらゆる現代詩人たち、おそらくは古典詩人たちのなかでも、心のもっとも寛（ひろ）い、包容性にとんだ人物であって……彼がなにかを描くとき、ひとはそれを見る、いやそれを感じるのである。……彼は〈自然〉の教育をうけている。本をよんで〈自然〉を学ぶなどという必要はなかった。彼は内を見さえすれば、そこで〈自然〉に出会えたのである」[8]。ここでいわれている〈自然〉とは、人間の秩序をこえた〈自然〉であり、秩序を秩序たらしめる〈自然〉である。ドライデンのシェイクスピア論は、その意味では社会批判を背景としているものとみられるのである。

彼の代表的風刺詩である『アブサロムとアキトフェル』*Absalom and Achitophel*（一六八一年）の「序」で、詩人のいっていることは、この角度からも意味がある。彼は「風刺の真の目的は悪徳を矯正するにある」として、慢性の

（8）Keith Walker, ed. *John Dryden* (Oxford University Press, 1987), p.110.

病気に伏す患者にたいして、厳しい治癒の術をほどこさざるをえない医師の立場こそ、詩人の立場であると言明している。[9] 風刺詩人とは人間の「自然」を回復させるための治癒者なのである。ドライデンは文芸の世界に、これほどの普遍(カトリック)の力をみとめたことになる。ローマ・カトリックに転じた直後の「若き淑女アン・キリングルー夫人追悼」"To the Pious Memory of the Accomplished Young Lady Mrs Anne Killingrew"では、主人公にたいして詩神の化身であるがごとき思いをこめて、詩をうたいすすめ、「天にあたえられた詩才」の喪失を悲しむ。[10] こううたうドライデンには、すでに世俗の主義主張を超えて、世を矯(た)める神の司祭としての詩人の姿がある。

＊＊

かつてクラショーは普遍の秩序を信じて、ローマへおもむいた。ダンやハーバートは、国教会そのものに秩序を求め、あるいは求めきれないで悩んだ詩人たちであった。マーヴェルは「庭」を出る決意をうながされた知識人であった。これらローマ・カトリック詩人、あるいは国教会の高教会派から低教会派の知識人たちにとって、詩はいわば、人生のすさび、「私的な」わざであった。

ミルトンにとっては、秩序は「内」にしかなく、詩はそのことを宣明する具であり、詩作は「永遠の摂理を擁護する」ための「公的な」仕事、いわば「神ごと」のわざであった。ドライデンは、しかし、ミルトンを一歩出る。彼は風刺の目的は悪徳の矯正にありと明言し、世俗にたいする聖なる立法者の地位を詩人にあたえた。詩作は宗教論や政争の具ではなく、ひとの「神ごと」をさえ凌駕して人間性全体にたいして号令を発すべき、いわば神の座を占めるにいたった。一七世紀革命の動乱のなかで、ドライデンはみずからは「変節者」の汚名を被りつつ、その代償として詩に自立性をあたえることになる。ドライデンをまって、詩は初めて明確な自立性をかちえたのである。

一七世紀のイギリス革命は社会的にみて過去のしがらみを払拭した一大変動であった。しかし、同時に、そのあとに近代への扉が開かれた。その扉から出てきたもののなかで最たるものは、自律性をかちえた詩の姿であった。思想や宗教の具ではない詩が、そこに立っていた。

---

(9) *Ibid.*, p.178.
(10) *Ibid.*, pp.310-315.

文学のこころ

二十年以上も昔、ロンドンの日本人教会で講話を頼まれたとき、北原白秋の「落葉松（からまつ）」の一節を朗読したことがあった。

「からまつはさびしかりけり。／たびゆくはさびしかりけり」

見ると聴衆はジーンとなっていた。金融界、学会、芸能などの第一線で活躍する人士らの生（なま）の感情に接した思いがした。「落葉松」の生む日本的な旅の美意識は、ロンドンにもあったのだ。

世界の第一線で働く皆さん（とくに教会に集う皆さん）に向かって、わたしが言いたかったことは、「地にては旅人もまた宿れる者なるを言いあらわしつつ」前に向かって進もうではありませんか。「落葉松」を通りぬけて、ということであった。

この大都から南西、プリマスの港は、かのメイフラワー号の出港地である。一六二〇年末、船は文明の果てに向かって、頼るべき御方にのみすべてを託して発っていった。予定していなかった地点に着いた一行は、その厳冬、半数は新年を迎えることがなかった。しかし彼らは指差すべきところを後世に示した。ここには日本的な旅の、いわば「世のすねもの」の美意識に似たものなどない。

このピルグリム・ファーザーズは救済史のなかを「宿れる者」として歩んだ。「世捨て人」ではなく、「正の旅人」の姿がここにある。「たびゆくはさびしかりけり」と嘆く「負の旅人」とは違う。

第二次大戦中、日本の国民学校では『万葉集』の「防人（さきもり）のうた」を重視し、「大君の醜（しこ）の御楯（みたて）」となれ、と教えた。敗戦後、勝手に『万葉集』を手にしたときに、その作品の近くに「防人に行くは誰が背と問ふ人を見るが羨（とも）しさ物思ひもせず」という作を見た。出征兵士の妻の慨嘆である。兵士を見送る群れのなかで、「あれ誰の旦那？」としゃべる女たちの声が聞こえる。あれはわたしの旦那よ！　とこの妻女は胸中で反発する。これが本当の文学のこころである。しかしこの種の文学は国民学校では内緒。教えてはくれなかった。それはいわば「負」の教育であった。

有島武郎はついには「世のすねもの」として、日本的な美の世界に果てる。「負の旅人」の姿を残して。内村鑑三の怒りは当然であった。南原繁は一九四一年（開戦の年）に母堂を送る。「さ庭なる青木の朱（あけ）の實に燭（ふ）りて母の柩（ひつぎ）の出でゆきたまふ」。「母逝く」とはいえ、創造主のいます「青」とか「朱」の「大庭」を母は行かれる、と南原は歌う。母上は救済史を行く「正の旅人」となられたのだ。

日本文学が世界に通ずる古典を生むにはこの国の美意識が、救済史の中を歩みゆく彷徨者の自覚、つまり「正の旅人」の意識にめざめる時を待たねばならない。

日本でミルトンを読むということ

新 井　　明

第10回国際ミルトン学会 開会の辞

2012年8月20日

まずは、わたくしの文学的自叙伝、あるいはミルトン的自叙伝から話をはじめることをお許しください。わたくしは1930年代はじめの国粋主義が高揚を見せる日本に生まれました。それはつまり、わたくしの過ごした少年時代の教育体制というものが、天皇を現人神（あらひとがみ）として崇拝するよう教えこむものだったということであります。ですから、日本が長い歴史の中で初めて完膚なきまでに敗北するというかたちで終戦をむかえたときに、われわれ日本人はこれからさきどう生きるべきか、なにを目ざすべきか、途方にくれたのであります。けれど、喪失感と混乱のただなかであっても、そこにまた自由と解放という新たな意識が芽ばえていたこともたしかでありました。わたくしがミルトンを、おのが選択による、というよりも、むしろめぐり合わせにより、読みはじめたのは、まさにそのような時代背景があってのことでした。

戦時中、わたくしは日本の東北の鶴岡というところにおりました。家族とともに、日ごとに激しさを増す空襲をのがれるために、そして、悪化の一途をたどる食糧難のために、東京を去り鶴岡に疎開しておりました。わたくしは終戦後に高校に進学し、英会話クラブに入部いたしました。そこでは、部員それぞれが英米文学史上に名をはせた作家いずれかの名前を名のるという

Reading Milton in Japan

Akira Arai

Plenary Speech for IMS10
20 August, 2012

Please let me begin with my *biographia literaria* or *biographia miltonica*. I was born in the early 1930s in the age of rising nationalism in Japan. That means spending my early boyhood in an educational system in which we were taught to adore our Emperor as a living god. So when the war ended with Japan completely defeated for the first time in its long history, we were at a loss what to do and where to head in our future. Yet in spite of such sense of loss and confusion, there was also a new sense of freedom and liberation, too. It was in such historical milieu that I, by chance rather than by choice, began to read Milton.

During the war I was in Tsuruoka, northern Japan. My family had evacuated from Tokyo to escape the ever intensifying air-raids and deteriorating food situation. When I went to high school there after the war ended, I joined an English conversation club. In the club, each member was supposed to assume the name of some great literary figure in British or

慣例がありました。そしてわたくしにはたまたま、ジョン・ミルトンの名がわりあてられました。そのときには、まさか、将来、自分が専門的にミルトンを読むことになろうとは、ましてや、その作品を研究し、翻訳することになろうとは夢想だにいたしませんでした。

東京教育大学では、わたくしの指導教授は入江勇起男先生でした。先生はラルフ・ウォルドー・エマソンを研究されていたのですが、わたくしの卒業論文のテーマとしてジョン・ミルトンの作品を扱うようにと示唆されたのです（というよりも、厳命！といったほうが適切でしょう）。しょうじきにもうしあげますと、先生の口からミルトンの名が出るのを聞きましたとき、わたくしは驚愕いたしました。なぜかといえば、わたくしのような学生にとってミルトンの読解はきわめてむずかしい作業である、というのが当時のわたくしの理解だったからです。じつは、当時の東京教育大学図書館にあったミルトン関連批評書といえば、ジェームズ・H・ハンフォード著『ミルトン入門』(1926) とフランク・A・パタソン著『学生のためのミルトン』(1933) だけでした。ロックウッド著『ジョン・ミルトン英詩語彙目録』(1907) さえなかったのであります。わたくしは大学四年生の夏季休暇のあいだ、毎日、当時、上野にあった国会図書館にかよってA・ヴェリティ版『楽園の喪失』をひもといてメモを取りました。けれど、わたくしのメモは日ごとにたまっていくものの、『楽園の喪失』の論文執筆をどのように進めていったものか途方にくれるばかりでした。秋にはわたくしは『闘技士サムソン』で論文を執筆することを選びとりました。そちらのほうが、作品もみじかく、あつかいやすいと判断したからです。

1956 年、東京で大学院に在籍しておりましたわたくしは、内村鑑三奨学生に選ばれ、マサチューセッツのアマースト大学に留学いたしました。この奨学金制度はキリスト教無教会派の創設者である内村鑑三にちなんだものでありまして、内村の弟子には藤井武もおりますが、藤井は日本で影響力を持

American literature. It so happened that I was to be John Milton. Little did I dream then that I was to read him professionally and to study and translate his works.

At Tokyo University of Education, my academic advisor Professor Yukio Iriye, a scholar of Ralph Waldo Emerson suggested to me (or one might say, ordered me!) that I should focus on the writings of John Milton for my graduation thesis. To tell the truth, I was surprised when I heard him mention Milton: it was my understanding that Milton was extremely difficult for someone like me to read and comprehend. In fact, all we had in our university library were James H. Hanford's *A Milton Handbook* (1926) and Frank A. Patterson's *The Student's Milton* (1933), but no Lockwood's *Lexicon* (1907). During the summer of my senior year, I went every day to the Metropolitan library then located in Ueno to read and take notes from A. Verity's edition of *Paradise Lost*. Yet, though notes accumulated day by day, I was at a loss how to proceed with Paradise Lost. In autumn I ended up choosing to write on *Samson Agonistes*, shorter and more manageable.

In 1956, during my time in graduate school in Tokyo, I was invited to Amherst College, Massachusetts, on the Uchimura Scholarship named for Kanzo Uchimura, who was the founder of the *Mukyokai* or Non-church Movement and its followers included Takeshi Fujii, translator of *Paradise*

つ岩波書店から出版された『楽園の喪失』の翻訳を行っています。わたくしは、あらたなニュー・イングランド（＝アメリカ）の地へと、いわば詩人ミルトンと、その翻訳者藤井武の精神にみちびかれたかのような思いにとらわれました。アマーストでの二年間の学業を修了したわたくしは、ミシガン大学ラッカム大学院へと進学する機会に恵まれました。ニュー・イングランドでＣ・Ｌ・バーバー教授の知遇を得たことはきわめて幸運でありました。アナーバー〔ミシガン大学所在地〕ではフランク・Ｌ・ハントリー教授にお会いしました。ハントリー教授は、第一次世界大戦前に京都の同志社大学の教授としてミルトンを教えておられましたが、わたくしが留学したときにはすでに、アナーバーへ移っておられたのです。ハントリー教授は、『比較文学』(1961) 所収の「日本におけるミルトン研究」において日本のミルトン研究者に欧米にたいする関心を喚起すると同時に、「日本人研究者たちにはわれわれ欧米人研究者の批評・方法論が必要であるし、われわれには日本人研究者たちの洞察力が必要なのだ」(113) という励ましのことばをあたえているのであります。かれらアメリカ人研究者の方がたにたいしては、わたくしのような若輩の日本人学生を励ましてくださったことを今でも深く感謝しております。1959 年に帰国したときにはわたくしは、17 世紀英国の詩人および知識人全般、とくにジョン・ミルトンの研究に専念するようになっておりました。

ミルトン作品を研究するうちに、わたくしは、かれの詩を理解するためにはピューリタン革命期のかれの散文が必読の書であることに気づいて驚いたのであります。当時、京都の同志社女子大学学長であられた故越智文雄教授はミルトンの文学作品と同様、その政治論文の分野においても日本で卓越したミルトン研究者であることを知りました。越智教授の諸論文から刺激をうけて、わたくしはミルトンの散文作品の研究を進めることができました。それらは『アレオパジティカ（言論の自由論)』、『教育論』、さらには『イング

Lost for the influential Iwanami edition. I felt as it were, guided by the spirits of the poet and the translator to my new New England setting. Completing my two years at Amherst I had the opportunity to do advanced studies at the Rackham School of the University of Michigan. I was most fortunate to be able to make acquaintances with Professor C. L. Barber in New England. I met Professor Frank L. Huntley in Ann Arbor. Professor Huntley had taught Milton as a professor at Doshisha University in Kyoto before World War I and by that time moved to Ann Arbor. In his article "Milton Studies in Japan" included in *Comparative Literature* (1961), Professor Huntley called Japanese Miltonists to the attention of the West, and gave encouraging words: "They need our criticism, and we their insight" (113). I am really grateful to those American scholars for their encouragement of a young Japanese student like me. When I returned to Japan in 1959, I had become a devoted student of the seventeenth-century English poets and intellectuals in general and of John Milton in particular.

When reading Milton's works I was most surprised to find that his prose works were must-reads to understand his poetry during the age of the Puritan Revolution. Late Professor Fumio Ochi, then President of Doshisha Women's College of Liberal Arts, Kyoto, was, I discovered, a superb scholar in Japan in the field of Milton's treatises as well as of his literary works. Stimulated by Professor Ochi's essays, I was able to advance to Milton's prose works, including *Areopagitica* and *Of Education*, and then on

ランド国民のための第一弁護論』および『第二弁護論』、そして他の宗教および政治に関する散文作品をふくみます。そのうちのいくつかは、わたくしの若き仲間のミルトン研究者の方がたとともに、20年以上の歳月をかけて読解し、後に翻訳いたしました。成果としては『イングランド宗教改革論』(1976)、『教会統治の理由』(1986)、『マーティン・ブーツァー氏の判断』(1992)『離婚の教理と規律』(1998)、『イングランド国民のための第一弁護論』および『第二弁護論』(2003) があります。わたくしは日本人読者のためにミルトンの詩作品だけでなく、散文作品の翻訳がぜひとも必要だと考えたのであります。

そのようなわけで、かつてわたくしは「じつのところ散文作品ばかりを読むミルトン研究者！」と評されたこともありました。(そのような批評があったにもかかわらず、拙論——「「リシダス」128-131 行：「かの両刃の剣（トゥーハンデド・エンジン）」」、「サムソンの「かくも崇高なる死」」、そして「『楽園の回復』におけるキリストの試練」——が1972年に『ミルトン・クォータリ』で紹介されたのはまことに幸運だったといえましょう。) さらに『楽園の喪失』、『楽園の回復』、そして『闘技士サムソン』を翻訳いたしました。比較的若い読者層の話す日本語を考慮にいれて、わたくしは平易でリズミカルなことばでミルトンの三大作品を翻訳することをこころがけました。それらを出版したのち、一般読者の方がたからきわめて多くの批評コメントと同様、おほめのことばもいただきました。忌憚（きたん）のないご意見をいただいたおかげでわたくしはなんども校訂を行うことができました。こうした点で、翻訳というのは一種の協同作業だとわたくしは考えるのであります。繁野天来や藤井武といった先達の翻訳者たちよりわたくしは幸運でありました。彼らは生前、めったに読者からこうした反応をえることはありませんでしたから。

わたくしじしんのことはこれくらいにいたします。さて、わたくしは『楽園の喪失』、とくに終結部5行が、1660年代の英国（イングランド）の読者たち、終戦後

to *Defensios*, and his other prose writings, both ecclesiastical and political. Some of them were read and later translated afterwards with my younger friends over a period of more than twenty years. The fruits were: *Of Reformation in England* (1976), *The Reason of Church-Government* (1986), *The Judgement of Martin Bucer Concerning Divorce* (1992), *The Doctrine and Discipline of Divorce* (1998), *Defensio Pro Populo Anglicano* and *Defensio Secunda* (2003). I found it necessary to translate Milton's prose works as well as poetical works for Japanese readers.

That is why I was once criticized as "a Miltonist who actually reads his prose works!" (Such criticism notwithstanding, my essays "Lycidas, ll.128-131: 'That two-handed engine,'" "Samson's 'Death So Noble,'" and "The Trial of Christ in *Paradise Regained*" were very fortunately introduced in *Milton Quarterly* in 1972. I translated *Paradise Lost* (1978), *Paradise Regained* and *Samson Agonistes* (1982). Taking into consideration a style of Japanese spoken by the younger generations, I aimed at giving a plain and rhythmic translation in Milton's major poems. After I published them, I received quite a few critical comments as well as praise from general readers. Thanks to their candid opinions, I was able to revise my editions. I think translation is a kind of work of cooperation in this respect. I am happier than previous translators like Tenrai Shigeno and Takeshi Fujii, who seldom had such opportunities during their lifetime.

So much for my autobiography. Now I would like to elaborate more on the significance of *Paradise Lost*, especially its concluding five lines, to

の日本の読者たち、そして2012年の現在、ここにお集まりのミルトン研究者のみなさまにとっていかなる意義をもっているのかについて、この作品の典型的な叙事詩性を構成する要素を考慮しつつ、さらに詳しくご説明したいと思うのであります。

わたくしの見解では、叙事詩というものは、まさにダンテの『神曲（ディバイン・コメディ）』(1307-21) が示すように、「喜劇」として終結部で神の至福の世界を獲得すべきものであります。『楽園の喪失』は、タッソーの『エルサレムの解放』(1575) ――ミルトンはこれを愛読いたしました――に倣（なら）って命名されました。タッソーの叙事詩は題名も内容も、ともに中世ラテン語の領域にぞくするものであり、そうしたものの性質上、解放されたエルサレムについて、というよりもむしろ、第一次十字軍がこの聖なる都を解放した、その歴史的過程について歌うのであります。本作が神の喜劇（ディバイン・コメディ）であるとするなら、それは作品が歴史的・軍事的勝利を歌っているというまさにその点において神の喜劇と呼べるのであり、そこにこそ本作の叙事詩性があるといえましょう。

『楽園の喪失』もまた叙事詩であります。けれども、叙事詩すなわち神の喜劇としてのもっとも重要な特質は『エルサレムの解放』とは別のところにあります。『楽園の喪失』においてアダムとイヴは常春（とこはる）のエデンの庭から追い出されます。これはまさに楽園から荒野への追放なのであります。ですが、それは閉ざされた庭から開かれた歴史の世界――そこでのみ、神の救済の計画が実現される――への追放なのであります。その意味で、この追放はむしろ、出立あるいは出エジプト的営為（いとなみ）とみなされるでありましょう。そこではアダムとイヴは、自分たちじしんの自由意志と選択の自由にもとづいて、安息のところを選びとるのにじゅうぶんな人間的尊厳と個人の独立性を獲得しているのです。人類の始祖たるこの夫婦は、過去へあともどりするのでなく、未来へと、遍歴の旅へと道を踏みわけて進まんとしているのであります。未来には、いくたもの困難と危険がまちうけていますが、神の意志に

English readers in 1660s, to Japanese readers in the post-war period and to the Miltonists who have gathered here in 2012, as I consider what constitutes its quintessential epic quality.

The epic, in my opinion, has to attain the world of bliss in the end as a "comedy," just as Dante's *Divina Commedia* (1307-21) shows. *Paradise Lost* was so titled after Tasso's *Gerusalemme Liberata* (or *Jerusalem Delivered*, 1575), which Milton loved to read. Tasso's epic, both in its title and its content is Middle-Age Latin and as such it sings not so much about delivered Jerusalem as about the historical process in which the First Crusaders set free the Holy City. If the work is a divine comedy, it is so in that respect in which it sang a historical, military victory and therein lies the work's epic quality.

Paradise Lost is also an epic. But its essence as an epic and divine comedy lies somewhere else. In *Paradise Lost* Adam and Eve are expelled from the ever-spring Garden of Eden. This is surely an expulsion, from the Garden to the wilderness, but it is an expulsion from the closed garden to the open world of history, in which and in which alone God's salvific plan becomes a reality. In that sense this expulsion can be seen more as a departure or an exodus, wherein Adam and Eve have acquired enough human dignity and individuality to choose, on their own free will and choice, their place of rest. The first couple is setting out for a pilgrimage, a wayfaring, not into the past but into the future, which, in spite of many difficulties and dangers, has a sure goal that can be arrived at through right actions on human part assisted with divine will.

ささえられて、人間の側の正しき行動をとおして到達する目的地がたしかにあるのです。

ミルトンが1644年に『アレオパジティカ（言論の自由論）』において、神は個々の人間に自分の判断力――「正しき理性（レクタ・ラティオ）」――にしたがって選択し、「真実の戦うキリスト信徒」となるよう命じたのであって、監督制度および国王による専制という絶対的権威に囲われた「たんなるあやつり人形のアダム」となることを禁じた、と主張したのでありますが、『楽園の喪失』の最終場面におけるアダムとイヴのすがたには、まさにその主張のいっそう劇的なかたちを見ることができるのであります。

> ふたりは思わず涙。が、すぐにうちはらう。
> 安息のところを選ぶべき世は、眼前に
> ひろがる。摂理こそ彼らの導者（しるべ）。
> 手に手をとって、さ迷いの足どりおもく、
> エデンを通り、寂しき道をたどっていった。　（第12巻646-649行）

ここにわれわれは２人の人間（ひと）が、選択の能力をもちいて「安息のところを選ぶ」ために、ただ「摂理」のみを、神の意志のみを、拠（よ）りどころとしているすがたを見るのであります。これはまったくあらたな人間の像（イマゴ）であります。再生を経た２人の絆は「あらたな愛」を基盤としますが、そうした愛の象徴として、２人は互いに「手に手をとって」進むのです。きわめて意義ぶかいことに、この２人は、どれほどゆっくりとためらいがちにではあっても、前へ進んでいくのであって、ぐずぐずと居のころうとしてはおりません。

神に導かれるアダムとイヴの出立をえがく、これらの詩行それじたいが、1660年代の英国（イングランド）の読者にとっては導者（しるべ）となりました。とくに王政復古によって「楽園から追放された」人びとにとってはそうだったのであります。

If Milton declared in *Areopagitica* in 1644 that God left "the choice to each man's discretion," to his *recta ratio*, to make him "the true warfaring Christian" and denied "a mere artificial Adam" as defended by the absolute authority of the prelacy and monarchy, the same declaration took a more dramatic form, in the figures of Adam and Eve in the last scene of *Paradise Lost*.

> Some Natural tears they dropp'd, but wip'd soon;
> The World was all before them, where to choose
> Thir place of rest, and Providence thir guide:
> They hand in hand with wand'ring steps and slow,
> Through Eden took thir solitary way. (XII, 645-49)

Here we see two people, relying solely on "Providence" or God's will, with the capacity of choice, "to choose / Thir place of rest." This is a wholly new image of human beings, reborn and whose bonds are based on "new love": and as a sign of that love they go mutually, "hand in hand." Most importantly, they are people who do not linger but move forward, however slowly or falteringly, guided solely by Providence.

For English readers in the 1660s, those lines which portray the departure of Adam and Eve under the guidance of Providence were in themselves a guide, especially for those "expelled" in the Restoration—such as

そのなかには、長老派と独立派同様、ミルトンじしんもふくまれておりました。そういった人びとが取るべき態度として、これら終結部の詩行で詩人が示唆しているのは、いわば、一世代前の巡礼の父祖（ピルグリムファーザーズ）たちを特徴づける態度でありまして、彼らは「摂理をこそ彼らの導者（しるべ）」として故国（ふるさと）を後にして約束の地だと信じたところへと旅立ちました。巡礼の父祖（ピルグリムファーザーズ）たちの精神的子孫として、「楽園」から追放された、英国国教会に追従しない非国教徒の読者たちは、政治的敗北という荒れ野のなかで、先に引用したミルトンの詩行のなかになぐさめと励ましを見いだしていたにちがいないのであります。そのようにして、彼らは敗北という現実のなかで、じぶんたちの新たなエルサレムという理想（ヴィジョン）を内面化していきました。

第二次世界大戦直後の日本人読者たちにとって、これらの詩行は救いと解放を提供するものでありました。ミルトンの描くアダムとイヴは、楽園を追われていくわけですが、摂理の導きのもとで選択の自由をあたえられており、そこに日本人は自分たちじしんの新たな、理想的な像（イマゴ）を見たわけであります。たしかに戦争には負けました。が、天皇を超自然的存在とする日本の因習的な倫理観からは解放されたのであります。人びとは軍事的敗北という荒れ野にありましたが、もはや天皇崇拝を強要されることはありませんでした。そもそもかれは始めから神などではなかったわけでありますし。この意味で「世は、彼ら〔日本人〕の眼前にひろが」っており、いまや行動の指針をどの方向に向けるかは、自分たちじしんに託されたのであります。荒れ野へと出立したアダムとイヴのすがたは、戦後の日本人がなにか自分じしんと同一視することが可能だったものでありました。彼らもまた、敗戦の結果として新たな出発をよぎなくされたからであります。

それでは、『楽園の喪失』全体、そして、とくに終結部の詩行は、2012年のいま、ここに集うミルトン研究者であるわれわれにとっていかなる意義をもつのでありましょうか？　日本に関してもうしあげれば、日本はいま、

the Presbyterians and the Independents as well as Milton himself. The attitude the poet suggests they should have in these concluding lines is such, I might say, that characterized the Pilgrim Fathers a generation earlier, who departed their home country, also "Providence thir guide," for what they believed to be their promised land. As the spiritual descendants of the Pilgrim Fathers, the expelled Dissenting, Non-Conforming readers in their wilderness of political defeat must have found solace and encouragement in those Miltonic lines as they internalized their vision of New Jerusalem in the reality of their defeat.

For Japanese readers immediately after World War II, those lines offered relief and release. In Milton's portraiture of Adam and Eve un-paradised yet with their freedom of choice under Providence's guidance, they saw the new, ideal image of themselves, in defeat to be sure, but freed from that traditional Japanese morality in which the Emperor was a supernatural entity. They were in the wilderness of military defeat, but they were no longer forced to worship the Emperor, one who had not been divine in the first place. In that sense, "the World was all before them" where they were now allowed to chart their course of action. The figures of Adam and Eve exodused into the wilderness were something that the post-war Japanese could identify themselves with, as they, too, as a result of their defeat, were forced to make a new departure.

What significance do *Paradise Lost* in general and its concluding lines in particular have to us Miltonists in 2012? As far as Japan is concerned, it is beset by a number of difficult problems—the aftermaths of

多くの未曾有の国難にみまわれています。ほんの２つをあげるだけでも、東日本大震災と東京電力福島第一原子力発電所の事故があり、その余波はいよいよ深刻の度を増しております。広く世界に目をむければ、やはり深刻な問題をかかえております。長びく不況と失業、民族どうしの緊張関係、環境汚染など問題は山積みであります。つまり、われわれもまた文字どおり「荒れ野」にいるのです。けれども、ミルトンが信じていたことを信じるミルトン研究者として、この荒れ野で生きるわれわれもまた、まさにアダムとイヴのごとくに、「さ迷いの足どりはおもく」はありますが、「手に手をとって」、唯一の希望たる摂理を頼みとして生き、歩を前へと進めるべきである、とご提案もうしあげます。なぜなら、世界史上、もっとも呪われた瞬間と見えるものが、じつは、神の恵みのときとなりうるのでありますから。それも、われわれがアダムとイヴのこころと精神をもってそれに気づきさえすればよいのであります。

『楽園の喪失』は神を称賛する詩歌であり、人間が始原の楽園を喪失し、荒れ野へと放逐されはしても、「はるかに幸（さち）多き」楽園をあたえたもう神に感謝を捧げるのであります。このゆえに『楽園の喪失』は叙事詩であり、悲劇とはなりえないのであります。それは失われた楽園に対する嘆きをもって終結するのではなく、荒れ野を寿（ことほ）ぐことで終結いたします。神の摂理に導かれて、荒れ野――すなわち、神話ではなく、歴史の場――にあるいまこそ、そこを通っていく人びとは希望をもち、信じることが可能となるのであります。世界の様々な場所から、この講堂に集（つど）いきたったわれわれミルトン研究者はこの巡礼（ピルグリム）の旅の道づれとなろうではありませんか。わたくしじしんについていえば、この場で、道をふみ分けて進むミルトン研究のお仲間とともに、いま、ここにあることを光栄に、また喜ばしく思っております。ご清聴ありがとうございました。　　　　（野呂　有子 訳）

the Great Eastern Japan Earthquake and the accident at Fukushima Dai-ichi Nuclear Power Plant ensuing, to name but two. The world at large is no less reeling from serious problems: continued recession and unemployment, ethnic tensions, environmental problems, etc. In short we, too, are literally in the "wilderness". Nonetheless, as Miltonists who believe what Milton believed, I propose that we living in this wilderness should live and move ahead, just like Adam and Eve; with "wand'ring steps and slow" to be sure, but hand in hand, trusting in Providence that is the sole hope: for what seems to be the most accursed moment in the world's history can in fact be the time of blessing, if only we have the heart and mind of Adam and Eve to notice it.

Paradise Lost is a song of praise, which thanks God for a paradise "happier far" that has become possible in spite of, or rather because of, man's loss of the original paradise and his expulsion into the wilderness. That is why *Paradise Lost* is an epic, rather than a tragedy. It does not end with a lamentation of the lost Eden but with the celebration of the wilderness—here and now, a place of history, rather than of myth—where, under the guidance of Providence, those passing through it can hope and trust. Let us Miltonists, who have gathered together in this hall from far and wide, be fellow Pilgrims in that Journey. For myself I am both honored and delighted to be here with my wayfaring Miltonic colleagues. Thank you very much.

初出一覧

第一部

ミルトン――人と思想
書き下ろし単行本（清水書院、一九九七年）。

第二部

『楽園の喪失』――今に語るミルトン
二〇一二年七月二一日、名古屋聖書研究会主催「安曇野夏の集い」（鳥居勇夫・祝子夫妻邸）にて。

ミルトンと自然
一九七三年五月六日、日本英文学会第四五回大会（東京都立大学）のシンポジウムにて。『ミルトン論考』（中教出版、一九七九年）所収。〔『ミルトンとその周辺』（彩流社、一九九五年）再録〕

ミルトンと現代詩

一九七六年五月一五日、大塚英文学談話会（東京教育大学）にて。『ミルトン論考』所収。〔『ミルトンとその周辺』再録〕

ミルトンと王政復古

一九七八年九月三〇日、十七世紀英文学会・東京支部例会にて（当初の題は「ミルトンのジェントリー観」）。『ミルトン論考』所収。〔『ミルトンとその周辺』再録〕

繁野天来の『ミルトン力者サムソン』――その執筆年代について

一九七八年五月二〇日、三番町英文学会（大妻女子大学）にて。『ミルトン論考』所収。〔『ミルトンとその周辺』再録〕

繁野天来とミルトン

一九七九年四月二一日、日本比較文学会・東京支部例会にて。『ミルトン論考』所収。〔『ミルトンとその周辺』再録〕

塚本虎二訳口語聖書と『ミルトン楽園の喪失』

一九七九年七月、『塚本虎二著作集』第二巻（一九七九年七月）の「月報」に発表。『ミルトン論考』所収。〔『ミルトンとその周辺』再録〕

ミルトンと寛容

越智文雄博士喜寿記念論文集『ミルトン――詩と思想』山口書店、一九八六年。『ミルトンとその周辺』所収。

第三部

晩秋のロバート・フロスト

『未開』第五二号、一九八九年九月二〇日。『ミルトンとその周辺』所収。

そこに詩があった
　『渦』第三号、一九八六年八月一日。
西の詩・東の詩
　『女子大通信』第四九四号、一九九〇年三月一〇日。『ユリノキの蔭で』（開成出版、二〇〇〇年）所収。
文芸と自然
　『目白会だより』第三〇号、一九八七年一〇月二四日。『ユリノキの蔭で』所収。
藤井武とミルトン
　仙台英文学談話会『英文学の杜　西山良雄先生退任記念論文輯』松柏社、二〇〇〇年。（日本女子大学退任記念講演でもある）。
エリオットの二つのミルトン論――伝統観の変容
　安田章一郎編『エリオットと伝統』研究社出版、一九七七年。
詩の自立――イギリス革命のなかから
　一九八七年五月二三日、日本英文学会大会にて。『ミルトンとその周辺』所収。
文学のこころ
　『季刊無教会』第三九号、二〇一四年一一月二〇日。
"Reading Milton in Japan"（「日本でミルトンを読むということ」）
　二〇一二年八月二〇日、第一〇回国際ミルトン学会における開会の辞（東京　青山学院大学にて）。

解説

一

いま手もとには、二〇一七年一二月一六日付けの新井先生からの葉書がある。世田谷の経堂の聖書会の方々が、新井先生の選集を出版なさることになったので、第一巻となる「ミルトン論集」の「解説」を書くように、という。私は「これは大変なことになった」と思った。と同時に身の引き締まる思いがした。

先生から初めて、署名入りの御著書をいただいたのは『楽園の喪失』（大修館書店、一九七八年）だった。以降、御著書を出版なさると、必ず署名入りでお送りくださり、我が家の本棚にはいつのまにか「新井明コーナー」ができていた。

これはいずれ是非とも纏めて出版すべきではないのかと思い始めて一〇年近くが過ぎた。そこへ、このたびの選集出版のお話しを伺った。これほど意義ある企画に加えていただけたことは極めて有り難く、また光栄に思う。

この場を借りて改めて、経堂聖書会の方がたとこの企画の中心となってくださっている七人会の方がた、月本昭男先生、そして、新井明先生に心より感謝申し上げる。

二

新井明先生は一九三二年一月一七日、水戸市天王町に生を受けた。一九五四年に東京教育大学文学部英語英文学専攻を卒業、同大学大学院文学研究科修士課程（英文学専攻）に進まれた後、五六年、休学。内村鑑三奨学生としてアメリカのアマースト大学に留学された。卒業後にアマースト大学奨学金を得てミシガン大学大学院に進まれ、修了後の一九五九年、東京教育大学大学院修士課程に復学・修了された。

同博士後期課程に進まれるも、就職のため退学され、名古屋大学（一九六一―六八）を経て、東京教育大学（一九六八―七七）で教鞭を取る。ご在職中の一九七二年には『ミルトン研究――ヒロイズム観の展開』により同大学より文学博士の学位を授与されている。大学閉学とともに大妻女子大学（一九七七―八一）に移られた。その後、日本女子大学（一九八一―二〇〇〇）で教鞭を取られ、名誉教授の称号を授与された。一九九二年にはオックスフォード大学ボードレイアン図書館を拠点として（おもにマシュー・ヘンリについて）調査・研究をなさった。二〇〇三年より九年まで新潟は新発田（しばた）の敬和学園大学学長をつとめられた。二期六年のご在職であった。その後、聖学院大学（二〇一〇―一三）で大学院特任教授として、おもに院生の博士論文執筆指導に当たり三年を過ごされた。

主なミルトン・英文学関連の御著書、翻訳書、論文集（監修・編集・編著）には次のものがある。

（1）東京教育大学時代（一九六八―七七）

一九七一　フランク・カーモード『ダン』英文学ハンドブック―「作家と作品」シリーズ、研究社
一九七三　『イギリス文学詩文選―風土と文学』共著　中教出版
一九七四　スタンレー・ハイマン『批評の方法4 エリオットの方法』共訳 大修館書店
一九七六　ミルトン『イングランド宗教改革論』共訳　未來社

（2）大妻女子大学時代（一九七七―八一）

一九七八　ミルトン『楽園の喪失』大修館書店
　　　　　『イギリス文学史序説―社会と文学』共著　中教出版
一九七九　『ミルトン論考』中教出版
一九八〇　『ミルトンの世界 叙事詩性の軌跡』研究社出版
　　　　　『近世イギリスの文学と社会』共編著　金星堂

（3）日本女子大学時代（一九八一―二〇〇〇）

一九八二　ミルトン『楽園の回復・闘技士サムソン』大修館書店
一九八三　『講座・イギリス文学作品論 オルダス・ハックスリー』著訳　英潮社新社
一九八四　『英語名句辞典』共著　大修館書店
一九八六　『英詩鑑賞入門』英語・英米文学入門シリーズ、研究社
一九八六　ミルトン『教会統治の理由』共訳　未來社

一九八八　『信仰と理性 ケンブリッジ・プラトン学派研究序説』共編　御茶の水書房
　　　　　『近代自然法をめぐる二つの概念』共著　御茶の水書房
一九九一　『ギリシア神話と英米文化』共編 大修館書店
一九九二　ミルトン『離婚の自由について　マーティン・ブーサー氏の判断』共訳　未來社
　　　　　『ミルトンとその光芒 英文学論集』監修　金星堂
一九九五　『ミルトンとその周辺』彩流社
一九九七　『ミルトン』人と思想シリーズ、清水書院
　　　　　ヘレン・ガードナー『宗教と文学』監訳　彩流社
一九九八　ミルトン『離婚の教理と規律』共訳　未來社
　　　　　『イギリス思想の流れ—宗教・哲学・科学を中心として』共著　北樹出版
　　　　　L・ライケン『聖書の視点から人間の経験を読む』監訳　すぐ書房
二〇〇〇　『ユリノキの蔭で』開成出版

（4）日本女子大学ご退職後、敬和学院大学以前（二〇〇〇—〇三）

二〇〇二　『新しいイヴたちの視線 英文学を読む』監修　彩流社
二〇〇三　『摂理をしるべとして　ミルトン研究会記念論文集』共編　リーベル出版
　　　　　『イングランド国民のための第一弁護論および第二弁護論』共訳　聖学院大学出版局

以上、三〇冊近くとなる（他に英文学関連に限っても御著書は数多い）。在職年数と出版物数の関係は次のようになる。

（1）　四冊（九年間）
（2）　五冊（四年間）
（3）　一七冊（一九年間）
（4）　三冊（三年間）

（2）以降は、ほぼ一年間に一冊のペースで成果が出版されている。日本女子大学時代は先生のご在職期間も長く、研究の実りも多かったことが分かる。もちろん、それ以前の時代の御研鑽の賜物が、やがて時満ちて次の時代以降に形となっていったわけであり、名古屋大学時代はその意味でも重要である。

東京教育大学時代の出版物が在職年数に比べて少ないのは、本巻第二部「塚本虎二訳口語聖書と『楽園の喪失』」で触れられているように、おりから吹き荒れた学園紛争の嵐のただなかで事態収拾のために先生が東奔西走されていたことと関係があるように思われる。（「警察に〔拘留された〕学生をもらい下げに行ったこともあるからね」といつだったかおっしゃっていた。）一方で、その間に先生は院生たちとともに、バリケード封鎖のため入構のかなわぬ大学の外に、学びのところを求めつつ『楽園の喪失』読解を続け、やがてそれを一冊の訳書にまとめられることになる。

ここでミルトンの散文翻訳等との関連で「毬藻（まりも）の会」について触れておく。

「毬藻の会」は発足時（一九七八年四月）より新井先生のご提案でミルトンのおもに散文作品の読解と訳読を行ってきた。当初は新井先生を中心とし、故澤井加津子氏（お茶の水女子大学大学院修了）と筆者の三人で始まった。その後、様ざまな大学の院のご出身・在学の方がたを迎え、ほぼ一〇名前後で会を継続している。先生が敬和学園大学学長に就任された二〇〇三年、筆者が後を受けた。ゆうに四〇年をけみする。

本会で扱ったミルトン散文作品のうち『教会統治の理由』（一九七八—七九）、『マーティン・ブーサー氏の判断』（一九八〇—八一）、『離婚の教理と規律』（一九八三—八六）、『イングランド国民のための第一弁護論』（一九八六—九一）、『第二弁護論』（一九九一—九三）はすでに出版されている（カッコ内の年号は読解に要した期間を示す）。

この間には、新井先生訳『楽園の回復』『闘技士サムソン』のゲラ刷り（一九八一—八二）を拝読する栄にも浴した。また『ミルトンとその光芒』には「毬藻の会」会員六名の論文が掲載されている。さらに『摂理をしるべとして』は「毬藻の会」会員の論文集である。詳細は当該書に付した「毬藻の会のあゆみ」を参照されたい。

三

かつて大修館書店から『英語教育』という月刊誌が出版されていた（現在は休刊）。一九八〇年一〇月号「伝記文学連講七」に寄稿するようにと先生から課題をいただいた。レックス・ウォーナー『ミルトン伝』（一九四九）を使用するようにという指示付きであった。筆者はこの論文の結論部分で「文学が普遍的・象徴的な言語によって精神を覚醒させ、あるべき人間の姿を追求することを止めない限り」そして「文学研究において共感が意義を失わない限り」、当該書は今後のミルトン研究に示唆を与え続けるだろうと書いた。この評は本巻第一部「ミルトン——人と思想」（もとは一九九七年、清水書院より出版）に当てはまるものでもある。

新井先生がミルトン伝を出版されてから十年ほどのち、筆者に日本英文学会からG・キャンベル&T・N・コーンズ著『ジョン・ミルトン伝――生涯、作品、思想』（二〇〇八）の書評依頼があった（拙稿は*Studies in English Literature*, 52に収録）。当該書物にはミルトンに対する共感が欠落しており、読み込みも浅く、事実誤認も多々あるため推奨に値せずと判断した。そこで書評注で新井先生のミルトン伝を挙げておいた。先生のミルトン伝は読むたびに目からうろこの落ちる思いがする。新たなミルトン像が一層鮮明に浮かび上がってくるのだ。そこには確かに「時代のただなかを、ひとりの人間としてそれなりの労苦を背負いつつ、『真実の戦うキリスト信徒』として生きとおした」ミルトンの姿が描かれ「かれの文芸が世俗のただなかから生まれ出た」ことが実感される（カバー文言より）。当該書は、日本のミルトン研究において高い評価を得ているが、その中で一つだけ具体的な評を以下にあげておく。

ミルトンに関しては、個性的な伝記が汗牛充棟だが、現時点で学問的に最も信頼できる伝記は、William Riley Parker, *Milton: A Biography*, ed. Gorden Campbell. 2vols. (2nd ed.; Clarendon Press, 1996) である。ミルトンに関心を持つ日本の一般読者には、従来のミルトン伝記研究を集約した上記の浩瀚な学問的著作に向かう前に、新井明『ミルトン』の一読を強く勧める。一般読者向けの新書版ながら、「キリスト信徒」としてのミルトン像を長年にわたって探求してきた日本における第一人者による充実した伝記である。

（『講座　英米文学史』（第二巻詩Ⅱ）、大修館書店、二〇〇一年、一二一ページ脚注の圓月勝博氏による評。）

新井先生の研究・批評の方法は原典第一主義である。『オックスフォード大英語辞典』（通称「ＯＥＤ」）を克明にチェックして、ことばの意味を厳密に確定していく。辞典中にミルトン作品からの引用が出現することが極めて多いため定義と引用確認、同時代の作家作品中での使用方法の確認は必須の作業となる。筆者も半世紀近く前、この方法を徹底的に叩き込まれた。まだCD－Ｒｏｍなどなかった時代である。机上は複数の「ＯＥＤ」が屏風を広げたかのごとき観を呈した。お蔭で英英辞典や古文書を繙くのがまったく苦でなくなった。

このようにして語の意味を確定しつつ、研究対象をミルトンの時代のコンテクスト――文化・宗教・政治・時代思潮などを含む――に戻して考察することが要求される。新井先生は、いわゆるニュークリティシズムからも新歴史主義からも、ある一定の距離を置きつつ、しかもそれを等閑視せずに取り入れるべきは大胆に取り入れるという姿勢を貫かれている。新井先生ご自身がかつて語ったことばでは「〔ぼくの批評方法は〕ニュークリティシズムと伝統的批評方法の中間にある」。

本巻の「ミルトンと自然」、「ミルトンと現代詩」、「ミルトンと王政復古」、「ミルトンと寛容」、「エリオットの二つのミルトン論――伝統観の変容」、「詩の自立――イギリス革命のなかから」はすべて、こうした先生の研究姿勢から生まれたと考えられる。さらに今回、ご指示に従って『前田護郎選集』第二巻に付された新井先生ご執筆の解説を拝読して、先生の英文学研究には、前田先生から継承された「文献学的な視野に立って聖書原典に向き合う」という姿勢が反映されているのではないかと感じた。またキリスト教の「救済史的歴史観」もご論考の中にたしかに脈打っている。とくに第三部「エリオットの二つのミルトン論」読了後にその思いを強くした。

ところで「毬藻の会」で『自由共和国樹立の要諦』読解を行った際、イェール大学出版会による散文全集第七巻中に深刻なスペリングミスや編集ミスが多々認められた。新井先生はそれらを網羅的にまとめてイェール大学出版会に通知した。その結果、出版会は第七巻を編集し直し再版を出版した。間違いだらけの初版を出版会に送れば、代わりに修正版を送付するとアナウンスせざるをえなくなった。これなども新井明先生のミルトン研究者としてのスケールの大きさを証するものとなろう（本の友社がコロンビア版ミルトン復刻版を刊行するにあたって新井先生の記した

「コロンビア版ミルトンの再生を祝う」(一九九三年一〇月チラシ)を参照されたい)。

四

家の付近を散策していると、ときおり馬酔木(あしび)の花を見かける季節になった。すると、「この花、好きなんだよね」とおっしゃる新井先生の笑顔がなんとはなしに浮かんでくる。比較的高い山にも咲くこと、昔人が連れて登った馬が間違えて食べるとその毒性のために酔ったようになることからこの名がついたこと、「あせび」とも言うとも教えて下さった。後に、神社仏閣の敷地にしばしば植えられることを知った。

新井先生は、付近の散策に私たち学生をお連れ下さることが多かった。大学入学間もない頃には、桜が満開の小石川植物園へ、また、三年次の末には春まだ浅き駒込の六義園をご案内くださった。授業で読み残した英国の劇作家クリストファー・フライ(一九〇七―二〇〇五)作『またも不死鳥』(一九四六)を希望者だけで一週間ほど輪読し読了したのちのことであった。(T・S・エリオットはフライを高く評価した。本巻に「エリオットの二つのミルトン論」が収められていることは、すでに指摘した。)

『毬藻の会』を始めた大妻女子大学時代には付近の散策はあまり記憶にないが、日本女子大学時代には、読書会メンバーを引き連れての散策はよくあった。時には鬼子母神や雑司ヶ谷墓地まで足を延ばした。馬酔木の花について教えていただいたのはこのころだったかと思う。新井先生のお文には花がよく出てくる。「ユリノキ」は書籍のタイトルにもなっている。ワーズワスの水仙は第三部「西の詩・東の詩」で扱われる。花がお好きなのは知っていたが特に名指しすることは珍しく、馬酔木は印象に残った。

今回、改めて本巻に収められた論文を拝読した後に馬酔木の花を見て、鬱蒼とした山の急斜面を登った先の陽だまりで馬酔木の花々が先生を迎える情景が脳裏に浮かび上がった。

来しかたや馬酔木咲く野の日のひかり

一九二七（昭和二）年、大和路吟行中の水原秋櫻子（一八九二―一九八一）、東大寺での作である。主宰する俳誌『馬酔木』、一九三二年一〇月号に「自然の真と文芸上の真」の一文を掲げて『ホトトギス』と袂を分かち、新たな俳句の道を歩み始める（新井先生がお生まれになったのは同年一月）。秋櫻子はほかにも馬酔木を季語に詠んでいるが、そこには彼の並々ならぬ俳諧への思いが込められている。

馬酔木は古来より日本の風土に根付いており、万葉集では奥山と混然一体のイメージで歌われている。両者に共通するのはその霊力と神秘性である。そして、新井先生の山に寄せる思いと崇敬の念は第三部「文芸と自然」にも認められる。さらに、先生が英文学のみならず、日本文学への造詣も深く、優れた鑑賞眼をお持ちであることは本巻の随所から明らかである。

ところで、馬酔木の花ことばは「犠牲、献身、清純な心」であるが、これはまさにイエス・キリストその人を連想させるものである。先生のご専門である、一七世紀英国を代表する叙事詩人ジョン・ミルトンは「キリスト〔学寮〕の淑女（the Lady of Christ's [College]）」と呼ばれた。これは「キリストの巫女（ミューズ）」とも解釈できる。じじつ彼は若き頃より、後期の大作『楽園の喪失』、『楽園の回復』、『闘技士サムソン』に至るまで、キリストを範例とする生き方を自身が追求し、キリストあるいはキリストに連なる人物を主題として作品を執筆しつづけた。このことは、第一部

「ミルトン――人と思想」で先生が明らかにされている。

馬酔木の学名はPieris japonica（日本の詩女神）である。ピエリスはギリシア・ローマ神話に登場する九人のミューズ、つまり詩歌・文芸の女神たちを指す。ミルトンが『楽園の喪失』を口述筆記するさいに、詩女神に叙事詩の首尾よき成就を祈念していることも第一部で指摘されている。それはホメロス以来の叙事詩の伝統に位置づけられるものであった。

詩女神といえば、ミルトンは二〇代半ばころに「父にあてて」と題する叙事詩風のラテン語詩を書いている。（当時ラテン語は必須の国際共通語であり、授業はすべてラテン語で行われた。）以下はその冒頭部分を四半世紀前に筆者が訳したものである。

願わくは、ピエリアの泉よりわきいづる霊感よ、
怒涛のごとく押し寄せよ、わが胸に。
二峰の、かの母なる山よりしたたり落ちる乳のすべてが、
わが唇からほとばしりでるように。
さすれば、わが詩女神は稚拙なき歌忘れ、大胆なる飛翔を試み、
敬愛するわが父に栄誉をあたえてくれよう。
わが詩女神が胸に秘めるは、敬慕の的たる父上よ、貧弱なる企てにすぎず、
あなたを満足させるにはほど遠きものなれど、
そもそも、あなたの大恩に報いることは、はなからかなわぬこと。

最大の贈り物をもってしても、結果は同じ。
あなたから私が賜ったものの偉大さは、ささいな、実りなき感謝のことばとは
比ぶべくもないのでありますから。

第一行の「ピエリアの泉」は詩女神の住処とされた。その流れから汲んだ水を飲むとは、すなわち、詩歌の霊感を受けることとなる。詩人は最高の教育と環境を与えてくれた父に対し心からの感謝の辞を述べている。そして将来叙事詩人として立つことを決意し、見守ってくれるよう父に祈願している。

一方で、引用詩行六行目以下は「父」および「父上」を「師」に置き換えれば、それはそのまま筆者から新井明先生に捧げる謝辞となる。先生は茗渓の水を汲むものたちの最後尾に並んだわれわれ学生に最高の英文学の教育を施して下さった。この思いは自分もまた英文学の教師となって年月を経るごとにいよいよ強くなっている。本選集の読者たちもまた、一つ一つのお文を通して英文学とミルトンについての、そして日本人としての文学的素養を一層豊かなものとしていくだろう。

冒頭にあげた秋櫻子の句に戻ろう。大和路は古の道であり、細く険しい。草木に覆われた道なき道を踏み分けて法華堂の不空羂索観音を前にした彼が、ふと振り返ったそこには枝もたわわな馬酔木の輝きがあった。それは俳諧の中に「文芸上の真」を求めた詩人にとってはまさに珠玉の作（咲く）を意味する。筆者には秋櫻子のこの句と、『新井明選集』に収められた論文の行間からたちあがる新井先生の姿が重なるように思われる。

本巻第三部「晩秋のロバート・フロスト」には、しばし佇み、やがて決意も新たに道なき道を踏み分けようとする詩人の姿がしかと刻まれている。この話を日本女子大学ご在職中に講堂でなさったおりに先生は落涙されたという。

ひと月ほど前、辻堂の洒落た医院でひと時ご療養中の先生をお見舞いしたときに初めてそのことを伺った。早春の光の注ぐ病室でベッドにお座りになっていた先生は「思わず泣いてしまったんだよね」とほほえみつつ、さらりとおっしゃった。「解説に書いても宜しいですか」と伺うと特段反対もされなかった。半世紀近く、ご薫陶を仰いできたが「先生が泣く」とは新たな知見だった。

フロストが自作の詩に込めた信念を貫き、世界平和のために結果として命を捧げたこと、老境のフロストの生の声と息づかいを若き先生が全身で受け止めたこと、そしてそれが先生にとっての新たな「リシダス」体験であったことを改めて確認し、深い感銘を受けた。文学と政治の世界を分かたずに生きたフロストの姿は、また、四世紀前のイングランドの革命詩人の姿に連なるものでもあった。

「文学のこころ」は読者に英文学を学ぶこと、ミルトンを学ぶこと、そして、大和の心を抱くことを問うた檄文として位置づけられる。それは教条的に示されてはいない。先生ご自身が本書の一つ一つのお文の中で体現してこられた姿を通して示されている。それは茗渓の水を汲む人々の姿でもある。今はなき東京教育大学の前身は東京高等師範学校といった。師範とは「師みずからが範を示す」という意味を持つ。

ご論考最後の“**Reading Milton in Japan**”（「日本でミルトンを読むということ」）は、二〇一二年八月二〇日より四日間、東京の青山学院大学で開催された第一〇回国際ミルトン学会開会の辞として準備された英文原稿である。ただし、本書第二部「『楽園の喪失』――今に語るミルトン」で言及されているように、病を得てご辞退されたため、先生ご自身が実際にスピーチをなさる場面はなかった。原稿は代読され、第一〇回国際ミルトン学会のウェブサイトに英文原稿が掲載されている。六年後のいまもなお、みずみずしく、普遍性に満ちた文章である。新井先生は、『楽園の喪失』最終五行に示されたアダムとイヴの姿を範としつつ、世界の様々な地域より一堂に会したミルトン研究者たちとともに、東京の国際学会の会場のただなかから「手に手をとりあって」、難題の山積みされている現実の「荒れ野」のなかへと歩み出ることを提案されている。先生のことばから、海外の読者たちも日本の読者たちもともに、新たな力を得るものと確信する。

長寿の師のもとで、解説執筆という課題を与えられて学びを続けられる至福に感謝しつつ筆をおく。

二〇一八年三月一一日

野呂有子

あとがき

新井明先生の文章を集めた『新井明選集』の刊行が経堂聖書会「七人会」に提案されたのは、二〇一六年一二月のことであった。先生は、経堂聖書会が一九八〇年九月に発足してから二十年余にわたり、いまは亡き小泉磐夫先生、山下幸夫先生、永井克孝先生方と相談しつつ、実質的に聖書会を牽引し、ご指導くださった。二〇〇一年四月から聖書会の責任は「七人会」に委ねられたが、その後も先生は聖書会をなににもまして大切に思われ、いまなお、祈りをもって私どもを支えてくださっている。

であれば、提案に異論の出ようはずもなかった。問題は、新井先生ご自身に同意していただけるかどうかであった。説得の役目は月本が買って出た。「新井先生の文章をより多くの方に読んでいただきたい。それが七人会の総意です」。そう申し上げると、戸惑われていた先生も、さすがにご諒解くださった。そればかりか、『選集』に収める文章を先生みずからお選びくださったのである。『選集』は全三巻におちついた。

第一巻は、表題が示すように、日本を代表するミルトン研究者としての先生が発表された論考を中心に編まれている。編集ならびに解説を担当くださったのは、東京教育大学時代に、学部・大学院を通じて、一貫して新井先生の薫陶を受け、ミルトン研究者として身を立てられた野呂有子教授（日本大学）である。野呂教授は、お忙しい公務のなか、二〇一二年八月に青山学院大学で開催された第十回国際ミルトン学会における新井明先生の開会の辞“Reading

Milton in Japan"「日本でミルトンを読むということ」を本巻のために翻訳してくださった。(この「開会の辞」は、新井明先生が直前に病をえられたため、学会では代読されたと聞く。) さらに野呂教授は、経堂聖書会の有志がなぞった校正をおまとめくださった。教授のご助力がなければ、第一巻の刊行はかなり難航したにちがいない。この場をかりて、野呂有子教授に心からの感謝を表させていただきたい。

第二巻と第三巻には、無教会を中心とした人物論、講演、聖書講義、折にふれて認められたエッセイなどが収められる予定である。新井先生畢生のお仕事であるミルトンの三大作品、すなわち、二つの叙事詩『楽園の喪失』および『楽園の回復』、そしてギリシア悲劇風の劇詩『闘技士サムソン』の訳業も、別巻として、刊行を考えたい。

経堂聖書会に集う者たちは、新井明先生から多くを学ばせていただいた。この『選集』は先生に対する感謝のしるしでもある。もとより経堂聖書会は聖書を学ぶことだけを大切にしてきた小さな集まりである。そのために、お名前は差し控えるが、多方面からご支援をいただいていることも、ここに書き添えておく。

(月本昭男記)

二〇一八年八月九日

経堂聖書会「七人会」

北沢紀史夫　笹生　明子
高松　均　知久　雅之
月本　昭男　辻　登久子
吉野　隆治　(五十音順)

著者紹介

新井　明（あらい　あきら）

1932年生まれ。アマースト大学(B.A.)。ミシガン大学(M.A.)。東京教育大学（修士）。文学博士。日本女子大学名誉教授。元敬和学園大学学長。元聖学院大学大学院特任教授他。世田谷聖書会（前田護郎主宰）に参加。後に経堂聖書会を指導。*Interpretation: A Journal of Bible and Theology* 日本語版監修。日本私立大学連盟学生部会『現代学生部論―変革期における模索と提言』、『新・奨学制度論―日本の口頭教育発展のために』の研究と編纂に参加。

主要著訳書

『イギリス文学詩文選―風土と文学』（共著、中教出版）、*The New English Bible: A Literary Selection*（共著、Oxford University Press）、『イギリス文学史序説―社会と文学』（共著、中教出版）、『ミルトン論考』（単著、中教出版）、『ミルトンの世界』（単著、研究社出版）、『英詩鑑賞入門』（単著、研究社出版）、『ミルトンとその光芒』（編、金星堂）、『信仰と理性―ケンブリッジ・プラトン学派研究序説』（共著、御茶ノ水書房）、『摂理をしるべとして―ミルトン研究会記念論集』（共編著、リーベル出版）、『新しいイヴたちの視線』（編著、彩流社）、『ミルトン』（単著、清水書院）、『＜楽園＞の死と再生』（共著、金星堂）、『イングランド国民のための第一弁護論、および第二弁護論』（共訳、聖学院大学出版会）、『楽園の喪失』（翻訳、大修館書店）、『楽園の回復・闘技士サムソン』（翻訳、大修館書店）、『イングランド宗教改革論』（共訳、未來社）、『教会統治の理由』（共訳、未來社）、『離婚の自由について―マーティン・ブーサー氏の判断』（共訳、未來社）、『離婚の教義と規律』（共訳、未來社）、『イングランド国民のための第一弁護論および第二弁護論』（共訳、聖学院出版会）、『マシュー・ヘンリ注解書　マタイ福音書』1～9（共訳、すぐ書房）、『無教会史』（共著、新教出版社）、他多数。

新井　明 選集　第1巻

ミルトン研究

発行日　2018年9月5日

著　者　新井　明

発行者　大石昌孝

発行所　有限会社リトン
101-0061　東京都千代田区神田三崎町2-9-5-402
☎ 03-3238-7678　FAX 03-3238-7638

印刷所　株式会社ＴＯＰ印刷

ISBN978-4-86376-066-0　

新井　明 選集

第1巻　ミルトン研究　既刊

第2巻　内村鑑三とその周辺（仮題）

内村鑑三とその周辺

無教会と平信徒

辺境のめぐみ

世田谷の森で

先達の跡を

第3巻　聖書の学び（仮題）

各地での学び

目白台にて

北越の敬和学園

マシュー・ヘンリー——牧場を追われた牧者

雑葉余禄